Consuelo Saah Baehr
Schwestern des Schicksals

AF184983

Das Buch

Ein großer Roman um zwei junge Frauen zwischen unermesslichem Reichtum und bitterer Armut, zwischen Liebe und Verrat, zwischen Schicksal und Selbstbestimmung.

New York an der Schwelle zum 20. Jahrhundert: Auf Faith Celeste Simpson, Tochter eines Finanzgenies, wartet ein goldenes Leben. Nur eins fehlt der jungen Millionenerbin auf dem schlossähnlichen Anwesen vor den Toren New Yorks: die Liebe ihrer Eltern.

Keine fünfzig Kilometer entfernt, im Elend von Lower Manhattan, erblickt Hope Lee das Licht der Welt. Früh lernt sie, für sich allein zu kämpfen. Nach einem schweren Schicksalsschlag findet sie sich überraschend in Faiths privilegierter Welt wieder. Dass deren Vater ausgerechnet Hope als Protegé erwählt und sie und Faith sich in denselben Mann verlieben, bedroht ihre ungewöhnliche Freundschaft.

Im Schatten des ersten Weltkriegs und eines drohenden Börsencrashs müssen die beiden jungen Frauen erkennen, dass vieles käuflich ist – aber nicht ihr Glück.

Die Autorin

Consuelo Saah Baehr wurde als Kind französisch-palästinensischer Eltern in El Salvador geboren. Mit fünf Jahren zog sie zu ihrem Vater und fünf Onkeln nach Washington, D.C., wo diese das renommierte Kaufhaus Jean Matou betrieben, das unter anderem bei Bess Truman und Jackie Kennedy sehr beliebt war. Die Geschichte ihrer Großeltern väterlicherseits, die die Herrschaft der Osmanen und das Britische Mandat überlebten und schließlich ihr Glück in Amerika fanden, inspirierte sie zum Schreiben ihres US-Bestsellers »Three Daughters«. Gegenwärtig lebt die Autorin in der Kleinstadt East Hampton, NY, in einem kleinen Häuschen am Atlantik. In ihrem Blog »The Repurposed Writer« (http://www.consuelosaahbaehr.com/) schreibt sie regelmäßig über die Alltäglichkeiten des Lebens.

Consuelo Saah Baehr

Schwestern des Schicksals

Roman

Aus dem Amerikanischen
von Peter Groth

TINTE
& FEDER

Die amerikanische Ausgabe erschien 2017 unter dem Titel
»Fortune's Daughters« bei Lake Union Publishing, Seattle.

Deutsche Erstveröffentlichung bei
Tinte & Feder, Amazon Media E.U. S.à r.l.
5 Rue Plaetis, L-2338 Luxembourg
Dezember 2017
Copyright © der Originalausgabe 2017
By Consuelo Saah Baehr
All rights reserved.
Copyright © der deutschsprachigen Ausgabe 2017
By Peter Groth

Die Übersetzung dieses Buches wurde durch AmazonCrossing ermöglicht.

Umschlaggestaltung: bürosüd⁰ München, www.buerosued.de
Umschlagmotiv: © H. Armstrong Roberts/ClassicStock;
© Radek Sturgolewski / Shutterstock; © Subbotina Anna / Shutterstock;
© tomertu / Shutterstock; © watin / Shutterstock; © detchana wangkheeree /
Shutterstock; © Songdech Kothmongkol / Shutterstock;
© Stas Ponomarencko / Shutterstock; © Lukasz Szwaj / Shutterstock
Lektorat: Judith Zimmer, Hamburg
Korrektorat: Manuela Tiller/DRSVS
Printed in Germany
By Amazon Distribution GmbH
Amazonstraße 1
04347 Leipzig, Germany

ISBN: 978-1-503-93741-3

www.tinte-feder.de

Für Andrew, Nicholas und (schon wieder) Amanda.
Aufrichtigen Dank an meine Lektorin Jodi Warshaw, dass
sie mich – die Nadel im großen Heuhaufen Amazon –
gefunden hat.

PROLOG

An der Wende zum zwanzigsten Jahrhundert machten sich die fruchtbaren und idyllischen Hempstead Plains, vom Atlantik begrenzt und von Gott mit üppiger Naturschönheit gesegnet, von Queens unabhängig und wurden zu Nassau, dem einundsechzigsten Bezirk des Staates New York.

Amerikas Bankiers und Großindustrielle erbauten ihre Schlösser an der hügeligen Nordküste und zähmten die wilden unberührten Wälder vom Great Neck bis Lloyd Harbor: J. P. Morgan, Frank Woolworth, Marshall Field, Harry Guggenheim, Frank Doubleday und Asa Simpson. Diese Namen erzählen die Geschichte von Amerikas atemberaubendem Wachstum. Nassau, dieser makellose Bezirk, war keine fünfzig Kilometer vom Elend des überfüllten Lower Manhattan entfernt, wo an der Ecke Broad Street und Wall Street Millionen gemacht wurden.

Kapitel 1

Faith Celeste Simpson wählte den 3. Juli 1898, als jedermann mit Feiertagsvorbereitungen beschäftigt war, um sich ihren Weg in die Welt zu bahnen. Mrs Coombs, die Haushälterin, hatte den Hauptchauffeur von seinem Sonntagsessen weggeholt und ihm aufgeregt und mit für ihre Verhältnisse ungewöhnlich vulgären Worten mitgeteilt, dass Madame ein »Blutbad« veranstaltet habe und jeden Moment gebären könne.

Der Daimler stand zwischen den zwei Marmorlöwen bereit, die den Eingang zum Haupthaus bewachten, einer fünfundsechzig Zimmer großen Replik des englischen Wilmington Castle. Mehr als ein Jahrhundert nach der Revolution ahmte Amerika noch immer die Briten nach und die Führungskräfte der Industrie suchten Zuflucht im Gutsherrendasein.

Asa Simpson war einer der ersten Millionäre New Yorks, der an der Nordküste gebaut hatte, wo ein paar Dörfer an den Ufern des Long Island Sound aufgereiht waren. Asa hatte Muttonville gewählt, ein bäuerliches Dorf mit zwei Konservenfabriken an einem Eisenbahndepot. Er hatte das gesamte östliche Ackerland gekauft und dreißig Häuser und drei Geschäfte abreißen lassen, um die für sein Anwesen benötigte Fläche zu erhalten, das er auf den Namen Seawatch taufte. Muttonville erinnerte ihn an das

Dorf Troy, wo er elf glückliche Jahre verbracht hatte, bevor seine Eltern von einem Landstreicher ermordet wurden, dem seine Mutter ihren besten Haseneintopf serviert hatte.

Die nördliche Grenze des Grundstücks verlief fast einen Kilometer an der Küste entlang. Das westliche Ende des Strandes wurde von der Einmündung eines tiefen, geschützten Priels begrenzt, dessen Ufer mit blühendem Kaktus, Strandpflaume und wilden Apfelbäumen bewachsen waren. Zwischen dem Priel und dem Meer hatte Asa ein Badehäuschen mit offenen Veranden bauen lassen, die eine ungehinderte Sicht auf die gegenüberliegende Küste Connecticuts boten. Im Westen, auf der Halbinsel East Island, lag das Anwesen von J. P. Morgan.

Joe Stokes, verantwortlich für das Milchvieh auf Seawatch, wunderte sich über die ungewöhnlichen Vorgänge vor dem Haus, fuhr aber mit seiner täglichen Routine fort. Ob Sonntag oder nicht, die Kühe mussten gemolken und anschließend gewogen werden. Joe hielt die Kühe bei bester Gesundheit und überprüfte sie regelmäßig auf Tuberkulose, denn die überschüssige Milch wurde im Dorf verkauft. Die Einheimischen scherzten darüber, dass Asa Simpson Milch für einen Dollar verkaufte, die er für drei produzieren ließ.

Der Kuhstall war einer der Lieblingsorte auf Mr Asas frühmorgendlichem Spaziergang, bevor er in Richtung Mott's Dock ging, von wo ihn das Dampfschiff fast bis zum Anfang der Wall Street brachte. »Die Kühe haben nie besser ausgesehen, Joe«, pflegte er jedes Mal zu sagen. Gelegentlich fragte er Joe nach seiner Meinung zu politischen Themen, doch der war viel zu schüchtern, um mehr als ein »Ja, Sir« oder »Nein, Sir« zu erwidern. Soeben war William McKinley, der für eine Grundlage des Wohlstands aus »solidem Geld und hohen Zöllen« warb, dem »Grünschnabel« Grover Cleveland im Weißen Haus gefolgt. Asa und Joe wussten, dass es den Kühen gut gehen würde, was auch immer in Washington geschah.

Heute gab es keinen Besuch von Mr Asa und Joe fragte sich erneut, was vor dem Herrenhaus vor sich ging.

* * *

Nach einer unruhigen Nacht ließ sich Alice Simpson vom Dienstmädchen in den Wagen helfen, doch sie bat den Fahrer, noch zu warten. Die Wehen waren stetig und regelmäßig gekommen, hatten aber jetzt aufgehört. Sie war erst in drei Wochen fällig, und wenn sie wegen eines Fehlalarms den Arzt an seinem freien Tag holen ließe, dann würde er sie womöglich für hysterisch halten. Sie hatte auch Asa verschont. Er war mit Billy am Pavillon, von wo sie der freiwilligen Feuerwehr bei ihrer Übung zusahen. Die gepolsterte Rückbank des Daimlers war so gut wie jeder andere Ort, um darauf zu warten, dass sich der windende Säugling in ihrem Bauch endlich entschied.

In der gedämpften Stille des Fahrzeugs wanderten ihre Gedanken zum Vortag, als sie beim Tee von Imogene Iglehart gesellschaftlich übertrumpft worden war. Während Imogene die Getränke einschenkte, hatte der Butler angekündigt, dass Mr Lucker eingetroffen sei, um Junior seine Uniform für die Knickerbocker Greys anzupassen. Für einen Jungen war es von großer Tragweite, in diese militaristische Kindergruppe aufgenommen zu werden, ähnlich wichtig, wie später Mitglied der Skull-and-Bones-Studentenverbindung an der Yale University zu werden.

»Kümmern Sie sich um ihn«, sagte Imogene, als wäre nichts Bedeutendes geschehen, »und bitten Sie ihn, die Fahrer für neue Livreen zu vermessen, während er hier ist.«

Die Neuigkeit war wie ein Schlag ins Gesicht, und Alice musste ein Paar scheußlicher Hundestatuen neben dem Kamin fixieren, um ihre Gefühle zu verbergen. Mr Harry Lucker von der Warnock Uniform Company hatte Soldaten jeden

Ranges ausgestattet und das Einkleiden der Grey-Mitglieder hatte er zu seiner persönlichen Pflicht gemacht. Doch selbst Mrs Rockefeller fuhr zu ihm ins Geschäft, wenn für den jungen John und die männlichen Angestellten Maß genommen werden musste. Wegen ihrer weit fortgeschrittenen Schwangerschaft hatte Alice niemanden mehr besuchen wollen, doch Imogene hatte geschmeichelt und gebeten. Jetzt war ihr klar, dass sie diese Begegnung eingefädelt hatte, um Alice zu demonstrieren, dass es Junior nicht nur zu den Greys geschafft hatte, sondern dass Mr Lucker, der niemals Hausbesuche machte, zu ihnen kam.

Alices Sohn Billy war erst vier Jahre alt, doch schon bald würde er sich mit den jungen Harrimans, Twomblys, Vanderbilts und Burdens messen und um einen Platz in dieser Kinderarmee der feinen Gesellschaft kämpfen müssen. Sie hatte gesehen, wie die Jungs in ihren weißen Hosen und grauen Uniformjacken zu den Klängen von »Saint Julien« in Reih und Glied die Park Avenue entlangmarschierten, ausgestattet mit Gewehren und Schwertern, aber bloß unterwegs zu den Stufen von Saint Bartholomew. Jeder Bewerber und seine Mutter musste von jemandem vorgeschlagen und sekundiert werden, der bereits Mitglied bei den Greys war. Was wäre, wenn niemand sie und Billy vorschlagen würde? Imogene war schlau und wusste immer genau, wen sie umschmeicheln musste, doch Alice kam sich überhaupt nicht schlau vor. Es gab immer jemanden, der reicher war und höher auf der gesellschaftlichen Leiter stand, um einen auf seinen Platz zu verweisen oder zu brüskieren und das eigene Wohlbefinden zunichtezumachen.

Alice vermisste ihre Familie in Brooklyn, wo das gesellschaftliche Leben ungezwungen und einfach war. Von den vier Kindern war sie der Liebling ihrer Mutter gewesen. Sie hatte ihr immer dabei geholfen, ihr Korsett zu schnüren, und gemeinsam hatten sie gelacht, während sie sich dabei abmühten. Man hatte ihr nie beigebracht, Herrin eines Anwesens zu sein oder ein Leben im gesellschaftlichen Rampenlicht zu führen. Jetzt steckte sie in diesem riesigen, einsamen Haus und hatte Menschen wie Imogene um sich, die ihr ständig zeigten, wie unvollkommen sie war.

Es war unfair, denn Imogene war der Emporkömmling. Sie war erst während der vergangenen zehn Jahre zu Geld gekommen, während Alice aufseiten ihres Vaters immerhin Thomas Murray anführen konnte. Murray war Partner von Thomas Edison und vom Papst zum Ritter von Saint Gregory und Malta ernannt worden.

Alice spähte zum Fenster heraus und bemerkte, dass der Chauffeur noch immer neben dem Fahrzeug stand und auf ihre Anweisung wartete. Sie hatte keine Schmerzen mehr. Würde das Baby heute noch geboren werden? Mrs Coombs beendete ihre Unentschlossenheit.

»Warum hat Trevor Sie nicht ins Krankenhaus gebracht?«

»Das Baby will nicht mehr kommen«, sagte sie. »Das wird ein eigensinniges Kind. Ich merke es schon jetzt.«

»Wir können nicht erwarten, dass alle solche Engel sind wie Billy.« Mrs Coombs beugte sich ins Auto, um Alice herauszuhelfen.

Trask, der Butler, näherte sich dem Geschehen. Als oberste Instanz für das familiäre Wohlergehen wollte er wissen, was los war.

»Sie hatte falsche Wehen.«

»Wer sagt, dass sie falsch waren? Hat schon jemand Mr Simpson informiert? Hat jemand den Arzt gerufen?«

»Das ist nicht nötig.« Mrs Coombs fand sein Verhalten so übertrieben, dass sie alles unternahm, um seine Autorität infrage zu stellen, was man ihr nicht als offene Rebellion auslegen konnte.

»Der Vater hat das Recht zu erfahren, dass sein Kind kurz vor der Geburt steht.«

»Dann los, holen Sie ihn nur. Zwingen Sie ihn von der Feuerwehrübung weg, von der Billy bereits die ganze Woche gesprochen hat. Er wird seine Frau mit einer Zeitschrift im Bett vorfinden.«

Trask ging davon, doch er wusste, dass sie recht hatte. Was konnte Mr Simpson schon tun? Obendrein war es nicht gerade so, dass er und seine Frau einander sonderlich zugetan wären. Sie schliefen nicht einmal im selben Zimmer. Mr Simpson war ausschließlich in zwei Dinge verliebt: die Wall Street und seinen Sohn Billy.

* * *

Die Hook and Ladder Company, wie sich die ortsansässige Feuerwehr nannte, hatte ihre Ausrüstung per Hand über den Strand gezerrt und jetzt versuchten die Männer, einander beim Besteigen einer sechs Meter hohen Leiter zu übertreffen. Nach jedem Versuch gab es höflichen Applaus von den Arbeitern des Anwesens. Für das Finale hatte Chief Bailey eine von einem ansässigen Bauern gespendete Bretterbude an das Ufer bringen lassen und wollte sie in Brand setzen, um sie anschließend zu retten, wobei er hoffte, mit dieser Demonstration das Publikum dazu zu verlocken, hundert Meter neuen Schlauch zu finanzieren.

Asa Simpson trug einen Geschäftsanzug und wirkte in der Julisonne etwas deplatziert, während er in der oberen Etage des Pavillons saß und Begeisterung heuchelte. Der vierjährige Billy Simpson stand auf Zehenspitzen an der Balustrade und beugte sich über den Rand, um besser sehen zu können. Jedes Mal, wenn die blonden Locken seines Sohns über das Geländer baumelten, setzte Asas Herz für einen Moment aus, doch er kontrollierte sein Bedürfnis, ihn zurückzuziehen.

Asa mochte keine Feiertage, an denen die Finanzmärkte geschlossen waren. Lieber wäre er in seinem Büro gewesen, um über die Telegrafenverbindung Nachrichten vom Seekrieg in Kuba zu erhalten, während der Edison'sche Börsenticker die Quoten ausspuckte. Dieser Streifen war alles an Unterhaltung, was er brauchte. Er war Nachricht und Drama in einem und Asa beobachtete ihn von morgens bis abends.

Es hatte ihn verärgert, als er in der *Times* eine Beschreibung des durchschnittlichen New Yorkers als »energische, drängelnde Person, die immer vorwärtszukommen versucht« gelesen hatte, als wäre das ein Verbrechen. Er hatte mit weniger als nichts begonnen und wurde jetzt als neuntreichster Mann des Landes bezeichnet. Eigentlich hatte er keine Ahnung, wie viel Geld er wirklich besaß. Knapp unter ihm auf der Liste stand ein Seifenverkäufer aus Philadelphia namens Wrigley, der das ganze Land mit einer süßen Neuheit verrückt gemacht hatte, die man den ganzen Tag kauen konnte. Über Asa stand Buck Duke auf der Liste, der das Tabakgeschäft seines Vaters übernommen und eine französische Schauspielerin engagiert hatte, um seine Zigaretten zu bewerben. Buck brachte zehn Millionen Amerikaner dazu, sich durch den Tag zu qualmen.

Vorwärtszukommen war auch die Hauptmotivation dafür, dass sich Amerika derzeit im Krieg mit Spanien befand. Neben Ehrgeiz war Stolz die Triebfeder der amerikanischen Identität. Die Menschen hassten Veränderungen und jeder war verstimmt darüber, unaussprechliche Namen in der Zeitung vorzufinden. Kuba, »Porto Rico«, Philippinen. Mr Taft nannte die Ausländer die »kleinen braunen Brüder«.

»Beug dich nicht zu weit nach vorn, Billy, sonst fällst du runter.« Asa versuchte, ruhig zu klingen.

»Sieh nur, Papa. Jetzt ist Fred Hatcher an der Reihe. Aber er ist viel zu dick für die Leiter. Er wird sie bestimmt kaputt machen.«

Er wird wohl eher einen Herzinfarkt bekommen, dachte Asa, *und die Veranstaltung mit einem medizinischen Notfall beenden.*

»Stell dich neben mich, damit du es nicht verpasst«, sagte Billy und forderte seinen Vater auf, näher zu kommen. »Chief Bailey hat eine Überraschung, aber ich kann sie dir nicht verraten.«

Asa stand auf und nahm die kleine Hand seines Sohns. Er musste daran denken, wie das neue Baby die Dinge verändern würde. Die Liebe, die er für Billy empfand, überwältigte ihn manchmal. Während er auf die schmalen Schultern seines Sohns sah, konnte er sich nicht vorstellen, dass in seinem Herzen Platz für jemand anderes sein würde. »Sieh genau hin«, befahl Billy. »Du sollst mit mir zusammen zugucken.«

»Aber ich gucke doch«, sagte Asa. »Nichts wird mich von hier wegbekommen.«

In diesem Moment bemerkte Asa den kahlen Kopf seines Butlers, der gerade über die Brücke schritt, die Strand und Priel mit dem Hauptland verband. Er führte einen kleinen Jungen an der Hand. Asa hatte John Drury und seinen Sohn eingeladen, sich ihnen anzuschließen. Zum Teil hatte er das getan, um Billy zu überraschen, doch auch, um Drury nach Details über den Krieg auszufragen – er hatte Beziehungen zum Marineminister. Asa war enttäuscht, als er jetzt nur den Jungen sah.

»Wo ist Mr Drury?«, frage er Trask, als dieser die Treppe heraufkam.

»Vor seiner Ankunft kam ein Anruf, dass er nach Hause zurückfahren solle. Es hat einen Sieg in Santiago gegeben. Der Krieg ist so gut wie vorbei.«

»Sind Sie sich da völlig sicher?«

»Ja, Sir. Ich habe den Anruf selbst entgegengenommen.«

Asa war überrascht, dass diese sensible Information so leichtfertig übermittelt wurde, doch als er sie vernommen hatte, konnte er nicht mehr ruhig sitzen bleiben. Er wollte allein sein, um über die Konsequenzen nachzudenken. Der Untergang der *Maine* hatte sich als katastrophal für den Aktienmarkt erwiesen, doch als Dewey im Mai die ganze verdammte spanische Flotte in der Manila Bay versenkt hatte, lebte der Markt auf. Aktuell waren die Aktien gesunken, doch dieser Sieg würde sie sicherlich himmelhoch steigen lassen und Asa wollte um jeden Preis handeln, bevor diese Nachricht öffentlich wurde.

»Bringen Sie die Jungen zu Mrs Coombs«, bat er Trask. »Ich gehe zurück ins Haus.«

»Mrs Coombs ist bei Mrs Simpson. Es gibt Anzeichen, dass das Baby kommen wird.«

»Geht es ihr gut?«

»Sie ruht sich aus. Es war ein Fehlalarm. Ich werde selbst bei den Jungen bleiben, damit Sie den Feuerwehrleuten zusehen können.«

Als Asa im Haus ankam, sah er nach seiner Frau, die eingeschlafen war. Er ging in sein Arbeitszimmer, setzte sich an den Mahagonitisch, schloss die Augen und überdachte die verschiedenen Möglichkeiten der aktuellen Lage. Er fertigte eine Liste der Wertpapiere an, die er kaufen würde, wenn er dazu in der Lage wäre. Ganz sicher Stahl, außerdem Kupfer, Schwefel, Öl und auf jeden Fall auch Tabak. Die Uhr begann die volle Stunde zu schlagen. Das Läuten erinnerte ihn an Big Ben. In London war der vierte Juli kein Feiertag. Von seinem Büro in der Wall Street könnte er alle gewünschten Aktien auf dem Londoner Markt zu Tiefstpreisen einkaufen, bevor die Börse in New York wieder öffnen würde.

Er nahm seinen Hut und machte sich sofort auf den Weg. Es dämmerte bereits und der letzte Ausflugszug hatte den Bahnhof von Oyster Bay verlassen. Die letzte Fähre von Glen Cove hatte ebenfalls schon abgelegt, doch er überredete einen Austernfischer, ihn bis zum Anfang der Wall Street zu bringen. Um Mitternacht kam er dort an und ging vom Landesteg zu seinem Büro auf dem Broadway, wo er feststellen musste, dass er keinen Schlüssel bei sich hatte. Er trat wieder auf die verlassene Straße und entdeckte schließlich ein paar obdachlose Zeitungsjungen, die Fangen spielten. Er bot dem größten und dünnsten von ihnen zwanzig Dollar, damit er durch das offene Oberlicht stieg und für ihn die Tür entriegelte.

Die restliche Nacht arbeitete der Millionär mit dem Raufbold – der noch nie drei Mahlzeiten an einem Tag gehabt hatte – als Team. Sie schickten ein Telegramm nach dem anderen nach London, um in einer wahren Kauforgie Stahl-, Öl-, Tabak-, Kupfer- und Schwefelaktien zu erstehen. Der Junge, der nach der vierten Klasse die Kirchenschule verlassen hatte, stellte sich geschickt an. Als die Sonne aufging, schickte Asa ihn los, um Frühstück für sie zu kaufen, und sie machten noch drei Stunden weiter. Um zehn Uhr morgens, die Londoner Börse war kurz davor zu schließen, beendeten sie schließlich ihre Arbeit und Asa fuhr nach Hause.

Er befahl dem Fahrer, ihn bereits am Tor herauszulassen, ging die Auffahrt entlang und hoffte, dass sich dadurch die von der langen Nacht steifen Glieder lockern würden. Als er am Kuhstall vorbeikam, lächelte ihn Joe Stokes an. »Guten Morgen, Sir. Mrs Stokes und ich möchten Ihnen gratulieren.« Asa sah ihn irritiert an und Joe errötete. »Wir hörten, es sei ein feines Mädchen, Sir, und wir wünschen ihr alles Gute.«

Das Baby war in der Nacht gekommen. Schnell eilte er zum Haus und ging ins Kinderzimmer. Er hob das dünne Tuch am Stubenwagen und sah hinein. Das winzige Mädchen wirkte beunruhigt. Selbst im Schlaf runzelte es die Stirn. Er würde es wiedergutmachen, indem er die Einnahmen der Transaktionen dieser Nacht nehmen und für sie auf ein Treuhandkonto einzahlen würde. Damit würde er seine Abwesenheit wettmachen.

KAPITEL 2

Die einzig sichtbaren Eigenschaften, die Agatha Murphy von ihren Eltern vererbt bekommen hatte – reizendes Aussehen und bezaubernde kupferfarbene Locken, gespeist aus zwei Jahrhunderten von reinstem irischem Blut –, verwässerte sie unabsichtlich, als sie Sen Lee, einen Eisenbahnkoch, heiratete, den sie gerade mal vier Wochen kannte, und ihm ein Mischlingskind gebar.

Sen Lee hatte als Koch im Speisewagen der Santa-Fe-Eisenbahngesellschaft auf der Strecke zwischen Louisville und San Francisco gearbeitet. Vorher war er Koch in den Goldgräber-Zeltlagern gewesen, doch der Goldrausch war abgeklungen und er brauchte Arbeit. Einer der Verantwortlichen bei der Eisenbahn hatte bemerkt, dass er sauber war und Englisch sprach, deshalb ließ er ihn im Vorzeigerestaurant der Eisenbahn in Florence, Kansas, aushelfen. Als er von einer zweiwöchigen Arbeitsperiode nach Hause zurückkehrte, sagten ihm seine Eltern, dass sie nach China zurückgingen, wie es der Traum der meisten eingewanderten Chinesen war. Sen bettelte darum, mitkommen zu dürfen, doch sie bestanden darauf, dass er blieb und Geld verdiente, um es der Familie zu schicken. »Nur für ein Jahr oder zwei«, versprach seine Mutter. Ihre Stimme war gleichmütig, doch sie hatte Tränen in den Augen. Er war der jüngste Sohn und ihr Liebling.

Einsam und ziellos ertrug es Sen nicht länger, in seiner alten Nachbarschaft zu bleiben, wo Chinesen verachtet wurden. Er nahm den Zug nach Oakland und buchte eine Passage auf dem nächsten Schiff nach New York.

Er landete in Lower Manhattan, wo die chinesische Bevölkerung in den überfüllten Straßen um den Chatham Square lebte. Er fand einen Platz in einem Wohnheim für chinesische Seeleute auf der Baxter Street, mit langen Bettreihen an den Wänden eines großen Zimmers. Zu jeder Tageszeit begegnete man dort herumliegenden Seeleuten, die Opium rauchten oder Karten spielten. Er fühlte sich unwohl zwischen den rauen, berauschten Mietern, weshalb er seine Zeit meist draußen verbrachte. Es gab Tage, an denen er kein einziges Wort sprach. Wenn er sich nicht bewegte, überkam ihn der Kummer und dann war er kurz vor dem Selbstmord. Vom Morgengrauen bis zur Abenddämmerung ging er durch die Stadt, wobei er sich auf das Straßendreieck zwischen Mott, Pell und Doyers konzentrierte.

An einer Ecke dieses Dreiecks verkaufte ein Mann Süßigkeiten. Sen bemerkte einen stetigen Kundenzulauf über den späten Vormittag und den ganzen Nachmittag hinweg. Jeden Tag steckte sich der Mann mindestens vier oder fünf Dollar ein. Es sah wie ein leichtes Geschäft für den Anfang aus, das ihm ein sofortiges Einkommen verschaffen könnte. Man benötigte auch keine Erfahrung oder Lagerfläche für die Ware. Sen folgte dem Mann zu einem Lieferanten und begann kurz darauf, mit seiner eigenen Lizenz an der Ecke Jefferson und Henry Süßwaren zu verkaufen. Vom ersten Tag an hatte er stetig Kundschaft. Seit Sen sein Geschäft hatte, gewöhnte er sich eine feste Routine an, die ihm dabei half, seinen Verstand zu bewahren. Er begann den Tag mit einem Teller Suppe von einem nahe liegenden Restaurant, aß im Wohnheim zu Mittag und besuchte zweimal die Woche ein Badehaus. Sen hatte ein angenehmes, faltenfreies Gesicht, doch er war dünn wie eine Leiche und sehr blass. Sein Anblick veranlasste einen Reporter dazu, einen Artikel über die Unbilden der Straßenhändler zu schreiben: »Die Geduld, mit der sie Tag für Tag und bei jeder Witterung auf ihren Posten stehen, ist anrührend.« »Sie sind schmutzig, stumpfsinnig und ohne jede Hoffnung«, schrieb der *Daily Forward.* Sen war weder schmutzig noch hoffnungslos. Bis um halb fünf, wenn die Kinder aus der Seward-Park-Bibliothek herauskamen, hatte er seinen ganzen Vorrat verkauft. Damit verdiente er täglich mehr als drei Dollar, was mehr als genug zum Leben war.

* * *

Agatha Murphy war mit ihren Eltern aus Irland gekommen, doch nach zwei Jahren starb ihr Vater. Die meisten Männer der Murphys starben jung oder kamen jung ins Gefängnis wegen der von ihrer Mutter sogenannten dummen Fehler der Armen. Die Fehler des Trinkens, der nicht behandelten Erkrankungen, der Sackgassenjobs, mit denen man vorliebnahm und die nicht einmal die Juden und Italiener machen wollten. Agathas Vater war Totengräber gewesen, eine hoffnungslose Arbeit. Ihm war nicht einmal die Würde geblieben, einer Erkrankung die Schuld für seinen Tod geben zu können. Er fiel stockbetrunken in ein nicht abgedecktes Abwasserloch und ertrank im Dreck New Yorks.

Agatha und ihre Mutter wohnten mit der Schwester ihrer Mutter, Tante Deirdre, ihrem Ehemann und Deirdres zwei Jungen zusammen. Sechs täglich ums Überleben kämpfende Menschen drängten sich in den zwei Zimmern in der Ragpicker's Row auf der Baxter Street.

21

Agathas Mutter war die Einzige, die arbeiten konnte. Der Reverend der Landers Mission hatte täglich einen Zettel mit Stellenangeboten und er schickte Agathas Mutter als Dienstmädchen in das Astor House, das sich auf der gegenüberliegenden Seite des Postamtes auf dem Broadway befand. Das Astor war *das* Hotel am Platz. Selbst der Prince of Wales war schon einmal Gast gewesen.

In dem Winter, als Agatha vierzehn war, gab es im Astor eine Grippeepidemie. Die halbe Belegschaft bekam eine Lungenentzündung und viele starben, auch Agathas Mutter. Die Zeitungen waren voll mit Nachrichten über Tuberkulose. Jede Woche fragte jemand nach irgendwem und die Antwort lautete: »Oh, er hatte eine Lungenentzündung und ist gestorben.« Agatha fand Arbeit als Knopfnäherin, um für ihren Unterhalt aufzukommen. Ihre nicht diagnostizierte Kurzsichtigkeit war dabei eine ideale Voraussetzung für die Aufgabe, Seidenknöpfe auf Pappquadraten zu befestigen.

In der Wohnung gab es überhaupt keine Privatsphäre, und als sie heranwuchs und ihr Körper sich entwickelte, fühlte sie sich dort angesichts des aggressiven Starrens und ständigen Raufens ihrer Cousins nicht wohl. Sie flüchtete in die Kirche und betete inbrünstig. »Bitte, lieber Gott, ich möchte ein eigenes Zimmer. Bitte erhöre mich. Schnell.« Dann klappte sie die Kniebank hoch und suchte auf dem Boden nach einem Zeichen von Gott.

Eines Tages sagte ihr Onkel, dass sie mit einem Schreibwarenhändler ausgehen solle, da er von ihm Geld geliehen hatte, das er nicht zurückzahlen konnte. Ihre Tante hatte dem Gespräch zugehört. Aufgebracht nahm sie Agatha beiseite. »Ich will das nicht auf meinem Gewissen haben. Du bist das Kind meiner toten Schwester. Verlasse das Haus, bevor der Mann kommt. Geh einfach weg.« Sie steckte Agatha ein

Taschentuch mit ein paar Dollars und etwas Kleingeld in die Bluse.

Agatha nahm die paar Dinge, die ihr gehörten, und ging. Die erste Nacht verbrachte sie in einem Schlafsaal in einem Keller in Five Points, in dem sich das Wasser vom Fluss mit dem Abwasser im Haus vermischte. Von den Wänden tropfte es feucht und verdreckte Säufer schliefen nur wenige Zentimeter von ihr entfernt. Nach diesem düsteren Loch war es auf der Straße wie im Paradies. Am Morgen ging sie die Jefferson entlang, wobei sie alle ihre Sachen bei sich trug.

Sie hüpfte mit tiefen Atemzügen die Straße entlang und suchte in der Nachbarschaft nach einer angemessenen Unterkunft. Die Erleichterung darüber, endlich draußen zu sein und die frische Luft einzuatmen, überdeckte für einen Moment ihre düsteren Lebensumstände. In ihrem Überschwang warf sie Sens Tisch mit den Süßigkeiten um. Sie fielen auf den Bürgersteig und in den verrottenden Abfall in der Gosse. Agatha kniete sich hin und sammelte die Artikel auf, doch Sen schrieb die heruntergefallenen Süßigkeiten in den Wind und half ihr freundlich auf. Dafür war sie dankbar, zugleich empfand sie Verwirrung. Kein Mann hatte sie jemals mit solcher Liebenswürdigkeit behandelt. Sie unterhielten sich ein wenig, und da er keine Süßigkeiten mehr zu verkaufen hatte, lud Sen sie auf ein Abendessen ein und sie nahm das Angebot an. Im Restaurant starrte sie minutenlang auf die Speisekarte, die sie sich fast an die Nase hielt, um sie dann resigniert auf den Tisch zu legen. »Ich kann die Worte nicht erkennen«, sagte sie.

Er nahm ihr die Karte ab und legte sie beiseite. »Ich kann für Sie auswählen.«

Während des Essens berichtete sie ihm von den Einzelheiten ihrer Zwangslage. »Wir waren zu fünft in zwei Zimmern. Bevor meine Mutter starb, waren wir sogar sechs. Zuletzt waren die Jungs zu aufdringlich und es gab noch andere Dinge, die schlimmer waren. Aber es ist in Ordnung«, fügte Agatha hinzu, da sie befürchtete, zu selbstmitleidig zu klingen. »Ich weiß, dass ich arbeiten kann. Ich werde es schon schaffen.« Sen hörte ihr aufmerksam zu, als wäre jedes einzelne Wort wichtig.

Agatha stellte ihre Probleme zurück und konzentrierte sich auf den Mann, der ihr gegenübersaß. Sie mochte Sens Gesicht und sein ordentliches, dichtes Haar. Er hatte einen markanten Kiefer und hübsche, gleichmäßige Zähne. Seine schmalen Lippen und sein ruhiges Verhalten ließen ihn weise und vertrauensvoll erscheinen. Er hatte ihr keine Vorwürfe gemacht, als sie seine Waren umgeworfen hatte, und auch nicht zugelassen, dass sie etwas von der Straße aufhob. Seine Freundlichkeit und Rücksicht waren für sie wie ein Zaubertrank.

Es war keine so ungewöhnliche Verbindung. Die Iren und die Chinesen lebten damals Seite an Seite und heirateten häufig untereinander. Sogar der Bürgermeister von Chinatown, Chuck Connors, war ein Ire.

An jenem Abend brachte Sen Agatha zu einer Herberge auf der Dexter Street und bezahlte für drei Betten, damit sie sich ohne Gedränge an den Seiten ausruhen konnte. Am Morgen begrüßte er sie vor der Herberge und ging mit ihr zu einer Augenklinik, wo man feststellte, dass sie stark kurzsichtig war. Der Arzt schüttelte den Kopf. »So haben Sie bisher gelebt?« Sie begann zu weinen. »Weinen Sie doch nicht«, sagte er. »Ich schimpfe nicht mit Ihnen.«

Als er ihr die richtigen Gläser angepasst hatte, schrie sie auf und ging mit ausgestreckten Armen im Raum umher. »Vielen Dank, Gott. Vielen Dank, Jesus. Vielen Dank, Jungfrau Maria.«

»Danken Sie lieber Ihrem Gatten«, sagte der Arzt.

Als sie mit Sen auf die Straße ging, blieb sie stehen und ergriff seinen Arm. »Das ist so wunderbar. Wie kann ich Ihnen danken?« Sie aßen erneut zusammen und er brachte sie zurück in die Herberge und bezahlte wieder drei Betten. Offenbar war Sen für Agatha Gottes Zeichen. Zumindest für eine Weile.

* * *

Als Sen Agatha kennenlernte, war er wie eine Marionette, die plötzlich lebendig geworden war. Agatha war voller Tatendrang, fröhlich und sanftmütig. Er hatte geduldig darauf gewartet, dass sich sein Leben verändern würde. Nachdem er sie eine Woche kannte, konnte er sich nicht mehr vorstellen, ohne sie zu leben. Sie besah sich seinen Tisch mit Süßigkeiten und riet ihm, Toffees und Schokoladen hinzuzufügen, die auch Erwachsenen schmeckten. Er mochte ihren Ehrgeiz. Ohne Schwierigkeiten konnte er ihr seine Gedanken mitteilen. Sie nahm ihm die Einsamkeit. Er wusste nicht, ob sie ihn liebte, aber sie war noch keine achtzehn und allein, ohne ein Zuhause und ohne jemanden, der sich um sie kümmerte, und Sen konnte beide Bedürfnisse erfüllen. Sie heirateten standesamtlich an einem milden Samstag im Januar. Ende Mai war Agatha schwanger.

Kurz nach der Heirat gab Sen den Süßwarentisch für das Zigarrenmachen auf. Er kaufte Tabakreste von den Händlern und rollte nachts Zigarren – bis zu hundertachtzig Stück –, die er am nächsten Tag für vier Cent verkaufte. Wenn er jede Nacht arbeitete, verdiente er mehr als fünfzig Dollar in der Woche. Die schottische Frau, die die Pension betrieb, in der sie wohnten, beschwerte sich täglich über den Geruch. »Warum zahlen Sie mich nicht aus, Mr Lee?«, fragte sie ihn. »Kaufen Sie mein Haus und stinken Sie es voll, solange Sie wollen.« Mit seinem neuen Optimismus fühlte sich Sen in der Lage, das Haus zu kaufen. Es hatte ihn überrascht, dass er durch den Tausch der Süßwaren gegen Zigarren sein Einkommen fast verdreifacht hatte, und er war sich sicher, dass es andere Waren gab, mit dem er es erneut verdreifachen könnte.

Mit ihrer neu gewonnenen klaren Sicht war Agathas Energie grenzenlos, und sie bedrängte Sen, ihr das Kochen beizubringen. An der Ecke von Mercer und Broadway verkaufte eine Frau, die Agatha sehr bewunderte, leckere Fleischpasteten. Sie war sauber und ordentlich und hatte hochgestecktes Haar und einen weißen Metzgerkittel über ihrer Kleidung. Sie servierte mit Leichtigkeit das Essen, gab Wechselgeld und wünschte »einen guten Tag«. Agatha träumte davon, einen eigenen Karren zu haben und gesundes Essen an hungrige Kunden zu verkaufen. Nach ein paar Lehrstunden von ihrem Mann beherrschte sie verschiedene chinesisch-amerikanische Speisen, die sie von einem Karren mit einer genialen Konstruktion aus Warmhaltesteinen verkaufte, den Sen für sie aus Schrott und weggeworfenen Kinderwagenrädern gebaut hatte. Sie hielt ihr Speiseangebot einfach, aber besonders: gefüllte Klöße mit Fischpaste, gewürfeltes Gemüse und Schweinefleisch in einem frischen Pfannkuchen, der so gerollt wurde, dass die Füllung nicht herausfiel. Die hungrigen Büroangestellten in Lower Manhattan, die sich kein Restaurant leisten konnten, kauften ihr Mittagessen bei Agatha. Sie liebten ihr würziges Fingerfood und ihren hübschen Anblick. Agatha experimentierte mit einer tortenförmigen Frühlingsrollenvariante, die mit einer selbst komponierten Mischung aus geriebenen Kartoffeln und Hühnchen in Zitronensoße gefüllt war. Der Speisekarren war so erfolgreich, dass sie gar nicht darüber nachdachte, wie das Baby ihr Leben verändern würde.

Sen und Agatha hatten beide keine weitere Familie. Sie hatten niemanden, den sie besuchten oder zu sich nach Hause einluden. Agatha beneidete die Juden um ihre Gesellschaftsklubs, ihre Landsmannschaften, wo sie Menschen aus derselben europäischen Heimatstadt treffen konnten. Abgesehen von dem hektischen Straßenalltag hatten Sen und Agatha nur sich. Manchmal besuchten sie am Abend die Educational

Alliance, eine Volkshochschule für jüdische Immigranten, wo sie nebeneinandersaßen und lebenspraktische Dinge lernten, wie die Wichtigkeit des Zähneputzens. Eingebettet waren diese Lektionen in größere politische Unterrichtsstunden, zum Beispiel über die Theorien von Karl Marx. An den meisten Abenden jedoch bestand ihre hauptsächliche Aktivität nach dem Essen darin, das am Tag verdiente Geld zu zählen. Sie legten es auf den Tisch, glätteten die Scheine, sortierten die Münzen und zählten alles doppelt. Das Geld machte sie hoffnungsvoller und aufgeregter als das Baby.

Agatha arbeitete bis zuletzt. Am 15. Februar schob sie gegen vier Uhr nachmittags gerade den Speisekarren nach Hause, als die erste Wehe einsetzte. Es war ein hektischer und aufregender Tag gewesen, da die Zeitungsjungen ausgerufen hatten, dass die *USS Maine* im Hafen von Havanna versenkt worden war und 258 Seemänner ertrunken waren. Agatha brachte den Karren in den Schuppen, den sie von Metzer Teagle angemietet hatte, und ging die Straße entlang. Gegen sechs rief die Vermieterin die Hebamme, die meinte, dass sie zu lange gewartet hätten. Der Kopf des Babys war schon zu sehen und die Hebamme hatte kaum noch Zeit, ein sauberes Laken unter Agatha auszubreiten, bevor das Baby auf die Welt kam.

Der Anblick des kleinen Mädchens brachte alle zum Verstummen. Sie hatten die unvermeidlichen Züge eines Mischlingskindes erwartet, doch das Baby war rosa und zierlich und hatte große Augen, die nur ganz leicht schräg waren. Ihr Haarflaum war kupferfarben. »Gelobt sei der Herr«, murmelte die Hebamme, »man kann nicht erkennen, dass sie zur Hälfte von einem heidnischen Chinesen stammt.« Ohne lange nachzudenken, fast gleichgültig, gaben die Eltern ihrem Baby den Namen Hope.

KAPITEL 3

Während der ersten paar Monate fügte sich das Baby problemlos in Agathas Leben. Sie stellte den Kinderwagen neben den Speisekarren, außer das Wetter war ungünstig, dann ließ sie das Baby bei der Vermieterin. Zwischen elf und drei Uhr konnte man sich an der Ecke Broadway und Barclay auf den Anblick des Babys im Kinderwagen verlassen, wie es vor sich hin gluckste oder an der Seite seiner Mutter schlief. Wenn es hungrig war, ließ Agatha es an einem Stoffzipfel saugen, den sie mit Zuckerwasser getränkt hatte, bis sie nach Hause kamen und sie es endlich stillen konnte. Die Kunden fanden Hopes feine Gesichtszüge und ihre rosige Farbe unwiderstehlich und nahmen sie für kurze Spaziergänge mit. Agatha, für die ihre eigene prekäre Kindheit die Norm war, machte nicht viel Aufhebens. Wenn sie allein waren, führte sie einen fortlaufenden Dialog mit Hope, als wäre sie bereits ihre Gesprächspartnerin. »Schau dir nur die Pastetchen an. Sie sind heute gerade richtig, obwohl der Teig höllisch schwer zu rollen war. Ich dachte, sie wären alle hart, doch sie sind herrlich locker geworden. Zu schade, dass du noch nicht kauen kannst, meine Süße. Alles, was du bekommst, ist meine Milch, aber ich werde einen für dich essen. Was für einer soll es sein, ein kleines Fischpastetchen oder eins mit

Hühnchen? Jesus, ich bin vielleicht durstig. Du hast mich heute Morgen ganz schön ausgetrocknet, mein Sonnenschein, Gottes perfekter Liebling. Mamas großes Mädchen.«

Als Hope aufrecht sitzen konnte, bot ihr das bewegte Straßengeschehen auf dem Broadway lebendige Abwechslung und sie klatschte vergnügt in die Hände und zeigte auf alles, was sie sah. Im Unterschied zu den anderen irischen Verkäuferinnen mit ihren gesteppten Hauben mochte es Agatha, den jungen Büromädchen mit ihren Hemdblusen und Serge-Röcken nachzueifern.

Die Inhaber angrenzender Geschäfte überredeten Agatha, das Baby hinten im Laden zu wickeln oder zu stillen. Immer war jemand da, um für ein paar Minuten auf den Karren aufzupassen. Um drei Uhr schob ihn Agatha mit dem Baby nach Hause und bereitete das Abendessen für Sen.

Ihr Zuhause war nur ein großer Raum mit einem kleinen Herd, einer Spüle und einem Tisch, doch es war warm und sicher und penibel sauber. Am frühen Morgen erwachte Hope immer zu den Gerüchen ihrer kochenden Mutter und den Geräuschen ihres trällernden Geplappers. Agatha sprach mit sich selbst und versuchte, beim Arbeiten den Rosenkranz aufzusagen, doch sie behielt nie den Überblick mit den Ave-Marias und fing wieder von vorn an und gab es dann auf. »Gegrüßet seist du Maria, voll der Gnade, der Herr ist mit dir ... habe ich das Fleisch gesalzen? Ich habe es verdorben. Oh Herr, sag mir nicht, dass ich es verdorben habe.« Die Worte kamen wie Sturzbäche aus Agatha heraus, und ihr Klang, zusammen mit dem Rascheln von Sens Bewegungen, gehörte zu Hopes Alltag, war so vertraut und sicher wie ihre Hände und Füße. Das Leben würde für immer so sein.

Der kleinen Familie ging es gut. Während des ersten Jahres konnten sie neunhundert Dollar sparen und Sen sprach davon, die Pension zu kaufen. Die Vermieterin wollte zehntausendfünfhundert Dollar, und obwohl es schwierig war, schien es eine realistische Option zu sein. Sen ging zur Bank und fragte nach einem Antrag für ein Hypothekendarlehen. Am Abend vertiefte er sich in die Dokumente der Bank, als hätte er damit zu kämpfen. Agatha schlug vor, die Etage mit dem Empfangszimmer umzugestalten, um ein kleines Restaurant einzurichten. Sen lachte. Agatha wusste, dass er sich mit diesem Lachen Zeit zum Nachdenken verschaffte. Er lachte eine ganze Weile über Agathas Restaurantidee, und sein Lachen verfolgte sie noch in der Nacht. Aus dem Frühling wurde Sommer und aus dem Sommer Herbst und Sen hatte die Formulare für die Bank noch immer nicht ausgefüllt.

Man konnte es nicht sofort erkennen, doch langsam bemerkte Agatha, dass Sen sich veränderte, während Hope aufwuchs. Nach dem Abendessen schrieb er lange Briefe an seine Eltern und Verwandten in China. Agatha war überrascht darüber, dass er nie zuvor über seine Verwandten oder deren Bedeutung für ihn gesprochen hatte.

Sie ahnte, dass Sen mehr im Sinn hatte, als ihnen nur Nachrichten über sein Leben mitzuteilen, doch sie kam nicht darauf, was er beabsichtigte. »Ich wusste gar nicht, dass du so viele Leute auf der anderen Seite hast«, fing sie an.

»Oh, viele. Viele«, antwortete Sen freundlich.

In der Zwischenzeit war Hope vier geworden und hatte sich zu einem fröhlichen, aktiven Kind entwickelt. Sie war zu ruhelos, um beim Karren zu bleiben, deshalb brachte ihre Mutter sie zur Kinderbetreuung der Landers Mission, damit sie dort den Tag verbrachte. Als sie der Kinderkrippe entwachsen war, kam sie in die Vorschule, wo sie die Zahlen und das Lesen lernte.

Der Reverend der Landers Mission wollte Agatha überreden, im Astor zu arbeiten, wie es ihre Mutter bis zu ihrem Tod getan hatte, doch Agatha war unnachgiebig. Ihr Karren war alles, was sie wollte. Sie nannte Sen täglich ihre Einnahmen und er schrieb es auf. »Und du?«, fragte sie. »Wie viel?«

»Ich habe es bereits mit den anderen Belegen verrechnet. Vielleicht ein paar Dollars mehr als du. Ich bin zu müde, um es heute Abend noch zusammenzurechnen.«

Er tat alles Geld in ein Metallkästchen, das er unter einem losen Bodenbrett aufbewahrte. Agathas Besorgnis wuchs. Doch sie beruhigte sich damit, dass Sen der Mann war, der sie vor einer ungewissen Zukunft bewahrt hatte. Und selbst wenn sie Zweifel hatte, was sollte sie ihn fragen? Den ganzen Broadway hinauf und hinab versuchte sie, ihre Befürchtung in Worte zu fassen. *Ich fühle mich nicht gut dabei, wenn du Nacht für Nacht dasitzt und Briefe an Leute schreibst, von deren Existenz ich bisher nichts wusste. Wir haben unser Geld immer zusammengezählt und über die Zukunft gesprochen. Das ist vorbei. Jetzt nimmst du mein Geld und schließt es weg.* »Oh, Liebling« – so wandte sie sich schließlich direkt an Hope – »deine Mama wird verrückt. Ich weiß nicht, was schlimmer ist: die neuen Marotten deines Vaters oder meine albernen Ängste.«

Doch sie konnte ohnehin nicht viel tun, um etwas daran zu ändern. Sie musste um fünf aufstehen und Essen machen, ihre Hausarbeiten erledigen, Hope zur Schule bringen und bis um halb elf mit dem fertig beladenen Karren draußen sein. Es gab keine Zeit, um sich selbst leidzutun.

Das Briefeschreiben hörte auf, doch Sen war oft launisch und in sich versunken. Er war unzufrieden mit seinem Alltag. Statt des freundschaftlichen Austauschs, an den Hope von ihren Eltern gewöhnt war, hörte sie jetzt Bitterkeit und Gemurre. Als Chinese konnte Sen kein Staatsbürger werden und hatte auch nicht den Schutz der Gerichtsbarkeit. Der Besitz von Immobilien stand außer jeder Frage. Verstimmt beklagte er sich bei Agatha über sein Schicksal. »Als chinesischer Mann habe ich drei berufliche Möglichkeiten. Ich kann ein Reklameschild herumtragen. Ich kann in einer Wäscherei arbeiten. Ich kann für den Rest meines Lebens Zigarren rollen.«

»Vielleicht könnte ich das Haus in meinem Namen kaufen«, bot Agatha an.

»Und wovon sollen wir es bezahlen?«

»Wenn wir Räume für ein kleines Restaurant fänden, dann könnten wir es schaffen«, sagte Agatha. »Das weiß ich.«

Auf diesen Vorschlag reagierte Sen mit einem hohlen, freudlosen Lachen. Wenn er zuvor ihren Ehrgeiz gemocht hatte, so schien ihm ihr Vorschlag jetzt albern und viel zu blauäugig. Sen wusste, dass er in Amerika immer verachtet werden würde, und diese Verachtung würde sich auf Agatha übertragen. In dem Straßendreieck von Mott, Pell und Doyers lebten dreizehntausend Chinesen. Neunundneunzig Prozent davon waren Männer und viele hatten ihre Frauen in China. Sie betrachteten sich selbst als Gäste und planten die Rückkehr, um mit dem in Amerika verdienten Geld Land für ihre Familien zu kaufen. Agatha redete sich ein, dass ihr Mann anders war.

Hope beobachtete die Veränderung an ihrer Mutter. Statt des leichtfertigen Geplappers von früher war sie jetzt still. Wenn Agatha alltägliche Dinge tat, das Essen auf den Tisch stellte oder die Bettwäsche faltete, pochte eine kleine Ader an ihrer Schläfe.

An Weihnachten vor Hopes sechstem Geburtstag wurde Sen eine Arbeit angeboten, die alles veränderte. George Kamen war ein Geschäftsmann, der ein Möbelgeschäft in Lower Manhattan hatte und täglich fünf Zigarren bei Sen kaufte. Wie alle kleinen Spekulanten handelte Kamen am New York Curb Market mit Aktien, wo mit chaotischer Ungezwungenheit am Bordstein der Wall Street Geschäfte abgewickelt wurden. Die Händler hatten Assistenten, die sich auf Fensterbänken neben Telefone niedergelassen hatten. Anweisungen wurden per Ruf oder kryptischen Handzeichen an den Händler unten auf der Straße übermittelt.

Kamen benötigte einen diskreten und vertrauenswürdigen Läufer am Bordstein, der für ihn die Transaktionen durchführte. Für diese Arbeit wählte er Sen und bot ihm an, ihn einzuarbeiten.

»Ich gebe dir ein Prozent meines Profits«, sagte er. »Du kannst weiter deine Zigarren verkaufen. Unten an der Straße wirst du genügend interessierte Kunden finden.«

Menschen wie Sen gingen nicht nach oben in die Zimmer, wo seriöse Transaktionen abgewickelt wurden. Sie machten Geschäfte auf dem Bürgersteig oder in der Gaststube im Erdgeschoss. Sen war hocherfreut über diese zusätzliche Einkommensquelle in einem Bereich, der sich dank der Industrierevolution in Amerika rasant entwickelt hatte: dem Aktiengeschäft.

Amerika wurde zu einem Industrieland und die Aktienbörse war das Instrument für kluge Bürger, um ihre Wetten auf das Wachstum der neuen Unternehmen abzugeben. Bernard Baruch, der als junger Angestellter angefangen hatte, hatte mit seiner Philosophie der Gegenspekulation ein Vermögen verdient und den Leuten damit Appetit darauf gemacht, ihr Glück an der Wall Street zu versuchen.

* * *

Kamen wollte, dass Sen detaillierte Aufzeichnungen machte. Er lehrte ihn, die Informationen im *Wall Street Journal* zu verstehen und den Tagesdurchschnitt zu berechnen, um zu sehen, ob der Trend positiv oder negativ war. Kamen hatte etwas Geld mit den Preisschwankungen der Eisenbahnaktien verdient, doch der Versuch, hier und da ein paar Punkte einzufahren, war eine ruinöse Angelegenheit, denn die Manipulatoren waren Experten darin, das Publikum zum Kauf von Aktien zu verführen, die sie loswerden wollten. Die einzige Möglichkeit, trotzdem erfolgreich zu sein, bestand darin, sich bei den Spekulanten zu positionieren. Da waren Männer wie Ed Harriman, der Eisenbahnkönig, oder Baruch, der brillant darin war, die Marktveränderungen vorherzusagen, oder James Keene, dessen Spezialität das Auslesen des Börsentickers war. Sens Job bestand darin, Augen und Ohren offen zu halten, um zu sehen, welche großen Anteile gekauft oder verkauft wurden, und um die Scheingeschäfte ausfindig zu machen, die den fälschlichen Eindruck erweckten, dass es eine aktive Nachfrage nach bestimmten Aktien gab.

Sen bewegte sich wie ein Geist zwischen den schreienden, aufgeregten Männern auf dem Gehsteig. Niemand verdächtigte ihn, einen Vorteil erzielen zu wollen, weshalb sie vor ihm frei weiterredeten. Sen entdeckte, wo die Läufer des brillanten Spekulanten A. A. Houseman sich aufhielten und wo sie zwischendurch einen Happen aßen. Baruchs Läufer war stolz darauf, für den »einsamen Wolf« zu arbeiten, und deutete häufig an, dass sein Boss einen großen Aufruhr machen würde und dass sie alle noch früh genug sehen würden, was es war. Die Angestellten und Läufer der Makler prahlten gerne mit den Deals, die sie für ihre Arbeitgeber durchgeführt hatten.

Die Zeichen, die sie durch ihre Mimik oder mit den Händen machten, waren kompliziert, doch Sen hatte sie schnell entschlüsselt. Zwinkern, Nicken, Daumen hoch oder runter, erhobene Finger, eine offene Hand – alles hatte eine Bedeutung. Sen begann, Kamen wertvolle Informationen zu liefern. Häufig nahm er Hope mit, um jeden möglichen Verdacht zu entkräften, und er erklärte ihr alle Handzeichen und nannte ihr die Hauptakteure. Für Hope war das Schauspiel auf der Wall Street spannender als die Schule, und sie stellte detaillierte Fragen, die Sen überrascht auflachen ließen. Als sie an der First National City Bank an der Ecke William und Wall vorbeigingen und den Bankpräsidenten, den alten Mr Baker, in der Tür stehen sahen, zeigte Sen auf ihn und sagte: »Da steht der reichste Bankier des ganzen Landes. Nur Millionäre können ihr Geld auf seine Bank bringen.«

Als Sen diese Arbeit bereits seit drei Monaten machte, stieg die Brooklyn-Rapid-Transit-Aktie innerhalb kürzester Zeit von zwanzig auf über einhundert. Eines Morgens beobachtete Sen, wie ein Börsenhändler große Mengen dieser Aktie einkaufte. Er sah, wie ihm ein Mann etwas zuflüsterte, was den Händler dazu veranlasste, seine Richtung zu ändern und alles abzustoßen, was er gerade eingekauft hatte. Sen rief Kamen an.

»Der Mann von Baruch hat einige große Chargen Brooklyn Rapid Transit gekauft. Jemand hat ihm auf die Schulter geklopft und etwas ins Ohr geflüstert. Darauf hat er sofort verkauft, was er gerade erstanden hat.«

Kamen brauchte einen Moment, bevor er antwortete. »Etwas Unerwartetes muss geschehen sein. Ich werde ein Spielchen riskieren. Leerverkauf eintausend Aktien.«

Wie sich herausstellte, war Flower, der Börsenleiter, an einem Herzinfarkt verstorben, was den Markt in Panik versetzt hatte. Die Aktien stürzten um sechzig Punkte und bescherten Kamen innerhalb weniger Tage sechzigtausend Dollar. Sens Kommission betrug sechshundert Dollar. Er erschreckte Agatha, als er nach Hause kam, sie in die Arme nahm und mit ihr durchs Zimmer tanzte, wobei er einen Stuhl umwarf. »Heute war ein guter Tag«, sagte er und erzählte ihr die Neuigkeit.

Es dauerte viele Monate, bis sich etwas auch nur annähernd Ähnliches wiederholte, doch Sen verdiente weiter jede Woche kleine Summen. Er mochte es, früh zur Börse zu gehen, die Quoten des Vortags zu lesen, sich da zu positionieren, von wo er die wichtigen Läufer sehen konnte, und alle Informationen zu sammeln, die zu erfahren waren. Er begann, sein eigenes Geld einzusetzen, und spekulierte zusammen mit Kamen. Obwohl er es als Glücksspiel ansah, schaffte er es, innerhalb von sechs Monaten tausendeinhundert Dollar zu verdienen.

Hope wuchs und sträubte sich dagegen, in die Kirchenschule zu gehen, weshalb Sen sie fast täglich mit sich nahm. Der Anblick des hochgewachsenen Chinesen und des hübschen Mädchens gehörte bald zum Alltag um Broadway und Wall Street. Hopes Blicken entging fast nichts, und wenn sie etwas nicht begriff, bedrängte sie Sen so lange, bis er ihr eine befriedigende Antwort gab. Sie kannte die Namen aller wichtigen Akteure, vor allem der Manipulatoren, und sie kannte die Namen der Aktien, mit denen sie den »kleinen Mann« ausgetrickst hatten. Abends wiederholte sie für Agatha alle Handzeichen und erklärte ihr, was sie bedeuteten. Es war eine unerwartete Bereicherung für Sen, dass sie zu einem zusätzlichen Paar Augen und Ohren wurde. Sie war entzückt, wenn ihr Papa sie danach fragte, was sie gesehen oder gehört hatte, vor allem, wenn sie ihm etwas Nützliches mitteilen konnte.

Als sie eines späten Nachmittags nach Hause zurückkehrten, schaute sie zu den Kindern, die in die Seward-Park-Bibliothek gingen.

»Wohin gehen sie?«, fragte sie.

»Sie gehen in die Bibliothek. Um zu lesen.«

»Warum lesen sie?«

»Die Menschen lesen Bücher. So lernen sie etwas. Du solltest auch mehr lesen.«

Hope war nur wenig am Lesen interessiert, außer an den Bowery-Bill-Comicheften, doch nichts ließ sich mit der Aufregung vergleichen, die sie empfand, wenn sie das Schauspiel an Broadway und Wall Street beobachtete. Bald wurde es ihr so vertraut wie ihr Bett daheim oder der Bürgersteig neben dem Speisekarren ihrer Mutter. Es war wie ein weiterer Spielplatz.

* * *

Wie alle Makler, die frühes Glück haben, begann Sen, sich unbesiegbar zu fühlen. Und wie alle unbesiegbaren Makler machte er einen riesigen Fehler. Zu seiner Verteidigung muss man sagen, dass der Kampf um die Kontrolle der Northern Pacific auch die erfahrensten Männer mit sich hinabriss, nicht nur die Neulinge, doch für Sen war es das Ende seines bisherigen Lebens.

Morgan und Harriman befanden sich in verbissenem Kampf um die Kontrolle des landesweiten Transportsystems. Das Ergebnis dieses Tauziehens hatte sowohl Auswirkungen auf das Leben von Faith als auch auf das von Hope.

Kamen schickte Sen, um dreihundert Anteile von Stammaktien der Northern Pacific zu einem Preis von hundertneunundvierzig Dollar zu kaufen, doch als Sen ankam, lag der Preis bereits bei dreihundertfünfzig Dollar, und er war wie gelähmt. Er hatte einen Scheck über fünfzigtausend Dollar in der Hand und konnte kein freies Telefon finden. Wie in Trance kam er zu dem Ergebnis, dass nichts einen solchen Preisanstieg rechtfertigen würde. Er ignorierte Kamens Anordnung und traf die verhängnisvolle Entscheidung, Leerverkäufe zu tätigen.

Niemand wusste, dass Morgans Männer die Aktien vom Markt genommen und in einen Tresor getan hatten. Damit gab es für die Leerverkäufer nichts zurückzukaufen.

* * *

An dem Tag, als Sen Kamens Geld verloren hatte, saß Asa Simpson allein an seinem Schreibtisch und war wie hypnotisiert von dem steten Geräusch des Tickers. Das aus dem Gerät kommende Band zeigte den Marktrekord an, der zum Rekord einer einzigen Aktie geworden war: Northern Pacific. Asa saß mit gefalteten Händen an seinem Tisch, der frei von jeder Ablenkung war, und zwang sich dazu, völlig ruhig zu bleiben und kühlen Kopf zu bewahren, um zu entscheiden, was zu tun war. Die Wall Street war von einem entsetzlichen, doch zugleich anregenden Ereignis ergriffen worden und alle Börsenkunden waren darin gefangen. Er hatte seit mehreren Monaten fünftausend Anteile der Northern Pacific, für ihn ein belangloser Posten. Der durchschnittliche Preis war fünfzig Dollar pro Anteil gewesen, bei einer Investition von einer Viertelmillion Dollar. Um elf Uhr morgens hatte die Aktie achthundertvierzig Dollar erreicht, und Asa war überzeugt, dass der Ticker defekt war und nun Unsinn auswarf. Er rief seinen Mann vor Ort an, und bis der am Telefon war, war der Preis auf achthundertfünfundsiebzig Dollar gestiegen. Man musste kein Genie sein, um zu wissen, dass das völliger Wahnsinn war. Der restliche Markt war zusammengebrochen, da jeder an Bargeld kommen wollte, um sich bei dieser Aktie einzukaufen.

Asa wusste, dass der unbändige Appetit der Öffentlichkeit nach dem Zukauf fantastischer Aktien im Höhenflug selten gut ausging. »Verkauf alles, Kenny«, sagte er ins Telefon. »Verkauf es am Markt.« Er legte den Hörer wieder auf und fühlte sich erleichtert. Seine Anteile wurden sofort zu einem Preis von achthundertfünfundneunzig Dollar weggeschnappt und brachten ihm einen Nettogewinn von viereinhalb Millionen Dollar. Der außerordentliche Gewinn erinnerte ihn an einen anderen Glücksfall an dem Tag, als seine Tochter geboren war. Ohne zu zögern, nahm er das Geld und fügte es zu Faiths Treuhandkonto.

* * *

Sen und die anderen Leerverkäufer wurden hysterisch, als sie erkannten, dass die Aktie in die Ecke getrieben wurde. Der Preis stieg bis auf neunhundert Dollar und erreichte dann mit einem beängstigenden weiteren Sprung die Tausend-Dollar-Marke. Sen empfand eine Panik, die so umfassend war, dass sie jeden vernünftigen Gedanken ausblendete. Er konnte sich nicht erlauben, auch nur darüber nachzudenken, welche Konsequenzen es hatte, die fünfzigtausend Dollar von Kamen verloren zu haben, geschweige denn, dass er Verpflichtungen in Höhe von mindestens sechzigtausend Dollar angehäuft hatte. Diese Tatsache war zu erschreckend, um sie in seinen Verstand zu lassen. Er wusste sofort, dass es für ihn nur eine Richtung gab.

Ohne seiner Frau ein Wort zu sagen, stieg Sen in den Zug nach Kalifornien, wo er ein Boot nach China nehmen würde. In dem Metallkästchen befanden sich fünftausendsechshundert Dollar und er nahm es mit, sodass Agatha nur mit dem Geld für eine Monatsmiete und ihren Tageseinnahmen zurückblieb.

Agatha kehrte an jenem Nachmittag nach Hause zurück und fand Hope allein in ihrem vollgestopften Zimmer, wo sie ihre Comics las. Das Zimmer war unordentlich und Agatha war davon überzeugt, dass sie ausgeraubt worden waren oder gar Schlimmeres.

»Wo ist dein Papa?«, fragte sie.

»Papa ist weg. Er hatte es eilig und hat alle seine Sachen mitgenommen.«

»Wo ist er hin?« Agatha sah sie bestürzt an.

»Das hat er mir nicht gesagt. Er hat nur gemeint, dass ich nicht mitkann. Ich müsse hierbleiben.«

Agatha war empört. »Er hat dich nicht mitgenommen?« Sie ging im Zimmer umher und hob Dinge auf, stellte andere an ihren Platz, arrangierte und befestigte Objekte, um etwas von der nervösen Energie abzulassen, die sie zittern ließ. Alle paar Minuten drehte sie sich um und stellte Hope eine Frage. »Hat er gesagt, wohin er geht?«

»Nach Hause«, sagte Hope.

»Nach Hause?«, schrie Agatha. »Das musst du falsch verstanden haben. Wie konnte er das Haus verlassen und sagen, er würde nach Hause gehen?« Sie schüttelte Hope zweimal kräftig, als würde sie sich absichtlich widersprechen. »Das ergibt keinen Sinn, was du sagst.«

»Er hat gesagt, dass er zu seinem wirklichen Zuhause wollte. Über den Zifik.«

»Den Zifik?«

»Hm. Mit einem Boot, um seine Mama und seinen Papa zu sehen.« Hope hatte sich zusammengerissen, während sie das seltsame Verhalten ihres Vaters beobachtet hatte, doch jetzt begann sie zu weinen.

Schließlich erkannte Agatha alle Zusammenhänge. Sie stürzte durchs Zimmer, um das Bodenbrett anzuheben, unter dem Sen das Metallkästchen aufbewahrte, und hob den Deckel. Da lagen zwei Zehndollarnoten. Sie sackte in sich zusammen und blieb bewegungslos sitzen. Alle Energie war aus ihr gewichen. Den Großteil des Abends saß sie da, schaukelte vor und zurück und dachte darüber nach, welche Möglichkeiten sie hatte. In ihrer Verzweiflung vergaß sie sogar Hope und sprach laut über ihre schlimmsten Befürchtungen. *Eine Frau allein mit einem Mischlingskind. Heilige Jungfrau Maria. Gesegnete Mutter, ich werde allein sein. Wie werden wir es nur schaffen? Ich verdiene nicht genug. Ich weiß, warum das geschehen ist. Ich habe die Messe an zwei Feiertagen versäumt. Habe schon seit Jahren nicht mehr gebeichtet. Ich muss den Karren früher rausstellen. Ich muss die ganze Nacht kochen und rechtzeitig zum Frühstück beginnen.* Wie sich herausstellen sollte, würde Agatha den Karren für viele Wochen nicht herausstellen können.

Kamen hatte sich von seiner Transaktion einen Profit in Höhe von sechzigtausend Dollar erwartet. Vor Aufregung hatte er kaum schlafen können. Als er dann feststellen musste, dass er Tausende Dollar an Schulden hatte und kurz vor dem Ruin stand, wollte er den Übeltäter zur Strecke bringen, der das verursacht hatte. Im sogenannten Five-Points-Viertel gab es Dutzende von Straßenbanden, die gegen Bezahlung Rache ausübten. Kamen beauftragte zwei der berüchtigten Plug-Uglies-Schläger, um seine fünfzigtausend Dollar zurückzuholen und dazu den erwarteten Profit von sechzigtausend Dollar.

Als sie in ihre Wohnung stürmten, erklärte Agatha, dass sie keine Kenntnis über das Geld und Sens Verbleib habe, doch sie glaubten ihr nicht. Man sagte, dass Monk Eastman, der Anführer dieser Banden, seine Männer angewiesen hatte, niemals eine Frau mit einem Knüppel zu verprügeln, sondern allerhöchstens mit den Fäusten. Dreimal gaben sie Agatha Gelegenheit für eine richtige Antwort. »Sie weiß es nicht. Sie weiß es nicht«, schrie Hope, doch sie ignorierten sie. Als der erste Schlag auf Agathas Ohr landete und Blut herausschoss, schrie Hope auf und warf sich gegen den Mann, der es getan hatte, und zog ihn an den Haaren. Er schrie auf und drängte Hope in einen Schrank, dessen Tür er mit einem Stuhl verschloss, doch sie schrie immer weiter und bat sie, aufzuhören. Die zwei Männer prügelten auf Agatha ein, brachen ihr den Kiefer, vier Rippen, das Jochbein an einem Auge und das rechte Bein.

Als die Männer gegangen waren, drückte Hope die Schranktür auf und warf sich über ihre Mutter, flehte sie an, ihr zu antworten. »Mama, sag etwas. Schlaf nicht weiter. Nicht, Mama. Nicht.« Sie bemerkte das entstellte Auge ihrer Mutter, das Weiße darin vollständig rot. Entsetzt lief sie auf die Straße, wo sie um Hilfe schrie, bis ein Nachbar Mitleid mit ihr hatte und sich ansah, was geschehen war.

Vierundzwanzig Stunden danach wurden Morgan und Harriman unter Druck gesetzt, um sich mit den Leerverkäufern auf einen vernünftigen Preis zu einigen, der auf hundertfünfzig Dollar festgelegt wurde. Kamen kam mit einem Profit von achtundzwanzigtausend Dollar davon, doch es war zu spät. Sen war fort, und Agatha kämpfte in der dritten Etage des Charity Hospitals, direkt neben dem Zuchthaus von Blackwell's Island, um ihr Leben.

KAPITEL 4

Alice Simpson hatte nur lückenhafte Erinnerungen an ihr Leben in Brooklyn. Was ihre Herkunft betraf, so gab es einen dunklen Fleck im Zusammenhang mit ihrer Mutter. Ihr Vater, Joe Bradley, konnte dagegen einen makellosen Stammbaum unter den sogenannten ersten irischen Familien vorweisen. Er hatte in der Erzdiözese so viel Bedeutung, dass er sogar die heilige Eucharistie in seinem Haus aufbewahrte. Es war ihm gelungen, das Familienvermögen zu verdoppeln, und er besaß das größte Haus am St. Mark's Place, der vornehmsten Wohngegend in Brooklyn.

Joe Bradley hatte unnötigerweise die dumme Sünde begangen und seine Sekretärin geheiratet. Unnötig, weil Sekretärinnen leicht dazu überredet werden konnten, Geliebte zu werden. Joe war als Vermögensverwalter viel zu wertvoll, um persönlich kritisiert zu werden, doch die Familie verhielt sich grausam gegenüber seiner Frau und seiner Tochter. Alice hatte einmal beobachtet, wie einer ihrer Cousins, ein Junge von sechzehn Jahren, ihre Mutter gegen einen Schrank im Salon stieß, da sie keine Indiskretionen erlaubt hatte, als sie Sekretärin war.

»Komm schon, Tess. Hast du deinen Hintern dem Boss verpachtet?« Seine Stimme war arrogant und anklagend.

Ihre Mutter antwortete immer würdevoll. »Man muss sich nicht dafür schämen, sich den Unterhalt zu verdienen, aber es liegt viel Schande darin, ein Rüpel zu sein, Timothy.«

Wenn man Alice nach Details aus ihrer Kindheit gefragt hätte, dann hätte sie nichts davon erzählt. Sie hätte von der Bruderschaft der Church of the Assumption berichtet und davon, wie sie ihre Mutter bei ihren Werken der Barmherzigkeit begleitet hatte, wo sie sich um die Hungrigen und Bedürftigen kümmerte. Auch wenn sie die dunkleren Teile ihrer Kindheit weitestgehend verdrängte, war sie als junge Frau schüchtern und unsicher.

Alice wusste, dass der Ausweg für sie darin bestand, früh und wohlhabend zu heiraten, was sie auch tat. Die Hochzeit von Alice und Asa war gesellschaftlich so bedeutsam, dass der *Brooklyn Daily Eagle* ihr eine ganze Seite widmete und der Bischof von Brooklyn die Trauung vollzog. Die Einzelheiten zu Asas Hintergrund wurden in dem Artikel ausgespart mit Ausnahme der Information, dass er Bankier und Unternehmer war und die Kontrolle über den Großteil der elektrischen Energie hatte, die in Quebec und Süditalien produziert wurde. Das war nur eine leichte Übertreibung. Tatsächlich hatte Asa zu dem Zeitpunkt seiner Heirat mit Alice seine europäischen und kanadischen Anteile verkauft und konzentrierte sich auf seine neu entdeckte Berufung an der Wall Street.

Als sie Mrs Simpson wurde, hatte Alice die frühen Demütigungen aus ihrem Gedächtnis gelöscht und zeichnete eine falsche glückliche Kindheit, die von fröhlichen Familientreffen begleitet wurde. Damit verkehrte sie die fortwährenden Schikanen ins Gegenteil und leugnete, was sie gequält hatte und was unweigerlich auf ihre Tochter Faith zugekommen wäre.

* * *

Als Faith sechs war, kam es Alice in den Sinn, dass die Antwort auf ihre gesellschaftliche Unzufriedenheit darin lag, mehr Zeit mit ihrer Familie in Brooklyn zu verbringen. Ihre Schwestern hatten enge gesellschaftliche Verbindungen, und unter ihresgleichen musste sie sich nicht gegen höhnische Bemerkungen wappnen, dass sie »zu katholisch« und »zu sehr Brooklyn« sei. Sie sagte Asa, dass Faith ihre Cavanaugh- und Butler-Cousins kennenlernen und vielleicht sogar Miss Fanny Darling's Dancing Academy besuchen sollte. Immerhin hatte Alice dort tanzen gelernt sowie Konversation mit dem anderen Geschlecht zu betreiben und anmutig in der Öffentlichkeit zu essen. Faith war ein zurückhaltendes Kind und Asa stimmte zu, dass die Begegnung mit ihren lebhaften Cousins aus Brooklyn seine Tochter vielleicht aus ihrem Schneckenhaus locken würde.

Faith hatte sechs Cousins, die alle einige Jahre älter waren als sie. Nur zwei von ihnen waren Mädchen und die Jungen waren grausam und versnobt. Sie waren zu dem Ergebnis gekommen, dass Onkel Asa arme, schwer arbeitende Vorfahren hatte, wogegen ihr eigener Großvater den jahrhundertealten Titel des Earl of Kilkenny trug. Faith war für sie leichte Beute. Der Schlimmste von ihnen, Steven Butler, verfolgte Faith mit einem Gewehr und drohte, ihr den Kopf wegzuschießen. Er machte sich über ihren Vater lustig, ihre Kleidung, das Auto, das sie hergebracht hatte. Vor allem machte er sich über Faiths Aussehen lustig und verfasste sogar ein Gedicht über ihre Augen:

Die Augen so dicht beisammen, das geht ja wohl nicht.
Kein Paar, nur eins durchschnitten, und das mitten im Gesicht.

Lange Zeit verstand Faith gar nicht, was dieser Reim bedeutete, doch schließlich erkannte sie die Wahrheit darin, als sie in der Dunkelheit ihres mit Blumentapeten verzierten Zimmers in Seawatch unter einer bestickten Daunensteppdecke in ihrem Schlittenbett lag. Sie war zwar nur ein kleines Mädchen und sie verstand nicht alles, was mit ihr geschah, doch sie wusste eins: Sie war hässlich.

Wenn sie mit Steven allein war, hatte sie Angst, dass er ein Gewehr aus dem Waffenschrank nehmen und sie umbringen würde. Sie hatte zugehört, als sich die Erwachsenen darüber unterhalten hatten, wie Harry Thaw den Abzug betätigt und den Architekten Stanford White erschossen hatte, während er auf der Dachterrasse des Madison Square Garden zu Abend aß. *Klick. Peng. Du bist tot.* Ihre Tante hatte die Schlagzeile vorgelesen. Wenn es so einfach war, konnte Steven Butler es auch tun, vor allem, da er nie getadelt wurde. Die Erwachsenen, einschließlich Faiths Mutter, hielten ihn für frühreif und einen Angeber.

Ein anderer Cousin, William Cavanaugh, führte Faith in eins von Großvaters sieben Badezimmern und befahl ihr, seine Hose aufzuknöpfen. Die Knopflöcher waren klein und ihre Finger unerfahren, deshalb brauchte sie etwas Zeit. Durch das Herumfummeln bekam William eine leichte Erektion. Als sie fertig war, drängte sie zur verschlossenen Tür.

»Ich will zu Mama.«

»Warum denn? Wir sind hier noch nicht fertig. Ich will, dass du ihn berührst.«

Faith war entsetzt. »Ich will Mama.«

»Mama kann dir nicht helfen, du kleiner Trottel«, sagte William.

Faith begann, laut zu schreien, und die zufällig vorbeikommende Haushälterin pochte an die verschlossene Tür. William ließ sie heraus. Faith konnte ihn die ganze Zeit lachen hören, als sie die Treppe hinunterlief. Wann immer sich ihre Wege kreuzten, grüßte er sie mit derselben Aufforderung: »Willst du mir wieder dabei helfen, meine Hose aufzumachen?« Faith entschied, dass es ihr Schicksal besiegelte, wenn sie von dem Geschehen berichten würde. Wie konnte sie ihrer Mama

45

erzählen, dass ein Junge aus ihrer eigenen Familie – der bereits im Kloster von Portsmouth angemeldet war und womöglich Priester wurde – ein Wurstding aus seiner Hose gezogen und ihr aufgetragen hatte, es zu küssen? Oder dass Stevie Butler eine von Großvaters Waffen genommen und gedroht hatte, ihr damit den Kopf wegzuschießen? Wenn ihr Vater etwas davon hören würde, dann würde er sie nicht mehr lieben. Womöglich würde er sie sogar wegschicken. Die Einsamkeit schmerzvoller Geheimnisse begann mit diesen verhassten Besuchen in Brooklyn.

So abscheulich wie die Pöbeleien und Schikanen war für Faith der Gedanke, dass sie nicht gemocht wurde. Da war irgendwas an ihr, das ihre Cousins wütend genug machte, um sie bestrafen zu wollen. Sie konnte es sich kaum eingestehen, geschweige denn mit jemandem darüber reden. Schlimmer noch, sie hatte keine Ahnung, was sie tun konnte, um es zu ändern. Wenn dich deine eigene Familie nicht ertragen konnte, wie groß war dann die Chance, dass die Welt dich akzeptierte?

Vom ersten Frühlingstag ihres vierten Lebensjahres an – und vielleicht sogar schon davor – erkannte Faith aus der subtilen, doch unmissverständlichen Körpersprache von Mama und Papa die Botschaft, dass sie nicht jedermanns Liebling war. Billy dagegen hatte ihre Eltern und alle Angestellten fest in der Hand, sie waren wie seine Leibeigenen. Faith versteckte sich zuerst hinter ihrer Stille, doch als sie größer wurde, spielte sie verrückt. Sie jammerte ständig und beschwerte sich. Auf Ausflügen war es ihr zu kalt oder zu heiß oder ihr tat der Magen weh oder sie hatte ihre Handschuhe oder ihre Puppe im Park oder im Haus einer Spielgefährtin gelassen und sie mussten sofort geholt werden. Ihr Magen schmerzte die meiste Zeit, und es gab nichts, was irgendwer tun konnte, um ihr zu helfen. Alle mussten auf Zehenspitzen um sie herumgehen und hoffen, dass sie keine »Laune« hatte.

Die Besuche in Brooklyn quälten sie, doch sie waren auch nicht häufig genug, um sie ständig zu beunruhigen. Erst im Sommer 1906, als der gesamte Bradley-Cavanaugh-Butler-McGuire-Clan Grundstücke in Southampton bebaute und Alice Faith für längere Zeit mitnahm, wurde Faiths Leben fast unerträglich.

Faith wollte nicht nach Southampton und begann zu weinen und sich am Bett festzuhalten. »Ich hasse es dort.«

»Aber Schatz.« Alice war verwirrt. »Warum im Himmel? Cousine Nancy ist auch da.«

»Sie hat ihre eigenen Freunde. Ich laufe nur nebenher.«

»Das ist eine Gelegenheit, auch ihre Freundin zu werden. Sie ist deine Cousine. Eine Cousine ist immer deine Freundin.«

»Das ist nicht wahr. Sie sind ganz bestimmt nicht meine Freunde.«

»Also, das ist jetzt wirklich albern. Natürlich sind sie das.«

Faith sagte nichts mehr. Ihre Mutter sprach so, als wären sie alle in einem Märchenbuch und alles hätte ein glückliches Ende.

Mit acht Jahren erwartete man von Faith, unter der Aufsicht von Kindermädchen die Zeit mit ihren Cousins zu verbringen. Southampton war schlimmer als Brooklyn, denn die Aufenthalte dauerten lange und sie war immer von ihrer Mutter getrennt durch die ungewohnte Weite der Gebäude und Grundstücke. Wenn sie nach ihrer Mutter fragte, sagte man ihr, dass Mama zum Einkaufen in der Stadt sei oder Tennis im Klub spielte oder außerhalb des Grundstücks zu Mittag aß. Ihr Zimmer im Kinderhaus war nicht einmal im selben Gebäude wie Alice', und sie schämte sich dafür, dass sie ihre Mutter vermisste, während ihre Cousinen begeistert davon waren, ihre los zu sein.

An einem heißen Augusttag, als die Temperatur bei über siebenunddreißig Grad lag und die einzige Zuflucht die kühlen

Wellen des Atlantiks waren, geschah etwas, das Faith schließlich dazu veranlasste, über ihre Nöte zu reden.

Den ganzen Morgen hatten die Kinder Sandburgen gebaut und sich von vereinzelten Wellen die Füße und den Po kühlen lassen. Steven Butler baute eifrig einen Nachbau des Anwesens seines Großvaters aus Sand. Als sie vom Essen zurückkehrten, war das halbe Gebäude von Steven umgetreten und zerstört worden. Er war außer sich und schwor, den umzubringen, der das getan hatte. Faith drehte sich der Magen um. Sie wusste, dass sie die Hauptverdächtige sein würde. Zur allgemeinen Erleichterung waren kurz darauf die Wellen in der Brandung hoch und schaumig, und Steven begann mit Bodysurfen. Er trieb auf einer Welle bis zum Strand und landete neben Faith. »Komm rein«, sagte er süß. »Ich zeige dir, wie man auf den Wellen reitet.«

»Ich kann nicht schwimmen.« Faith war sofort begeistert, weil sie einbezogen wurde.

»Du musst nicht schwimmen. Halte dich einfach an meiner Hand fest und reite auf der Welle zum Strand. Ich zeige es dir.«

Faith folgte Steven ins Wasser, bis nur noch ihr Kopf herausguckte. Eine große Welle kam näher und sie stolperte zurück in Richtung Strand, doch Steven hielt sie fest. »Lass den Kopf unten und geh erst mal unter«, sagte er ruhig, doch Faith versuchte, sich freizumachen und wegzulaufen. Steven schubste sie direkt vor die Welle und sie spürte, wie sie von einem mächtigen Sog herumgerissen und nach unten geworfen wurde, doch sie wurde noch immer von ihrem Cousin gehalten. Sie strampelte wild mit den Beinen und bewegte sich nach oben, als Steven Butler die Hand auf ihren Kopf legte und sie nach unten drückte. Ihr Mund und ihre Nase füllten sich mit Wasser. Sie konnte nicht mehr atmen. Sie zappelte, um sich aus seinem Griff zu lösen, doch seine Hand blieb fest. In dem Moment, als sie das Gefühl hatte zu explodieren, zog sich die Welle zurück und das Wasser war wieder flach. Spuckend und würgend stand sie da. Ihre Beine hielten sie nicht mehr und sie kroch zurück zum Strand. Für den restlichen Besuch weigerte sie sich, mit irgendwem zu sprechen, was gnädigerweise zwei Tage später vorbei war. Steven Butler hatte versucht, sie zu ertränken, und sie würde es einer einzigen Person erzählen. Bis dahin würde sie diesen verhassten Erwachsenen und ihren verhassten Kindern kein Wort sagen.

* * *

Faith betrat den Raum, verharrte an der Tür und wartete darauf, dass man auf sie aufmerksam wurde. »Hallo«, sagte Asa. »Sieh mal an, wer da ist.«

»Hallo«, sagte Faith. Sie beneidete Billy, weil er einfach zu ihrem Vater gehen und seine Hand nehmen konnte, ohne auch nur groß darüber nachzudenken. Billy konnte Asa einfach mit einem hastigen »Entschuldige« unterbrechen und wurde mit einem Lächeln begrüßt. Faith nicht. Ihre Zunge wurde schwer und ihre Glieder steif. Asa hatte ihr niemals irgendwas Unfreundliches angetan. Er behandelte sie mit so viel Zuneigung, wie man bei einem Kind erwarten konnte, dem es unangenehm war, umarmt zu werden. Er mochte es, mit simplen kleinen Notizen mit ihr zu kommunizieren, die auf Artikel in der Zeitung hinwiesen, von denen er annahm, dass sie sie verstehen und Freude daran haben würde. Er las ihr immer Artikel über Präsident Roosevelt vor und wie er seine eigenen Kinder behandelte. Der Präsident lernte Jiu-Jitsu von einem japanischen Herrn, der dafür ins Weiße Haus kam. Asa verehrte Roosevelt, dessen überschäumender Stil das Land elektrisiert hatte. Niemand hatte damit gerechnet, dass McKinley neun Monate nach seiner Amtseinführung ermordet werden würde, und Asa genoss es, seinen Kindern von dem Moment zu erzählen, als Vizepräsident Roosevelt erfuhr, dass er Präsident sein würde. »Er hat gerade den Mount Tahawus in den Adirondacks bestiegen«, begann Asa. »Die Gruppe hatte den

Gipfel schon erreicht und Roosevelt sah, wie ein Bergführer von dem Weg unter ihnen kam.«

»Warte.« Billy hatte jedes kleine Detail auswendig gelernt und stellte sicher, dass die Geschichte vollständig war. »Sie ruhten sich aus, bevor sie wieder runtergehen wollten.«

»Richtig. Der Bergführer hatte ein Telegramm bei sich.« Asa ließ absichtlich Einzelheiten aus, um seinem Sohn die Freude zu machen, ihn korrigieren zu können. »Das nächste Pferd war mehr als fünfzehn Kilometer entfernt. Der neue Präsident musste hinunterklettern zum Klubhaus und sich Pferd und Kutsche besorgen, um die sechsundfünfzig Kilometer bis zum Bahnhof zu fahren.«

»Es war dunkel und neblig und sie mussten unterwegs die Pferde wechseln und der Fahrer wusste nicht einmal, dass er einen Präsidenten transportierte«, fügte Billy hinzu.

»Genau. Es dämmerte, als Roosevelt den Bahnhof erreichte und in den Zug nach Buffalo stieg.«

Jetzt, allein in seinem Arbeitszimmer, lächelte Asa seiner Tochter zu, die noch immer nicht ganz eingetreten war. »Komm herein. Wie lange stehst du da schon? Ich hatte gedacht, du wärst draußen und hättest mit Billy zusammen eine Reitstunde.« Polo war eine neue beliebte Sportart und Asa hatte sich einen Stall mit Ponys zugelegt und hoffte, dass Billy mitmachte.

»Ich bin drinnen geblieben, damit ich mit dir reden kann.«

»Wirklich? Das klingt wichtig. Was kann ich für dich tun?« Asa tat ganz geschäftsmäßig, um es Faith leichter zu machen, doch es hatte den gegenteiligen Effekt und gab ihr das Gefühl, schnell und interessant reden zu müssen.

»Ich will meine Cousins in Southampton nicht mehr besuchen. Ich will auch nicht mehr nach Brooklyn. Ich habe es Mama gesagt, doch sie meint, dass es keinen Grund dafür gibt. Sie denkt, meine Cousins sind gut für mich.«

»Ich verstehe. Und warum willst du nicht hingehen?«

»Die Jungs sind sehr böse.«

»Wie das?«

»Sie machen sich über mich lustig.« Sie wollte ihm sagen, dass sie sich über ihr Aussehen lustig machten, doch was wäre, wenn er ihnen zustimmte?

»Wie machen sie sich über dich lustig?«

»Sie finden, dass der Daimler vulgär ist. Sie sagen, unser Haus sei nach dem Preis eingerichtet, weil wir keinen Geschmack hätten, und sie sagen, Mama könne kaum lesen. Niemand von uns spricht Französisch oder Italienisch. Alles, was wir haben, ist Geld.«

»So, so.« Asa lächelte, doch dann machte er ein ernstes Gesicht. »Es ist niemals gut, wegzulaufen. Mein Rat ist, ihnen zu beweisen, dass sie falschliegen. Wir könnten einen Französischlehrer kommen lassen. Schließlich sollte Billy sowieso eine andere Sprache lernen und du könntest es auch tun. Ich weiß nicht, ob deine Mutter sich dir anschließen würde. Was den Daimler betrifft, da hatte ich bereits beschlossen, einen Packard zu kaufen. Sie werden zwei oder drei Modelle schicken, und Trevor und ich werden den Schnellsten auswählen. Du kannst deinen Cousins zurufen, dass sie ›unseren Staub fressen sollen‹, wenn du an ihnen vorbeirast.«

Sie kam einfach nicht durch mit ihren Worten. Er stimmte den Jungs zu. Sie würde ihm das Schlimmste erzählen müssen und dann würde er sehen, wer recht hatte. »Sie haben noch etwas viel Schlimmeres getan. Steven Butler hat versucht, mich zu ertränken.«

Asa stand auf, holte Faith endlich ganz ins Zimmer hinein und führte sie zu einer kleinen Sitzbank. »Wann hat Steven versucht, dich zu ertränken?«

»In Southampton. Er sagte, er würde mir beibringen, wie man Wellen reitet, doch dann hat er meinen Kopf unter Wasser gehalten und mich nicht mehr losgelassen. Es war schrecklich.« Sie wartete darauf, dass ihr Vater empört und entsetzt sein würde, doch er hörte ihr ruhig zu. Ihr Herz schlug wild und ihre Wangen fühlten sich ganz heiß an. Sie wurde von Enttäuschung überwältigt und begann zu weinen. »Ich konnte nicht mehr atmen. Die Welle hatte mich bereits nach unten gedrückt und ich habe Wasser geschluckt, doch dann hat er mich erneut nach unten gezwungen.« Die Erkenntnis, dass ihre Geschichte auf taube Ohren stieß, war zu viel für sie. Faith wurde hysterisch.

Asa unterbrach sie nicht, während sie sich abreagierte. Als ihre Tränen nachließen, tupfte er ihr die Augen trocken und putzte ihr die Nase.

»Faith, ich sehe, dass du sehr aufgebracht bist. Und ich bin mir ganz sicher, dass du das Gefühl hattest, als würde Steven dich zu ertränken versuchen. Es ist gut möglich, dass du dieselbe Panik und Angst empfunden hast, als würdest du wirklich ertrinken, doch ich kann dir mit Bestimmtheit sagen, dass Steven Butler nicht versucht hat, dich zu ertränken.« Asa erhob sich, ging zu seinem Schreibtisch und nahm seine Aktentasche. »Neben dem Französisch ist es wichtig, mit dem Schwimmunterricht zu beginnen. Wenn du eine erfahrene Schwimmerin bist und Französisch sprichst wie eine *Mademoiselle,* dann kannst du jede Stichelei mit echter Munition erwidern. So macht man das, Faith. Werde besser als die, die dich quälen, und sie werden eingehen wie eine Primel.« Er ging zur Tür. »Ich muss jetzt weg.«

Faith blieb auf dem Sofa sitzen, sprachlos und aufgebracht. Dass man ihr nicht glaubte, war die schlimmste Demütigung überhaupt. Sie hatte ihren Mut zusammengenommen, um all das entsetzliche Verhalten zu verraten, und ihr Vater hatte ihr nicht geglaubt. Ihre Mutter war schwach und ängstlich, doch Faith war sich sicher gewesen, dass ihr Vater auf ihrer Seite wäre und sie rächen würde. Er hatte keins von beiden getan. Es gab niemand, an den sie sich wenden konnte.

Ein paar Tage später begann ein junger Doktorand von der Columbia University, jede Woche zu ihnen zu kommen, um Faith, Billy und Trask in Französisch zu unterrichten. Ein Schwimmlehrer aus dem nahen Piping Rock Club kam ebenfalls.

Kapitel 5

Nachdem ihre Mutter ins Krankenhaus gebracht worden war, war Hope allein in dem durchwühlten Zimmer. Kurz danach kam ein schwarz gekleideter Sozialarbeiter vom Kinderhilfswerk und sagte ihr, dass sie ihre Sachen packen solle. Hope nahm nur ihre Comichefte und ein kleines Cape, das ihre Mutter ihr in der Woche zuvor gekauft hatte. Sie mochte es so sehr, dass sie es über allem trug, selbst bei heißem Wetter. Hope und der Sozialarbeiter gingen zwanzig Blocks zu einer Wohnung in einem großen Haus. Eine Frau öffnete ihnen die Tür.

»Hier bleibst du, bis es deiner Mama besser geht«, sagte der Sozialarbeiter. »Benimm dich und mach dich nützlich.«

Ein Junge kam durchs Zimmer gerannt und versuchte, Hopes Comichefte an sich zu reißen. Sie hielt sie fest und er begann, laut zu schreien.

»Meins, du stinkende Waise«, sagte der Junge und versuchte, sie zu boxen, während die Frau ihn zurückhielt.

»Meins«, sagte Hope und hielt die Hefte noch fester.

Die Frau brachte Hope zu einem Zimmer mit einem Bett. »Zieh alle deine Kleider aus«, sagte sie. »Ich muss sie auskochen. Wahrscheinlich hast du eine Krankheit oder Läuse.«

Hope zog ihre Kleider nicht aus. Als sie allein war, sammelte sie ihre Sachen zusammen und schlich sich aus der Wohnung. Sie ging den Weg zurück, den sie gekommen war, bis in ihre alte Nachbarschaft. Sie hatte Angst vor dem Jungen. Sie wusste, dass er ihre Bücher stehlen und womöglich noch schlimmere Dinge tun würde, sobald sie eingeschlafen wäre.

* * *

Die Vermieterin der Pension sah sie und fragte, wer für das Zimmer bezahlen würde. Hope nannte den Namen von Agathas einziger Verwandten, ihrer alten Tante aus der Willet Street. Sie kannte nicht einmal ihren Namen und nannte sie nur Tante Willet.

»Und wann wird sie kommen?«

»Sie kommt morgen. Und sie wird bezahlen.«

Trotz bester Bemühungen des Kinderhilfswerks und verschiedener Wohlfahrtseinrichtungen gab es im Jahre 1906 Tausende obdachloser Kinder in Manhattan. Erst seit Kurzem war die Kindheit als besondere Lebensphase anerkannt worden und ein Achtjähriger allein auf der Straße war immer noch kein ungewöhnlicher Anblick, genauso wie Fabriken voll arbeitender Kinder.

Hopes Eltern waren besessen davon, Geld zu verdienen, weshalb sie ebenfalls Geld verdienen wollte. Sen hatte über die Idee gelacht, doch Agatha nahm sie ernst. Manchmal, wenn sie mit Agatha beim Speisekarren gewartet hatte, bat der Zeitungsjunge sie, auf seine Zeitungen aufzupassen, und gab ihr dafür ein paar Pennys. Ihre Mutter hatte ihr Geschichten von Kindern erzählt, die keinen Platz zum Schlafen hatten und auf der Straße lebten.

»Hast du den Jungen gesehen?«, fragte sie. »Er fängt Ratten, die er für acht Cent das Stück für die Tierkämpfe verkauft.

Dieser Job ist aber nur etwas für Jungs.« Für die Wettstuben gab es immer Bedarf an Ratten. Ein guter Rattenhund konnte hundert Ratten in einer halben Stunde töten.

Hope beschloss, einen Weg zu finden, um Geld zu verdienen und damit ihre Mutter zu überraschen. Vor der Straße hatte sie keine Angst. Sie kannte jeden losen Ziegel und jeden Fleck. Sie war daran gewöhnt, draußen zu sein. Sie ging den Broadway hinab und als sie an der Trinity Church vorbeikam, ging sie hinein, um sich aufzuwärmen. Es gab zwei Trinity-Church-Kirchen. Eine im oberen Stadtteil für die Reichen und diese. Ihr Vater hatte sie manchmal hier warten lassen, wenn er kurz eine Besorgung machen musste. Die Trinity war ein sicherer Ort für sie. Sie war daran gewöhnt, in der Kirchenbank zu sitzen und ihre Bowery-Bill-Geschichten über den Weg vom Tellerwäscher zum Millionär zu lesen und sich auszumalen, dass sie all die Dinge tun könnte, die Billy tat. Sie ging durch den Nordeingang in die Kirche und blieb kurz stehen, um die Statue des dort begrabenen Bischofs Onderdonk anzuschauen, was sie erschauern ließ. Dann ging sie weiter und setzte sich in die erste Reihe. Die Sonne schien durch die Fensterrosette über dem Altar und warf die Farben des bunten Kirchenfensters auf den Boden.

Direkt vor ihrer Sitzreihe befand sich ein großer Stand mit Votivkerzen. Sie sah zu, wie die Menschen Kerzen anzündeten und Geld in die Sammelkiste stopften, die bereits voll zu sein schien. Die letzte hineingesteckte Münze schaute mit dem Rand heraus. Hope blickte zu dem Kirchenfenster mit dem Bild Gottes und dann wieder zu der Münze. Sie entschied, dass sie für sie bestimmt war. Mit ihren zierlichen Fingern zog sie eine Fünfzigcentmünze heraus und setzte sich wieder in die Bank, um auf mehr zu warten. Innerhalb weniger Stunden des stillen Wartens auf Menschen, die Kerzen anzündeten und Münzen in die vollgestopfte Kiste steckten, verdiente sie zwei Dollar. Sie hörte, wie die Leute Gott flüsternd um Liebe baten, um das Heilen einer Krankheit, um Geld … und dann zündeten sie Reihe für Reihe Kerzen an.

Als nur noch wenige Menschen kamen, ging Hope hinaus, um etwas zu essen zu finden. Sie konnte sich immer auf einen der Speisenhändler verlassen, die ihr übrig gebliebene zerbrochene Stücke Gebäck oder Sandwiches gaben. Als sie sich dem Astor näherte, fiel ihr ein Mädchen in ungefähr ihrem Alter auf, das keine Schuhe trug. Hope sah zu, wie sie herumhüpfte, und entdeckte dabei ihre dreckigen Fußsohlen.

»Wo sind deine Schuhe?«

»Hab keine«, sagte das Mädchen.

»Du lügst mich bestimmt an«, sagte Hope.

»Sie sind bis heute Abend versteckt«, gestand ihr das Mädchen.

»Warum ziehst du sie nicht an?«

»Ohne geht es besser«, sagte das Mädchen.

»Was geht besser?«, fragte Hope.

»Betteln, du Dummy. Glaubst du, ich bin barfuß, weil es so gesund ist?«

»Du bittest um Geld? Wie viel bekommst du?«

»Hängt davon ab, ob ich allein arbeite oder für die Frau, die mich anheuert, um ihr krankes Kind zu spielen. Allein mache ich zwei Kröten, wenn ich den ganzen Tag draußen bin und die Restaurantbesucher vor den Hotels mitnehmen kann. Was ist mit dir?«

Hope war glücklich, ihre eigene Geschichte zu haben. »Das meiste Geld, das ich je verdient habe, habe ich aus der Kerzenkiste in der Kirche.«

»Heilige Mutter Gottes«, sagte das Mädchen. »Du hast aus der Kirche geklaut?«

»Gott hat mir gezeigt, wie es geht.«

»Gott hat dir das bestimmt nicht gezeigt. Das war wohl eher der Teufel«, sagte das Mädchen, doch Hope merkte, dass sie beeindruckt war.

»Doch, das hat er. Gott ist stolz auf mich.«

»Du bist vielleicht verrückt. Und bleib nicht bei mir stehen und klau mir meine Kunden.«

Hope hatte bereits beschlossen, bei dem Mädchen zu bleiben. Sie war erleichtert, jemanden in einer ähnlichen Situation gefunden zu haben. »Wie heißt du? Ich bin Hope.«

»Na, ich *hope*, du verschwindest«, sagte das Mädchen und lachte wild. »Kapiert?« Hope wartete auf eine Antwort. »Mein Name ist Grace. Ich hasse ihn. Ich nenne mich lieber Gloria.«

Für den Rest des Tages sah Hope zu, wie Gloria die Menge bearbeitete, die aus dem Astor kam.

Es gab einen Türsteher, Rory, der war über eins achtzig groß und scheuchte sie mit einer Handbewegung weg. »Du weißt, dass du nicht hier sein sollst. Geh nach Hause.«

»Hab keins«, antwortete Gloria.

»Dann geh zum Mission House.«

»Die nehmen mich nicht.«

»Dann geh zur Polizei.«

»Ich hab nichts angestellt.«

Hope war fasziniert von Gloria, deren Mut grenzenlos schien. Während der nächsten paar Tage folgte sie ihr wie ein Schaf und Gloria akzeptierte sie. Nachts guckte Rory in die andere Richtung, wenn sie zum Übernachten in den Gepäckraum krochen. Hope zog es vor, bei Gloria zu bleiben, anstatt in ihr leeres Zimmer bei der wütenden Vermieterin zurückzukehren.

Jeden Morgen gingen sie zu Rector and Moyers, kauften sich ein Milchbrötchen und ein Eis und setzten sich zum Essen auf eine der Bänke auf dem schmalen Grasstreifen. Danach gingen sie los, um zu sehen, was sie von den Kerzenspenden bekommen konnten. Die Metallkiste hatte einen großzügigen Schlitz und Gloria schaffte es, klebriges Karamell an eine Kerze zu drücken und damit Münzen an die Oberfläche zu holen. Es war eine mühevolle Aufgabe und die Gefahr war groß, dabei erwischt zu werden. Nach ein paar Nickeln gaben sie auf und zogen weiter.

Gegen Mittag hingen sie am Schaufenster des Restaurants Crook, Fox & Nash herum und sahen zu, wie dampfende Gerichte zu den Tischen gebracht wurden. Gloria meinte, man müsste die Gäste erwischen, wenn sie angeheitert und satt herauskamen, um Geld zu bekommen. Hope erinnerte sich an die heißen Mahlzeiten, die es im Mission House gegeben hatte, wenn ihre Mutter sie dort gelassen hatte, und drängte Gloria, dorthin zu gehen, doch sie ließ sich nicht locken. »Sie tun mich in eine Familie, die mich zu ihrer kleinen Sklavin macht. Nein danke. Ich will niemandes kleine Sklavin sein, nur um dafür ein lausiges Essen zu bekommen.«

Eines Tages sagte Gloria, dass sie sich mit jemandem treffen müsse. Hope hing am Hotel herum und wartete auf sie. Sie fragte Rory nach ihr. »Manchmal kommt sie für ein paar Wochen nicht vorbei und dann taucht sie wieder auf«, sagte er.

Es dauerte lange, bis Hope erkannte, dass Gloria nicht so bald zurückkehren würde. Sie ging weiterhin zu ihren alten Lieblingsplätzen, sah sich um und fragte die Straßenhändler, ob sie sie gesehen hätten. Nach ein paar Tagen wurde sie wütend auf Gloria, weil sie sich nicht verabschiedet hatte. Sie konnte nicht akzeptieren, dass das Mädchen einfach verschwunden war, ohne ihr etwas zu sagen. Es machte sie so wütend, dass ihr gegen ihren Willen die Tränen kamen. »Ich werde dieses Mädchen umbringen. Ich werde ihr mit einem Stock auf den Kopf schlagen und sie auf den Gehsteig werfen. Ich werde dieses verrückte Mädchen umbringen«, murmelte sie die ganze Zeit, während sie die Straßen entlangging und nach ihrer Freundin suchte.

Jetzt, da Gloria weg war, verspürte Hope zum ersten Mal Angst, dass sie für immer allein bleiben würde. Ihre Mutter musste offenbar im Krankenhaus gestorben sein. Hope wusste nicht, wohin sie gehen sollte. Sie war dreckig. Schmutz hatte sich in ihren Haarsträhnen verfangen. Dreck steckte tief in der Haut ihrer Hände und Füße. Ihre Beine waren zerkratzt und ihre Kleider zerrissen. Ständig war sie hungrig und durstig. Sie setzte sich auf ihre alte Treppe und begann zu schluchzen und konnte nicht mehr aufhören. Sie wollte nicht aufhören. Sie konnte es nicht ausdrücken, doch das Schluchzen hielt ihr Leben in Bewegung. Wenn sie aufhörte, dann würde sie sich einer Wirklichkeit stellen müssen, die sie nicht ertragen könnte. Da war niemand, der sie kannte. Niemand, der auch nur ihren Namen rief. Die Einsamkeit war überwältigend. Sie spürte, wie die Kälte ihre Beine hochkroch. Ihr war kalt und sie war hungrig, doch mehr als alles andere war sie voller entsetzlicher Traurigkeit, die sie zu ersticken drohte.

Sie hob den Kopf und sah ängstlich die Straße entlang. Sie hoffte, Gloria zu sehen, doch sie sah jemand anders. Eine weibliche Gestalt humpelte auf sie zu. Die Frau war so wackelig, dass es aussah, als würde sie jede Sekunde umfallen. Ihr Haar war ein zottliger Busch, der von einer Mullbinde gehalten wurde, die ein Auge bedeckte und um ihren Kopf gewickelt war, wobei das andere Auge kaum Platz zum Sehen hatte. Hope starrte minutenlang auf die Frau, konnte kaum glauben, dass die hinkende, übel zugerichtete Gestalt, die auf sie zukam, ihre Mutter war. Agatha streckte den Arm aus und Hope ging ihr entgegen.

Sie konnte kaum atmen. Ihre Mama, von der sie angenommen hatte, dass sie sie niemals wiedersehen würde, war hier und kam direkt auf sie zu. Sie erkannte ihren Rock. Viele Stunden hatte sie auf den Stoff gestarrt. Mit der erdrückenden Erleichterung derer, die knapp dem Tode entkommen waren, gingen sie aufeinander zu. Agatha nahm ihre Tochter in die

Arme und hielt sie so fest, wie es ihre geschundenen Glieder erlaubten. Sie standen da, blockierten die Straße, wollten sich nicht einmal für eine Sekunde voneinander lösen, wagten noch nicht zu hoffen, dass der Moment wirklich war. Das ganze Gewicht der Wochen voller Angst und Sorge, Traurigkeit und Leid explodierte in Hope. Sie würgte an ihren Schluchzern und konnte sie nicht zurückhalten.

* * *

Es war ein harter Winter, doch sie schafften es, etwas Gemütlichkeit in ihr Zimmer zu bringen. Die Straßen waren mit Holzplanken bedeckt gewesen, und als sie jetzt herausgerissen wurden, um gegen Asphalt getauscht zu werden, zogen Hope und Agatha mit Säcken los, damit sie Feuerholz hatten, um den Ofen in Gang zu halten. Agatha fragte die Vermieterin, ob sie ihr altes Zimmer zurückbekommen könnte, und versprach zu zahlen, sobald sie Arbeit hätte. Sie trank nicht und war eine saubere Mieterin, weshalb die Vermieterin einverstanden war.

Kamen, der inzwischen sein gesamtes Geld zurückgewonnen hatte und ein paar Tausend dazu, empfand Reue und gab ihnen ausreichend Geld, um für zwei Monate die Miete zu bezahlen, und dazu noch ein paar Möbel aus seinem Geschäft.

Der Priester des Mission House gab ihnen ein paar Dollar für Lebensmittel und drängte sie, zum kostenlosen Mittagessen zu kommen, doch Agatha war sehr pingelig mit dem Essen und mochte das Angebot nicht. Alles war verkocht und weich.

Auf den Straßen war viel los. Radikale politische Parteien trieben voran, was sie als Emanzipation der Arbeiterklasse empfanden, und veranstalteten sogenannte »Straßeneckenversammlungen«. Politische Reden, die das eine oder das andere Programm proklamierten, waren eine neue Form der Unterhaltung. Gewerkschafter rekrutierten am Rand neue Mitglieder.

Manchmal schloss sich Agatha der Menge an und hörte eine Weile zu, wobei sie herauszufinden versuchte, welchen Einfluss die Regierung eigentlich auf ihr Leben hatte. Eines Nachmittags erkannte sie einen gut gekleideten Mann aus der alten Zeit mit dem Speisekarren. Er war ein regelmäßiger Kunde gewesen, obwohl er sich auch das Essen im Restaurant leisten konnte. Er bemerkte sie auch, und nachdem er ihr geprelltes Gesicht gemustert hatte, fragte er sie, warum sie den Karren aufgegeben hatte. Als sie ihm ihre Geschichte erzählte, sagte er etwas Folgenschweres: »Ich bin auf der Suche nach einem Geschäft, in das ich investieren kann, und würde gern ein kleines Restaurant eröffnen. Ich war in Chicago und ich habe einen Laden gesehen, wo das Essen in einer Reihe angerichtet war und die Leute auswählten, was sie wollten, und es dann selbst zu ihrem Tisch trugen. Es nennt sich Cafeteria. Würde Sie das interessieren? Sie könnten die Köchin und Geschäftsführerin sein und ich würde Ihnen einen Teil der Einnahmen geben.«

Sie brauchte ein paar Minuten, um zu begreifen, was er sagte, doch dann willigte sie ein, am nächsten Tag in sein Büro zu kommen. Er zog seine Brieftasche hervor und sagte ihr, dass sie sich andere Kleidung für ihre neue Position kaufen sollte, und lächelte dann Hope zu. »Und du sollst auch etwas Neues zum Anziehen bekommen.«

Als sich in der darauffolgenden Nacht der Gedanke in ihrem Kopf entfalten konnte, spürte Agatha ein Wiederaufflammen ihrer alten Energie. Eigentlich war sie eine mittellose siebenundzwanzigjährige Witwe mit einem Mischlingskind. Ihr gebrochenes Bein musste noch ausheilen und sie humpelte weiterhin. Die Haut um ihr Auge und ihren Kiefer war noch geschwollen und verfärbt, doch innerhalb weniger Stunden war sie wie neu geboren und voll Optimismus und Ehrgeiz. Dafür hatte sie die ganze Zeit gebetet und jetzt würde es so weit sein.

KAPITEL 6

Bis Faith alt genug war, um unterrichtet zu werden, hatte sie nicht viel von ihrem Bruder Billy gesehen. Doch als sie größer wurde, ließ er sie durch kleine Andeutungen wissen, dass sie als Einheit zusammen gegen ihre Eltern stehen würden. Wenn ihre Mutter zum Beispiel am Esstisch irgendwelche erstaunlichen gesellschaftlichen Leckerbissen zum Besten gab (»Sie hatten bergeweise Sand auf dem Esstisch und wir sollten uns wie die Aasgeier hindurchwühlen – Imogene fand einen Smaragd«), verdrehte Billy öfters die Augen, sodass nur Faith es sehen konnte. Sie nickte dann und grinste, doch nur selten teilten sie privaten Kummer, bevor Faith zehn war.

Es war während der letzten Tage des Jahres, als Faith entdeckte, dass sie sich auf ihren Bruder als mitfühlenden Vertrauten verlassen konnte. Die beiden kämpften sich durch den Berg von Weihnachtsgeschenken, die noch immer unter dem Baum lagen. Faith nahm eine große Puppe mit einem feinen Porzellangesicht und beweglichen Gliedmaßen. »Guck mal, ich habe mein ganzes Leben noch nicht mit Puppen gespielt und Mama hat mir noch eine geschenkt.«

»Die sieht aber sehr echt aus. Sieh nur, die Augen öffnen und schließen sich.« Billy nahm die Puppe, wiegte sie in den Armen und begann, ein Gutenachtlied zu singen.

Faith lachte. »Vielleicht kannst du dich als Kindermädchen engagieren lassen, wenn Papa unser ganzes Geld verliert.«

»Keine schlechte Idee.« Billy wiegte die Puppe weiter und sang dazu leise vor sich hin.

Diese deutliche Sanftmut und Fürsorge brachte Faith dazu, Billy zu erzählen, was mit ihren Brooklyner Cousins geschehen war. Billy glaubte ihr nicht nur, sondern konnte selbst ein paar Geschichten dazu beitragen.

»Steven hat der Katze fast den Hals umgedreht, als sie ihn einmal angesprungen hat. Die Katze hatte ihn heftig gekratzt und er ließ sie schließlich los, doch er war bereit, sie zu töten. Er ist sehr stark.«

»Mama würde sich niemals gegen ihre Schwestern stellen. Eher würde sie erlauben, dass Steven uns den Hals umdreht.«

Billy gefiel es, dass seine Schwester so offen mit ihm sprach. »Sag mir, wenn dieser Junge dich anrührt. Ich werde Papa dazu bringen, dir zu glauben.«

Es war kein Zufall oder Scherz, dass Billy Faiths Puppe mit solcher Zärtlichkeit auf den Arm genommen hatte. Er war kein Junge, der gern herumtobte. Asa hatte Tommy Rowland, den Sohn des Hausmeisters, darum gebeten, Billy zu Jungsbeschäftigungen wie Baumklettern oder Eishockey auf dem Beaver Dam mitzunehmen. Billy schloss sich ihm an, doch er war mit dem Herzen nicht dabei. Er wusste nicht, weshalb er sich innerlich dagegen sträubte, sich »wie ein Mann« zu benehmen, doch er behielt es für sich und gab sich die größte Mühe. Während Faith sich mehr als alles andere die Aufmerksamkeit ihres Vaters wünschte, ging es ihm genau umgekehrt. Oft wünschte er sich, sein Vater würde nicht so großen Wert darauf legen, hart und militärisch zu sein. Billy hasste es, bei den Knickerbocker Greys mitzumachen. Er hasste die Gewehre und Schwerter und vor allem die schreckliche Uniform.

Wann immer Faith sich über das Stickenlernen beschwerte, schimpfte er über die Greys. »Wenigstens musst du nicht diese grässliche steife Uniform tragen und dazu ein Bajonett, als wolltest du den Feind erstechen. Ich weiß noch nicht einmal, wer überhaupt der Feind ist. Einmal musste ich so tun, als würde ich Bobby Crowfoot erstechen. Ich hatte ihn kaum berührt, doch er fing an zu schreien wie eine Hyäne.«

Die Greys trafen sich für ihre wöchentlichen Übungen im alten Arsenal des Siebten Regiments der New Yorker Nationalgarde. Bei den Greys aufgenommen zu werden, war genauso schwierig, wie Zugang zu einem exklusiven Country-Klub zu bekommen, und sowohl seine Mutter als auch sein Vater waren begeistert, als Billy hineinkam. Mr Lucker gab gerne Kommentare über die Figur seiner Jungs ab, während er Brust und Taille für neue Uniformen vermaß. »Billy, ich muss dich loben. Die meisten Jungs sind ein wenig weich um die Taille, aber du bist so schlank wie ein …« Er wollte »schlank wie ein Tänzer« sagen, fand das aber unpassend. »Schlank wie ein junger Boxer«, sagte er stattdessen.

Asa war hereingekommen, als sein Sohn gerade entlassen wurde. »Nun, Billy, dieses Jahr kannst du vielleicht die Fahne tragen, oder?« Dabei hatte Asa sehr zufrieden gewirkt.

Billy legte Faiths Puppe hin und krümmte die Schultern. »Weißt du, was ich erwidere, wenn Papa Dinge sagt, denen ich nicht zustimme? Ich sage: ›Was auch immer du sagst, Papa.‹«

Faith war erleichtert zu erfahren, dass er auch Kummer hatte und offen darüber sprach.

»Immerhin erwartet Papa, dass du deine Sache gut machst«, sagte Faith. »Wenn ich irgendwas gut mache, dann ist er fast enttäuscht. Er will, dass ich ungeschickt bin, damit er mir zeigen kann, wie sehr er die kleine linkische Faith akzeptiert. Manchmal möchte ich kläglich versagen, nur damit er glücklich ist. Ich bin ziemlich gut in Mathematik und Französisch, doch ich sage es ihm nie. Das wäre zu verwirrend für ihn.«

»Wenn ich nach Yale gehe, dann wird er sich nur noch mit dir beschäftigen, und dann wollen wir doch mal sehen, wie es dir gefällt.«

»Das würde mir sehr gefallen«, sagte Faith.

»Wenn ich weit weg wohnen würde, ohne Papa, dann wäre ich ein völlig anderer Mensch.«

»Was für ein Mensch?«

»Frei. Ohne Angst. Ich würde einfach jeden Tag aufstehen und sein, was ich sein möchte.«

»Aber das bist du doch schon.«

»Nein. Ich wache an jedem Tag mit dem Gefühl auf, Papa nicht enttäuschen zu dürfen.«

»Das ist schrecklich.«

Wenn Billy auch bei fast allem ehrlich zu Faith war, so gab es doch einen Bereich seines Lebens, den er ihr nicht anvertrauen konnte. Wie konnte er seiner Schwester erzählen, dass er womöglich für einen der Stalljungen schwärmte? Er war sich nicht einmal sicher, was er damit tun würde, wenn nichts im Wege stände. Was Billy quälte, war nicht der Gedanke, dass er womöglich einer dieser Männer war, die Männer Frauen vorzogen. Was ihn am meisten quälte, das war die Vorstellung, seinen Vater zu enttäuschen. Innerhalb der Mauern von Seawatch musste er William Horatio Simpson sein, Erbe und einziger Sohn von George Asa Simpson, einem der wohlhabendsten Männer in den Vereinigten Staaten von Amerika. Bald würde er endlich nach Yale gehen und damit vielleicht in die Freiheit.

Kapitel 7

Als Peter Laughlin Agatha die Möglichkeit bot, wieder Essen zuzubereiten und hungrige Gäste zufriedenzustellen, war es genau das Wunder, das sie brauchte, um daran zu glauben, dass das Leben doch noch Gutes für sie bereithielt. Die Albträume von Überfällen und Schlägen ließen nach. Sie sprang nicht mehr bei jedem lauten Geräusch auf und ging nicht schneller, wenn sie einen Straßenjungen sah. Während sie die Entwicklung des Restaurants verfolgte, kehrten ihre alte Energie und der Enthusiasmus zurück.

Die Räumlichkeiten, die Laughlin angemietet hatte, waren zwei Blocks von ihrer Pension entfernt und befanden sich in einem schmalen Gebäude, das nur gut vier Meter breit war. Sie brauchten zwei Meter für eine Warmhaltevitrine und einen Gang und quetschten drei lange Esstische an die gegenüberliegende Wand, sodass es nur einen Durchgang von etwas über einem Meter Breite für die Gäste mit ihren Tabletts gab.

Die neue Idee der Cafeteria setzte sich durch. Es war eine Aufwertung gegenüber den alten Läden, wo sich die Gäste verschiedene Speisen an die Brust drückten, während sie nach einem Platz jagten. Laughlin nannte das Restaurant *An Mutters Tisch*, womit er die populäre Idee der Selbstbedienung und die

Neuheit einer weiblichen Küchenchefin zu einem gewinnbringenden Namen vereinen wollte.

Agatha widmete sich mit ganzem Herzen ihrer Arbeit. Sie wollte vor allem das bestmögliche Essen anbieten, auch wenn der Hauptgedanke des Geschäfts war, eine einfache, preiswerte Alternative zu schaffen. Die wichtigste Kochregel, die sie von Sen gelernt hatte, bestand darin, mit den besten Zutaten zu arbeiten. Zweimal in der Woche gingen sie und Hope morgens mit einem Karren zur Ecke Gansevoort und West Washington Street, wo seit mehr als hundert Jahren Manhattans Marktstände betrieben wurden. Die frischesten Waren wurden an den Docks des Hudson River ausgeladen und über die gepflasterten Straßen zu den Händlern mit ihren Ständen gebracht, an denen sie ihre Spezialitäten anboten. Aus New Jersey und Long Island kamen die Bauern und lieferten ihre Produkte. Es gab ein unterirdisches Kühlsystem, um das Fleisch und Geflügel frisch zu halten. Die Lieferanten für die Restaurants und die Handwagenverkäufer waren schon zur Morgendämmerung da und steckten ihre Arme in Säcke und Fässer, um die beste Ware zu bekommen.

Agathas Mühen wurden belohnt, denn die Menschen liebten ihre Speisen. Ihr Kochstil und ihre gastfreundliche Art machten hungrige Menschen glücklich und vertrauensvoll. Viele ihrer alten Kunden entdeckten und unterstützten den beengten Laden. Sie stellte draußen eine Tafel auf, auf die sie die drei Hauptgänge des Tages schrieb, um so der Befürchtung mancher Gäste entgegenzuwirken, eine schnelle Entscheidung treffen zu müssen, wenn sie an der Reihe waren. Es gab immer zwei Fleischgerichte und eins mit Fisch. Sie servierte Hähnchen und gefüllte Klöße, Schweinebraten mit Johannisbeersoße, Schinken mit gerösteter Ananas und Kartoffelgratin. Im Ragout waren Kartoffeln, Möhren und Pilze, dazu gab es ein knuspriges Baguette. Zum Fisch fügte sie chinesischen Gewürzreis und würzigen Krautsalat. Zusätzlich zu den drei Hauptgerichten bot sie noch ein paar ihrer alten Spezialitäten an: Apfelmuffins, einen schmackhaften Lammeintopf mit geschmorten Kartoffeln, Gemüse und einem Hauch gegorener Sojasoße aus dem chinesischen Gemüseladen, außerdem mit Schwein oder Fischpastete gefüllte Klöße mit einer braunen Soße. Häufig nahmen die Gäste den Hauptgang und dazu noch eine Portion Klöße. Suppen, Obstkompott, Salate, Pasteten und Kuchen rundeten die Speisekarte ab. Hinter den Pasteten und Kuchen war die Brotstation mit Maisbrot, hellen, weichen Brötchen und einfachen Sauerteigbrötchen. Ganz zum Schluss gab es noch eine Station mit Karaffen voll Kaffee und Tee.

Das Wichtigste war, dass alle Speisen gut aussahen und die Portionen alle gleich groß waren. Die Pastetenscheiben mussten identisch sein und der Obstsalat musste die verschiedenen Früchte in gleichen Anteilen enthalten. Die Gäste durften nicht denken, dass ihre Portion kleiner war als die der Person gegenüber. Agatha wechselte außerdem regelmäßig die Speisen, damit Stammgäste jeden Tag bei ihr essen konnten, ohne zweimal das Gleiche essen zu müssen. Die große Herausforderung bestand darin, dass die Gäste ihre Tische sofort nach Beendigung ihres Essens räumten, weshalb Agatha eine junge Frau anstellte, die in der Nähe blieb, um Tabletts mit leeren Tellern sofort abzuräumen. Die Reihe musste in Bewegung bleiben, um Platz für nachrückende Gäste zu machen.

Laughlin stellte einen Bäcker an, der in der Nacht frische Pasteten und Brot backte, und einen Hausmeister, der das Restaurant für den nächsten Tag reinigte und instand hielt. Alles andere war Agathas Bereich. Um sechs Uhr morgens begann sie mit ihren Vorbereitungen. Sie bereitete alles täglich frisch zu und wich nie aus finanziellen Gründen davon ab. Essensreste, von denen es nicht viel gab, wurden am Ende des Tages zum Mission House gebracht. Laughlin wusste, dass

Agathas Kochkünste und ihr angenehmes Wesen die Leute anzog, und er war klug genug, sie die Küche auf ihre Art betreiben zu lassen.

Vom Tage der Eröffnung an gab es vor *An Mutters Tisch* eine Schlange, die bis zum Ende des Blocks reichte. Die Cafeteria öffnete um Viertel vor elf und es waren täglich mindestens zehn Personen, die bereits auf Einlass warteten. Diese Frühankömmlinge nahmen normalerweise ein Stück Pastete oder Kuchen und einen Tee. Die Flut der Essensgäste begann mittags und es gab einen anhaltenden Strom, der jeden Tisch füllte, bis sie um drei Uhr zumachten. Sie gaben sich die größte Mühe, jeden Platz fünfmal zu besetzen. Die Menschen, die allein kamen, brauchten eine halbe Stunde vom Eintritt bis zum Weggehen. Wenn zwei oder mehr zusammen kamen, blieben sie oft länger. Eine durchschnittliche Mahlzeit kostete ungefähr einen Dollar und fünfzehn Cent. Täglich verkauften sie zwischen hundertsechzig und hundertfünfundsiebzig Mahlzeiten. Agatha hatte ein Gehalt von achtzehn Dollar pro Tag, dazu fünf Prozent der täglichen Nettoeinnahmen, was ihr nach den Ausgaben für Miete, Gehälter und Provisionen weitere sechs Dollar einbrachte. Am Samstag und Sonntag hatten sie geschlossen. Es war ein anspruchsvoller und anstrengender Job und sie verbrachte den Großteil des Samstags damit, neue Gerichte auszuprobieren. Was Agatha mehr als alles andere mochte, das war der Kontakt mit ihren Gästen. Sie liebte es, sich um ihre Wünsche und Launen zu kümmern, und sie liebten sie dafür, dass sie ihnen besondere Aufmerksamkeit schenkte. Für ihre Stammgäste bereitete sie manche Portionen mit weniger Bratensoße oder mehr Gewürzen oder ohne Nüsse zu, und wenn sie kamen, brachte sie ihnen zu ihrer Begeisterung ihre besonderen Mahlzeiten.

Peter Laughlin war begeistert von dem Erfolg der Cafeteria-Idee und davon, wie Agatha das Restaurant betrieb. Gelegentlich schrieb man sogar in der Zeitung über sie. Dann füllte eine Lawine neuer Gäste die Esstische und bildete eine noch längere Schlange auf der Straße. An den meisten Tagen verkauften sie alles, was sie gekocht hatten, und häufig gingen ihnen manche Speisen aus.

»Wir müssen einen größeren Laden suchen«, sagte Peter Laughlin. »Im Moment lassen wir uns Geld durch die Lappen gehen. Wir könnten noch einmal halb so viele Leute bedienen wie jetzt.«

»Wenn wir uns vergrößern, dann kann ich es nicht allein machen. Aber wenn ich nicht mehr die Kontrolle habe, ist das Essen nicht mehr so gut und ich kann mich nicht mehr um die Sonderwünsche der Gäste kümmern. Können wir es nicht so lassen?«

Agatha war erschöpft, aber glücklich. Hope war auch glücklich. Ihr Leben hatte sich in einer angenehmen Routine eingespielt und sie erblühte in der Sicherheit von ausreichendem Essen, ausreichendem Geld und ausreichender Wärme. Die meiste Zeit ging Hope zur Mission School und lernte schnell, wenn sie nicht zu unruhig war. Im Klassenraum war es ruhig und ein bisschen langweilig im Vergleich zu dem Trubel des Straßenlebens oder in der Cafeteria, doch Agatha bestand darauf, dass sie den Unterricht besuchte. Auf dem Weg nach Hause schaute sich Hope die Bettelmädchen genau an, da sie hoffte, Gloria zu entdecken und ihr alles erzählen zu können, was in der Zwischenzeit geschehen war. Wenn sie freihatte, half sie ihrer Mutter im Restaurant und hörte dabei auch den lebhaften Gesprächen der jungen Sekretärinnen zu, die täglich kamen. Sie trugen Hemdblusen und schmale Röcke und Glockenhüte, die Uniform der frisch emanzipierten berufstätigen Frau. Ihre Gespräche waren voll mit modernem Jargon. Sie beschrieben Dinge als *goldig*, und sie sagten, dieses oder jenes Ereignis hätten sie *zum Sterben* gefunden, oder etwas, was sie gesehen hatten, war *irrsinnig komisch*. Hope hatte zuvor noch keine Menschen gesehen, die so ungezwungen lachten und für die Unterhaltung ein Zeitvertreib war. Was sie am meisten beeindruckte und was sich tief in ihre Seele grub, war die Freiheit, mit der diese Frauen unverblümt alles ausplauderten, was ihnen durch den Kopf ging. Sie beschloss, für den Rest ihres Lebens genauso zu sprechen. Sie würde sagen, was sie dachte, und zwar mit allen ihr zur Verfügung stehenden kühnen Phrasen. *Das war zum Sterben schön. Sie trug den goldigsten kleinen Hut. Ich vergöttere dies oder das. Das ist das irrsinnig Komischste, was ich je gesehen habe. Ich bekomme einen Koller. Hey Kleiner, heul doch. Du gehst mir auf die Nerven.*

Hope und Agatha lebten noch immer in dem einen Zimmer. Agatha hatte Paisleytücher an die Wände gehängt und über die »Diwane« drapiert, die sie so zu nennen pflegte, auch wenn es nur hergerichtete Matratzen waren. Die ganze Wohnung sah aus wie ein Paisley-Palast. Agatha sagte, dass ihr Zimmer direkt aus Cathay stammte. Sie war vernarrt in Design und Farbe. Im Zimmer gab es keinen Zentimeter, der davon verschont blieb, doch es sah gut aus.

Während des zweiten Jahres mit der Cafeteria bekam Agatha die ersten Briefe von Sen. Er hatte sie auf die herzloseste Weise verlassen, doch seine Briefe waren voller Reue und taten ihr gut. Agatha fragte Hope, ob sie ihrem Vater schreiben wolle, doch Hope wollte nicht. Die Erinnerung an den Anblick, wie ihre Mutter von den Schlägern verprügelt wurde, war noch immer lebendig. Agatha hatte Sen zwar aus ihrem Kopf verbannt, doch er schrieb immer wieder von seinem Bedauern und Kummer darüber, dass er sie verlassen hatte. Sie wurde weich und begann, Sens Briefe über die Paisleytücher zu hängen. Er war noch immer ihr Ehemann. Und seine Handschrift war sehr schön. Hope liebte dieses Zimmer. Die Gestaltung des Raumes war überwältigend und es gefiel ihr, sich davon überwältigen zu lassen. Ihre Mutter war unerschrocken und besonders, und das war alles, was zählte. Sie wusste zweifellos, dass sie auch außergewöhnlich sein würde.

Im dritten Betriebsjahr der Cafeteria wirkten sich die politischen Machenschaften in der Gegend auf viele Kleinunternehmen aus. Die Tammany-Seilschaft war eine New Yorker Organisation der Demokratischen Partei, die ursprünglich den Einwanderern geholfen hatte, Bürger zu werden und im Land zurechtzukommen. Im Gegenzug wurden die Neuankömmlinge zu loyalen Wählern.

Als Laughlin die Cafeteria betrieb, war Tammany bereits durch verschiedene Korruptions- und Reformierungswellen gegangen. Im ersten Jahrzehnt des neuen Jahrhunderts hatten sie die Kontrolle wiedererlangt und Menschen, die gegen ihre korrupten Taktiken waren, zogen in Gruppen durch die Straßen und riefen: »Well, well, well, reform has gone to hell.« Die Polizei mischte Restaurants und Bars auf, um gratis Mahlzeiten zu bekommen und Schutzgeld zu verlangen. Anfang Mai 1910 kamen sie zu Laughlin, verlangten zunächst kleine Beträge, zwanzig Dollar die Woche, doch schnell stieg es bis auf hundert Dollar. Sie meinten, es sei wegen des erhöhten Schutzbedarfs gegen die bekannten Gangs der Stadt. Kurz darauf kam der Wahlkreisleiter der Demokratischen Partei und fragte nach einem »Wahl«-Beitrag in Höhe von mehreren Hundert Dollar, was zu einer monatlichen Gewohnheit wurde.

Laughlin sagte Agatha, dass sie am Essen sparen und auf die teureren Speisen verzichten müssten, doch er wusste, dass es nur eine Frage der Zeit war, bis die Geldforderungen seine finanziellen Möglichkeiten übersteigen würden. Es war ein Wunder, dass sie überhaupt so lange in Ruhe gelassen worden waren. Die Cafeteria hinkte noch ein paar Monate vor sich hin, doch im September ging ihnen das Geld aus und sie mussten schließen.

Die Schließung traf Agatha schwerer als alle anderen Rückschläge. Sie glaubte nicht, dass sie sich davon jemals wieder erholen würde.

KAPITEL 8

Asa Simpson war ein Mann, der nie einen Witz erzählte. Zwar würde er über einen Slapstick mit Oliver Hardy lachen, doch es wäre nur ein kurzes Auflachen. Als hätte er nur begrenzt Zeit zur Verfügung und andere Dinge benötigten dringender seine Aufmerksamkeit. Anders als viele der Goldküstenbarone identifizierte er sich mit seinen Angestellten. Er verstand ihre Bemühungen, denn es waren auch einmal seine Bemühungen gewesen.

Für ein paar von ihnen empfand er tiefe Zuneigung – für den Hausmeister Chester Rowland und seine Frau Emma und den Milchbauern Joe Stokes mit seiner Frau.

Chester Rowlands Häuschen befand sich auf dem Grundstück von Seawatch, und an manchen Abenden kam Asa vorbei, um mit Chester und seinen Brüdern Karten zu spielen. Er liebte Emma Rowlands Apfelstreusel und ihren selbst gemachten Wein. Sie gewöhnten sich an seine Besuche und nach einer Weile kam es ihnen nicht mehr seltsam vor. Asa gab es ein Gefühl tiefer Zufriedenheit, in dieser Küche zu Gast zu sein, und er stellte darüber hinaus keine Fragen.

Emma war nicht zu schüchtern, Asa irgendwann nach Hause zu schicken, wenn sie bis spät in die Nacht Karten gespielt hatten. Wenn die Männer zu angeheitert waren, um sich noch hinter das Lenkrad zu setzen, schickte sie ihren vierzehnjährigen Sohn Tommy, um Asa die anderthalb Kilometer zum Herrenhaus zu fahren.

Auch wenn Asa die Rowlands regelmäßig besuchte und Emma zum Abschied sogar auf die Wange küsste, nachdem er ihren Wein getrunken und ihren Apfelstreusel gegessen hatte, erhielten die Rowlands keine besonderen Gefälligkeiten und erwarteten sie auch nicht. Im Allgemeinen arbeiteten die Angestellten gern auf Seawatch und die Kinder, die dort aufwuchsen, konnten sich frei auf dem Gelände bewegen. Tommy, Emily, Joe Stokes Tochter, und Eddie, Emilys kleiner Bruder, schaukelten an den verzierten Eingangstoren, wann immer sie dort vorbeikamen. Im Sommer schwammen sie am Strand und gingen über die Nebenwege nach Hause, sodass sie die Poloponys streicheln konnten. Manchmal wurden sie von dem Mann mitgenommen, der die Milch zum Dorf brachte.

Die Tagelöhner brachten ihr Essen in einem Henkelmann mit, und wenn es draußen kalt war, aßen sie am Ofen im Kuhstall. Die meisten Hilfskräfte waren mittellos auf Seawatch angekommen. Während des Baubooms bei den Herrenhäusern bot die Long-Island-Railroad-Eisenbahngesellschaft den einmaligen ermäßigten Transport mit Freigepäck für alle neu angekommenen Einwanderer an, die sich auf der Insel niederlassen wollten. Diejenigen, die diese Gelegenheit nutzten, fanden bald Arbeit beim Bau der Anwesen und blieben als Angestellte.

Wenn sie keine Verwandten hatten, die bereits irgendwo angestellt waren, gingen Neuankömmlinge direkt zur Hutchinson Arbeitsvermittlung, um an eins der vielen Herrenhäuser vermittelt zu werden, die im ersten Viertel des neuen Jahrhunderts entstanden waren. Wenn man kein Englisch sprach, dann gab es das

Muttonville Gemeinschaftshaus, in dem Sprachkurse angeboten wurden.

Sport war ein wichtiger Zeitvertreib. Manche jungen Männer machten in einem Poloteam mit, doch vorwiegend spielte man Fußball. Harry Guggenheim hatte auf seiner Kuhweide ein Fußballfeld gebaut und Mannschaften der umliegenden Grundstücke spielten sonntags gegeneinander, während Guggenheim und gelegentlich auch seine Mutter zusahen.

Asa hatte Chester und Joe vorgeschlagen, Tommy und Emily an den Unterrichtsstunden mit Faith und Billy teilnehmen zu lassen. Doch Tommy bildete sich nichts auf dieses Privileg ein. Mehr als alles andere wollte er in der Welt außerhalb des Anwesens leben. Wenn er sich mit Faith über ihre Zukunft unterhielt, sagte er, dass er eine Stelle in einem Büro wollte, vielleicht als Buchhalter. Außerdem wollte er auch ein Automobil und ein eigenes Haus.

Faith war überrascht. Sie hatte nie daran gedacht, dass Tommy einmal Seawatch verlassen würde. »Was für ein Haus?«

»Eines dieser kleinen Reihenhäuser in Hewlett. Neben der Eisenbahn.«

»Das ist eine tolle Idee«, sagte Faith, »doch es gibt da ein Problem. Der Eigentümer dieser Häuser hat Papa all die Werbeheftchen mit den idyllischen Bildern gezeigt. Die ganze Idee dahinter ist, dass du ein regelmäßiger Pendler wirst und die Eisenbahnbesitzer glücklich machst.«

»Ja und?«, sagte Tommy. »Das kann trotzdem noch eine gute Idee sein.«

»Ja, wahrscheinlich.«

Er fühlte sich Faith sehr verbunden, sie waren schließlich zusammen aufgewachsen. Er hatte sie auf seinem Fahrrad zum Strand gefahren und ihr gezeigt, wie man auf dem Beaver Dam Schlittschuh lief. Doch es gab Grenzen, und es war an ihm, sie zu kennen, damit er sie nicht überschritt. Wenn er ihr erzählte, dass er von dem Anwesen weg und ein anderes Leben führen wollte, so klang das undankbar. Es ärgerte ihn, dass er immer bedenken musste, wie weit er gehen durfte, wohingegen sie alles sagen und tun durfte.

Es hätte Tommy besänftigt, wenn er gewusst hätte, dass Faith ein Schlag bevorstand, der ihr Leben so sehr verändern würde, dass Statusgrenzen keinerlei Rolle mehr spielten.

Kapitel 9

Agatha hatte sich immer draußen am wohlsten gefühlt, mit einer Aufgabe, in Bewegung und im Gespräch mit sich selbst. Nachdem die Cafeteria geschlossen wurde, verbrachte sie viele Tage drinnen, in völliger Stille, saß am einzigen Fenster und trank Tee, der oft mit Whiskey versetzt war. Wenn der Alkohol sie müde machte, ging sie ins Bett und blieb bis zum nächsten Tag dort. Täglich brachte Hope, die jetzt ein Teenager war, ihr die Zeitung nach Hause und las ihr aus den Stellenanzeigen vor. Die meisten waren für schwere Arbeit, die nur für Männer geeignet war. Eine Anzeige erschien täglich und Hope las sie jeden Tag laut vor. Es war eine Stelle bei der Triangle Shortwaist Factory. Jedes Mal sagte Agatha: »Ich weiß nicht, wie man eine Nähmaschine bedient.«

Hope antwortete dann: »Hier steht: ›Keine Erfahrung erforderlich. Wir weisen Sie ein‹. Dort machen sie diese Hemdblusen, die die Sekretärinnen tragen.«

Schließlich ging Agatha zu der Fabrik, um sie sich anzusehen. Sie war sich sicher, dass ihre schlechten Augen und die mangelnde Näherfahrung ein Hindernisgrund wären, doch das war nicht der Fall. Sie wurde angenommen. Es war eine schreckliche Arbeit für eine Person wie Agatha. Die Hemdbluse – ein tailliertes Leibchen, das mit einem maßgeschneiderten Rock getragen wurde – symbolisierte die neu gefundene Freiheit der amerikanischen Frau. Agatha trug selbst Hemdblusen, doch in der Fabrik gab es keine Freiheit. Stundenlang saß sie mit anderen Mädchen in einer engen Reihe an einer Maschine. Ihre Arbeit bestand darin, die Ärmel für die Kleidungsstücke anzubringen, und wenn sie falsch angebracht waren – was oft der Fall war –, schimpfte der Vorarbeiter mit ihr.

Das einzig Angenehme war das Geplauder, das sie von den mehr als einhundert Mädchen um sich herum hörte. Sie hatte niemals Freundinnen gehabt, und es war unterhaltsam, alle möglichen Liebes- und Schicksalsgeschichten über Schwangerschaften und Hochzeiten zu hören. Es war eine Ablenkung und ließ den Tag schneller vergehen, doch es reichte ihr nicht, um die Stelle behalten zu wollen. Sie beschloss, über Weihnachten zu arbeiten und zum Jahresbeginn aufzuhören. Januar und Februar vergingen, und sie war noch immer dort. Sie markierte auf dem Kalender den Tag, an dem sie gehen wollte. Es war der 30. März.

Die Fabrik befand sich im Asch Building an der Ecke Greene Street und Washington Place. Es war eine völlig überfüllte Fabrik mit zu vielen Arbeitern auf zu wenig Raum. Zwei Treppenhäuser führten hinab auf die Straße, doch eins blieb von außen verschlossen, um das Stibitzen zu verhindern. Von den vier Aufzügen funktionierte nur einer. Die in der Bekleidungsindustrie und der Stadtverwaltung herrschende Korruption hatte auch einen Einfluss auf die Fabrik. Wegen der schlechten Bezahlung und der armseligen Arbeitsbedingungen hatte die International Ladies' Garment Workers' Union, die internationale Gewerkschaft der Beschäftigten der Damenbekleidungsindustrie, einen Streik ausgerufen. Doch die Fabrikbesitzer hatten die Politiker in der Hand und die Polizisten bestochen, um die streikenden Frauen zu verhaften. Die Bemühungen wurden erstickt. Agatha war von der Korruption angewidert, die ihr Leben jetzt zum zweiten Mal beeinträchtigt hatte, doch als sie versuchte, darüber zu sprechen, hatten ihre Kollegen Angst. Sie entschloss sich, dagegen anzukämpfen und eine jener Rednerinnen zu werden, die sich auf Seifenkisten stellten, um sich Gehör zu verschaffen, selbst wenn sie deshalb ihre Arbeit verlieren und ins Gefängnis kommen würde.

Der 25. März begann wie jeder andere Tag. Es war Samstagnachmittag und die Maschinen summten. Das Feuer begann, als sich ein Lumpeneimer entzündete und der Abteilungsleiter es nicht löschen konnte. Die Arbeiterinnen gerieten in Panik. Einige kletterten auf Maschinen. Andere gingen über die Treppen nach unten, wo sie feststellten, dass die Tür von außen verschlossen war. Der einzig funktionierende Aufzug konnte nur zwölf Personen transportieren, auch wenn sich doppelt so viele hineindrängten. Der Fahrstuhlführer konnte vier Runden fahren, bevor der Aufzug kaputtging. Viele hielten sich an den Aufzugskabeln fest und versuchten, an ihnen hinabzurutschen, doch viele starben dabei.

Bei der letzten Fahrt griffen einige Mädchen die Kabel und schwangen sich herunter, sodass sie auf dem Fahrstuhl landeten und andere erdrückten. Ein Paar wartende Mädchen stürzten den Schacht hinunter in den Tod. Die Arbeiterinnen in den Etagen über dem Feuer entkamen aufs Dach und von dort auf benachbarte Gebäude. Als die Feuerwehrleute ankamen, entdeckten sie viele Mädchen, die es nicht bis zum Treppenhaus oder zu dem festsitzenden Fahrstuhl geschafft hatten und kurz davor waren, aus den Fenstern zu springen. Drei sprangen zusammen und zerrissen das Netz, das sie auffangen sollte. Der Rest sprang einfach ins Freie. In weniger als dreißig Minuten war alles vorbei. Einhundertsechsundvierzig Männer und Frauen starben, die Jüngste war erst vierzehn Jahre alt.

Agatha Murphy, einen Monat vor ihrem zweiunddreißigsten Geburtstag, war eine der Springenden. Als sie am Sims stand, war ihr letzter Gedanke, wie süß sich die Frühlingsluft in ihren Lungen anfühlte. Sie wusste sicher, dass sie heil davonkommen würde. Sie rief den Namen ihrer Tochter und starb beim Aufprall. Brei. So wurden ihre Überreste beschrieben. William Gunn Shepherd, ein Reporter vor Ort, schrieb: »Ich lernte an diesem Tag ein neues Geräusch kennen, ein Geräusch, das schrecklicher ist, als man sich vorstellen kann – der Schlag eines fallenden lebenden Körpers auf dem Bürgersteig.«

Die Krankenwagen und Polizeiautos heulten den ganzen Nachmittag. Die Nachricht verbreitete Entsetzen in der East Side. Menschen rannten zu der Fabrik, um das Blutbad zu sehen. Hope hörte den Tumult und ging nach draußen. Die Vermieterin war auf dem Bürgersteig und hielt sie auf.

»Etwas Schreckliches«, begann sie. »Ein Feuer in der Fabrik.« Sie versuchte, Hope festzuhalten, doch sie rannte bereits die Straße hinunter, ihr Verstand erstarrt, ihre Lungen verkrampft. Ein schützender Ring aus Polizisten und Sanitätern versuchte, Schaulustige abzuhalten, doch sie drängte sich durch.

Angehörige anderer Opfer drängten sich um das Gebäude. Die auf dem Bürgersteig liegenden Leichen wurden schnell entfernt, um die Spuren der schaurigen Szenerie zu beseitigen, doch die Flecken und herumliegenden persönlichen Gegenstände blieben. Als Hope die Handtasche ihrer Mutter in einer Pfütze mit modrigem Wasser sah, wurde ihre Befürchtung zur Realität und ihr Körper verkrampfte sich. Wie in Zeitlupe ging sie los, um sie an sich zu nehmen. Ein paar Zentimeter waren noch trocken und sie konnte den Puder ihrer Mutter darauf riechen. Sie nahm die Handtasche, presste sie an ihre Lippen und legte sich damit auf den Bürgersteig, wo, wie sie annahm, ihre Mutter aufgeprallt war. Sie begann, unkontrolliert zu zittern, und drückte ihr Gesicht noch immer an die verschmutzte Handtasche mit

Agathas Geruch. Der entsetzliche Tod ihrer Mutter, von den Flammen in den freien Fall getrieben, stürzte sie in überwältigende Angst. Sie begann zu schreien und zu schluchzen und rief nach ihrer Mutter, als würde sie das zurückbringen. Menschen kamen zu ihr und versuchten sie zu trösten, doch sie schüttelte sie ab. Es gab keinen Trost. Berührung oder Mitgefühl zu akzeptieren, würde bedeuten, dass alles verloren war. Dass es stimmte. Dass Gewalt und Tod der Lohn ihrer Mutter war. Dass sie verloren war. Hope würde den Namen ihrer Mutter rufen, bis Agatha wieder auftauchen würde. Nichts anderes würde sie akzeptieren. Ein Reporter machte ein Bild von ihr und am nächsten Morgen erschien es auf der Titelseite. Hope Lees hübsches, vom Kummer verzerrtes Gesicht wurde das Gesicht dieser Tragödie, das Gesicht der schlechten Arbeitsbedingungen, das Gesicht der korrupten Politiker, das Gesicht von Armut und Verzweiflung. Die Krankheiten der Gesellschaft, benannt von den Rednern auf den Seifenkisten um den Union Square, hatten letztendlich Gestalt angenommen. Zwei Frauen vom Kinderhilfswerk brachten sie schließlich zu einer Unterkunft und ein Arzt gab ihr ein Beruhigungsmittel. Viele Menschen wollten dem zur Waise gewordenen Kind helfen. Man beschloss, dass eine Gruppe von Mädchen, die vom Feuer betroffen waren, aufs Land gebracht wurde, um in der frischen Luft und gesunden Atmosphäre des Farmlandes trauern zu können.

KAPITEL 10

Hopes Gesicht verschwand nicht aus dem öffentlichen Gedächtnis. Nur wenige Tage nach dem Tod ihrer Mutter, die sie mit Angst vor dem Schlaf und den Bildern hinter ihren geschlossenen Augen verbrachte, reiste sie mit drei anderen Mädchen und einer Betreuerin nach Muttonville. Zwei der Mädchen kamen zu einer Bauernfamilie nach Glen Cove. Das andere Mädchen kam zu einer Lehrerin in Roslyn. Hope hatte Glück, ins Haus von Emma Rowland und ihrem Mann Chester zu kommen. Emma wusste, wie man ein Mädchen wie Hope behandeln musste. Sie half Hope durch die langen, quälenden Tage des Annehmens ihres Verlustes.

»Du hast ein paar schreckliche Dinge erlebt, bei Gott, doch du darfst nicht aufgeben, hörst du?«, sagte Emma. »Mach weiter. Setze einen Fuß vor den anderen und gehe, wohin du gehen musst. Ich habe nichts dagegen, dich bei mir zu behalten. Ich habe mir immer ein Mädchen gewünscht. Du musst dich jetzt um gar nichts kümmern.«

Sie konnte sehen, dass Hope noch immer zu sehr litt, um reagieren zu können. Man konnte sie nicht umarmen oder sie berühren. Man konnte sie nicht halten, wenn sie ihren Schmerz herausweinte. Zweimal versuchte sie, davonzulaufen. Emma fand sie spät in der Nacht zusammengekauert auf einer Bank am Bahnhof, wo sie auf den Sechs-Uhr-Zug am folgenden Morgen wartete.

»Ich will nach meiner Mutter sehen«, sagte Hope. »Vielleicht hat es da einen Fehler gegeben und sie macht sich jetzt Sorgen um mich.«

»Schhhh. Schhhh. Schhhh.« Emma sagte nichts weiter, wickelte ein Halstuch um Hope und kehrte mit ihr zurück.

Manchmal versuchte Emma, mit der Hand über die Augenbrauen und Wangen des Mädchens zu streichen oder ihre Hand zu halten. Hope erstarrte dabei. Doch unter dem Vorwand, Hope die Haare zu bürsten, konnte Emma ihr Gesicht liebkosen, ihre hochgezogenen Schultern streicheln und dem armen Geschöpf etwas Trost verschaffen. Langsam ließ Hope immer mehr davon zu.

Viele Monate waren vergangen, und obwohl sie nicht dazu verpflichtet war, Hope länger bei sich zu behalten, konnte Emma sie nicht nach New York zurückschicken. Während des Tages gab es für Hope wenig zu tun, abgesehen von der Unterstützung im Haushalt. Das war nicht genug für ein junges Mädchen, und sie zu Hause zu unterrichten, wäre nicht ausreichend gewesen. Hope sollte zusammen mit Tommy und den Simpsonkindern unterrichtet werden. Vielleicht konnte sie ganz ins Herrenhaus ziehen und eine Gefährtin für Faith werden. Emma erwähnte die Simpsons beiläufig gegenüber Hope.

»Da ist ein Mädchen, das eine Freundin wie dich gebrauchen könnte. Und du könntest richtig lernen, ohne zu einer großen neuen Schule zu müssen. Es kommt ein Lehrer zu ihnen. Tommy geht auch hin.«

»Ich kann schon lesen und schreiben«, sagte Hope. Sie hatte angefangen, sich bei Emma wohlzufühlen, und von ihrem vorherigen Leben berichtet, vor allem von dem Restaurant ihrer Mutter. Manchmal redete sie ohne Unterlass, während

Emma ihr zuhörte. Hope war stolz auf das, was ihre Mutter erreicht hatte. Bei allen Hindernissen, mit denen sie zu kämpfen hatte, hatte Agatha einen großen Erfolg mit der Cafeteria gehabt. »Meine Mutter war eine gute Köchin. Ihre Klöße waren berühmt und selbst die reichen Leute aßen bei ihr.«

»Ich habe gleich gemerkt, dass du von einer guten Frau kommst«, sagte Emma. »Du bist ein hübsches Mädchen, ein kluges Mädchen.« Emma näherte sich behutsam dem, was sie sagen wollte. »Doch um einen guten Eindruck zu machen, musst du richtig mit dem Besteck essen. Du solltest wissen, wie man eine Gabel hält und wohin man das Messer legt, wenn man es nicht benutzt. Dann könnten wir dich zum Essen bei Mrs Astor schicken.« Sie lächelte.

»Mein Vater hat Essstäbchen benutzt. Ich kann auch mit Stäbchen essen, aber es gibt nirgendwo welche.«

»Mit Essstäbchen kenne ich mich nicht aus. Du musst üben, wie man ein richtiges Messer und eine Gabel hält und eine Serviette auf dem Schoß hat. Nur ein wenig Übung und du wirst eine Expertin, und ich kann dich hinüber zum Herrenhaus schicken.«

»Woher hat Mr Asa eigentlich sein ganzes Geld?«

»Von der Wall Street.«

»Dahin bin ich jeden Tag mit meinem Papa gegangen. Ich weiß alles über die Wall Street.«

»Schön«, sagte Emma, die über diese Aussage etwas überrascht war. »Du wirst es dort drüben mögen. Denk mal drüber nach.«

»Ich mag es hier«, sagte Hope.

* * *

Zu Anfang hatte Tommy Abstand zu ihrem neuen Gast gehalten und versucht, nicht auf das schreckliche Weinen zu hören.

Nach ein paar Monaten bat seine Mutter ihn, Hope zum Bowlingabend im Gemeinschaftshaus mitzunehmen. Tommy fand sie seltsam, doch er musste zugeben, dass sie in Sachen Aussehen hervorstach. Auffällig fand er auch die direkte Art, mit der sie alles herausposaunte, was ihr durch den Kopf ging. Ein wenig fürchtete er sich vor Hope. Er kannte kein anderes Mädchen, das so redete.

Wie sich herausstellte, war es der kaum fünfzehnjährige Tommy Rowland, der Hope Lee zurück in die Welt brachte. Sie sagte kaum etwas, doch sie ließ sich von ihm fahren oder zu Fuß dorthin begleiten, wohin sie musste. Manchmal ergriff sie seinen Arm, um sich abzustützen. Sie setzte sich neben ihn, und wenn er sagte: »Steh auf. Es ist Zeit zu gehen«, dann tat sie, was er sagte. Obwohl er es niemals zugegeben hätte, fühlte er sich durch ihr Vertrauen tüchtig und reif.

Nach sechs Monaten der Trauer und des Leidens konnte sie für Augenblicke abgelenkt und mit anderen Dingen beschäftigt werden. Tommy zeigte ihr im Gemeinschaftshaus das Bowlen, und sie tat es mit solcher Inbrunst, dass die Kugel manchmal hüpfte, bevor sie über die Bahn rollte. Im Gemeinschaftshaus wurden auch Tanzabende veranstaltet und Filme gezeigt, und auf das Drängen seiner Mutter trottete Tommy in seltsamer Allianz mit Hope immer wieder hin. Manchmal kam auch Emily Stokes mit, doch sie mochte Hope nicht. »Sie zeigt kein bisschen Dankbarkeit für all die Dinge, die deine Mutter für sie getan hat, und überhaupt, warum verhätschelt deine Mutter sie so? Sie ist jetzt seit einem Jahr hier und wird noch immer behandelt wie eine zerbrechliche kleine Blume. Sollte sie nicht so langsam wieder dahin zurück, wo sie hergekommen ist?«

»Meine Mutter versucht, sie zum Umzug nach Seawatch zu bewegen.«

»Der Gedanke gefällt mir überhaupt nicht. Wir brauchen bestimmt nicht noch ein verrücktes Kind dort drüben. Faith wird es sowieso nicht tolerieren. Faith wird sie wissen lassen, wer der Boss ist.«

»Hope wird sich von niemandem zeigen lassen, wer der Boss ist«, sagte Tommy, der sie plötzlich verteidigen wollte.

Tommy brachte Hope weiter zum Gemeinschaftshaus und saß während der Filmaufführungen neben ihr, was ihm gut gefiel. Sie mochte *The New York Hat* mit Mary Pickford und Lillian Gish, denn in dem Film ging es um jemanden, der ein Leben in Armut überwindet. Als sie *Oliver Twist* guckten, mussten sie mitten in der Vorstellung gehen, weil sie sich so aufregte.

Tommy, der nie viel sprach, fragte sie, was los sei.

»Das hat mich daran erinnert, wie ich mit meiner Freundin Gloria auf der Straße gelebt habe«, sagte Hope. »Es war genauso wie in dem Film. Gloria und ich mussten um Almosen betteln, um etwas zu essen zu bekommen, und dann haben wir im Gepäckraum des alten Hotels Astor geschlafen. Gloria wusste genau, was man tun muss, um zurechtzukommen. Wenn ich Gloria finden würde, dann bräuchte ich überhaupt nicht mehr hier zu sein. Ich könnte auf eigenen Füßen stehen und alles wäre gut.«

Darauf hatte Tommy keine Antwort. Er wusste nicht, ob seine Mutter Hopes ganze Geschichte kannte. Er erzählte ihr jedoch nichts davon, und auch sonst niemandem. Zu seinen Freunden sprach er niemals schlecht über Hope. Er sagte, dass sie etwas seltsam sei, aber insgesamt okay. Bald würde sie ohnehin Asa Simpsons Problem sein. Wenn sie versuchen sollte, ihn über den Tisch zu ziehen, dann würde er das selbst herausfinden müssen.

Kapitel 11

Im Gemeinschaftshaus gab es einen Weiterbildungsbereich, in dem Englischunterricht für Einwanderer angeboten wurde, und es gab einen Ausbildungsbereich, wo arbeitslose Männer ein Handwerk erlernen konnten. In Hopes zweitem Sommer in Muttonville wurde ein Kurs in englischer Poesie angeboten. Emma ließ Hope daran teilnehmen und hoffte, dass sie vielleicht einen oder zwei Freunde in ihrem Alter finden würde.

Der Sonntagnachmittagskurs von Robert Trent über die romantischen Dichter war so beliebt, dass es nur selten einen freien Platz in dem großen Gemeinschaftsraum gab. Neunzig Prozent der Teilnehmenden waren Mädchen, und ob sie die Dichtung von Lord Byron oder Percy Bysshe Shelley liebten oder nicht – sie alle liebten Robert Trent, den jungen Yale-Studenten, der zu dem Bild wurde, das sie jeden Abend mit ins Bett nahmen. Er war groß und schlank und sportlich, mit einem schönen imposanten Kopf und dichtem hellbraunem Haar, das ihm in die Stirn fiel. Sein ungezwungenes Lächeln war unwiderstehlich. Wenn man genau zuhörte und ein paar der Gefühle mitbekam, die er aus der Dichtung extrahierte, dann war es offensichtlich, dass ihm etwas Schmerzhaftes widerfahren sein musste, und man wollte ihn trösten. Wenn er einen Raum betrat, wurde alles lebendiger und die Dumpfheit verschwand. Dabei wirkte dieser Effekt natürlich und mühelos, und das war er auch, denn er tat es nicht bewusst.

Bei der dritten Sitzung sprach man über John Keats' »Ode auf eine griechische Urne«. Robert las zwei Strophen vor und fragte dann: »Kann jemand erkennen, warum der Dichter so emotional auf ein altes Stück Keramik reagiert?« Als niemand antwortete, sagte er: »In dem Gedicht spricht Keats zu den Leuten, die auf den Zeichnungen dargestellt sind, die die Urne verzieren. Sie sind für immer bewegungslos. Er nennt diesen Zustand das ›Pflegekind von Stille und langsamer Zeit‹. Er erzählt ihnen, dass es ihnen in ihrer Erstarrung besser ergeht, als wenn sie den Verwüstungen der Zeit ausgesetzt wären.«

»Das ist nicht wahr«, sagte Hope. »Nichts davon ist wahr. Selbst wenn etwas so Schreckliches geschieht, dass man sterben möchte, so ist es doch besser, lebendig zu sein als erstarrt. Warum hält man das für ein gutes Gedicht?«

Sie hatte drei Sitzungen stumm dagesessen, niemals auch nur das Buch berührt, das er ausgegeben hatte, nie nach links oder nach rechts geguckt. Er hatte sie von Anfang an beobachtet. Was hätte er auch sonst tun können? Er wollte sie anstarren.

Während der bisherigen Sitzungen hatte niemals jemand widersprochen. Sie hatten harmlose Fragen gestellt und zu den Antworten genickt. Hope war energisch. Sie hätte genauso gut sagen können, dass er etwas Nutzloses lehrte. Er war überrascht und wusste nicht, was er antworten sollte. »Wie heißt du?«, fragte er sie.

»Hope. Hope Lee«

»Vielen Dank für deine Anmerkung, Hope Lee. Ich glaube, das ist aus vielen Gründen eine sehr gute Anmerkung, doch der wichtigste ist, dass du den Dichter tadelst, weil er behauptet, es sei besser, erstarrt und so nicht den Verwüstungen der Zeit ausgesetzt zu sein, als wenn man einfach sein Leben lebte.«

»Ja. So ist es«, sagte Hope, die mit Emma zu Hause die englischen Dichter gelesen hatte. »Ich mag Shelleys Gedicht ›Adonais‹: ›Ich weine um Adonais – er ist tot. Oh, weine für Adonais! Doch unsere Tränen schmelzen nicht den Frost, der den so geliebten Kopf bindet!‹ Das ist alles, was ich noch weiß. Mir gefallen die Worte.«

»Das ist auch eins meiner Lieblingsgedichte«, sagte er. Erneut war er von ihrem Wortschwall überrascht.

Als die Stunde vorbei war, blieb er an ihrem Platz stehen. »Vielen Dank, dass du jede Woche gekommen bist. Ich finde es gut, wenn Studenten auch bei diesen schwierigen Dichtern dranbleiben. Ich bin trotzdem immer überrascht, wenn du wiederkommst. Du scheinst sehr mit deinen eigenen Gedanken beschäftigt zu sein.«

»Oh nein«, sagte sie. »Ich sehe Sie gerne. Es macht mich glücklich, wenn Sie hereinkommen und ich Sie wiedersehe.«

»Vielen Dank, Hope Lee. Wenn ich hereinkomme, macht es mich glücklich zu sehen, dass du wieder hier bist.« Er wollte noch mehr sagen. Er wollte ihr sagen, wie schön sie war, doch sie war ein junges Mädchen und das könnte sie erschrecken. Er sah, dass sich hinter diesen bemerkenswerten Augen ein Gebirge von Gefühlen und Mühen verbarg. An der Art, wie ihre Worte in einem energischen Schwall hervorbrachen, merkte er, dass es ihr nicht leichtfiel, viel zu sagen. Er wünschte sich, mehr über sie zu erfahren, doch man hatte ihn davor gewarnt, sich mit den Studenten einzulassen. Jede Bemühung, dieses Mädchen zu trösten, wäre schon unangemessen. Er nahm seine Aktentasche und verabschiedete sich. Sie kam nie wieder in seinen Kurs und er sah sie erst drei Jahre später wieder, als sie an der Schwelle zum Frausein stand.

KAPITEL 12

Wenn irgendwer in Seawatch besonderen Einfluss hatte, dann war das Mrs Coombs. Sie kam aus einer guten Familie und hätte außerhalb des Anwesens Krankenschwester oder sogar Lehrerin werden können. Sie war nach Billys Geburt zunächst nur vorübergehend als Kindermädchen nach Seawatch gekommen und war nicht wieder weggegangen. Die Lebensumstände dort gefielen ihr und Asa ließ sie wissen, dass sie geschätzt wurde. Unter den anderen Frauen hatte sie ein paar enge Freundinnen, wie Emma Rowland und Ginny Stokes, doch ansonsten hielt sie zu allen Abstand. Trask, als der Butler des Hauses, kaufte den Wein und die Spirituosen und hatte das letzte Wort, wenn es um die Anstellung neuer Hilfskräfte ging, doch Mrs Coombs konnte immer ein Dienstmädchen unterbringen, wenn die Cousine von jemandem frisch aus Übersee angekommen war und eine Arbeit und Unterkunft brauchte.

Emma wandte sich mit ihrem Plan an Julia Coombs, Hope im Haushalt der Simpsons unterzubringen. Sie wusste, dass es für das Mädchen das Beste war. Sie hatte Hope wesentlich länger bei sich behalten als die anderen Familien mit den trauernden Mädchen. Sie hatte herausgefunden, dass Hope eine schnelle Auffassungsgabe hatte und mehr brauchte, als Emma ihr geben konnte. Emma hätte auch selbst mit Asa sprechen können, doch es wäre für ihn unangenehm gewesen, abzulehnen. Julia konnte sich ihm vertraulicher nähern. Emma zeigte Julia die Zeitungsseite mit Hopes Fotografie. Es war schwer, sich das Gesicht anzusehen und die Geschichte zu lesen, ohne Mitleid zu empfinden. Julia musste ihre Tränen zurückhalten, als sie las, wie Hopes Mutter gestorben war und Hope auf der Straße lag und den Namen ihrer Mutter rief. »Hast du daran gedacht, sie für immer zu behalten?«, fragte Julia.

»Jedes Mal, wenn ich darüber nachdenke, sie zurückzuschicken, kann ich es nicht«, sagte Emma. »Sie hat niemanden, zu dem sie gehen kann. Sie wird in irgendeinem Wohlfahrtshaus oder Waisenheim enden, bis sie ein paar Jahre älter ist. Ich habe nichts dagegen, dass sie hier ist, doch ich glaube, dass sie eine gute Gefährtin für Faith sein könnte, wo Billy jetzt bald zur Universität geht. Sie würde sich von Faith nicht einschüchtern lassen. In gewisser Weise sind sie sich sehr ähnlich. Es wäre für beide gut.«

Emma erwähnte es weiter gegenüber Hope. »Was würdest du davon halten, im Herrenhaus zu wohnen?«

»Ich würde lieber hierbleiben. Ich mag es hier.«

»Ich mag dich auch, doch du könntest dort ein besseres Leben haben.«

»Wie könnte es besser sein?«

»Du würdest eine richtige Ausbildung bekommen, anstatt mit uns beiden vorliebzunehmen. Und ein echtes Schlafzimmer anstelle des kleinen Kämmerchens, in das ich dich gesteckt habe. Und du würdest lernen, wie man mit all den feinen Manieren am Tisch isst. Du bist so ein hübsches Mädchen, und diese Art von Leben würde dir eine Chance bieten.«

»Eine Chance worauf? Mir geht es hier gut. Vielleicht könnte ich eine Arbeit finden und dir etwas Geld geben.«

»Darum geht es mir nicht. Im Herrenhaus gibt es auch ein Mädchen. Du könntest ihr helfen und sie könnte dir helfen.«

»Ich brauche keine Hilfe.«

»Doch, das tust du«, sagte Emma ernst. »Du musst aus deiner Traurigkeit herauskommen. Ich höre dich abends weinen und reden. Es würde dir helfen, mit jemandem in deinem Alter zusammenzuleben. Wenn sie dich nehmen, solltest du es für ein paar Wochen versuchen.«

Mrs Coombs besuchte Emma, um mehr über das Mädchen zu erfahren. Sie versuchte mehrfach, Hope aus der Reserve zu locken, doch ohne Erfolg. Sie war nicht so von ihr angetan wie Emma, doch mit der Zeit würde sie vielleicht auftauen. Alice würde allem zustimmen, was Asa beschloss, das wusste sie. Sie sprach mit Asa, betonte den Nutzen für Faith, jemanden in ihrem Alter zu haben, wenn Billy nach Yale ging, und Asa stimmte einem Kennenlernen zu.

Als Asa zum Kartenspiel ins Haus der Rowlands kam, befragte er Emma wegen Hope. Emma reichte ihm den Zeitungsausschnitt als eine Art Empfehlungsschreiben. Asa las ihn und schaute dann lange Zeit schweigend auf Hopes Fotografie. Emma glaubte schon, er würde nach einer Möglichkeit suchen, um abzulehnen, doch er sah immer weiter auf das Foto, dann faltete er die Zeitung mehrfach und machte Knicke hinein, bis nur noch Hopes Gesicht zu sehen war. Ohne den Blick von dem Bild abzuwenden, sagte er: »Ich nehme sie.« Und kein Wort mehr.

Die Fotografie und die Geschichte hatten Asa Simpson aufgewühlt. Sein Gesicht war auch in den Zeitungen gewesen, als er ein Junge war. Er hatte das schreckliche Gefühl der Einsamkeit erlebt, plötzlich Waise zu sein und niemanden zu haben, der einen kannte und wollte. Er erinnerte sich daran, wie er in einem verlassenen Haus ohne Heizung auf einem zerfallenen Bett saß und so stark zitterte, dass seine Glieder unkontrolliert hüpften. Dann das hemmungslose Schluchzen, als ein freundlicher Fremder ihn rettete. All das lag viele Jahre zurück, doch er konnte sich innerhalb von Augenblicken wieder an das Leid erinnern.

KAPITEL 13

So förmlich wurden sie selten von Papa in sein Büro gerufen, deshalb wusste Faith, dass etwas Wichtiges geschehen war. Sie hoffte, dass sie nicht wieder auf eine Ozeanreise gingen. Sie litt an Seekrankheit.

Asa verschwendete keine Zeit mit einer Vorrede. »Ich habe ein Mädchen eingeladen, bei uns zu wohnen«, sagte er. »Ihr Name ist Hope.«

»Was für ein Mädchen? Du meinst, so wie Emily?«, fragte Faith.

»Nein. Sie wird die ganze Zeit hier wohnen, so wie wir.«

»Wie alt ist sie?«

»Sie ist ungefähr so alt wie du, Faith.«

»Ist sie eine Angestellte für das Haus?«

»Nein. Sie wird Teil der Familie sein. Sie wird mit uns essen und mit dir und Billy Unterricht bekommen.«

Faith blickte zu Billy. Sie wünschte, er würde Papa mehr Fragen stellen, doch Billy blieb still.

»Geben wir ihr eine Chance«, sagte Asa. »Sie hat ein schwieriges Leben gehabt. Außerdem ist es vielleicht nett für dich.«

»Was ist mit ihr geschehen, das so schwierig war?« Faith fragte sich, was geschehen musste, um ein Leben schwierig zu nennen. Manchmal war auch ihr Leben schwierig.

»Es ist am besten, wenn wir nicht darüber reden. Vielleicht wird sie es dir erzählen, wenn sie so weit ist.«

»Wie lange wird sie hierbleiben?«

»Ich habe keinen Endtermin festgesetzt.«

Faith sah, dass ihr Vater mit seiner Ankündigung fertig war, und es gab nichts mehr, was sie fragen konnte.

Später meinte Billy: »Vielleicht wird Mama dich nicht mehr nach Brooklyn bringen, wenn sie auch das neue Mädchen mitnehmen muss. Das ist vielleicht die Lösung für alle deine Probleme.«

Faith war noch nicht bereit, nachzugeben. »Papa hätte uns vorher fragen sollen.«

»Warum? Mich stört es nicht und das sollte es dich auch nicht. Wir werden nicht mit ihr in ein Zimmer gesperrt. Es ist ein großes Haus. Wenn sie uns nicht gerade im Schlaf umbringt, macht es keinen so großen Unterschied.«

»Was ist, wenn sie so ein Tyrann wie Stephen Butler ist? Ich will sie wirklich nicht hier haben.«

»Es ist schon in Ordnung, Fey. Wenn sie ein Tyrann ist, dann springen wir sie beide an und zeigen ihr, wer der Boss ist. Wir können auch noch Tommy holen, falls sie richtig stark ist.«

»Wir können sie auch in das Gartenlabyrinth bringen, da findet sie den Weg nicht mehr heraus.« Faith wusste, dass Billy recht hatte. Es war leicht, in dem Haus einen sicheren Platz zu finden, wo einen niemand finden könnte. Sie und Billy schliefen auf derselben Etage, deshalb wusste sie normalerweise, wo er war. Doch nach ihrer Mutter oder ihrem Vater musste sie oft suchen, wenn sie sie sehen wollte. Vielleicht würde sie das Mädchen ja überhaupt nicht sehen, außer zum Unterricht und beim Essen.

Später am Nachmittag stand Faith in der Bibliothek am Fenster und schaute hinaus auf die lang gestreckte Zufahrt. Sie bemerkte eine Gestalt, die langsam auf das Haus zukam und einen Koffer trug. Das Mädchen ließ sich Zeit und schaute hoch zum Himmel. Als sie die Eingangstreppe erreichte, setzte sie sich auf die unterste Stufe.

Faith war überrascht. Niemand hatte sich jemals auf die Stufen gesetzt. Das Mädchen nahm eine Zeitschrift heraus und begann zu lesen. Würde sie irgendwann hereinkommen? Nach fünfzehn Minuten beschloss Faith, hinauszugehen und mit ihr zu sprechen.

»Ich heiße Faith«, sagte sie. Hope schirmte die Augen ab, um sie besser zu sehen. »Ich wohne hier. Papa sagt, dass du auch bei uns wohnen wirst.«

»Ich werde es eine Weile versuchen.«

»Möchtest du hereinkommen?«

»Okay.« Hope stand auf.

»Ich kann dir mit dem Koffer helfen«, sagte Faith, nahm ihn und trug ihn in die Eingangshalle.

Sie führte das Mädchen in die Bibliothek. Hopes Kleidungsstücke passten überhaupt nicht zusammen, doch sie war so hübsch, dass es keine Rolle spielte. Sie wirkte überhaupt nicht nervös. Sie ging zu den Regalen und sah sich die Bücher an. »Hast du alle diese Bücher gelesen?«

»Nein, gar nicht. Ich glaube auch nicht, dass irgendwer diese Bücher liest.«

Hope nahm einen Band heraus. »*Jahrmarkt der Eitelkeiten*«, las sie. »Emma und ich haben das zusammen für die Schule gelesen. Es geht um Becky Sharp, ein armes Mädchen, das bei einer reichen Familie lebt.«

»Becky Sharp war kein nettes Mädchen«, sagte Faith. »Sie hat versucht, dem reichen Mädchen den Liebsten wegzunehmen.«

Hope lachte. »Das würde ich nicht tun. Das wäre das Letzte, was ich tun würde.«

»Ich habe auch gar keinen Liebsten, den man stehlen könnte«, sagte Faith.

»Möchtest du denn einen?«

»Überhaupt nicht. Ich mag Jungs nicht. Meine Mutter nimmt mich immer mit zu meinen Cousins. Ich hasse sie. Einer von ihnen, Steven, hat versucht, mich im Meer zu ertränken.«

»Wirklich? Hat ihn deine Mutter richtig feste verprügelt?«

»Niemand hat mir geglaubt. Sie dachten, ich hätte es mir nur eingebildet.«

»Hast du deiner Mutter die ganze Geschichte erzählt? Vielleicht hast du was ausgelassen.«

»Meine Mutter ist viel zu besorgt, dass ihre abscheulichen Schwestern mit ihren abscheulichen Männern und Kindern sie nicht mögen würden. Und weißt du, was? Sie mögen sie nicht. Sie sind Snobs und mögen niemanden. Sie haben jetzt endlich diesen Steven in ein Sanatorium gesteckt, weil er alle Hunde im Haus umgebracht hat und seinem Bruder und seiner Schwester gesagt hat, dass sie die Nächsten sind. Wenn du mich fragst, dann sollten sie alle in eine Anstalt kommen.« Zum Teil wollte Faith Hope schockieren, damit sie reagierte, doch Hope hörte nur zu. »Wissen deine Eltern, dass du hier bist?«

»Nein«, erwiderte Hope.

»Wirst du es ihnen erzählen?«

»Meine Mutter ist bei dem Feuer in der Hemdblusen-Fabrik gestorben. Vielleicht hast du davon gehört«, sagte sie. Dann verließ sie den Raum, ging in den vorderen Flur und setzte sich auf eine Bank neben der Tür.

Faith merkte, dass sie aufgewühlt war, und ließ sie allein. Sie überlegte, wie sie sich ohne ihren Vater und ihre Mutter fühlen würde. Sie hätte immer noch Billy, und Mrs Coombs würde dafür sorgen, dass sie sicher und satt wäre.

Sie wusste nicht, was sie dem Mädchen sagen sollte. Sie wollte auch nichts Falsches sagen. Nach ein paar Minuten ging sie zu Hope. »Du wirst jetzt bei uns sein.«

»Emma sagte, dass ich sie noch besuchen kann.«

»Du kannst Tommy jeden Tag sehen. Er bekommt mit uns Unterricht.« Faith mochte die direkte Art, wie das Mädchen sprach. Sie versuchte nichts zu beschönigen, um höflich zu sein.

Mrs Coombs kam in den Flur.

»Hope, bitte komm mit mir«, sagte sie. Hope sah fragend zu Faith, die aufmunternd nickte, und folgte Mrs Coombs zu einem Badezimmer. »Das ist Lilliane«, sagte Mrs Coombs und zeigte auf eine junge Frau, die eine Schürze trug. »Sie ist hier zuständig für die Wäsche und wird dich abschrubben und dir die Haare waschen.«

»Ich bin fünfzehn. Ich kann mich selbst baden«, sagte Hope.

»Lilliane wird dich waschen und sehen, ob du besondere Pflege brauchst.«

Sie benutzte das Wort *Läuse* nicht, doch Hope wusste, dass sie danach suchte. Es erinnerte sie an die Frau mit dem brutalen Jungen, doch diese Situation war anders und sie fügte sich. Sie war noch nie in einer so luxuriösen Badewanne gewesen. Das Zimmer war fast so groß wie der Raum, in dem sie mit ihrer Mutter gelebt hatte. Sie sank in das warme Wasser und schloss die Augen. Sie dachte über das Gespräch mit Faith nach. Deren Art, offen zu sprechen, war anders als die Art, wie die meisten Leute Dinge sagten, und sie mochte die Ehrlichkeit des Mädchens. Die unverblümten Worte fielen wie kleine Patronen und hüpften im Raum herum. Sie hatte die Frauen *abscheulich* genannt. Was für ein wunderbares Wort. Was für eine wunderbare Art zu sprechen. Vielleicht würde sie bis zu ihrem sechzehnten Geburtstag bleiben. Das war ein gutes Alter, um sich einen Job zu suchen und auf sich selbst gestellt zu sein. Wenn es ihr aber nicht gefiel, dann würde sie sofort gehen und niemandem ein Wort sagen.

Lilliane war nicht sonderlich erfreut, zum Kindermädchen degradiert zu sein, und schrubbte Hope, als wäre sie ein räudiger Köter. Als sie aber sah, was für ein hübsches Mädchen beim Waschen zum Vorschein kam, wurde sie freundlicher. Sie bürstete ihr das Haar aus und schnitt und säuberte ihr die Fingernägel.

»Ich werde dein Haar zu einem französischen Zopf flechten«, sagte sie. »Hast du es schon einmal so gemacht?«

»Nein, es war immer offen.«

»Hast du irgendwelche Einwände?«

»Nein.«

Sie band die wilden Locken zu einem Zopf, doch kleine Strähnen entkamen ihr und legten sich um Hopes Gesicht. »Jetzt siehst du wie ein anderer Mensch aus«, sagte Lilliane und betrachtete ihr Werk. »Du siehst hübsch aus.«

Sie holte eine neue Zahnbürste und ein paar Toilettenartikel und gab sie dem Mädchen.

Faith und Billy waren überrascht, als sie ihren neuen Hausgast sauber sahen. Hope war zu jung, um atemberaubend zu sein, doch sie hatte alle Merkmale einer umwerfenden Schönheit, die kurz vor dem Erblühen stand.

* * *

»Machen Sie hier Ihre Aktiengeschäfte?«, fragte Hope und schaute sich das kostbar getäfelte Büro und den massiven Schreibtisch genau an, nachdem Mrs Coombs sie zum Antrittsbesuch bei Asa hereingeführt hatte.

»Gelegentlich«, sagte Asa. »Hauptsächlich im Sommer.«

»Sie sollten einen Börsenticker haben«, sagte sie und blickte sich um. »Sie könnten ihn direkt neben Ihren Schreibtisch stellen.«

In dem Moment, als sie den Fernschreiber erwähnte, merkte er, wie offensichtlich es war. Er hatte niemals darüber nachgedacht, einen ins Haus zu bringen. »Woher kennst du den Ticker?«

»Mein Papa war ein Börsenläufer für einen Mann, der ein Möbelgeschäft hatte. Er hat am Bordstein gehandelt. Sie nutzten Telefone an den Fenstersimsen. Ein ganzer Haufen von Läufern hat am Bordstein mit Handzeichen gearbeitet. Ich konnte sie alle nachmachen. Kaufen, verkaufen, wie viele Anteile, leerverkaufen. Baruchs Läufer war derjenige, den wir im Blick behielten. Wenn er sich in Bewegung gesetzt hat, wusste Papa, dass etwas los war.«

Normalerweise brauchte es eine ganze Menge, um Asas Aufmerksamkeit zu erlangen, doch Hope hatte sie uneingeschränkt. »Ich würde selbst gern wissen, was Baruch vorhat«, sagte Asa.

»Harriman war ein anderer. Mein Papa sagte immer: ›Pass auf bei Harriman.‹ Doch die meisten Leute passten nicht auf. Sie fielen drauf herein und verloren ihr Geld, blieben trotzdem dabei. Sie steckten dort fest und kamen einfach jeden Tag wieder. Ich bin auch gerne dorthin gegangen.«

»Weißt du, wie Harriman die Leute ausgetrickst hat?«

»Er ließ eine Aktie hochgehen, bis alle Trottel dabei waren, und dann brachte er sie wieder runter. Oder er machte, dass sie sich überhaupt nicht bewegte, und allen Trotteln wurde es langweilig und sie verkauften. Wenn sie runterging, kaufte er viel davon. Die Leute fielen jedes Mal drauf herein und er wusste es ganz genau.«

Asa war überrascht, wie einfach sie ihre Erfahrungen formulierte, doch sie kannte alle Fakten.

»Und wo ist dein Vater jetzt?«

»Er ist zurück nach China gegangen. Viele Chinesen machen das.« Das letzte Detail fügte sie hinzu, um ihre

Geschichte respektabler zu machen. Sie wollte nicht, dass Sen wie ein schlechter Mensch wirkte.

»Ich verstehe.« Asa wusste nicht, was er von Hope halten sollte. Er beschloss, ihr Zeit zu geben und sie dabei im Auge zu behalten. Wenn er sie falsch eingeschätzt hatte, würde es früh genug deutlich werden.

»Ich glaube, Faith ist froh darüber, dass es ein anderes Mädchen im Haushalt gibt«, sagte er, »und ich bin es auch.« Damit war deutlich, dass Hope entlassen war, und Mrs Coombs führte sie hinaus.

Für Billy und Faith war alles an dem neuen Mädchen anders. Obwohl sie gewusst hatten, dass ein Mädchen bei den Rowlands lebte, hatten sie sie nie aus der Nähe gesehen und Tommy hatte nichts über sie erzählt. Hope war hübsch und es war schwer, sie nicht anzusehen. Sie hatte eine natürliche Art zu sprechen, doch die meisten Dinge, die sie sagte, kamen unerwartet.

Faith stellte fest, dass sie sich mit dem Mädchen in einer Offenheit unterhalten konnte, die sie sonst nur selten empfand. Jetzt gab es außer Billy noch jemanden, der Faiths versteckte Gedanken kannte. Das Mädchen war sehr klug und Faith liebte es, dass sie nichts überraschte. Vielleicht war dieses neue Arrangement doch nicht so schlecht.

KAPITEL 14

Hope bezog ein Zimmer in der obersten Etage des Hauses in einem unbesetzten Seitenflügel. Es hatte Dachschrägen und war mit einem Bett mit gusseisernem Kopfende, einer kleinen Kommode, einem Stuhl und einem emaillierten Waschbecken ausgestattet. Ein kleines Fenster blickte hinunter auf den vorderen Rasen.

Hope hatte schon viel ausgehalten, doch sie konnte keine völlige Stille in der Nacht ertragen. Bis zum Tod ihrer Mutter hatte sie niemals allein in einem Zimmer geschlafen. Während ihrer Kindheit war sie beim Geräusch ihrer nur wenige Meter entfernt atmenden Eltern eingeschlafen. Sie liebte es, ihrem Gespräch zuzuhören, während sie in den Schlaf tauchte. Agatha murmelte etwas von den Speiseangeboten des nächsten Tages und Sen hörte ihr halb zu und las gleichzeitig aus der Zeitung vor. Von unten hallten die Straßengeräusche herein. In Emmas Haus hatte sie auf einer Liege in einem Raum geschlafen, der ursprünglich als Vorratskammer gedacht war. Die Geräusche der Familie waren die ganze Nacht zu hören. Chester stand im Morgengrauen auf. Der große abgeschiedene Raum in der obersten Etage des Herrenhauses leistete ihrer Nervosität und ihren Ängsten Vorschub. Hier gab es überhaupt keine Geräusche und sie war weit weg von irgendeiner anderen Seele. Ihre Ohren fühlten sich an, als würde sich die Stille gegen sie drängen.

Sie nahm ihre alten Comichefte hervor, obwohl sie schon lange nicht mehr darin geblättert hatte. Sie war zu alt für die simplen Geschichten, doch sie konnte sich nicht dazu überwinden, sich hinzulegen. Fühlte es sich so an, wenn man tot war? Lebte ihre Mutter jetzt an einem Ort ohne Geräusche? Sie fragte sich, was mit dem Körper ihrer Mutter geschehen war. Das war das erste Mal, dass sie daran dachte. Sie war sicher irgendwo begraben worden. Bald würde sie hier weggehen und nach dem Grab ihrer Mutter suchen.

Sie blieb vollständig angezogen auf dem Bett sitzen, bis die Müdigkeit sie übermannte und sie auf die Matratze sank. In der dritten Nacht verließ sie das Zimmer und ging zu der Etage, wo Faith schlief. Die Tür war ein Stück offen und sie trat ein. Faiths Gesicht sah sanft und friedlich aus. Ihr Haar war auf dem Kissen ausgebreitet und Hope hörte ihr regelmäßiges Atmen. Sie nahm sich eine Tagesdecke von der Bank am Fußende des Bettes und ein kleines Kissen. Damit legte sie sich auf den Boden und schlief sofort ein.

Faith erwachte früh am Morgen und sah sie dort liegen. Sie erschrak, doch sie hatte keine Angst. Es störte sie nicht, dass das neue Mädchen neben ihr schlafen wollte. Sie hatte keinen Schaden angerichtet und schlief ruhig. Faith legte sich auch wieder zum Schlafen hin und als sie später aufwachte, war Hope weg.

Faith erzählte Billy davon. »Ich bin mitten in der Nacht aufgewacht und sie schlief auf dem Fußboden neben meinem Bett.«

»Was? Nein. Hattest du Angst?«

»Ich hatte keine Angst. Sie lag einfach da und schlief.«

»Vielleicht gefiel es ihr nicht, allein auf dem Dachboden zu sein.«

»Das kann ich ihr nicht verdenken. Ich würde auch nicht dort sein wollen.«

»Hast du sie geweckt?«

»Nein. Ich habe mich wieder schlafen gelegt, und als ich aufgewacht bin, war sie weg.«

»Was machst du, wenn sie heute Nacht wiederkommt?«

»Ich lasse sie. Ich werde nichts darüber sagen, und du sagst auch nichts dazu.«

»Das ist eine gute Idee, Fey. Lass sie ihr Geheimnis behalten.«

Noch nie war jemand auf der Suche nach Trost zu Faith gekommen, weshalb es ihr ein Gefühl der Reife gab, dass Hope zum Schlafen in ihr Zimmer schlich. Es zeigte ihr, dass sie auch etwas geben konnte. Sie wusste, dass Hope es gehasst hätte, darüber zu sprechen, weshalb sie es niemals erwähnte. Sie bat das Zimmermädchen, eine der Matratzenauflagen auf den Boden neben ihr Bett zu legen. Bevor sie schlafen ging, legte sie eine Decke und ein Kopfkissen darauf, doch am Morgen war alles unbenutzt. In der nächsten Nacht wachte sie auf und sah Hope dort liegen, wie sie unbedeckt auf dem Rücken schlief, die Arme über dem Kopf verschränkt.

Dieses Arrangement setzte sich eine ganze Woche fort, dann bat Faith Mrs Coombs, Hope das leere Dienstmädchenzimmer neben ihrem zu geben. Eine Tür trennte die beiden Räume, doch Faith achtete darauf, dass sie jeden Abend offen war. Nichts wurde darüber gesagt. Es war besser, Hope ihre Schutzhülle zu lassen. Sie brauchte diese Rüstung, um all die Dinge auszuhalten, die ihr widerfahren waren. Außerdem mochte es Faith, wenn Hope in der Nähe war. Manchmal hörte Faith, wie sie mitten in der Nacht redete, doch sie gewöhnte sich daran und unterbrach sie nie. Jede Eigenart, die sie tolerierte, und jedes Zugeständnis, das sie für Hope machte, ließ ihren Charakter gedeihen. Hope war wie ein neuer Spiegel für sie, und sie sah ein Mädchen, das sich weiterentwickelte.

* * *

Hope erkannte, dass ihr Leben eine scharfe Wendung genommen hatte. Es war nicht das freie Leben, an das sie auf den Straßen von Lower Manhattan gewöhnt war, doch es schien sicher. Noch immer quälten sie schreckliche Träume. Wenn sie mitten in der Nacht in einem fremden Bett in einem fremden Zimmer aufwachte, weit weg von ihrem vorigen Leben, dann hatte sie Angst, dass sie ihre Mutter vergessen würde. Sie fürchtete, jener letzte Tag läge schon so weit in der Vergangenheit, dass sie sich nicht mehr an jede Minute davon erinnern würde. In solchen Nächten stand sie auf und ging zum Fenster und sprach laut zu Agatha. Sie zitierte eine heilige Litanei all der Dinge, die sie nicht vergessen wollte: »Mama, ich will mich an deinen Faltenrock erinnern, der bis zum Saum geknöpft war, an den blutroten Fransenschal, die schwarzen Pumps, die an der Außenseite der Absätze abgelaufen waren, an den kleinen Filzhut mit Schleier.« Sie wollte sich an Agathas Gesicht hinter dem Schleier erinnern, die Ader an ihrer Schläfe, die Narbe an ihrem Arm, wo kochendes Wasser hingespritzt war. »Mama, geh nicht so weit weg. Geh nicht weg.« Sie versuchte, die Anwesenheit ihrer Mutter zu spüren. Sie versuchte, sich an den Geruch ihrer Mutter zu erinnern. Sie horchte auf Worte. »Sag etwas, Mama. Ich will nicht vergessen, wie du dich angehört hast.« Wenn sie ihre Vergangenheit vergessen würde, dann würde sie nichts mehr haben. Sie würde sich auflösen und zu Staub zerfallen.

In solchen Nächten reichte es nicht, die Tür zwischen den Zimmern offen zu lassen. Sie nahm ihre Decke und das Kissen und legte sich auf den Boden neben Faith. Da fand sie die Nähe, die ihr erlaubte, sich sicher genug zu fühlen, um einzuschlafen.

Kapitel 15

Hope veränderte das emotionale Gefüge auf Seawatch. Durch sie verschob sich der Fokus, und vor allem Faith verlor etwas von ihrer eigenen Ängstlichkeit. Das galt sogar ein bisschen für Alice. Asa bemerkte es und war froh darüber, dass sein Experiment funktionierte. Das neue Mädchen hatte nichts gestohlen. Sie hatte niemandem wehgetan, und seine Tochter lachte plötzlich und sagte mit einem neuen Trällern in der Stimme: »Guten Morgen, Papa.«

Billy hatte seine eigenen Empfindungen in Bezug auf Hope. Es waren seine letzten Monate vor Yale und er war glücklich darüber, dass seine Schwester eine Freundin im Haus hatte. Hope sprach nicht viel, doch er konnte sehen, dass sie intelligent war, und sie hatte Faith bereits die Rolle der Beschützerin zugewiesen. Ganz selbstverständlich wandte sie sich mit ihrem Bedürfnis nach Trost an Faith, denn sie wusste, dass es erfüllt würde. Darüber hinaus war es eine gleichberechtigte Beziehung – Hope bot Faith ebenfalls Schutz.

»Sie vertraut dir«, sagte er Faith. »Ich glaube, sie würde alles tun, was du von ihr verlangst.«

* * *

Zunächst war Alice zurückhaltend gegenüber dem neuen Mädchen. Ihr Verhalten war unvorhersehbar. Alice konnte nicht leugnen, wie gut Hope mit Faith zurechtkam, doch sie fand es schwierig, mit ihr zu reden. Eines Nachmittags kurz nach ihrer Ankunft hatte sie Hope im Flur des oberen Stocks gesehen und sie in ihr Schlafzimmer gerufen. Was sie sah, war ein hübsches Mädchen mit schlecht sitzender Kleidung und ungekämmtem Haar, und es hatte sie gestört.

»Bist du hier glücklich?«, fragte sie.

»Mir geht es gut«, sagte Hope.

»Du musst deine Mutter sehr vermissen«, sagte Alice.

»Meine Mutter ist tot«, sagte Hope.

»Das tut mir leid. Natürlich, Mr Simpson hat es mir erzählt.« Alice öffnete eines ihrer Schmuckkästchen und wählte ein dünnes Silberarmband aus. »Möchtest du das haben?«

»Nein, danke schön«, sagte Hope. »Ich habe keine Gelegenheit, bei der ich es tragen kann.«

Alice legte das Armband zurück. Das Mädchen hatte Selbstvertrauen und eine gewisse Haltung. Sie war nicht unhöflich, doch sie sagte, was ihr durch den Kopf ging.

Alice bemerkte, dass Hope aus den meisten ihrer Kleider und Röcke herausgewachsen war und die Säume zu kurz waren. Ein paar der Hemdblusen waren bereits ausgebessert. Mrs Coombs hatte Unterwäsche und Nachtwäsche gekauft, doch Alice, die Vergnügen daran hatte, die Notleidenden salonfähig zu machen, wollte Hope mit stilvolleren Kleidern ausstatten. Sie würde es mit Asa besprechen.

* * *

Die fünf Schüler hatten ihren Unterricht an einem langen rechteckigen Tisch in der Bibliothek. Hope und Faith saßen auf der einen Seite und Emily und Tommy auf der anderen. Billy lernte am hinteren Ende. Mr Knudsen, ein dünner, bärtiger Mann mit Brille, saß ihm gegenüber. Er hatte eine große Staffelei mit einer Tafel und eine Wachstuchleinwand mit einer Weltkarte.

Vom ersten Tag an war der Unterricht für Hope ein Problem. Sie arbeitete zwar gut genug mit und antwortete immer korrekt, wenn sie gefragt wurde, doch sie fand es unmöglich, die ganze Zeit still zu sitzen, und kreiste durch den Raum, wenn Knudsen sprach.

»Miss Lee, bitte setzen Sie sich«, sagte er.

Sie missachtete seine Anweisung nie, doch innerhalb weniger Minuten stand sie erneut auf.

Es war störend und alle fragten sich, wie lange es dauern würde, bis Knudsen ihr wieder sagte, dass sie sich hinsetzen sollte.

Schließlich durchbrach Faith den Kreislauf. »Sie hat ein Leiden«, sagte sie und zeigte auf Hope. »Sie muss aufstehen und herumgehen, sonst bekommt sie Krämpfe in den Beinen.« Sie sagte es mit solcher Bestimmtheit, dass Hope sie ansah, als wäre es die Wahrheit.

Billy unterstützte Faiths Aussage: »Sie verkrampft und es braucht Stunden, um die Krämpfe wieder zu lösen.« Er konnte nur mit Mühe ein ernstes Gesicht bewahren und Tommy schaute nur verwirrt von einem zum anderen. Stimmte das? Als sie in ihrem Haus gewohnt hatte, hatten sich ihre Beine nicht verkrampft. Emily schüttelte nur den Kopf.

Die Probleme mit Hope im Klassenzimmer endeten nicht mit den ruhelosen Beinen. Tommys Antworten, vor allem zur amerikanischen Geschichte, waren sehr langatmig. Wenn sie über eine Schlacht des Bürgerkriegs sprachen, ging er in taktische Details, als würde er Soldat spielen und die Schlacht selbst planen.

Alle kritzelten auf ihren Notizheften herum und warteten darauf, dass Tommy Luft holte, damit Knudsen einspringen und sagen konnte: »Können Sie noch etwas hinzufügen, Miss Lee?«

»Die Missouri State Guard besiegte die Kavallerie der Union. Ein trauriger Sieg in Lexington für die Konföderierten. Ende.« Jeder wusste, dass sie mit dem »Ende« Tommy abwürgen wollte.

Die anderen sahen von ihrem Gekritzel auf und waren dankbar, dass es nun weitergehen konnte. Emily war die einzige Ausnahme. Sie starrte Hope böse an und meinte, dass sie Tommys Ende hören wolle, doch Tommy sagte dann: »Das war es so weit.«

* * *

Emily Stokes war ein hübsches Mädchen. Sie hatte blaue Augen und ihr Teint war wie die Milch, die ihr Vater von den wertvollen Kühen gewann. Sie war daran gewöhnt, das schönste Mädchen im Raum zu sein, doch als Hope nach Seawatch kam, verloren Emily und ihre Schönheit an Prominenz. Faith, die Emily immer um ihr Aussehen beneidet hatte, war froh darüber, dass sie damit ein wenig herabgestuft wurde.

Emily mochte das neue Mädchen auf Seawatch nicht und konnte sich nicht vorstellen, warum in aller Welt Mr Asa so jemanden in sein Haus holen wollte. Es ergab keinen Sinn. Noch mehr missfiel ihr, dass sich Billy und Faith offenbar in den Rüpel verliebt hatten. Statt beleidigt zu sein, lachte Billy über alles, was sie sagte. Faith, die fast wie eine Freundin für Emily gewesen war, hielt sich jetzt an Hope.

»Ich hasse sie«, sagte sie zu Tommy. »Ich hasse, hasse, hasse sie.«

»Emily, hör auf, das zu sagen. Sie hat mit deinem Leben nichts zu tun.«

»Da liegst du falsch, Tommy. Sie hat mit meinem Leben zu tun. Sie ist grob und beleidigt jeden während des Unterrichts. Sie hätte genauso gut sagen können, dass du den Mund halten sollst, als du diese lange Antwort über Lexington gegeben hast. Du solltest sie auch hassen.«

Tommy grinste. »Na ja, ich habe schon ein bisschen weit ausgeholt, und Knudsen hat sie ja nun mal aufgerufen.«

»Siehst du? Jetzt verteidigst du sie auch noch. Sie hat euch alle in Trance versetzt. Deine Mutter hat sie fast zwei Jahre verwöhnt und ich wette, sie hat niemals auch nur Danke gesagt.«

»Meine Mutter mochte sie und vermisst es, dass sie nicht mehr in unserem Haus ist.«

»Sie sollte *mich* mögen. Sie kennt mich schon viel länger.«

»Sie mag dich doch. Sie sagt immer, wie hübsch du bist.«

»Wirklich? Was sagt sie denn? Erzähl mir genau, was sie sagt.«

»Sie sagt: ›Emily hat die allerschönsten Augen. Hast du das bemerkt, Tommy?‹ Und dann sage ich: ›Ja, das habe ich.‹«

»Tommy Rowland, jetzt verspottest du mich aber.«

Obwohl er es niemals zugeben würde, schwärmte Tommy ein wenig für Hope. Es war ein kompliziertes Schwärmen, denn manchmal erging es ihm wie Emily und er hasste sie auch.

* * *

Bis dreizehn war Tommy Rowland ein unkomplizierter Junge gewesen. Er mochte es, von der Brücke zu angeln oder bei Niedrigwasser dort, wo sich der Priel in die Meerenge ergoss, nach Muscheln zu graben. Er mochte es, am späten Nachmittag im glitzernden Wasser des Meeres zu schwimmen und dann mit dem Fahrrad zum Essen nach Hause zu fahren. Oft brachte er einen Eimer voll Muscheln oder ein paar Blaubarsche mit, und seine Mutter sah ihn dann an und sagte: »Na, da hast du dir dein Schwimmen redlich verdient, Tommy.« Seine Eltern fanden immer, dass man sich jedes kleine Vergnügen verdienen musste, denn sie waren bettelarm aufgewachsen. Er sah das nicht so, doch er mochte es zu arbeiten. Wenn seine Mutter ihn schickte, um Asa nach Hause zu bringen, weil der zu viel Wein getrunken hatte, fühlte er sich tüchtig. Er war einer der wenigen Jungs, die Auto fahren konnten, und das hob ihn von den anderen ab. Er parkte den Packard in der Garage und ging oder fuhr mit einem der Fahrräder nach Hause. Wenn er das Haus betrat, rief ihm seine Mutter zu: »Achte darauf, dass die Katze nicht wieder hereinschleicht.«

»Mach ich«, antwortete Tommy dann. Er wusste, dass seine Mutter aufblieb, um sich davon zu überzeugen, dass er sicher wieder zu Hause war und weder sich noch Asa umgebracht hatte, doch sie wollte es nicht sagen.

Es waren Voraussetzungen für eine ideale Kindheit, wenn er sich von dem unausgesprochenen Verdacht hätte befreien können, dass er genau wie seine Eltern auch zu den Simpsons gehörte – und flüchten müsste, wenn er ein anderes Leben wollte.

Obwohl Billy mehr als ein Jahr älter war als Tommy, schlug Asa vor, dass Tommy ihn auf seinen Abenteuertouren mitnahm und ihm zeigte, wie man ein »richtiger Junge« wurde. Tommy zögerte zunächst, denn er hatte keine Ahnung, was es hieß, ein richtiger Junge zu sein, doch er nahm Billy mit, wenn er seinen Pflichten nachging, und ließ ihn einen Nagel einschlagen oder einen abgeknickten Ast absägen.

»Möchtest du mitkommen?«, fragte er dann unbeholfen, wenn Billy an die Tür des Herrenhauses kam.

»Wohin gehst du?«

»Ein paar Bretter am Zaun des Gemüsebeets reparieren. Du kannst mir beim Einschlagen der Nägel helfen.«

»Klar.«

Für Billy war es einfacher, das zu tun, als Asa zu erklären, dass er überhaupt kein Interesse an solchen Dingen hatte. Die Jungs kletterten auch auf Bäume und angelten gelegentlich, obwohl Billy kein Sportler war und es schwierig fand, eine Schnur weit genug zu werfen, um jemals einen Fisch zu fangen. Tommy wusste nicht, was er von Billy halten sollte, doch es spielte keine Rolle, ob Billy jemals einen Fisch fangen würde. Wegen seines Vaters war sein Leben bereits erfolgreich.

An dem Tag, als Hope Lee in ihr Haus kam, hatte Tommy Rowland etwas von seiner jugendlichen Unschuld verloren. Nicht, weil sie sexuelle Regungen geweckt hatte (obwohl sie das tat), sondern weil sie bei ihm viele komplexe und teilweise widersprüchliche Gefühle auslöste. Sie war nicht schüchtern wie die meisten anderen Mädchen, die er kannte. Sie war direkt. Sie sagte, was sie dachte, und kümmerte sich nicht um die Folgen. Auf gewisse Weise war sie wie seine Mutter, doch im Unterschied zu seiner Mutter waren ihr Gesicht und ihre Augen verwirrend. Man wollte, dass einen diese Augen lange ansahen, und man wollte, dass dabei der Ausdruck in diesem Gesicht sanft wurde. Nichts davon geschah, doch das hielt Tommy nicht davon ab, es sich zu wünschen. Wenn Hope auch seinen Verstand durchschüttelte und seine Gefühle durcheinanderbrachte, so wusste er doch, dass er niemals ein Mädchen von der Straße heiraten würde. Er war nicht snobistisch oder ablehnend, er machte sich eher Sorgen wegen Hopes Temperament. Er hatte Angst um sie, Angst, dass sie in Schwierigkeiten geraten und weggeschickt würde.

KAPITEL 16

Faith hatte nicht vor, irgendwas an ihrer neuen Zimmergefährtin zu ändern, auch wenn alles an ihr wie ein großer Scheinwerfer ins Auge stach. Man konnte an allen Kleidersäumen erkennen, wo sie wiederholt ausgelassen waren, und die Taillen saßen nicht mehr an der richtigen Stelle.

»Was in aller Welt trägt sie denn heute schon wieder?« Faith hatte mehr als einmal gehört, wie Emily Tommy diese Frage gestellt hatte. Die Bediensteten starrten sie an und flüsterten. Faith hätte ihr Kleider aus ihrer eigenen Garderobe angeboten, doch sie wollte Hope nicht beleidigen, die mit dem zufrieden schien, was sie trug.

Faith bewahrte sie fast täglich vor Kritik und Spott. An einem Nachmittag, als sie gerade Pause vom Unterricht machten, unterhielt sich die Gruppe darüber, wie man Taschengeld dazuverdienen konnte. Hope erzählte von der Zeit, als sie auf der Straße um Almosen gebettelt hatte.

»Ich hatte eine Freundin, Gloria, die ihre Schuhe auszog, um Mitleid zu erregen. Sie war eine Expertin darin. Wir machten immer ungefähr zwei Kröten am Tag.«

Bei dem Satz stockte das Gespräch, bis Faith leise fragte: »Wer gab mehr Geld? Männer oder Frauen?«

»Auf jeden Fall Männer. Sie waren mitfühlender.«

»Siehst du«, sagte Tommy. »Männer sind gut.«

Und der Moment verging.

Wenn ihre Seltsamkeit für Faith in Ordnung war, dann war es für alle in Ordnung. Hope bewunderte, wie Faith so einfach einen unangenehmen Moment auflösen konnte.

Ein Problem drehte sich aber um Anstand und konnte nicht ignoriert werden. Hope brauchte einen Büstenhalter. Faith hatte ein paar Monate zuvor angefangen, einen zu tragen, und war sich überaus bewusst, dass Hopes Brüste weiter entwickelt waren als ihre eigenen. Emily war die Erste in der Gruppe gewesen, die einen Büstenhalter getragen hatte, denn sie hatte Körbchengröße C, seit sie vierzehn war. Faith war die Nächste gewesen. Nancy, ihre Cousine in Brooklyn, hatte Faith in ihr Schlafzimmer geführt und ihr eine Spitzenvorrichtung gezeigt, die sie unter ihrer Kleidung trug. Sie passte über den Busen und wurde im Rücken festgemacht.

»Warum?«, hatte Faith gefragt.

»Damit meine Brüste nicht durch die Gegend wackeln und Jungs auf falsche Gedanken kommen.«

Faith hatte keine Ahnung, worüber sie sprach. Ihre Brüste wackelten nicht. »Sollte ich auch einen tragen?«

»Alle Frauen müssen irgendwann einen tragen. Am besten fragst du Tante Alice. Sie wird es dir erzählen.«

Als Faith ihrer Mutter erzählte, was Nancy gesagt hatte, ging Alice sofort mit ihr zum Maßnehmen. »Wir hätten das längst tun sollen«, sagte sie.

Faith hatte ihre Büstenhalter anfangs kaum getragen, denn sie hatte dazu keine Lust, doch als sie am Strand einen Blick auf Emily ohne Stütze warf und bemerkte, wie groß und wabbelig ihre Brüste unter dem elastischen Badeoberteil wirkten, begann sie, ihren Büstenhalter jeden Tag zu tragen. Sie wollte nicht, dass die Jungs sie so anstarrten, wie sie Emily ansahen.

Mit diesem Hintergedanken – Hope davor zu bewahren, so angegafft zu werden – sprach sie das Thema an.

»Wir müssen Mama bitten, mit dir einen Büstenhalter einzukaufen. Dein Busen wächst und deine Unterhemden sind nicht ausreichend.«

Hope sah sie verwirrt an. »Ich weiß gar nicht, wovon du sprichst.«

Faith zeigte ihr einen Büstenhalter aus ihrer Kommode. »So sieht er aus, und alle Mädchen tragen irgendwann so etwas.«

»Warum denn?« Hope war sich sicher, dass sie dieses Kleidungsstück nicht brauchte, das ihr Faith vor die Nase hielt.

»Aus vielen Gründen. Er hält deinen Busen davon ab herumzuwackeln und deine Kleidung passt damit besser. Es ist Zeit, dass du einen trägst.«

»Wenn du denkst, dass ich so was brauche«, sagte Hope, die damit überhaupt nicht einverstanden war.

»Du weißt ja, wie Jungs sind«, sagte Faith. »Sie gucken sich immer alles an und ihre Fantasie dreht durch.«

»Du denkst, sie gucken mich an?«

»Sie gucken alle Mädchen an. Ich hasse es, wie sie Emily anstarren. Sie kann nichts dafür, dass sie so große Brüste hat.«

Schließlich verstand Hope. »Ich starre Emily auch an. Kann nichts dafür.«

In der folgenden Woche brachte Alice die beiden Mädchen zu einem Korsettgeschäft und stattete sie mit Büstenhaltern und mit Seidenhemdchen aus.

»Mama möchte unsere Busen unter einem Doppelpanzer verbergen«, sagte Faith.

Als Hope an jenem Abend ihre neue Unterwäsche wegräumte, hielt sie einen Büstenhalter hoch. »Er ist schrecklich unbequem, aber er hält alles beisammen. Wenn du es mir nicht gesagt hättest, dann hätte ich mein altes Unterhemd getragen, bis ich hundert wäre.«

»Wenn deine Mutter noch leben würde, dann hätte sie es dir gesagt«, sagte Faith.

»Vielleicht. Allerdings habe ich sie nie einen tragen gesehen. Sie war obenrum eher klein.«

Faith konnte sehen, dass die Gedanken an ihre Mutter Hope noch immer traurig machten, doch sie konnte es verkraften, ohne zusammenzubrechen. »Hörst du eigentlich manchmal was von deinem Vater?«, fragte sie.

Hope erschrak. Sen wusste gar nicht, dass Agatha gestorben war. Vielleicht schickte er immer noch Briefe in die Pension. »Er hat uns die ganze Zeit geschrieben«, sagte sie. »Bevor er nach China gegangen ist, hat er mich jeden Tag mitgenommen zur Wall Street. Wir beide waren oft zusammen.« Sie wollte Sen verteidigen.

»Ich bin noch nie allein mit meinem Vater irgendwo gewesen«, gestand Faith.

»Warum bittest du ihn nicht mal, mit dir irgendwo hinzufahren?«

»Das könnte ich nicht. Ich weiß nicht einmal, wohin wir fahren sollten.«

»Er würde dich wahrscheinlich hinbringen, wo du willst. Sag ihm, er soll dich zum Zoo im Central Park bringen. Sieh dir mal zum Mittag die Seelöwen an.«

»Ich bezweifle, dass Papa das für einen guten Ort halten würde«, sagte Faith.

»Es geht darum, wohin du willst. Willst du nicht mal sehen, wie die Seelöwen mittagessen? Menschen geben ihnen mit bloßer Hand Fisch und dann machen die Seelöwen Radau, um zu zeigen, dass sie es mögen.«

Bei Hope hörte es sich so einfach und so natürlich an. Warum fand sie es so schwer?

* * *

Nachdem die Büstenhalter-Anforderungen erfüllt waren, war es Alice, die Hope mit ihrem Drang zu barmherzigen Taten beeindruckend veränderte. Sie ließ den Schneider kommen, um für sie eine neue Garderobe anfertigen zu lassen. Das Ergebnis war rundum zufriedenstellend. Die maßgeschneiderten Kleidungsstücke aus guten Stoffen und schmeichelnden Farben machten aus einem hübschen ein umwerfendes Mädchen. Selbst Hope bemerkte den Unterschied. Ab sofort schenkte sie den Tischmanieren größere Aufmerksamkeit, nahm kleine Bissen zu sich und legte ihr Besteck auf den Teller, wenn sie fertig war. Am Beginn des Tages wünschte sie allen einen guten Morgen.

Faith registrierte diese Fortschritte mit gemischten Gefühlen. Hope wachte nicht mehr in der Nacht auf und murmelte ihre Monologe. An manchen Tagen lief sie nicht schon in der Morgendämmerung heraus und wanderte zum Strand hinab. Faith wünschte sich manchmal die alte Hope zurück, die so von Leid und Trauer gebeugt war, dass sie sich an Faith festhalten musste, um nicht unterzugehen.

Kapitel 17

Das Mädchen macht überhaupt keine Fortschritte, stellte Miss Jane Howell, die Kochlehrerin, für sich fest, als würde sie den i-Punkt in einem Dokument setzen. Miss Howell kannte die Familie schon lange. Vor dem Kochunterricht hatte sie Alice und Faith das Sticken beigebracht. Sie wusste von Julia Coombs, dass Faith mehr Selbstvertrauen entwickeln musste. »Sie muss schließlich mit einem Bruder konkurrieren, der von Kopf bis Fuß charmant ist«, sagte Julia. Miss Howell verstand, worum es ging. Faith war niemandes Liebling und wusste nicht, wie man eine Gelegenheit nutzte. Miss Howell hatte beobachtet, wie der Junge seinen Vater begrüßte, wenn der am Ende des Tages nach Hause kam: »Hi Papa, wie hat dich der Markt heute behandelt?«

»Er hat mich genau richtig behandelt, Billyboy.«

Billy konnte die Stimmung seines Vaters genau einschätzen und wusste, wann er sich ihm fröhlich nähern konnte oder ihm besser aus dem Weg ging. Faith wusste das nicht und ihre Begrüßung war oft ein steifes »Hallo Papa«. Sie beherrschte einfach nicht die Art von Gruß, die Billy mühelos von den Lippen kam.

Für die Außenwelt jedoch machte ihre Position als Asa Simpsons Tochter alles wett. Sie musste sich nicht anstrengen. Jemand würde sie immer unterstützen und sich um sie kümmern. Miss Howell wusste, dass Faith gut heiraten würde, und ihr Äußeres würde sich verbessern, wenn die Teenagerzeit vorbei war. Sie hatte alle Zutaten, die sie brauchte: eine gute Größe, einen schönen, ebenmäßigen Teint, wohlgeformte Beine und ein gut gepolstertes Hinterteil. Ihre Augen waren klein und ihre Nase hatte einen kleinen Höcker, doch diese Mängel konnten leicht mit etwas Konturpuder kaschiert werden. Mit der richtigen Frisur würde ihr dichtes braunes Haar ein großes Plus sein.

Wie alle Tutoren und Privatlehrer auf Seawatch war Miss Howell angewiesen, Faith niemals mit Worten oder Taten zu zeigen, dass sie Erbin war oder dass ihr Status irgendeine besondere Bedeutung hatte. Asa Simpson wollte seine Kinder so erziehen, dass sie ihre Privilegien gar nicht bemerkten. Er wollte, dass sie selbstständig, fleißig und furchtlos darin waren, ihren Weg auf der Welt zu finden.

Viele wohlhabende Familien achteten darauf, ihre Kinder über ihren besonderen Status im Dunkeln zu lassen. Es war modern, den Mädchen das Kochen beizubringen, um ihnen Bescheidenheit nahezulegen. In vielen Häusern befand sich die Lernküche in oder am Kinderzimmer, wo die Kinder Speisen wie Hackbraten, Kartoffelbrei oder Maispüree zubereiteten. Alle paar Wochen servierten die Kinder ihren Eltern ein einfaches Essen.

Alice Simpson hatte beschlossen, ihrer Tochter im Kochunterricht ihren Stempel aufzudrucken. Faith sollte das Kochen erlernen und ihre Fähigkeiten der Kirchengemeinde anbieten und dabei helfen, die Armen ihrer Gemeinde in Brooklyn zu ernähren. Einmal die Woche kam Miss Jane mit den benötigten Zutaten. Faith hasste den Kochunterricht, denn dabei wurde sie wieder zu dem unsicheren Mädchen, das sie hinter sich lassen wollte. Sie war ungeschickt mit den Gerätschaften und selbst die einfachsten Speisen schmeckten nie richtig.

»Halte den Stampfer gerade auf die Kartoffeln und drücke fest von oben. Dann kannst du ihn drehen und erneut drücken.« Faith hatte dabei geholfen, ein paar Kartoffeln zu schälen, und Miss Jane hatte sie gekocht.

»Das habe ich ja gemacht, doch sie sind immer noch klumpig. Und sie sind nicht nur klumpig – sie sind hart.«

»Die Kartoffeln haben keinen eigenen Willen«, sagte Miss Jane nachsichtig. »Sie werden deinem Stampfer nachgeben, wenn du nur weitermachst. Das kann ich dir versprechen. Versuche es noch mal. So.« Die Lehrerin in ihrem gestärkten weißen Kittel führte Faiths Hand. »Drücke mit ganzer Kraft von oben und du wirst sehen, wie gut es geht.«

Miss Jane trat einen Schritt zurück und sah Faith an. »Hier, Liebes, putz dir mal die Nase. Sie läuft ein bisschen. Wo hast du dein Taschentuch?«

Faith zog ein Spitzenquadrat aus der Tasche und rieb sich damit die Nase. Sie war der personifizierte Missmut mit ihrer gerunzelten Stirn, den nach vorn gezogenen Schultern und den zusammengepressten Beinen.

»Ich kann das nicht, Miss Jane. Ich kann es nicht.« Die Kartoffeln lagen am Boden des Topfes, klumpig und kalt.

Hope gefiel es nicht, Faith wegen etwas so Unwichtigem wie Kartoffelstampfen jammern zu sehen. Sie hatte oft erlebt, wie ihre Mutter Kartoffeln gestampft hatte, und sagte nun etwas. »Du machst es ganz falsch. Wenn du Kartoffeln stampfen willst, dann musst du mit einer Gabel auf sie einpicken, bis sie auseinanderfallen. Weiche sie in sehr heißer Milch und geschmolzener Butter ein, bevor du den Stampfer benutzt. Dann wird es zehnmal schneller gehen, aber ich würde die blöden Kartoffeln

119

überhaupt nicht stampfen. Warum willst du das überhaupt lernen, Faith?«

Sowohl Faith als auch Miss Jane blickten erschrocken zu Hope.

»Ihre Eltern möchten, dass sie das Kochen lernt«, sagte Miss Jane.

»Sie schluchzt über einem Topf voll blöder Kartoffeln. Ich werde dir alles übers Kochen beibringen, was du wissen willst«, sagte sie zu Faith. »Meine Mama hat eine Cafeteria gehabt und davor hat sie Speisen von einem Karren verkauft. Ich kenne mich mit Kochen aus, und ich würde es für nichts in der Welt tun, vor allem nicht, wenn mein Papa ein Millionär wäre. Wir werden ihm deine Meinung dazu sagen.«

Miss Jane gewann ihre Fassung zurück und antwortete Hope in scharfem Ton: »Mr Asa hat nicht vorgesehen, dass du den Haushalt störst.«

»Ich störe den Haushalt gar nicht. Ich zeige Faith nur ihre Rechte als Person. Sie hat Rechte und sie kann sich gegen Dinge wehren. Waren Sie schon einmal in der Stadt in der Nähe des Union Square? Da sind überall Menschen, die sich beschweren. Sie beschweren sich sogar über die Regierung. Sie nennen Präsident Taft einen Dummkopf. Faith, du möchtest dich doch beschweren, oder?«

»Ja.«

»Sehen Sie, sie will sich beschweren.«

Die Kochlehrerin packte ihre Zutaten zusammen und beendete die Stunde. Am nächsten Abend sprach Asa beim Essen den Zwischenfall an.

Faith blickte zu Hope. »Es war meine Schuld, Mr Asa«, sagte Hope. »Ich habe keinen Nutzen darin gesehen, denn die Stunde war ohnehin verloren. Man kann ohne heiße Flüssigkeit und Butter keine großen, kalten Kartoffeln stampfen. Es war von

Anfang an verkehrt, doch Faith wusste das nicht. Sie dachte, es wäre ihre Schuld, doch sie war ein unwissendes Opfer.«

»Stimmt es, dass du den Präsidenten mit einem Schimpfwort beleidigt hast?«

»Das war nicht ich. Diese Sprecher auf dem Union Square, die fanden es falsch, was Taft getan hat, und nannten ihn einen fetten Dummkopf.«

Alice hörte zu essen auf und sah in Erwartung einer Zurechtweisung zu ihrem Ehemann. Abgesehen von der handfesten Sprache, was fiel diesem fremden Mädchen eigentlich ein, mit Asa zu sprechen, als wäre sie mit ihm auf einer Stufe? Die Leichtigkeit, mit der Hope ihr Argument vortrug, hatte alle zum Schweigen gebracht. Asa blieb zuvorkommend. Er hatte eine ähnliche Meinung zu Taft. Schließlich hatte der die Unterstützung von Asas Helden Teddy Roosevelt verloren. Auf der anderen Seite konnte sich die Kühnheit des Mädchens schnell zu etwas Schlimmerem wandeln. Er würde ein Gespräch mit Hope führen müssen, um herauszufinden, worum es ging. »Danke, dass du mich darauf aufmerksam gemacht hast«, sagte er und begann zu essen.

Als er am nächsten Tag von der Wall Street nach Hause kam, bat er Mrs Coombs, Hope in sein Büro zu bringen. Als sie eintrat, war er absichtlich von ihr abgewandt, eine Methode, den Besucher zu entmutigen und sich selbst einen Vorteil zu verschaffen. Der Gast wusste nicht, ob er warten oder auf sich aufmerksam machen sollte. Hope ließ sich jedoch nicht entmutigen.

»Mrs Coombs sagt, dass Sie mit mir reden wollen, also, hier bin ich.«

Asa drehte sich um und betrachtete das Mädchen zum ersten Mal eingehend von Kopf bis Fuß. Sie war groß für ihr Alter und dünn, doch sie war nicht gertenschlank. Ihre Hautfarbe war ungewöhnlich. Runde, blasse Wangen und dunkelgrüne Augen, die auf das Orientalische verwiesen, umgeben von einer dichten Wolke kupferfarbener Locken, so reich und unbändig, dass sie wie eine Kulisse für ihr Gesicht wirkten. Sie war eine besondere Erscheinung. Er war froh darüber, ihr ein Obdach angeboten zu haben, denn das Leben auf den Straßen New Yorks hätte sie zerstört. Auf der anderen Seite hatte er ein ruhiges, ordentliches Haus und er wollte keinen Störenfried oder Besserwisser, der ständig gezügelt werden musste.

»Ich wollte ein wenig mehr über dich erfahren«, sagte Asa. »Woher weißt du so viel über das Kochen?«

»Mein Papa hat für die Goldgräber gekocht und als das vorbei war, kochte er bei der Santa-Fe-Eisenbahn. Er war Chinese und mochte es nicht, französisches Essen zu kochen. Es machte ihn krank. Meine Mutter hatte einen Speisekarren in der Nähe vom Hotel Astor und die Leute liebten ihr Essen so sehr, dass ein Mann für sie eine Cafeteria eröffnet hat. Dann hatte sie Pech.«

»Hast du keine Verwandten? Großeltern?«

Hope schüttelte den Kopf. »Meine Mutter hat gesagt, die Männer in ihrer Familie wurden nicht alt. Sie starben früh oder kamen wegen der dummen Fehler der Armen ins Gefängnis.«

»Und was waren das für dumme Fehler der Armen?«

»Sie nahmen schlechte Jobs an.«

»Und was waren das für Jobs?«

»Mein Großvater war ein Totengräber, und kein Jude, nicht einmal ein Italiener hätte diesen Job gemacht.«

»Warum nicht?«

»Diese Jobs brachten die Männer dazu, zu viel zu trinken. Mein Großvater war ein Totengräber, der in ein offenes Kanalisationsloch fiel und ertrank, weil er besoffen war. Nicht einmal in einem Ozean oder einem See ist er ertrunken.« Sie erzählte es ohne jede Regung, obwohl Asa merkte, dass es sie berührte.

»Also hast du niemanden?« Sie schüttelte den Kopf. »Ich werde dir etwas anvertrauen, über das ich nur sehr selten spreche«, sagte Asa. »Ich war sehr, sehr arm, als ich ein Junge war.«

»Das kann ich nicht glauben«, sagte Hope. »Hatten Sie kein Essen oder einen Platz zum Wohnen? Was ist mit Ihrer Mutter und Ihrem Vater?«

»Also das ist etwas, was du und ich gemeinsam haben«, sagte Asa. »Ich war auch ein Waisenkind. Ich habe beide Eltern verloren, als ich elf war. Ein Landstreicher, der einen Teller vom Hasenbraten meiner Mutter aß, hat sie beide erschossen. Meine Mutter hätte niemanden abgewiesen, der hungrig war, doch der Mann dankte es ihr mit einer Kugel, weil er Geld stehlen wollte, das es gar nicht gab. Wegen der Wirtschaftskrise wollte mich niemand aufnehmen. Es gab wenig Geld und kaum Arbeit, vor allem im Umland von New York. Die Waisenhäuser waren überfüllt. Ich hatte große Angst und meine geliebte Mutter und meinen Vater verloren.«

Als er das erzählte, füllten sich ihre Augen mit Tränen. Sie ging aus dem Büro. In solchen Momenten konnte sie nichts dagegen unternehmen und die Angst gewann die Oberhand.

Sie setzte sich im Flur auf einen Stuhl. Nach einem Augenblick kam Asa aus dem Arbeitszimmer und setzte sich neben sie.

»Dann war da niemand, der Sie kannte?«, fragte sie.

»Ich hatte einen Onkel, doch er konnte sich noch nicht einmal um seine eigene Familie kümmern und zog fort.«

Hope schossen so viele Dinge durch den Kopf, dass sie nicht sprechen konnte. Der Gedanke, dass dieser mächtige, reiche Mann – der in einem Haus lebte, das größer war als das Astor House Hotel, und schöner dazu – einmal so arm wie sie gewesen und auch ohne Eltern war, überraschte sie.

»Wie lange haben Sie gebraucht, um reich zu werden?«

»Der erste Job, den ich hatte, war das abendliche Anzünden der Lampen in Troy. Das hat mir ermöglicht, ein Jahr länger zur Schule zu gehen. Eines Tages ging ich an einem Sodageschäft vorbei und sah, wie der Geschäftsinhaber ein Getränk mischte. Ich überlegte mir, dass das Mischen zehnmal schneller gehen würde, wenn es eine Maschine dafür gäbe. Man bräuchte irgendwelche Paddel, die elektrisch angetrieben werden und sich in entgegengesetzte Richtungen drehen. Zu der Zeit waren nur drei Häuser in Troy elektrifiziert, doch es gab ein kleines Elektrizitätswerk. Ich baute eine solche Vorrichtung, brachte sie zu dem Sodaladen und fragte den Inhaber, ob er etwas gemischt haben wollte.«

»Ich wette, er hat Ja gesagt«, sagte Hope.

»Nein. Er war nicht daran interessiert, doch etwas Besseres geschah. An der Theke saß ein anderer Mann, der gerade zu Mittag aß, und der bot mir einen Job in seiner Fabrik an. Ein wenig später nahm er mich in sein Haus auf, ich konnte bei ihm wohnen. Als er starb, hinterließ er mir seinen Betrieb, der von einigem Wert war. Ich wusste, dass der Bedarf an Elektrizität explodieren würde, und mit meiner Fabrik als Kreditsicherheit kaufte ich kleine Elektrizitätswerke auf. Dieser gute Mann hat mir ein Unternehmen hinterlassen, und mit meinem Verstand habe ich einen Weg gefunden, aus diesem Glücksfall etwas zu machen.«

»So werde ich es auch versuchen«, sagte Hope. »Das ist ein sehr guter Weg.«

Asa lächelte. »Zuerst brauchst du jemanden, der dir in seinem Testament etwas Wertvolles vermacht.«

Sie kehrten zurück in sein Büro. »Sieh nur«, sagte er und zog die Abdeckung von einem brandneuen Ticker. »Ich habe deinen Ratschlag befolgt.« Asa wusste jetzt alles über sie, was er wissen wollte. »Du hast bewiesen, dass du viel über das Kochen weißt, und du weißt ebenfalls viel über die Finanzmärkte.

Wenn du daran interessiert bist, dann kann ich dir noch mehr beibringen.«

»Oh, darauf können Sie sich verlassen. Der Aktienmarkt interessiert mich mehr als irgendwas. Sie können mir beibringen, was Sie wollen.« Normalerweise sprach Hope nur wenig, doch Asa hatte die Schleusen der Erinnerung und der Sehnsucht nach den glücklichen Tagen mit Sen geöffnet. »Ich wette, Sie haben Ihr Geld in der Bank des alten Mr Baker in der Nähe der Trinity Church. Wir haben ihn immer in das Gebäude an der Ecke hineingehen und herauskommen sehen. Mein Papa zeigte immer auf die Tür und sagte: ›Sieh nur. Dieser große Mann besitzt die reichste Bank des ganzen Landes. Er und Morgan sind dicke Freunde.‹ Nur Millionäre und ihre Unternehmen dürfen ihr Geld auf diese Bank bringen.«

»Du hast recht, ich habe mein Geld auf dieser Bank. Mr Baker stammt aus Troy, wo ich einmal gelebt habe.«

Hope untersuchte die Tickermaschine. »Sie braucht Papier«, sagte sie. »Sie müssen Papier einlegen.«

»Na, siehst du? Ich kann dich jetzt schon gebrauchen«, sagte Asa. »Das kann eine deiner Aufgaben sein, wenn du meine Assistentin wirst.«

Weder Asa noch Hope dachten daran, Faith zu fragen, was sie von diesem Arrangement hielt.

Kapitel 18

Alice bestand darauf, dass Billy von Trevor nach Yale gefahren wurde, doch Billy war dagegen und wandte sich an Asa.

»Ich will nicht nach Yale chauffiert werden. Können wir meine Sachen nicht verschicken und ich nehme den Zug? Ich kann die Greenport-Fähre nach New London nehmen und von da einen Zug nach New Haven.«

Asa, der neuerdings eine Lesebrille trug, nahm sie ab und löste sich von den Papieren auf seinem Schreibtisch. Billy wusste, dass er jetzt die volle Aufmerksamkeit seines Vaters hatte.

»Wenn du das so möchtest, dann bin ich sicher, dass deine Mutter zustimmen wird.«

»Danke, Papa. Ich bin schon nervös genug und möchte nicht auch noch wie der verwöhnte reiche Junge aussehen, der herchauffiert wird.«

»Das würde nie geschehen, selbst wenn du auf einem Paschathron sitzend auf einem Elefanten angeritten kämst.«

Billy grinste. »Also das würde mir schon eher gefallen. Dann würde ich nichts mehr tun müssen, um mich zu beweisen.«

Asa stand auf und ging zu seinem Sohn. »Lass uns ein paar Meter gehen, nur wir beide. Ich werde dich vermissen, Billyboy.«

»Ich werde dich ebenso vermissen, aber ich will auch dorthin. Ich kenne bereits ein paar der Jungs, die in meiner Klasse sein werden: Jimmy Coe und Randall Firestone. Wir werden uns umeinander kümmern, bis wir andere Leute kennenlernen.«

Es war ein frischer Tag im späten August, eine angenehme Abwechslung zu dem normalerweise schwülen Wetter auf Long Island. Asa und Billy konnten die salzige Luft von der Bucht riechen und sie gingen wie selbstverständlich in Richtung Wasser. Asa war nachdenklich. Er nahm Billys Hand, als wäre er noch ein kleines Kind. »Der glücklichste Tag meines Lebens war der Tag, an dem du geboren wurdest«, sagte Asa. »Ich hatte keine engen Blutsverwandten, bis du kamst. Es war ein Trost, einen Sohn zu haben, und ich habe auf einer Liege im Kinderzimmer geschlafen, weil ich Angst hatte, du könntest verschwinden.«

»Ich werde auch jetzt nicht verschwinden, zu Weihnachten werde ich wieder nach Hause kommen. Und vergiss nicht, du hast noch immer Faith, die dir Gesellschaft leistet.«

»Faith geht ihrer eigenen Wege. Hope passt gut zu ihr. Sie hat Faith wieder zu sich gebracht.«

»Ich denke, es ist andersrum. Faith hat Hope verändert. Sie ist viel ruhiger und angenehmer im Umgang. Das hat Faith erreicht.«

»Glaubst du?«, sagte Asa. »Mir ist es nie schwergefallen, mit ihr zurechtzukommen. Sie plappert nicht herum. Ist es das, was du meinst? Das ist eins der Dinge, die ich an ihr mag.«

»Als sie bei uns ankam, war sie die halbe Nacht auf und sprach mit sich selbst. Faith hat ihr darüber hinweggeholfen.«

»Wirklich? Das hätte ich nicht gedacht.«

»Ich weiß, Papa«, sagte Billy, hörte hier aber auf. Er wollte Asa nun nicht auf all die Dinge hinweisen, die er übersehen hatte. Er war kurz vor dem Weggehen und wollte sein Zuhause im Guten zurücklassen, ohne Aufruhr zu verursachen. Er war davon überzeugt, dass Faith den richtigen Weg finden würde, um die Blindheit ihres Vaters zu überleben. Sie hatte den Sommer bereits genutzt, um besser im Schwimmen zu werden. Früher hatte ihr das Angst gemacht. Er oder Tommy waren anfangs neben ihr geschwommen, doch jetzt blieben sie immer am Strand und sahen zu, wenn sie allein rausschwamm. Wenn sie das Schwimmen bewältigen konnte, dann würde sie auch einen Weg finden, um Asa die Augen zu öffnen.

Billy und sein Vater kehrten zurück zum Haus. Erneut nahm Asa seine Hand und Billy ließ ihn gewähren.

Später saß Faith auf Billys Bett und sah zu, wie er den letzten Koffer packte.

»Glaubst du wirklich, dass du einen Schuhanzieher brauchst?«, fragte sie. »Das ist das Letzte, was ich einpacken würde.«

»Deine Schuhe sind ja auch aus weichem Leder. Für dich ist es kein Problem, sie anzuziehen.«

»Bist du nur glücklich oder auch ein bisschen traurig?«

»Nur glücklich.«

»Was ist mit mir?«

»Ich kann nicht an dich denken, denn dann wäre ich völlig traurig und ich will glücklich sein.«

»Wirklich? Du bist ganz traurig, dass du mich verlässt?«

»Natürlich, du kleiner Dummkopf.«

»Ich auch«, sagte sie, dann war sie für einen Moment still. »Jetzt, wo du nicht mehr da sein wirst, frage ich mich, was Papa mit mir machen wird.«

»Was meinst du?«

»Er ist jetzt fertig mit dir und wird wohl Pläne für mich haben.«

»Ich würde es andersrum machen. Überlege dir, was du willst, und sage es Papa.«

»Vielleicht. Doch ich würde wirklich gern wissen, welche Art von Zukunft Papa für mich sieht.«

* * *

Als Billy fort war, war es jedoch Hope – und nicht Faith –, die die Leerstelle für Asa nahtlos füllte. Wenn auch die Verbindung zwischen Asa Simpson und Hope Lee ungewöhnlich war, so hätte es jeder verstanden, der Asas frühes Leben kannte.

Ein paar Monate, nachdem er Hope versprochen hatte, ihr noch mehr über Aktien beizubringen, begann Asa mit etwas, was er niemals zuvor gemacht hatte. Wenn er zu Hause arbeitete, was er immer häufiger tat, seit er den Ticker installiert hatte, und Hope an dem Gerät saß, eröffnete Asa ihr seine Überlegungen und Strategien. Er forderte sie dazu auf, sein Handeln zu analysieren, um zu sehen, wie versiert sie war. Wenn sie etwas auf dem Tickerband sah, das ihr ins Auge fiel, sagte sie es ihm: »United States Gypsum geht heute weiter aufwärts. Es war schon die ganze Woche hoch.«

»Das liegt an der Eisenbahngesellschaft. Sie drängen die Leute dazu, aufs Land zu ziehen und eines dieser kleinen Reihenhäuser zu kaufen. Die Häuser sind alle mit Gipskartonplatten verkleidet.«

»Das muss es sein. Warum steigen Sie nicht ein und kaufen auch was davon? Oder Sie kaufen Eisenbahnanleihen. Wenn sich die Häuser verkaufen, dann hat die Eisenbahn viele Pendler.«

»Das mache ich vielleicht. Doch woher weißt du, dass kein Manipulator am Werk ist, der uns ködern will?«

In den Anfängen hatte Asa in Eisenbahnaktien investiert. Am Tag seiner Geburt wurden die Strecken der Central und der Union Pacific verbunden, sodass die gegenüberliegenden Küsten des Kontinents nur noch sieben Tage voneinander entfernt waren. Sein Vater benannte ihn nach dem Chefingenieur auf der Jungfernfahrt von Oakland nach New York. Doch die jüngere Geschichte der Eisenbahn war mit Mord und Schrecken belastet. Morgan und seine Kohorten hatten im Wettstreit um die Vorherrschaft eine Strecke zerstört und unschuldige Menschen in die Luft gejagt. Außerdem gab es im Eisenbahngeschäft unvorhersehbare Phasen von Solvenz und Bankrott. Alles hing ab von den Jahreszeiten, den Fahrgastzahlen, den zu transportierenden Ernteerträgen der Bauern und der Wirtschaftslage.

»Ich weiß, dass die Menschen diese Häuschen auf dem Land kaufen«, sagte Hope. »Tommy kann es kaum erwarten. Er redet davon, als wäre er ein erwachsener Mann mit zehn Kindern, die ihm wie die Küken hinterherlaufen. Faith erzählt ihm immer wieder, dass ihm die Eisenbahn etwas vorgegaukelt hat und er voll drauf hereingefallen ist.«

»Wirklich? Das hat Faith ihm gesagt?«, fragte Asa überrascht und auch stolz.

»Wenn man Tommy als Anhaltspunkt nimmt, dann wird Gips wahrscheinlich durch die Decke gehen.«

Asa stellte fest, dass Hope schnelle Bewertungen vornahm. Ihr Verstand sprang mit großer Genauigkeit von einer Tatsache zu der wahrscheinlichen Ursache. Sie war eine klare Denkerin. Habgier, Heuchelei oder Durchtriebenheit nahm sie als gewöhnliche Aspekte des Lebens hin. Ihr war klar, dass der Markt manchmal von wirtschaftlichen Kräften angetrieben wurde, hauptsächlich jedoch von habgierigen, mit Makel behafteten Männern. Asa fand es sowohl unterhaltsam als auch erschreckend, dass sie all die seltsamen Anekdoten über den Markt und die großen Spieler kannte. Manches, was sie ihm erzählte, war vertraulich in Vorstandssitzungen besprochen worden. Er hatte keine Ahnung, wann oder wie das Mädchen so viel gelernt hatte. Sie scheute sich nicht davor, alles zu hinterfragen, was er tat. Manchmal kritisierte sie seine Strategie und zeigte ihm Schwächen in seinem Denken auf, die er nicht bedacht hatte.

Da Billy nun weg war, gefiel es ihm, sie an seiner Seite zu haben, immer bereit, sich zu beteiligen. Sie war ihm eine gute

Gesellschaft. Wenn sie etwas zu sagen hatte, sagte sie es und blieb dann still. Sie war interessiert und ihr Interesse ließ nicht nach. Es war absurd, doch so war das Leben oft. Man brauchte nur ihn anzusehen: ein verarmter Waisenjunge ohne irgendwelche Mittel und jetzt der neuntreichste Mann im ganzen Land.

Wenn Alice Simpson auch nur einen Hauch von mütterlichem Instinkt besessen hätte, dann hätte sie ihren Mann darauf hingewiesen, dass er Liebe und Geborgenheit von seiner Tochter abzog, während er Hope damit beschenkte. Am Anfang sah Faith diese Allianz nur als eine vorübergehende Neuheit, die ihren Verlauf nehmen und verschwinden würde. Als fast zwei Jahre vergangen waren, erkannte sie, dass Hope ihren Vater auf eine Art beschäftigte, wie sie selbst es niemals getan hatte. Es wäre nur natürlich gewesen, wenn Faith deshalb Bitterkeit empfunden hätte, doch sie wurde von etwas anderem abgelenkt. Robert Emory Trent kam nach Seawatch, und in Herzen und Köpfen war kein Platz mehr für etwas anderes als für ihn.

KAPITEL 19

Asa Simpson holte Robert Emory Trent für den Sommer 1915 nach Seawatch, damit er sein Poloteam ergänzte und ihm ein abrufbereiter Tennispartner war. Asa hatte einen angemessen sportlichen, ernsten Studenten erwartet, der ihren Haushalt wenig beeinflussen würde. Doch das war nicht der Fall. Robert Trent war ein junger Mann, der in seinem Aussehen, seiner Persönlichkeit und seinem Charisma so herausragend war, dass er alle blendete. Faith wurde vom ersten Tag an von einem Strom neuer Gefühle erfasst. Billy, der in Yale zwei Jahre unter Robert war, empfand Bewunderung. Tommy und Emily waren ein wenig eingeschüchtert.

Sobald Robert im Dorf und auf dem Anwesen gesehen wurde, provozierte er viel Gerede. Viele murrten, dass das Leben es viel zu gut mit dem neuen Sommerresidenten gemeint hatte. Sie wussten nicht, dass er eine Tragödie hinter sich hatte. Hope hatte es an der Art, wie er den Kurs über englische Poesie gestaltet hatte, sofort bemerkt. Sie war überrascht, ihn wiederzusehen, doch sie wappnete sich schnell gegen seine Anziehungskraft und ließ sich nicht verzaubern wie die anderen.

* * *

Sechs Jahre, bevor er Seawatch zum ersten Mal betreten hatte, war Robert Trent auf privilegierten Pfaden gewandelt. Er hatte die Saint Paul's School besucht, in der Pleasant Street 325 in Concord, New Hampshire. Dies war die Adresse, doch für Robert Trent war Saint Paul's eine Lebenshaltung, dazu bestimmt, ihn in eine noble Tradition einzuweisen.

Saint Paul's würde ihn nach Princeton oder Yale katapultieren (er hoffte auf Yale) und anschließend weiter an die Rechtsfakultät von Yale und in eine gute Firma befördern. Saint Paul's war die Schule der Gouverneure, Präsidenten und Industriemogule. Der Lehrplan war beträchtlich und mit Religion und Sittenlehre durchsetzt, der angesagte Sport war Eishockey, das Klima war rau und die Winterluft versengte einem die Lungen. In den Ferien fuhr er nach Hause und war doch erleichtert, wenn er wieder in sein Wohnheimzimmer mit der niedrigen Giebeldecke zurückkehrte, in dem sich das schöne Licht der Hügel von New Hampshire sanft über seine Habseligkeiten ergoss.

Drei Monate vor seinem Abschluss, die Zusage von Yale schon in der Tasche, kam eines Morgens einer der Dekane in seinen Mathematikunterricht und bat ihn heraus. »Wir haben einen Anruf von deiner Mutter bekommen«, sagte er. »Da ist eine Situation mit deinem Vater, die sehr öffentlich ist, und sie möchte, dass du für ein paar Tage nach Hause kommst. Deine Lehrer können dir Hausaufgaben für die versäumten Stunden mitgeben.«

»Können Sie mir sagen, was los ist?«

»Das könnte ich, doch ich glaube, es ist besser, wenn du es von deiner Mutter hörst. Es ist ein wenig heikel.«

»Ist mein Vater tot?«

»Nein. Dein Vater ist nicht tot.«

Er nahm den nächsten Zug mit einer Verbindung zur Boston-Linie, mit der er dann bis zur Pennsylvania Station in

New York City fuhr. Seine Mutter wartete auf ihn, als der Zug ankam, sie wirkte derangiert und angespannt. Ihre Augen waren rot und hatten dunkle Ringe.

»Ist Dad krank? Was ist los?«

»Dein Vater ist in juristischen Schwierigkeiten. Die Zeitungen bringen die Geschichte auf der Titelseite, und ich wollte nicht, dass du es so erfährst. Ich möchte dir selbst sagen, was geschehen ist.«

»Was womit geschehen ist?«

»Dein Vater ist angeklagt, eine große Menge Geld von Kunden seiner Firma veruntreut zu haben.«

»Aber das stimmt nicht.«

»Er hat sich schuldig bekannt.«

Das Verbrechen, dessen Simon Trent angeklagt wurde, war nicht schlimmer als die Insidergeschäfte, die jeden Tag auf der Wall Street abliefen. Doch Trent war von Gangstern in eine Falle gelockt worden, die seine Familie bedrohten, und musste den Kopf hinhalten. Um die Sicherheit seiner Frau und seines Sohns zu gewährleisten, hatte er keine Wahl, als die Schuld auf sich zu nehmen. Trent wurde zum Inbegriff für die Verärgerung, die die Wall Street bei vielen Leuten erregte. Hier war der Beweis, dass dort gegen den kleinen Mann manipuliert wurde. Endlich würde jemand dafür bezahlen.

Keine zwei Tage später wurde sein Vater vor seinen Augen weggeschafft, und als sie ihn auf den Rücksitz eines schwarzen Fahrzeugs schoben, sah Robert, wie einer der Männer ihm den Arm auf den Rücken drehte. Er hörte es knacken und wusste, sie hatten seinem Vater den Arm gebrochen.

Robert kehrte nicht zur Saint-Paul's-Schule zurück, obwohl es ihm angeboten wurde. Er fühlte sich befleckt. Offenbar stammte er von einem Dieb und Lügner ab, das war sein Erbe, auch wenn er selbst das nicht glaubte. Es gab etwas viel Schlimmeres. Seine Mutter war eine Erbin des

Latham-Woolen-Mills-Vermögens gewesen, doch ihr Vater hatte sie verstoßen, als sie Simon Trent heiratete. Jetzt fühlte sich diese hasserfüllte Familie im Recht. Seine Mutter suchte sich Arbeit und auch er begann zu arbeiten. Er fing im Diamantenviertel Manhattans bei Herschel an, einem chassidischen Juden, der dazu neigte, sich philosophisch auszulassen. »Hey Junge, wenn du jemanden willst, der nett zu dir ist, brauchst du nicht hier zu suchen. Es gibt keine Nettigkeit im Leben. Nur Arbeit.«

Eines Tages wurde Robert überfallen. Man hielt ihm eine Waffe an den Kopf und die Diebe verlangten seine Tasche. An jenem Tag hatte er nicht viel mehr als ein paar Silberringe und Armbänder dabei, und die Diebe, die Diamanten erwartet hatten, wurden wütend. Sie brachten ihn in eine Hintergasse und schlugen und traten ihn, bis ihm das Blut aus den Ohren lief, und pressten ihm das Gesicht aufs Straßenpflaster.

Nach jenem schrecklichen Tag verschwand die Trostlosigkeit. Yale widerrief Roberts Zulassung nicht. Er durfte Sommerkurse auf dem Campus besuchen, um die fehlenden Leistungen wettzumachen, und trat im Herbst 1911 als Studienanfänger an. Zwischen den viertausend Studenten auf dem Campus fiel er nicht als der Sohn von Simon Trent auf, dem Dieb von der Wall Street. Im Mai 1912, als er sein erstes Studienjahr beendete, wurde einer derjenigen, die seinem Vater die Falle gestellt hatten, wegen Mordes angeklagt. In der Hoffnung auf ein geringeres Strafmaß kooperierte er mit dem FBI und gab dabei auch preis, dass Simon Trent hereingelegt worden war. Trent kam frei und sein Name wurde rehabilitiert. Seine alte Firma wollte ihn wieder anstellen, doch er lehnte ab. Er hatte genug von der Wall Street und nahm eine Lehrstelle an der New York University an.

Yale gab Robert ein Sonderstipendium und empfahl ihn für ein begehrtes Sommerpraktikum bei der Firma von Wentworth, Blanchard und Grunwald, einer der angesehensten Rechtskanzleien in New York. Zu ihren Klienten gehörten

Bethlehem Steel, E. R. Squibb & Sons, Columbia Gas & Electric und Studebaker. Der Firmengründer Paul Wentworth war im Vorstand des Muttonviller Nachbarschaftsvereins. Zusätzlich zu Roberts regulärer Arbeit in diesem Sommer bat ihn Mr Wentworth, jeden Sonntag nach Muttonville zu fahren und einen Kurs über englische Dichtkunst zu halten.

Wentworth führte auch das Abschlussgespräch mit Robert Trent, bevor er nach Yale zurückkehrte. »Wir haben drei Erfolgskategorien für unsere Praktikanten«, sagte er und reichte ihm ein Blatt, das die Kategorien beschrieb:

1. Hat einen ordentlichen Job gemacht und durchschnittliches Interesse daran gezeigt, seine Aufgaben zu erfüllen, und hat gut mit den anderen Angestellten zusammengearbeitet.

2. Hat einen außerordentlichen Job gemacht und mehr geleistet, als erwartet wurde, und war eine wichtige Unterstützung für die übrigen Angestellten.

3. Hat eine außerordentliche Arbeitsmoral gezeigt und verfügt über eine herausragende Abstammung und gesellschaftliche Verbindungen.

»Sie passen in keine dieser Kategorien, doch Sie kommen der dritten Gruppe am nächsten«, sagte Wentworth. »Wenn Sie auch nicht über die entsprechende Abstammung verfügen oder die nötigen Verbindungen haben, so ist da viel Intelligenz und Einfühlungsvermögen. Ich konnte beobachten, wie Sie im Umgang mit den Klienten, selbst den ungebildetsten, immer den richtigen Ton getroffen haben. Die erleichterten Mienen sind mir durchaus aufgefallen. Sie vermitteln Mitgefühl ohne falsche Sentimentalität oder irrationale Versprechen. Das kann in unserem Beruf Gold wert sein, und wir wollen Sie für unsere Firma. Machen Sie zügig Ihren Collegeabschluss in Yale. Wir werden für Ihr Jurastudium bezahlen, doch es muss an der Columbia University sein, damit Sie währenddessen einen Fuß in der Firma haben können.«

An dieser Stelle wurde Robert klar, dass er Wentworth auf den Gefängnisaufenthalt seines Vaters hinweisen musste. »Da ist etwas, dessen Sie sich bewusst sein sollten, Sir«, sagte er. »Mein Vater ist Simon Trent und …«

Wentworth unterbrach ihn. »Ich weiß alles über Ihren Vater. Lassen wir das beiseite. Sie müssen sich allein darum kümmern, dass Sie selbst ehrlich bleiben.«

Im vierten Sommer, bevor Robert sein Jurastudium aufnahm, bat ihn der Chef um einen Gefallen. »Ich habe ein Anwesen in Muttonville, und einer meiner Nachbarn, Asa Simpson, hat einen netten Stall mit Poloponys, doch er gewinnt nie, denn seine Spieler sind alle zweitklassig. Ich möchte, dass Sie den Sommer dort verbringen und für ihn reiten, anstatt hier Ihr Praktikum zu machen.«

Robert war mit Muttonville von seinem Kurs her vertraut. Poesie zu unterrichten und Polo zu spielen, das waren zwei ziemlich unterschiedliche Dinge. Robert konnte nicht reiten, doch das war in der Welt dieses Mannes keine gültige Antwort. Es wurde erwartet, dass er die Aufgabe um jeden Preis erfüllte. Auf dieser Erfolgsstufe war das Teil der Ausbildung. »Das klingt nach einem sehr guten Plan für den Sommer«, sagte er.

Jetzt musste er nur noch reiten lernen – und wie man Polo spielte.

KAPITEL 20

Die achtundvierzigtausend Abonnenten des *Town & Country*-Magazins schauten auf das Titelbild der Thanksgiving-Ausgabe und sahen Alice Simpson in einem spitzenbesetzten blassrosa Kleid aus Peau-de-Soie-Seidengewebe und einem hellgrauen Halstuch, das locker ihre Schultern bedeckte. Neben ihr standen ihr Sohn Billy in einem dunkelblauen Anzug, das blonde Haar ordentlich gescheitelt, und ihre Tochter Faith mit offen gelocktem Haar und einem blassgelben Futteralkleid mit niedriger Taille und einem weiten Faltensaum. Den Abonnenten gefiel es. Das erwarteten sie von ihrer Aristokratie. Wohlwollend betrachteten sie die gepflegten Gärten und das verzierte Eingangstor von Seawatch und waren befriedigt, dass London zwar seine Königsfamilie hatte, Amerika aber aufholte.

Woodrow Wilson setzte die fortschrittliche Agenda von Teddy Roosevelt fort, die kurzzeitig von William Howard Taft unterbrochen worden war, und befand sich in der Mitte seiner ersten Amtszeit im Weißen Haus. Eine der umstrittensten Positionen von Wilson war, dass er Zolltarife unterstützte, die Europa begünstigten.

»Wir sollten mehr Milch verkaufen, Joe«, sagte Asa zu seinem Milchbauern. »Präsident Wilson versucht, uns aus dem

Geschäft zu drängen. Das haben wir davon, wenn ein sentimentaler Lehrer zum Präsidenten gewählt wird. Ich hätte niemals angenommen, dass ich einmal Taft vermissen würde.«

»Ja, Sir«, war alles, was Joe erwiderte.

Trotzdem war das Land guter Dinge und hielt sich erfolgreich aus dem höllischen Krieg heraus, der auf der anderen Seite des Atlantiks tobte. Die Schlachten waren weit weg und störten vorerst nicht die sommerliche Lieblingsbeschäftigung Amerikas: Baseball. Walter Johnson warf vierundfünfzig punktlose Innings in Folge und nährte den Optimismus, dass alles im Lot sei.

Was sich dagegen dramatisch veränderte, war der Bezirk. Seit der East-River-Tunnel fertig war und einen ungehinderten Arbeitsweg direkt bis zur Pennsylvania Station ermöglichte, hatte sich die Bevölkerung von Nassau fast verdoppelt. Der Vertreter der Eisenbahn, Fullerton, hatte ganze Arbeit geleistet, indem er das Sunrise Homeland als das neue Familienparadies angepriesen hatte. Die »Pendlerklasse« war jetzt ein eigener Begriff. Die Entwicklung der Vororte war in vollem Gang und der Begriff Hypothek wurde Bestandteil alltäglicher Unterhaltungen.

Die Veränderungen auf Seawatch hatten allerdings nichts mit der Regierung oder mit Sport oder den wachsenden Vororten zu tun. Billy war zu einem Erwachsenen geworden. Er hatte sein zweites Jahr in Yale beendet und war über den Sommer als ein selbstbewusster Mann nach Hause gekommen. Faith stand mit ihren siebzehn Jahren an der Schwelle zum Frausein. Tommy hatte die Schule abgeschlossen und sich im City College in Manhattan eingeschrieben. Emma und Chester litten unter der Vorstellung, dass ihr Junge das Haus verlassen würde, doch sie waren froh, dass er zu jung war, um eingezogen zu werden, falls es zum Krieg kommen würde.

Wer sich jedoch am stärksten verändert hatte, war Hope Lee, und sowohl Asa als auch Alice waren davon überzeugt, dass sie ihren Anteil daran hatten. Asas Anleitung war zu väterlicher Aufmerksamkeit geworden. Alice hatte sich daran gewöhnt, Hope im Haus zu haben, und das Mädchen – getrieben von ihren wohltätigen Impulsen – weiterhin gut gekleidet.

»Die Schneiderin kommt, um bei Faith für Sommerkleider Maß zu nehmen. Sie wird dich auch vermessen. Und wir bekommen alle eine neue Frisur für das heiße Wetter. Ich habe es mit Asa besprochen«, fügte Alice hinzu, für den Fall, dass Hope widersprechen würde, »und er hat zugestimmt.«

»Ich wachse aus allen meinen Kleidern heraus«, sagte Hope.

Alice nahm das als Zustimmung und seufzte erleichtert. Das Mädchen war eine Schönheit und die Kleider standen ihr gut. Sowohl Hope als auch Faith waren ein paar Zentimeter gewachsen und hatten Formen bekommen. Hope brauchte noch etwas Übung bei ihren Tischmanieren, doch in jeder anderen Hinsicht war sie eine nützliche Ergänzung im Haushalt. Als das warme Wetter heraufgezogen kam, hatten Hope und Faith eine neue Garderobe mit Röcken, Hemdblusen und bunten Sommerkleidern. Die Mädchen und Alice hatten einen neuen Haarschnitt bekommen, doch Hopes Locken kehrten bald zurück zu ihrem unbändigen Zustand. Es war ein Aussehen, das zu ihr passte.

* * *

Als Billy nach Seawatch zurückkehrte, sah Faith, dass er nicht mehr derselbe war. Er war ruhig und selbstsicher. Er sah anders aus. Sein Haar war in der Mitte gescheitelt und nach hinten gegelt. Es war ein Männerschnitt und er trug ihn selbstbewusst.

»Wie läuft es hier so, Fey?«, fragte er. Er saß gerade auf seinem Bett und wechselte die Schuhe, als sie eintrat.

»Wie immer«, sagte sie schnell, doch dann änderte sie ihre Meinung. »Vielleicht nicht ganz wie immer. Hope hat dich als

Papas Liebling ersetzt.« Billy war über die Weihnachtsferien mit Freunden im Skiurlaub gewesen, und Faith hatte seit Thanksgiving nicht mehr viel von ihrem Bruder gesehen.

»Gut«, sagte er, ohne nachzudenken.

»Ich hatte angenommen, dass ich an der Reihe wäre, wenn du weggehst, doch so ist es nicht.« Sie setzte sich neben ihn aufs Bett.

Billy legte den Arm um Faiths Schulter. »Stört es dich?«

»Eigentlich stört mich viel mehr, dass Hope nicht mehr so von mir abhängt wie früher. Sie steht nicht mehr mitten in der Nacht auf und redet. Je normaler sie wird, desto mehr vermisse ich die alte Hope. Ich weiß, dass ich froh sein sollte, doch ich mochte es, wenn sie aus ihrem Bett kroch und sich zum Schlafen auf den Boden neben mich gelegt hat.«

»Willst du, dass sie weggeht?«

»Ich bin froh, dass sie hier ist, auch wenn Papa sie wirklich mag. Ich mag sie auch.«

»Was ist mit Mama?«

»Mama lässt die Schneiderin kommen und macht ihr Kleider. Du weißt ja, wie ihr das gefällt. Hope gibt ihr Gelegenheit, sich um die Bedürftigen zu kümmern, ohne das Haus zu verlassen.«

Am nächsten Morgen erlebte Billy die Dynamik in der Familie aus erster Hand. Hope war früh draußen auf der Vorderwiese und baute ein Krocketspiel auf. Sie gab sich große Mühe, vermaß mit einem Messband die Abstände zwischen den kleinen Toren und legte die Strecke aus. Sie trug ein hellgrünes Baumwollkleid mit eckigem Ausschnitt und kurzen Glockenärmeln. Ihr Haar war offen und ihre Haut leicht gebräunt, was ihre Augen noch auffälliger machte. Das gequälte Mädchen mit den nicht passenden, ausgebesserten Kleidern war verschwunden. In diesem Moment verstand er, womit seine Schwester zu konkurrieren hatte. Ohne irgendwas zu tun, beherrschte Hope die Bühne, und sie war sich dessen nicht einmal bewusst.

»Wer spielt?«, fragte er.

»Die ganze Familie.«

»Wie bringst du Papa dazu, mitzuspielen?«

»Er spielt. Deine Mutter mag es auch. Wenn du auch mitspielen willst, dann müssen wir Tommy holen, damit es ausgeglichen ist.«

»Ich bin heute Zuschauer«, sagte Billy, der nicht ganz glauben konnte, dass sein Vater und seine Mutter kommen würden.

Um elf Uhr waren alle da. Es war eine Szene, die gut in eine Zeitschrift gepasst hätte. Der Rasen war perfekt gestutzt. Die Sonne zog über den Köpfen ihre Bahn. Selbst die Gänse, die sich häufig morgens auf dem Rasen zusammenfanden, hatten diesen Bereich sauber gelassen. Asa war in Hemdsärmeln und trug Sportschuhe. Billy hatte seinen Vater so nur gekleidet gesehen, als sie auf der *Queen Mary* nach Europa gereist waren. Seine Mutter erschien in einem sportlichen Rock, einer kurzärmligen Bluse und einem anmutigen Strohhut, der ihr Gesicht vor der Sonne schützte. Faith kam als Letzte, doch sie war begierig darauf, anzufangen.

Hope blies in eine Trillerpfeife. Sie nahmen ihre Holzschläger und begannen, ihre Kugeln durch die Törchen zu schlagen, den Pfahl zu treffen und den Weg wieder zurückzumachen. Sie waren ehrgeizig und ausgelassen bei der Sache und es gab eine Menge gutmütiges Stöhnen. Zu Billys Überraschung hatte Asa einen guten Schlag und übernahm schnell die Führung. Noch überraschender war, dass er lachte. Als Asa gerade kurz davor war, eine Runde zu beenden, kam einer der Hunde auf das Spielfeld gerannt, stibitzte die Kugel und lief mit ihr davon. Alle lachten. Billy hatte seinen Vater noch nie so herzlich lachen gehört. Hope, die auch gut in dem Spiel war, schlug ihren letzten Pfahl und gewann die Runde. Alle klatschten, Billy eingeschlossen.

Hope beschattete ihre Augen und sah die Gruppe an. Gehörten diese Fremden zu ihr? Hatte sie eine Familie?

Nachdem Billy ein paar Wochen zu Hause war und bemerkte, wie viel Zeit Hope mit Asa verbrachte, fragte Faith ihren Bruder, ob es ihn stören würde.

»Das tut es nicht. Auf eine Art bin ich froh darüber, falls ich etwas anderes als die Wall Street will. Ich weiß, dass es so ist, doch ich traue mich nicht, es Papa zu sagen. Es würde seine Pläne zunichtemachen.«

»Was möchtest du denn machen?«

»Lach jetzt bitte nicht, denn es klingt vielleicht unseriös, doch das ist es nicht: Theatermanagement.«

»Was meinst du damit?«

»Das ist die geschäftliche Seite von Theatern und Musicals. Sicherzustellen, dass die Räumlichkeiten für das Stück passend sind und dass die Ausgaben von dem Geld gedeckt sind, das hereinkommt. Yale hat zufälligerweise eine der besten Drama-Abteilungen. Sie haben sogar ein Sommertheater, wo sie Broadwaystücke ausprobieren. Ich möchte im August für eine Zeit dort aushelfen.«

»Das klingt toll. Warum glaubst du, dass Papa es nicht akzeptiert?«

»Er hat seine eigenen Pläne.«

»Warum macht er dann nicht ein paar seiner Pläne für mich?«, fragte Faith.

»Er sieht dich nicht so, Fey. Ich bin mir sicher, es ist, weil er dich als weiblich betrachtet.«

»Hope ist weiblich, zumindest war sie das, als ich sie das letzte Mal gesehen habe.«

»Hope hat aber eine Leidenschaft für den Aktienmarkt. Ich habe sie beobachtet. Sie klebt an dem Ticker und nicht nur, um die Zahlen abzulesen. Sie sucht nach Hinweisen und Impulsen und allem, nach dem auch Papa sucht, und er muss es ihr erst gar nicht beibringen. Sie weiß es einfach.«

»Ich glaube aber, in einer Sache liegst du falsch. Papa *will* mich nicht als fähig ansehen. Er ist bereits zu dem Schluss gekommen, dass ich schwach bin, und es gibt nicht viel, was ich machen kann, damit er seine Meinung ändert.«

»Ich könnte einmal mit ihm reden.«

»Ich glaube, es gefällt ihm, wie es ist. Er mag die Idee, dass er mich beschützt. Es wäre eine Enttäuschung für ihn herauszufinden, dass ich genauso fähig bin wie sein Schützling.«

Billy wusste, dass Faith recht hatte. Sie war die Klügste in der Unterrichtsklasse und hätte die anderen übertrumpfen können, doch das war nicht ihre Art. Selten antwortete sie als Erste. Sie war weder zerbrechlich noch nervös, wie sie oft dargestellt wurde. Das Unerklärliche war, dass sie aufgehört hatte, überhaupt jemanden vom Gegenteil überzeugen zu wollen.

Billy wunderte sich, dass Faith ihr Los so ruhig akzeptierte. Er fragte sich, ob seine Schwester eines Tages erkennen würde, was geschehen war, und Hope am Kragen packen und sie rausschmeißen würde. Er wusste, dass das ein albernes Bild war, doch es kam ihm gelegentlich in den Sinn.

»Es gibt zwei Menschen, die wissen, wie klug und fähig du bist«, sagte Billy. »Einer davon bin ich, und der andere ist Hope.«

Faith dachte für einen Moment nach. »Glaubst du, Papa mag sie mehr, als er uns mag?«

»Denke so was nicht. Wir sind seine richtigen Kinder. Papa hat keine Hobbys und er mag keine gesellschaftlichen Zusammenkünfte. Hope ist seine Ablenkung.«

* * *

Faith war überzeugt, dass Asa seine Zeit lieber mit Hope verbrachte als mit ihr. Hope konnte ihren Vater zum Lachen bringen, und nicht nur über irgendwas Lustiges. Er lachte vergnügt, wenn Hopes Bemerkungen ihn überraschten. Der Gedanke, dass Hope ihren Vater entzückte, während Faith als Last empfunden wurde, zog ihr den Magen zusammen.

Das war das letzte Gespräch, das Billy und Faith in diesem Sommer über Hope führten. Am folgenden Sonntag kam Robert Trent in Seawatch an und Faiths Aufmerksamkeit und Gefühle wurden vollständig abgelenkt.

KAPITEL 21

Zur Vorbereitung auf den Sommer hatte Robert Trent die bekannten Fakten über Asa Simpson recherchiert. Er hatte eine Frau und zwei Kinder, einen Jungen namens William, der zwei Jahre unter Robert in Yale war, und eine Tochter namens Faith, die fast siebzehn Jahre alt war. Robert freute sich über die Aussicht, den Sommer im Haus eines Mannes zu verbringen, der als Finanzgenie galt.

Er begann, bei den Clarement Stables Pferde zu mieten und durch den Central Park zu reiten. Als er das Aufsteigen und Traben bei langsamer Geschwindigkeit erlernt hatte, kehrte er zu seiner Alma Mater zurück. Yale hatte einen der ältesten Poloklubs des Landes und eine Halle mit den vorgeschriebenen Abmessungen.

Er erfuhr, dass Polo ein unkompliziertes Spiel war, das von Herren mit Können und Mut gespielt wurde. Es war auch unglaublich gefährlich, aber das auszusprechen galt als schlechtes Benehmen. Ein Spieler galoppierte mit über sechzig Stundenkilometern über das Feld und schlug dabei einen Ball auf ein Tor. Währenddessen gab ein anderer Herrenreiter sein Bestes, um den ersten Reiter davon abzuhalten, und zwar mit brutalen Schulterstößen und Manövern mit dem Schläger. Das

Einzige, was in dem Spiel geschützt wurde, war das »Pony« – der trügerisch liebliche Name für ein ausgewachsenes Pferd, das einen tottrampeln konnte –, dessen Beine umwickelt waren.

Im Bewusstsein der Gefahren und besorgt angesichts der Aussicht, von einem erfahrenen Verteidiger nicht nur angerempelt, sondern aus dem Sattel gestoßen zu werden und unter den Hufen des Pferdes zu enden, trainierte Robert unermüdlich weiter.

»Du musst stark sein«, sagte der Trainer, nachdem er ihn prüfend betrachtet hatte.

»Ich bin stark«, sagte Robert.

»Du musst polostark sein.«

Polostark bedeutete, dass man ein mit sechzig Stundenkilometern galoppierendes Pferd kontrollieren konnte, während man die Zügel in der linken und den Schläger in der rechten Hand hielt. Natürlich reichte es nicht, den Schläger bloß zu halten. Man musste damit eine kleine Holzkugel über eine unmarkierte Strecke namens *Wegerecht* schlagen.

Der schmachvollste Aspekt des Spiels war das Handicap, das mit minus zwei begann. Wenn man es wie durch ein Wunder schaffte, das Pferd so zu dirigieren, dass man den Ball schlagen konnte, durfte ein Spieler mit einem besseren Handicap seinen Schläger mit deinem verhaken und dich ernsthaft in deinem Hochgefühl beeinträchtigen. Schlimmer noch, er konnte dich körperlich angehen und nicht nur deinen Schlag, sondern möglicherweise auch dein Leben ruinieren.

»Was geschieht, wenn man so fest mit der Schulter gestoßen wird, dass man vom Pferd fällt?«, fragte Robert den Trainer.

»Nenn es nicht Pferd. Es ist ein Pony.«

»Ich glaube, es wird nur Pony genannt, weil das klein und gutartig klingt. In Wirklichkeit ist es ein Fünfhundert-Kilo-Pferd, und wenn es auf dich fällt, dann bringt es dich wahrscheinlich um.«

Der Trainer sah ihn an. »Ich weiß nicht, was du da fragst. Das Einzige, was du wissen musst, ist, dass sie *Ponys* genannt werden.«

»Na gut«, sagte Robert. Offenbar war jeder Ansatz von Humor ein Regelverstoß. »Was geschieht, wenn man vom Pony fällt?«

»Das andere Team bekommt einen Strafstoß. Mach dir keine Sorgen darüber.«

»Der Strafstoß ist ein schwacher Trost, wenn man unter den Ponyhufen zerschlagen wird.«

»Das geschieht nur ganz selten. Die Pferde spielen besser Polo als die Menschen«, sagte der Trainer.

Nach einem Monat Wochenendunterricht erlebte Robert einen beglückenden Moment, als alles wie gewünscht verlief. Er galoppierte mit Höchstgeschwindigkeit und spürte die Spitze seines Schlägers wie der Teufel auf die kleine Holzkugel einschlagen. Das geschah allerdings nur einmal. Die übrige Zeit rempelten ihn die anderen Spieler brutal mit den Schultern an, schlugen so heftig gegen seinen Schläger, dass er ihm aus der Hand fiel, oder stahlen ihm andauernd den Ball. Zweimal fiel er vom Pony, doch zum Glück hatte das Tier genügend Anstand wegzulaufen, ohne ihn zu berühren. Als es an der Zeit war, nach Seawatch zu fahren und sich dem Spiel zu stellen, hatte er ein bescheidenes Wissen gesammelt. Er würde sein Bestes geben. An die Worte *Finesse* und *Behinderung* solle er sich halten, hatte der Trainer gesagt. »Reite mit Finesse und wehre jede Behinderung ab, dann wirst du gut zurechtkommen.«

KAPITEL 22

Alice und Asa hießen Robert Trent herzlich in Seawatch will-
kommen, und obwohl er zum Polospiel da war, ersetzte er beim
Tennis und bei allem anderen, was draußen stattfand, auch
Miss Hortense vom Piping Rock Club.

Er kam an einem Dienstag an. Faith, Billy und Hope
waren an der Bucht. Sie schwammen und lagen mit Tommy,
Emily und einer Gruppe Schülern von der lokalen Highschool
in der Sonne und feierten ihren letzten Schultag. Mitten an
diesem ausgelassenen Nachmittag erschien Robert Trent am
Badehaus, ging geradewegs zum Wasser und schwamm weit in
die Meerenge hinaus. Alle Aktivität am Strand war unterbrochen. Sie beobachteten jeden seiner Schwimmzüge und warteten, bis er ins Badehaus zurückgelaufen war, bevor sie ihre Feier
fortsetzten.

Auf dem Nachhauseweg hatten die drei, die zum Haus
gehörten, noch immer keine Ahnung, dass der Schwimmer ein
Gast des Anwesens war. Sie zogen sich für das Abendessen um
und gingen wie immer zu ihren Plätzen am Tisch. Als alle saßen,
kam Asa mit Robert herein und stellte den Neuankömmling
vor. Faith fühlte sich sofort von ihm angezogen und begann ver-
legen, komplizierte Überlegungen anzustellen. Billy versuchte,

sich an Begegnungen mit Robert in Yale zu erinnern. Hope erkannte ihn vom Poesiekurs Jahre zuvor, doch sie sagte nichts. Es war weder der geeignete Zeitpunkt noch der richtige Ort. Sie war still, doch im Innern war sie aufgewühlt. Die Mädchen aßen an diesem Abend nicht viel von dem hervorragenden gratinierten Hummer.

Am nächsten Morgen war Faith auf dem Tennisplatz und schlug Bälle gegen eine Trainingswand, als Robert auf sie zukam. Sie fuhr mit ihren Schlägen fort, doch das Blut rauschte ihr in den Ohren.

»Guten Morgen.« Er sah sie mit freundlichem Lächeln und gehobenen Augenbrauen an und wartete auf ihre Antwort.

»Ich bin einfach hoffnungslos bei diesem Spiel«, sagte sie für den Fall, dass er all die verschlagenen Bälle gesehen hatte.

»Dann sind wir ja schon zwei. Ich muss etwas beichten. Ich bin unter Vorspiegelung falscher Tatsachen hier. In Wirklichkeit bin ich ziemlich durchschnittlich im Tennis und ich musste einen Crashkurs im Polo machen, bevor ich herkam.«

»Das stört mich nicht«, sagte Faith, »aber warum hast du dann zugestimmt, herzukommen?«

»Neben der großartigen Gelegenheit, Zeit mit deinem Vater zu verbringen«, sagte er, »hat Paul Wentworth mich darum gebeten, und Praktikanten weisen den Geschäftsführer nicht ab, vor allem, wenn die Firma das Studium bezahlt. Praktikanten sagen ›Ja, Sir‹ und lernen, was nötig ist. Wusstest du, dass Polo ein höllisches Spiel ist?«

»Unser Team ist nicht sehr gut. Zwei Stalljungen spielen und dazu leihen wir uns ein paar Spieler von den Guggenheims. Die Ställe sind hinter dem Haus, wenn du trainieren willst.«

»Das werde ich. Danke. Da wir schon mal hier sind, wollen wir ein paar Bälle schlagen?«

»In Ordnung«, sagte Faith und nahm ihren Platz an einem Ende des Spielfeldes ein. Es gefiel ihr, dass er ihr seine

Unerfahrenheit gestanden hatte. Es war charmant. Er war charmant. Sie fühlte sich unbeschwert und glücklich und spielte besser als gewöhnlich.

Sie hätte sich wohl anders gefühlt, wenn Robert Trent ihr auch sein anderes Dilemma eingestanden hätte. Er hatte Hope Lee sofort erkannt. Er erinnerte sich an ihr Gespräch im Poesiekurs. Ihre sonderbare Schönheit war gereift. Beim Abendessen hatte er sich den Luxus gewünscht, ihr Gesicht genau betrachten zu können, doch das war nicht ohne Peinlichkeiten möglich. Er hatte immer wieder weggesehen, als würde ihn jemand dabei erwischen. Er wusste nicht, welche Verbindung es zwischen Hope und den Simpsons gab, doch er war bereits beunruhigt von der Wirkung, die sie auf ihn hatte.

»Wir sind uns schon einmal begegnet«, sagte er zu Hope, als sie einmal draußen allein waren. Er war überrascht gewesen, sie zu sehen, doch auch glücklich, dass er den ganzen Sommer hatte, um sie kennenzulernen.

»Keats«, sagte sie.

»Wohnst du hier?«

»Ich bin ein Mündel. Asa Simpson hat mich als Ziehkind aufgenommen.«

Wie sie das sagte, klang es nach einer sorgenfreien Unterbringung. Sie war nicht mehr die leidende, verletzte Kreatur, die er hatte beschützen wollen. Jeden Morgen, wenn nach dem Frühstück das Tennisspielen begann, hielt er nach ihr Ausschau, doch nur Faith kam regelmäßig und gelegentlich Billy. Als er nach Hope fragte, sagte Faith ihm, dass sie morgens mit Asa arbeitete. Das überraschte ihn, doch schließlich war alles an ihr überraschend.

Alle Frauen von Seawatch und selbst jene im Dorf hatten bald von Robert Trent gehört, dem gut aussehenden Yale-Studenten, der den Sommer bei den Simpsons verbrachte. Er war Mitte zwanzig und galt als Erwachsener, und er war nicht nur sportlich, sondern auch ansehnlicher, als man es für möglich gehalten hätte. Die Zuschauerzahl bei den Polospielen wuchs und es war offensichtlich, dass alle Mädchen dort waren, um ihn anzufeuern. Er war nicht der beste Spieler, doch er spielte mit Herz und Leidenschaft, und er verdiente sich den Respekt der anderen Spieler. Tommy war anfangs misstrauisch, gab ihm aber dann etwas Spielraum. Emily redete zu viel über ihn. Sie schämte sich nicht dafür auszusprechen, was jeder dachte. »Robert Trent ist der bestaussehende Mann, den ich je gesehen habe«, sagte sie zu Faith und Hope. Die drei Mädchen saßen bei den Spielen immer zusammen unten auf der Tribüne und plauderten zwischen den Chukkers, den aktiven Spielphasen.

»Bist du verrückt nach ihm?«, fragte Hope.

»Das würde ich nicht sagen. Ich habe nur gesagt, dass er gut aussieht. Sag mir nicht, dass du das nicht findest.«

»Ich denke auch so«, sagte Faith leise. Sie sprach eigentlich nicht gerne mit Emily über ihre Gefühle, denn deren Meinung empfand sie als allzu simpel. Doch sie war erleichtert, laut aussprechen zu können, was sie fühlte und dachte.

Faith hatte sich nicht in Robert Trent verliebt. Was sie für ihn empfand, war stärker als das. Es war eine Anziehung, die alles andere ausblendete und in wellenartigem Verlangen über sie kam. Wo kam all diese Sehnsucht her? Bevor er aufgetaucht war, hatte sie nicht gewusst, dass sie zu solchen Gefühlen fähig war. Wenn sie morgens aufwachte, stand er ihr sofort wie ein Ziel vor Augen. Sie wollte in seiner Nähe sein.

Sie wusste, dass sie keine verträumte Niedergeschlagenheit gebrauchen konnte. Er durfte die Tiefe ihrer Gefühle nicht erahnen. Sie tauchte zum täglichen Tennistraining auf, und nachmittags, wenn er bei den Ställen Schläge übte, war sie auch dort. Sie schloss sich ihm an, doch sie sagte nicht viel. Sie gab sich große Mühe, ihr Tennisspiel und das Reiten zu verbessern.

Sie tat nie mehr, als ihn beiläufig zu grüßen und sich zu verabschieden. Er gewöhnte sich daran, sie täglich zu sehen, und sie entwickelten eine ungezwungene Kameradschaft.

Er würde Seawatch Mitte August verlassen, doch Faith konnte das nicht als das Ende akzeptieren. Sie würde einen Weg finden, in seiner Umlaufbahn zu bleiben. Sie war realistisch. Sie wusste, dass alle Männer einen Vorteil hatten: Sie trafen die Auswahl. Sie musste ihn dahin lenken, die richtige Wahl zu treffen. Emily über ihn plappern zu hören, war beruhigend. Es brachte ihn in Reichweite.

»Also, ich mag ihn«, sagte Emily. Sie stand auf und winkte dem Eisteeverkäufer, der sich zwischen den Tribünen seinen Weg bahnte. »Er ist nicht in sich selbst verliebt. Seine Augen sind hübsch. Sie sind freundlich.«

»Ich sehe etwas anderes«, sagte Faith. »Seine Augen sind manchmal traurig.«

»Das macht ihn so attraktiv«, meinte Hope. »Seine traurigen blauen Augen sagen: ›Etwas Schmerzvolles ist geschehen‹, und dann willst du den umbringen, der ihn verletzt hat.«

»Wirklich? Du willst den umbringen, der ihn verletzt hat?«, fragte Faith, die überrascht war, all diese Gedanken laut ausgesprochen zu hören.

»Nun ja, das sagt man doch nur so. Ich persönlich will niemanden umbringen. Ich will nur sagen, dass dieser Blick wirklich ergreifend ist.«

Der nächste Chukker begann und die Mädchen setzten sich, tranken ihren Tee und hingen im Stillen ihren Gedanken nach.

Robert Trent war sich der Aufregung nicht bewusst, die er verursachte. Er nahm jeden Tag mit zwei Zielen in Angriff. Er wollte der beste Polospieler sein, den sein Körper hinbekommen konnte, und er wollte das intensive Verlangen bezwingen, Hope Lee zu umarmen und zu küssen.

Hope hatte Robert schon des Öfteren angestarrt. Sie wollte den Ausdruck in seinem Blick deuten.

»Warum guckst du mich so an?«, hatte er sie einmal gefragt.

»Ich versuche, Geheimnisse herauszufinden«, sagte sie leichthin.

»Hast du welche gefunden?«

»Nö.«

»Ich bin ungefährlich«, sagte er. Da war immer ein Hauch von Sarkasmus in ihren Antworten und er fragte sich, warum er das bei ihr auslöste. Normalerweise war so was ein Abwehrmechanismus. Gab sie sich etwa Mühe, ihn nicht zu mögen?

Die Anweisungen, die er erhalten hatte, nachdem er als ›Sommerbesucher‹ für Seawatch empfohlen wurde, waren so klar, als wären sie in fetten Lettern auf Wentworths Briefpapier gedruckt.

Sei freundlich, jedoch niemals zu freundlich. Falls du nicht weißt, was ›zu freundlich‹ bedeutet, lass es mich ganz deutlich machen, denn es ist eine feine Linie, die niemals überschritten werden darf. Freundlichkeit, Gefälligkeiten, Kooperation und Höflichkeit sind die Emotionen, die gezeigt werden sollten. Jede Interaktion, die nicht in diese Kategorien gehört, muss im Keim erstickt werden. Dazu gehört jede Form von Intimität. Geheimnisse, Vertraulichkeiten, Gespräche über die gesellschaftliche oder finanzielle Situation der Eltern, jede Annahme von Geld von den Kindern. Im Zweifelsfall bist du mit Distanziertheit auf der sicheren Seite.

Robert Trent ging diese Regeln jedes Mal in Gedanken durch, wenn er in der Nähe von Hope war. Es war nicht nur ihr Benehmen, diese sorglose Gleichgültigkeit, die ihn anzog. Es war ihr ungewöhnliches Äußeres und es war die Lebendigkeit, die sie ausstrahlte. Als er sie in ihrem Badeanzug sah, war er überrascht. Für ein so schlankes Mädchen hatte sie muskulöse

Waden und Oberschenkel. Wie alles andere an ihr erregte ihn auch das.

In seiner vierten Woche auf Seawatch kehrte Robert für ein paar Tage in die Stadt zurück, und als er wiederkam, war der Aufruhr groß, denn er brachte ein Mädchen mit. Sie war hübsch und er brachte sie in einem der lokalen Gasthäuser unter. Zum Polospiel kam sie in einem engen blumigen Seidenkleid und einem großen Schlapphut. Während des Spiels saß sie mit einem Fernglas da und beobachtete alles, was Robert tat. Zur Halbzeit ging er zu ihr und sie strich ihm mit der Hand das feuchte Haar aus der Stirn.

»Oh, Mist«, sagte Emily. »Er hat eine Freundin. Das muss seine Freundin sein.«

»Vielleicht ist es seine Schwester«, sagte Hope.

»Äh-äh«, sagte Emily. »Sie hat ihn berührt. Seine Schwester würde ihn nicht so berühren. Das ist seine Freundin. Ich wünschte, er würde sie küssen. Ich würde so gern sehen, wie er sie küsst.«

Faith war erschrocken, dass sie Emily genau das sagen hörte, was sie gedacht hatte. Auch wenn sie enttäuscht war, dass er offenbar eine Freundin hatte, beobachtete sie – wie alle anderen Mädchen auch – die beiden doch erwartungsvoll. Es war, als würde man sich einen Film ansehen. Sie wären alle zufrieden gewesen, wenn er sie in die Arme genommen und geküsst hätte. An diesem Abend aß Robert nicht mit der Familie und man konnte ihn auch am nächsten Tag nicht auf dem Grundstück finden. Jeder dachte dasselbe: *Er ist mit dem Mädchen unterwegs. Was für eine glückliche, glückliche Frau.* Am Montag war er zurück, von dem Mädchen keine Spur. Er gehörte wieder ihnen.

»Wer war das Mädchen beim Polospiel?«, fragte Hope, als sie ihn am Montag traf. Es war ein glühend heißer Tag gewesen und sie waren am Strand und kühlten ihre Füße im Wasser.

»Jemand, den ich kenne.«

»Natürlich ist es jemand, den du kennst. Ist sie deine Freundin?«

»Das ist schwer zu sagen. Sie ist ein Mädchen und sie ist ein Freund.«

»Wirst du sie heiraten?«

»Nein. Ich werde sie nicht heiraten.«

»Weiß sie das?«

»Keine Ahnung. Warum willst du das alles wissen?«

»Keine Ahnung.«

Sie wusste genau, warum sie alle diese Fragen stellte. Sie hatte zwar ihr eigenes Interesse abgestellt, aber Faith musste seinen Status kennen. Nun konnte sie Faith beruhigen, dass die Luft rein war.

Vor dem Abendessen sorgte Hope dafür, dass sie Faith unter vier Augen erwischte. »Mach dir keine Sorgen. Er wird das Mädchen nicht heiraten.« Hope konnte Faiths intensive Gefühle für Robert spüren und wollte ihr diese Nachrichten überbringen, um ihre Enttäuschung zu lindern.

»Woher weißt du das?«

»Ich habe ihn gefragt, ob er sie heiraten will, und er sagte: ›Nein. Ich werde sie nicht heiraten.‹ Auch wenn er zulässt, dass sie ihn berührt – ich habe es aus seinem eigenen Mund gehört. Er wird sie nicht heiraten. Das arme Dummerchen weiß es gar nicht. Sie träumt womöglich davon, mit ihm zum Altar zu schreiten, doch das wird nicht geschehen.«

Faith blickte zu Hope. »Mir tut das Mädchen leid. Vielleicht liebt sie ihn wirklich.«

»Ich weiß, dass du ihn magst«, sagte Hope.

»Das stimmt. Und es ist nicht nur das Aussehen und solche Sachen. Er ist aufmerksam und er ist aufrichtig, und er macht sich über die Dinge lustig, vor denen er Angst hat.«

»Wovor hat er Angst?« Hope war überrascht.

»Bevor er herkam, hatte er noch nie Polo gespielt, und er fand, es sei gefährlich.« Faith sah Hope an. »Was ist mit dir? Schwärmst du nicht für ihn?«

»Nein.« Sie wollte mehr sagen, beschloss aber dann, dass es ausreichte. »Ich habe eine Idee. Warum erzählst du ihm nicht, was du empfindest?«

»Das ist unmöglich. Angenommen, er mag mich nicht? Das wäre demütigend. Ich würde mich davor zu sehr fürchten. Du nicht?«

»Nein. Aber das liegt wohl daran, dass ich ihn nicht so mag. Ich kann ihm alles erzählen.«

»Ich bin glücklich, wenn ich in seiner Nähe bin, und ich denke die ganze Zeit an ihn.«

»Das weiß ich«, sagte Hope. »Deshalb habe ich ihn nach dem Mädchen befragt.«

»Du bist ein seltsames, verrücktes Mädchen, Hope Lee. Sehr seltsam. Sehr verrückt. Aber du bist ein guter Spion.«

»Wenigstens weißt du jetzt, dass niemand anderes im Spiel ist«, sagte Hope.

»Ja, das tue ich. Dank dir.« Faith sprach unbeschwert, doch im Innern verspürte sie eine Welle der Liebe für Hope, die ihre emotionalen Bedürfnisse verstanden hatte und ihr Bestes tat, um sie zu beschützen.

»Ich finde trotzdem, dass du es ihm sagen solltest.«

»Na klar«, sagte Faith sarkastisch, »was hält mich bloß davon ab? So macht man es nun mal nicht. Normalerweise macht der Mann der Frau den Hof, wenn ihm gefällt, was die Frau anzubieten hat. Was kann ich ihm schon bieten?«

»Ich kann gar nicht glauben, dass du das sagst. Zunächst mal – und das ist bestimmt nicht das Wichtigste, denn das wäre beleidigend: Du bist wahrscheinlich die Erbin des Jahrzehnts. Warum erzählst du es nicht deinem Vater? Er könnte etwas tun.«

Faith war entsetzt. »Ich würde das niemals meinem Vater erzählen. Wie kommst du nur darauf?«

»Wenn man so weit oben in der Gesellschaft steht, werden die Ehen von den Eltern arrangiert, wie bei der Königin von England oder so. So wird es gemacht, also warum sollten deine Eltern nicht etwas für dich arrangieren?«

»Hör auf.« Faith wollte nichts mehr davon hören. »Ich würde niemals meinem Vater oder meiner Mutter von Robert erzählen. Niemals.«

»Das ist deine Sache, aber so wird es oft gemacht, Faith, und vielleicht ist es gar nicht mal so schlecht.«

Faith dachte noch mehrere Tage an das Gespräch, und auch wenn sie dabei blieb, dass sie ihre Gefühle niemals gegenüber Asa erwähnen würde, musste sie sich doch eingestehen, dass sie von der Art, wie Hope an die Probleme des Lebens heranging, beeindruckt war. Sie schien nicht die Hindernisse zu sehen, sondern nur die Lösungen, und ihre Lösungen nahm sie von der nächstliegenden Quelle. Sie schlug eine arrangierte Ehe auf hohem Niveau vor. Faith begann, sich die Zusammenhänge zu überlegen. Paul Wentworth war Roberts Boss und ein guter Freund ihres Vaters. Damit war es fast eine Familiensache. *Pfui!* Nein. Wie konnte sie sich jemals zu so etwas herablassen? Wie sollte Robert das tun, wo er sich doch jede Frau aussuchen konnte, die er haben wollte?

* * *

Ein paar Tage später fragte Asa während einer Gesprächspause beim Abendessen: »Werden Sie sich auf Wirtschaftsrecht spezialisieren?«

»Ich weiß, das wäre die naheliegende Wahl, da Wentworth vorwiegend Firmenkunden hat«, sagte Robert. »Aber wir haben auch andere Klienten, selbst kostenlose Vertretungen, und ich habe mir in den Kopf gesetzt, Strafverteidiger zu werden. Das liegt mir sehr am Herzen.«

»Hervorragend«, sagte Asa. »Aber verschwenden Sie nicht Ihre Zeit damit, die Diebe von der Wall Street vor dem Gefängnis zu bewahren.«

Robert zuckte zusammen. »Manchmal sind die Diebe von der Wall Street unschuldig und brauchen einen guten Anwalt. Mein Vater war irrtümlich angeklagt worden.«

»Natürlich. Entschuldigen Sie. Ich hätte mich erinnern müssen.«

Sowohl Faith als auch Hope merkten bei dieser Information auf. Hier lag also der dunkle Punkt in seinem Leben. Während Faith zuhörte, wie ihr Vater Gefallen an Robert Trent fand, festigten sich ihre Pläne für die Zukunft. Sie würde diesen Mann heiraten. Was auch immer dafür nötig war, er würde der Ihre werden.

Hope blendete das Gespräch aus. Sie wollte nichts über Robert Trents Zukunftspläne wissen oder darüber, wie er sein Leben gestalten würde. Sie hatte sich einen geistigen Raum geschaffen, wo sie alle Gefühle aussperren konnte. Das hatte sie früh im Leben gelernt, und jetzt war es ihr hilfreich. Sie wusste, wenn sie die Schleusen öffnen würde, würde die Anziehungskraft dieses Mannes sie verschlingen, und sie konnte kein weiteres Chaos in ihrem Leben ertragen.

* * *

Es war der glücklichste Sommer, an den sich Asa Simpson erinnern konnte. Eines Tages im frühen August sagte er es sogar zu sich selbst: *Ich bin glücklich.* Das Leben war unbeschwerter geworden und es gab neue Energie im Haus. Obwohl er sich nicht sehr viel aus Sport machte, war er froh, dass sein Poloteam an den Sonntagnachmittagen im Piping Rock Club mithielt. Und er mochte auch die Krocketspiele an den Samstagvormittagen im Garten. Es gefiel ihm, an den Wochentagen zu Hause zu arbeiten, wobei ihm Hope Gesellschaft leistete. Er war glücklich über die offensichtlichen Veränderungen bei seinen eigenen Kindern, die ins Erwachsensein hineinwuchsen. Selbst Alice beteiligte sich und verbrachte mehr Zeit mit der Familie, anstatt nach Brooklyn zu verschwinden.

In seinem Hinterkopf war sich Asa bewusst, dass in Europa ein ernstlicher Weltkrieg tobte, doch bisher war der Krieg gut für die amerikanischen Geschäfte gewesen. US Steel stieg rapide auf. England, das engagiert gegen die Mittelmächte kämpfte, hing bezüglich Anleihen und Waren von Amerika ab. New York entwickelte sich schnell zu einem wichtigeren Finanzzentrum. Die Isolationisten behaupteten sich und hielten das Land aus dem Krieg heraus. Ein Teil von Asa (und damit war er nicht allein) war fasziniert vom Luftkampf und den Piloten, die die Einsätze flogen. Wenn Billy jemals in den Krieg ziehen musste, dann würde er als Pilot ausgebildet werden, war sich Asa sicher. Teddy Roosevelt, dessen Grundstück weniger als acht Kilometer von Seawatch entfernt lag, brannte darauf, seine Jungs zu schicken, womöglich sogar selbst zu gehen. Der Luftkrieg war eine aufregende Entwicklung und die Fliegerasse waren Helden.

Dass seine Tochter Faith Celeste Simpson sich verliebt hatte, war etwas, was Asa in diesem perfekten Sommer nicht mitbekam. Sie sah gesund und energiegeladen aus und machte mehr als gewöhnlich beim Sport mit, doch er konnte in ihrem Verhalten nicht den Gefühlstaumel eines verliebten Mädchens erkennen. Er bemerkte auch nicht, dass Hope Lee, sein aufgeweckter Schützling, der normalerweise ruhig und unbeeindruckt von allem war, angespannter war als eine Sprungfeder.

KAPITEL 23

Faith verpasste keinen Morgen auf dem Tennisplatz und war immer die Erste dort. Sie übte an der Wand, konzentrierte sich auf jeden Schlag, entschlossen, sich zu verbessern. Robert kam nicht an jedem Tag, doch wenn er zwischen den Lorbeerbüschen auftauchte, die den Zugang flankierten, schlug ihr bereits laut klopfendes Herz noch schneller und pochte ihr in den Ohren. Sie glaubte, er müsse es auch hören. Klopf, klopf, klopf. Sie sagte immer *Hallo*, konzentrierte sich aber weiter auf ihre Technik, bis das Klopfen nachließ.

Eines Morgens blieb er am Spielfeldrand stehen und beobachtete sie. »Du kommst wirklich weiter. Deine Rückhand ist stark geworden. Du könntest mich jetzt schlagen.«

Sie war überrascht, dass er ihren Fortschritt bemerkt hatte. War das nur Freundlichkeit? »Langsam, aber sicher«, sagte sie.

»Nicht gar so langsam«, sagte er. »Nur ein paar Wochen.« Seine Bemerkung klang ehrlich, und sein Blick verharrte auf ihrem Gesicht, als hätte er etwas verpasst und bräuchte einen Moment.

Sie hätte kokettieren und ihm weitere Komplimente entlocken können, doch sie zuckte nur die Schultern. Sie hatte einen Plan und Koketterie gehörte nicht dazu. »Danke. Lass uns ein paar Bälle schlagen.«

Für die nächsten zehn Minuten behauptete sich Faith in einer beeindruckenden Darbietung aus Energie und Konzentration, und als sie aufhörten, atmeten beide schwer. »Gehen wir zum Strand und kühlen uns etwas ab«, sagte er.

»Klar.« Das war das erste Mal, dass er vorschlug, freie Zeit mit ihr zu verbringen.

Sie gingen schweigend los, schwangen die Arme und die Hitze von ihrer Anstrengung ließ langsam nach. Es war ein angenehmer Moment. Beim Gehen spürte Faith die Festigkeit der Muskeln, die sich über die Wochen gebildet hatten. Sie war glücklich, Robert Trent neben sich zu haben. Er hatte an diesem Morgen ihr Können neu bewertet. Vielleicht hatte er sie auch als Mensch neu bewertet. Sein Blick hatte auf ihrem Gesicht verweilt, als hätte er ihr Aussehen neu eingeschätzt. Sie wollte es nicht weiter analysieren. Es reichte ihr, dass es geschehen war.

Sie gingen den ganzen Weg bis zu dem hinteren Steg, der den Seawatch-Strand vom Creek Club nebenan trennte. Das war der Ort, den Hope häufig morgens aufsuchte, und Faith war erleichtert, dass sie nicht da war.

»Das ist eine schöne Stelle«, sagte er. »Es wird schwierig werden, hier weg und zurück in die Stadt zu gehen.«

»Die Columbia University ist nicht so weit entfernt. Wenn du dich erst mal eingelebt hast, kannst du wieder herkommen«, sagte sie.

»Meine freie Zeit gehört Wentworth. Doch das ist ja zu meinem eigenen Nutzen. Es ist eine großartige Firma.«

»Wolltest du schon immer Jura studieren? Wenn ich es nicht besser wüsste, dann würde ich dich eher als Schriftsteller sehen.«

»Ich habe Jura bewusst gewählt. Ein guter Anwalt kann viele falsche Dinge richten. Die einflussreichsten Männer, die ich kenne, haben als Anwälte begonnen.«

»Mein Vater aber nicht.«

»Dein Vater ist ein Sonderfall, Faith.«

»Wo möchtest du deinen Einfluss nutzen? In der Politik?«

»Das weiß ich noch nicht. Was ist mit dir? Du hast so viele Möglichkeiten vor dir. Wie wird Faith Simpson ihr Erbe nutzen?«

»Papa hat mich nie in dem Glauben bestärkt, dass ich irgendwelche Privilegien hätte. Ich weiß nicht einmal, ob ich ein Erbe habe.«

»Das ist alles sehr bescheiden, doch du hast ein Erbe und den Verstand, es zu nutzen.«

»Was, wenn ich einfach heirate?« Sie hatte nicht vorgehabt, das zu sagen. Bevor er aufgetaucht war, war es das Letzte, was sie tun wollte.

»Du wirst nicht ›einfach heiraten‹. Du kommst als Paket.«

»Das klingt ja nicht sehr romantisch«, sagte sie leichthin. »Es hört sich an, als würde ich explodieren wie ein Knallbonbon, das Konfetti verschießt. Im nächsten Herbst werde ich aufs College gehen.« Sie hatte sich noch bei keinem College beworben, doch sie hatte es gegenüber Asa erwähnt, und der hatte gemeint, dass sie darüber reden sollten. »Ich will unbedingt gehen. Wahrscheinlich direkt in der Stadt. Barnard wäre eine naheliegende Wahl.«

»Gut. Die Columbia University ist gleich auf der anderen Straßenseite. Die Barnard-Frauen dürfen an den Kursen teilnehmen.«

Faith beschirmte die Augen, damit sie ihn ansehen konnte. »Das ist nett«, sagte sie. Sie wusste bereits alles, was er sagte. Die andere offensichtliche Tatsache erwähnte sie nicht. Sie und Robert Trent könnten ihre Freundschaft fortsetzen und so weit gehen, wie es ginge. Sie hatte es genau richtig angepackt mit ihm, ihre Beziehung machte Fortschritte.

Es gab noch weitere Morgenspaziergänge zur Abkühlung nach dem Tennis. Nicht an jedem Tag, aber mehrmals in der Woche. Faiths Nervosität verschwand und sie verspürte eine neue Freiheit. Was immer auch geschehen sollte – ein Mann, den sie mochte, wollte Zeit mit ihr verbringen. Sie konnte unbeschwert und aufrichtig mit ihm über ihr Leben reden und er tat das Gleiche.

»Meine Mutter kam aus einer Familie wie deine«, erzählte er ihr. »Sie waren Lathams.«

»Die mit den Wollkleidern?«

»Ja. Die Kleidung kam später, zuerst waren es Mühlen. Mein Großvater und sein Bruder waren die Gründer.«

»Also weißt du, wie es ist.«

»Ich habe meinen Großvater nie kennengelernt. Er lebt noch, aber er hat meine Mutter verstoßen, als sie meinen Vater geheiratet hat.«

Sie war schockiert, ließ sich aber nichts anmerken. Ihr Vater würde ihr das niemals antun, egal, wen sie heiraten würde. »Stört es dich?«

»Ständig. Nicht wegen des Status. Doch ich weiß, dass es meine Mutter noch immer belastet. Sie vermisst ihre Brüder und ihre Schwester. Ihre Mutter ist gestorben und sie konnte sie nicht mehr sehen.«

»Das tut mir leid«, sagte Faith sehr bewegt. »Das tut mir sehr leid.«

An jenem Tag spazierten sie schweigend weiter und als sie zu den Felsen kamen, setzten sie sich und blickten ohne ein weiteres Wort auf den fernen Horizont. Als sie wieder hinabkletterten, nahm Robert ihre Hand, um sie zu stützen, und hielt sie für einen Moment, bevor er sie wieder losließ. Faith spürte seine Traurigkeit, doch sie empfand auch eine unbekannte Erregung. Etwas Neues war zwischen ihnen entstanden.

Kapitel 24

Seawatch verfügte über eine natürliche Schönheit, die ganz besonders an Sommerabenden sichtbar wurde, wenn das Licht langsam verschwand und die Dunkelheit noch nicht hereingebrochen war. Die Kinder des Anwesens liebten es, um diese Zeit zu schwimmen. Alle radelten die anderthalb Kilometer runter zum Wasser und fuhren später auf kleinen Pfaden durch den Wald zurück. Unbeholfen in ihrer Badekleidung standen sie am Wasser und versuchten, sich nicht gegenseitig anzuschauen. Emily hatte früh Formen entwickelt und es fiel schwer, nicht auf ihre großen Brüste zu starren, die sich deutlich unter dem Badeanzug abzeichneten. Jeder bewunderte heimlich Faiths schöne Beine und ihren Hintern. Tommy war groß und kräftig und hatte eine ansehnliche breite Brust. Allen waren Hopes schlanker Körper und ihr Gesicht vertraut, doch die Sommersonne gab ihrem Teint einen besonderen Glanz und ließ ihr Haar leuchten. Die Überraschung waren ihre kräftigen Beine.

Wenn Robert Trent schwamm, wollten auch alle anderen schwimmen. Er war nicht so groß wie Tommy, doch er hatte einen kräftigen Oberkörper und muskulöse Beine mit einer Menge Narben vom Hockeyspielen in Saint Paul's. Er schwamm immer in gerader Linie raus und kehrte auf demselben Weg zurück.

Hope war eine gute Schwimmerin, obwohl sie es erst von Tommy gelernt hatte. Vorher hatte es keine Gelegenheit gegeben. Er hatte es ihr beigebracht, als sie ins Haus der Rowlands gekommen war, und hielt noch immer ein Auge auf sie, wenn sie weit rausschwamm.

Trotz der Erfahrungen mit ihren Cousins in Southampton war Faith zu einer fähigen Schwimmerin geworden. Aber es flößte ihr noch immer Furcht ein und sie tauchte ungern mit dem Gesicht ins Wasser.

Eines Nachmittags kurz vor Ende der Saison radelten sie alle nach dem Schwimmen zurück zum Herrenhaus. Es dämmerte schon fast. Hope verließ die anderen für eine Abkürzung, da sie an den Ställen anhalten und nach den Pferden sehen wollte. Sie war schon ein Stück gefahren, doch sie war noch zu sehen, als ihr Rad gegen einen Stein krachte. Der Aufprall ließ sie über den Lenker fliegen und als sie auf dem Boden aufschlug, verletzte sie sich das Knie an einem schartigen Felsen. Blut lief über ihr Bein. Benommen setzte sie sich auf, um wieder zu sich zu kommen.

Robert hatte den Sturz beobachtet und kam zu ihr gefahren. »Hast du dich verletzt?« Er stieg vom Fahrrad.

»Es ist nichts. Nur ein kleiner Schnitt.« Noch immer benommen blieb sie sitzen.

Er umfasste ihr Bein und besah sich ihr Knie. »Es sieht tief aus. Wir sollten den Dreck abwaschen und es verbinden, oder es wird die ganze Zeit bluten, bis wir beim Haus sind. Hier.« Er zog seine Feldflasche hervor und goss etwas Wasser über die Wunde. »Ich habe ein Taschentuch in meinem Rucksack.«

»In Ordnung.« Als er sie berührte, vergaß Hope die Wunde. Ihr Körper reagierte mit explosiver Geschwindigkeit. Sie spürte ihr Blut rasen und es erschreckte sie. Er hielt noch immer ihre

Wade fest, während er den Rest aus der Flasche über die Wunde goss. Als der Dreck weg war, band er sein Taschentuch um das Bein und hob es kurz an, um den Stoff darunter festzumachen. Seine Hand ließ er auf ihrer Wade liegen.

»Tut es weh?«, fragte er. Der Moment war elektrisierend. Er hätte genauso gut sagen können: »Ich möchte dich küssen.«

Sie sah ihn fest an und flüsterte fast: »Ich weiß nicht, ob es wehtut. Ich fühle mich wie betäubt.«

Er zog sie hoch und während er noch den Arm um ihre Taille hatte, standen sie dicht beisammen und er legte seine Lippen auf ihre. Innerhalb von einer Sekunde war es vorbei, eine so sanfte Berührung, dass sie kaum stattgefunden hatte.

Sie beschloss, es zu verharmlosen. »Jetzt brauche ich mich ja nicht mehr zu fragen«, sagte sie.

»Was fragen?«

»Wie es sich anfühlt, dich zu küssen.« Er war an ihre kühnen Antworten gewohnt, doch es war trotzdem ein Schlag und er blieb still. »Also, danke für das Wasser und den Verband. Ich werde dafür sorgen, dass du dein Taschentuch zurückbekommst.«

»Willst du, dass ich dich nach Hause fahre? Du kannst auf meinem Lenker sitzen.«

»Nein, nein. Ich schaffe das schon. Ich werde im Stehen fahren, damit ich das Knie nicht so belaste.«

Sie war weg, bevor er noch etwas sagen konnte, doch als sie das Haus erreicht hatte und ins Badezimmer ging, um sich zu säubern, begann sie zu zittern. Sie berührte die Stelle, wo seine Lippen gewesen waren. Sie schaute sich an. Ihr Gesicht war errötet und verschmutzt. Zwei spitze Steinchen steckten in ihrer Wange und als sie sie herauszog, entstanden kleine Wunden. Sie wusste, dass der Kuss länger gedauert hätte, wenn sie nicht ausgewichen wäre, doch sie hatte ihn nicht länger haben wollen. Sie war noch nicht bereit. Das Gefühl, das für diese Person hervorsprudeln würde, wäre zu stark. Sie hatte Angst davor, und sie wollte nicht, dass er es merkte. Solange er es nicht wusste, behielt sie die Oberhand. Eins war aber sicher: Er hätte sie lange geküsst, wenn sie ihn gelassen hätte, und das war sehr ungewöhnlich für den selbstbeherrschten Robert Trent. Sie fühlte sich beschwingt. Sie hatte diese Gefühle in ihm hervorgerufen. Wenn sie ihre eigenen gezeigt hätte, wäre die Magie verschwunden. So war es im Leben. Das Verlangen nach etwas war alles. Die Erfüllung schmälerte das Begehrte. Da war nichts zu gewinnen, wenn man nachgab. Liebe konnte einem das Leben ruinieren. Den Kuss betrachtete sie nicht als Verrat an Faith, doch sie wusste zugleich, dass besser niemand davon wissen sollte.

Als sie sich am Esstisch versammelten, humpelte Hope und hatte zwei Beulen im Gesicht. Faith bemerkte einen Blick zwischen Hope und Robert und wusste, dass etwas geschehen war.

»Was macht das Bein?«, fragte er.

»In Ordnung«, sagte sie. »Mrs Coombs hat mir etwas Mull für einen Verband gegeben. Als sie Jod über den Schnitt gegossen hat, bin ich fast ohnmächtig geworden.«

Faith beobachtete sie während des ganzen Abendessens. Zweimal bemerkte sie, wie Robert zu Hope spähte, doch Hope erwiderte seinen Blick nicht. Sie sah zu konzentriert auf ihren Teller. Faith dachte an den Nachmittag zurück. Da war nichts vorgefallen, was auf einen Moment der Intimität zwischen Robert und Hope hingewiesen hätte, dennoch hatten die Blicke, die zwischen ihnen gewechselt wurden, einen emotionalen Hintergrund. Sie fühlte sich deprimiert. Ihr Plan, Robert zu erobern, konnte vielen Dingen widerstehen, doch Hope vielleicht nicht. Aber möglicherweise bildete sie es sich auch nur ein. Und ohnehin würde er in ein paar Wochen sicher auf der Columbia University sein.

Hope hielt sich nach diesem Tag von Robert fern, doch sie nutzte jeden ruhigen Moment, um die gewaltige Anziehungskraft der Liebe zu untersuchen. War das Liebe? Es war, als hätte man eine schreckliche Krankheit und die einzige Heilung bestünde darin, bei dieser Person zu sein. Es war fast unmöglich, Robert Trent jemals wieder objektiv anzusehen, denn er wurde zu einer Gewalt, einer Idee, einem Loch in ihrem Sein, das sich danach sehnte, ausgefüllt zu werden. Es war, als hätte ihr vorher etwas gefehlt, und dann war es da. Sie hatte auf jemanden gewartet, doch sie hatte nicht gewusst, wer es war, bis er schließlich aufgetaucht war. Zu ihrem eigenen Besten lernte sie, sich von solchen Gedanken fernzuhalten. Sie würde nicht zu den liebeskranken Mädchen dieses Sommers gehören.

KAPITEL 25

Von dem Augenblick an, als sie einander an jenem ersten Tag auf Seawatch in dem übermäßig dekorierten Speisesaal gesehen hatten – und mehr noch nach dem kurzen Kuss auf dem Radweg –, errichteten Robert Emory Trent und Hope Lee eine Mauer, hinter die sie die intensive und unmittelbare Anziehung verdrängten, die sie füreinander empfanden. In den Jahren nach dem Poesiekurs hatte er oft an sie gedacht. Jetzt war sie älter, doch die Regeln waren dieselben: Sie war ein Mädchen in einem Raum, auf den er keinen Zugriff hatte.

Hope stellte dieselben Überlegungen an. Er war ein Mann aus der Stadt, der hergekommen war, um ihnen Sport beizubringen, von dem nur reiche Leute dachten, dass sie ihn spielen müssten.

Erst am Ende ihres Sommers in Seawatch, am letzten Tag seines Aufenthalts, waren sie nicht wachsam und sahen, was sie alles füreinander sein könnten. Als er kam, um sich zu verabschieden, war sie auf dem Rasen und spielte mit einem der Terrier. Der Hund sprang auf und sie saß im Gras, während er ihr über das Gesicht leckte. Robert beobachtete sie für ein paar Minuten und fühlte Verlangen und Verlust zugleich. Was sollte er mit diesen Gefühlen tun? Er war auf seinem Weg zum

Jurastudium. Sie war ein Mündel, ein Fall von Wohltätigkeit, wenn man es direkt ausdrücken wollte – auch wenn sie sich nicht so benahm. Es gab hier nichts für ihn. Er würde ihr Lebewohl sagen.

»Hope, ich bin gekommen, um mich zu verabschieden. Ich werde nicht mehr herkommen.«

»Haben wir alles gelernt, was du weißt?« Ihre Stimme war untypisch sanft, ganz ohne ihren normalerweise herausfordernden Tonfall.

»Nicht nur das, ich habe auch etwas von dir gelernt«, sagte er.

»Ach? Was denn?«

»Deine Ehrlichkeit ist verblüffend, doch ich würde sie immer dem höflichen Small Talk vorziehen.«

»Ich bin mir nicht sicher, ob ich weiß, wovon du sprichst, aber das ist okay. Ich werde dich also nicht mehr sehen, oder?«

»Das will ich nicht sagen. Wenn du jemals wieder in New York City bist, dann musst du mich unbedingt besuchen.«

»Du stehst ganz oben auf meiner Liste.«

Er konnte es nicht dabei belassen. Zumindest könnte er ihr die Hand geben. Sie stand auf und glättete ihren Rock. »Nun dann, auf Wiedersehen.« Sie trat vor, um seine Hand zu nehmen, doch die Berührung war so elektrisierend, dass beide zurückfuhren. Sie konnten es nicht ertragen, einander zu berühren. Es war besser, die Hände an der Seite zu lassen und einfach Lebewohl zu sagen.

KAPITEL 26

Faith beneidete Tommy um seine Beziehung zu seinen Eltern. Chester und Tommy verbrachten oft ganze Nachmittage mit den Köpfen unter der Haube des Gebrauchtwagens, den Chester gekauft hatte. Sie bastelten freundschaftlich herum, ohne auch nur einen Gedanken an ihre Beziehung zu verschwenden. Sie hatte noch nie einen ganzen Nachmittag etwas mit Asa unternommen.

In jenem letzten Sommer vor dem College wollte Tommy so viel Geld wie möglich verdienen, bevor er das Haus verließ. Er arbeitete an der Kasse einer Eisenwarenhandlung und hatte dazu noch ein Nebengeschäft. Er bestellte hundert frisch geschlüpfte Küken, fütterte und versorgte sie eine Weile, dann verkaufte er sie für fünfzig Cent das Stück. Faith sah oft zu, wie Tommy sich um die Hühner kümmerte. Es schien eine leichte und idiotensichere Art, Geld zu verdienen, und sie sah eine Möglichkeit, Asas Aufmerksamkeit zu erringen.

»Kannst du mir auch ein paar Küken bestellen?«, fragte sie Tommy. »Ich möchte in das Hühnergeschäft einsteigen.«

Tommy schüttelte nur den Kopf. »Wofür brauchst du das Geschäft? Du brauchst doch das Geld nicht.«

»Sag das nicht, Tommy Rowland. Es ist immer gut, Geld zu haben. Ich möchte ein Unternehmen haben. Vielleicht bin ich gut im Hühnergeschäft. Du kannst mir zeigen, was ich machen muss.«

»Was? Da frag besser deinen Vater als mich.«

»Ich will nicht, dass mein Vater davon weiß. Bestell mir hundert Küken. Was kosten sie?«

»Fünf Cent das Stück. Fünf Dollar plus Transport. Sechs insgesamt. Wo willst du sie halten? Joe Stokes lässt sie nicht in den Kuhstall.«

»Kann ich sie nicht bei deinen lassen?«

»Doch, ich denke schon. Aber du musst sorgfältig auf sie achtgeben, vor allem in der ersten Woche.«

»Behalte sie bei dir, aber ich mache die Arbeit. Du musst mir nur zeigen, was ich machen muss.«

Eine Woche später kamen die Küken. Tommy sagte ihr, dass sie die Hühner nach drinnen bringen und sie warmhalten sollte. Sie wollte es auch tun, doch dann gab es ein kräftiges Gewitter. Als der Regen nachließ, ging sie hinaus, um nach ihrer Lieferung zu sehen. Tommy wartete schon auf sie. »Die Küken sind im Gewitter ertrunken. Ich habe dir gesagt, du sollst sie nach drinnen bringen. Sie sind alle tot.«

Faith war überrascht, wie schnell ihr Unternehmen gescheitert war, doch sie ließ sich nicht entmutigen.

Sie bat Tommy, ihr eine neue Lieferung zu bestellen. Der Verlust der Küken war ihr eine Lektion. Als die neue Lieferung ankam, brachte Faith sie an eine warme Stelle in der Garage und behielt sie im Auge. Tommy warnte sie, dass es normal sei, zehn Prozent zu verlieren, doch Faith verlor kein einziges. Sie verhandelte um den Preis für das Futter und bekam es für vier Dollar. Als sie die jungen Hennen einen Monat später verkaufte, hatte sie einen Profit von vierzig Dollar. Sie gab Tommy davon vier

Dollar. »Du bist der Zwischenhändler und solltest zehn Prozent meines Profits bekommen.«

Tommy war beeindruckt. »Soll ich dir noch mal hundert bestellen?«

»Nein«, sagte Faith. »Das kenne ich ja nun. Ich will jetzt etwas anderes.«

»Du kannst ins Ködergeschäft einsteigen. Verkaufe Würmer.«

»Besorg mir die Würmer.«

Der Erfolg mit den Küken brachte Faith dazu, Robert Trent einen Brief zu schreiben. Sie wollte nicht, dass er sie vergaß, und ein Brief über ihr Unternehmen wäre genau richtig. Es würde ihn sicher amüsieren zu erfahren, dass Regentropfen Küken umbringen können.

> *Lieber Robert,*
> *ohne die Ablenkung durch deine Anwesenheit habe ich mich zum Zeitvertreib dem Handel zugewandt. Ich habe Tommy gebeten, für mich hundert Küken zu bestellen, die ich nach seiner Aussage für einen zehnmal höheren Preis verkaufen kann, wenn ich sie für ein paar Wochen füttere. Die erste Lieferung habe ich im Hof gelassen und ein Gewitter ertränkte sie innerhalb von einer Stunde. Ich stelle mir vor, wie sich hundert kleine Schnäbel zum Himmel öffnen, um einen Schluck zu trinken. Und dann, puff. Licht aus!*
> *Die zweite Lieferung habe ich mit Argusaugen überwacht, und die Hühnchen sind erwachsen geworden und haben mir einen guten Gewinn verschafft. Jetzt versuchen wir es*

mit einer anderen Handelsware: Angelköder.
Zuverlässiger. Weniger Arbeit. Kleinerer Gewinn.
Grüße aus Seawatch.
Faith

Innerhalb von zwei Wochen schrieb er ihr zurück.

Liebe Faith,
danke für den Unterricht in Markterweiterung
und Kostenkontrolle. Für mein Referat zur
Verteidigung bei Totschlag habe ich meinen
Angeklagten ins Kükengeschäft gesteckt und ihn
mithilfe der von dir gelieferten Details erfolgreich
verteidigt. Ich finde es überaus charmant, dass
sich Asa Simpsons Tochter nicht zu fein ist, neue
Einnahmequellen aufzuspüren. Sende bitte
weitere Fallstudien.
Mit Bewunderung,
Robert Trent

Sie las den Brief so oft, bis sie ihn auswendig konnte. Sie durchsuchte jeden Satz auf eine zusätzliche Bedeutung. *Charmant* war das einzige vertrauliche Wort. Er fand sie charmant und er bewunderte ihr Unternehmen.

Manchmal träumte Faith davon, dass ihr Vater von ihrem Geschäftserfolg erfahren und voll Liebe und Bewunderung zu ihr kommen würde. Vielleicht würde Trevor, Asas Fahrer, der die Küken in der Garage gesehen hatte, ihr Unternehmen bei der Fahrt nach New York erwähnen. Sie stellte sich vor, wie Asa in ihr Zimmer käme, bevor sie schlafen ging, und ihr sagen würde, wie stolz er auf sie sei. Es geschah aber nicht. Der Oktober wurde zum November ohne eine Erwähnung von ihrem Vater oder ihrer Mutter.

Robert und Billy waren weg, und Faith, die dabei war, die Grundlage für Veränderungen in ihrem Leben zu schaffen, betrachtete prüfend das Klima in Seawatch. Hope hatte noch immer ihren Platz im Allerheiligsten von Asas Büro. Sie saß in dem Ledersessel und las Asa laut vor. Faith hörte oft, wie sie Geschäftsideen bewerteten, als wären sie Partner.

»Riesige Kapazitäten in Duke Power.«

»Ich würde auf alles setzen, was von Buck Duke angeleitet wird«, sagte dann Asa. »Er ist jetzt ins Energiegeschäft gegangen, nachdem das Gericht seinen Tabakkonzern aufgelöst hat.«

Asa saß in der Regel an seinem Schreibtisch und las Berichte und Wirtschaftsnachrichten, hörte aber gleichzeitig Hopes Bemerkungen zu. Mehr als einmal hatte Faith Asa etwas sagen hören wie: »Was du gerade über Rundfunk gesagt hast, ist völlig richtig. Massenkommunikation könnte die nächste große Sache werden, wenn sie es zum Funktionieren bringen. RCA hat sich langsam vorwärtsbewegt. Ich glaube, es ist Zeit, dass wir einsteigen.«

Hope schaffte es, Asa eine Verspieltheit und Begeisterung zu entlocken, die nie zu seiner Persönlichkeit gehört hatten. Wie ein Zauberer hatte sie ihn verwandelt. Oft lud er Faith ein, sich ihnen anzuschließen, doch sie lehnte ab. Sie fühlte sich dem Ringen um Aufmerksamkeit nicht gewachsen.

Wenn Billy für kurze Auszeiten oder die Ferien nach Hause kam, lud Asa ihn ebenfalls ein, doch Billy hatte Bedenken. »Papa, du hast hier eine lebende, atmende Aktienmarktmaschine in Gestalt von Hope. Sie ist diejenige, von der du dich lenken lassen willst. Wenn ich meinen Yale-Abschluss in der Tasche habe, bin ich vielleicht in der Lage, mit Miss Schlaumeier zu konkurrieren.« Billy sagte das voller Bewunderung für Hope, nicht aus Missgunst.

Auch wenn sie es nicht geschafft hatte, Asas Aufmerksamkeit zu erregen, setzte Faith ihre Unternehmungen fort. Sie mochte es, eigenes Geld zu verdienen. Als sie vierhundert Dollar zusammenhatte, begann sie, den Wirtschaftsteil der *New York Times* und des *Wall Street Journals* zu lesen. Das war wahrscheinlich der schnellere Weg, um Geld zu verdienen. Sie bat ihren Mathelehrer, das Geld in die Aktien zu investieren, die sie auswählte, und zwar heimlich. Während der nächsten paar Monate kaufte und verkaufte Faith Aktien mit einer einfachen Formel, mit der sie die historischen Hochs und Tiefs berücksichtigte, die letzten Handelsschwankungen und die Stabilität der Dividende, die die jeweilige Aktie an die Teilhaber ausgab. Es war ein sehr gutes Jahr für die Märkte, und mit diesem direkten Ansatz verdoppelte Faith mühelos ihr Geld. Sie spielte mit echtem Geld und es wurde mehr, während Hope nur spielte. Faith hatte auch noch etwas anderes. Sie hatte drei Briefe von Robert Trent erhalten und sich mit Zustimmung ihres Vaters an der Barnard beworben.

Asa sprach davon, sich über die Wintermonate in New York City einzumieten. Ihre Mutter hatte mit einer ihrer Wohltätigkeitsaktivitäten einigen Status in Brooklyn gewonnen und verbrachte wieder viel Zeit mit ihren Verwandten. Faith wunderte sich über die Geduld ihres Vaters mit seiner abwesenden Frau. Sie wusste, dass Männer und Frauen Dinge im Schlafzimmer taten, und während Frauen sich dem vielleicht aus reiner Verpflichtung hingaben, so waren Männer dazu gezwungen und mussten es tun, oder sie wurden krank.

Sie hatte gehört, wie Tommy das Hope und Emily erzählt hatte. Emily hatte erwidert, es sei nicht wahr, dass die Frauen es nur aus Verpflichtung tun würden. Ihre Mama und ihr Papa würden sich jeden Tag küssen und umarmen, wenn er von der Arbeit kam.

»Ich rede nicht vom Küssen und Umarmen«, sagte Tommy. »Ich rede über etwas, das sie im Bett tun.«

»Ich weiß«, sagte Emily und verteidigte ihre Position. »Ich rede auch davon.«

Sie starrten Emily an. Wer hätte gedacht, dass Miss Anstand auf solch eine zwanglose Weise über Sex reden würde? Sie sprachen jetzt alle offener miteinander im Bewusstsein, dass es das letzte gemeinsame Jahr war. Tommys Leben hatte sich bereits verändert. Er studierte Buchhaltung am City College, kellnerte am Abend und lebte mit zwei anderen Jungen aus dem Dorf in einer Wohnung ohne fließend Warmwasser. Die Kindheit war vorbei und sie mussten hinaus in die Welt.

* * *

Eines Tages, als Hope und Asa nebeneinander in seinem Büro standen, bemerkte er, dass Hope bereits so groß war wie er. An diesem Tag erkannte er, dass ihm eine junge Frau gegenüberstand. Er hatte sich keine großen Gedanken darüber gemacht, was geschehen würde, wenn Hope erwachsen sein würde.

Sie musste hinaus in die Welt, vor allem, da Faith nach Barnard gehen würde. Als Robert Trent bei ihnen gelebt hatte, hatte Asa ihn oft dabei erwischt, wie er sie ansah. Zuerst gefiel es ihm nicht. Er wusste, dass Trent eine große Zukunft im Sinn hatte, und jedes Interesse, das er an Hope hätte, konnte nur oberflächlich sein. Robert dachte womöglich sogar daran, wie er sie ausnutzen konnte. Asa hätte in dem Fall kurzen Prozess gemacht. Doch im Verlaufe des Sommers, als er Robert Trent besser einzuschätzen lernte, veränderte sich auch seine Meinung. Robert war ehrgeizig, eine Ehe würde er sehr wahrscheinlich danach bewerten, ob sie hilfreich für seine Karriere wäre. Auf jeden Fall würden er und Hope gut zusammenpassen. Asa schätzte Robert nicht als Snob ein, der sich von ihrer Geschichte abschrecken lassen würde. Er hatte selbst genügend dunkle Flecken in seiner Vergangenheit. Außerdem war

178

Hope hübsch und klug. Was konnte man mehr von einer Frau erwarten? Vielleicht war Asa befangen, da er sie so gut kannte. Gleichwohl würde er sich besser fühlen, wenn Hope sich in ihrem Leben eingerichtet hätte und ihre Zukunft sicher wäre.

»Faith wird nächstes Jahr aufs College gehen. Interessiert dich diese Möglichkeit?«, fragte er Hope. »Ich könnte dich auch anmelden, doch es gibt auch viele hervorragende freie Schulen. Tommy geht zu einer. Ich könnte dir ein Stipendium geben, um dir mit Miete und Verpflegung auszuhelfen. Wie klingt das? Du bist erwachsen geworden und bald wirst du ein Leben weg von hier führen wollen.«

»Schmeißt du mich raus?«

»Nicht gleich morgen«, sagte Asa, »doch wir müssen daran denken, was als Nächstes kommt. Wenn nicht das College, würde dich eine Heirat interessieren? Ich hatte gedacht, dass ich dir vielleicht einen passenden Verehrer suchen könnte?«

Hope sprang aus ihrem Stuhl und ging zur Tür, wo sie stehen blieb. »Wie bitte? Ich hätte nie erwartet, so etwas von dir zu hören, und wenn man mir eine Waffe an den Kopf gehalten hätte.« Ungläubig schüttelte sie den Kopf. »Du willst mich an irgendeinen Verehrer verheiraten?«

»Dein Leben wird sich einfach verändern. Das Leben von Faith und Billy verändert sich. Die Menschen werden erwachsen und die Dinge bleiben nicht dieselben. So ist das Leben.«

Hope kehrte zurück zu ihrem Stuhl und setzte sich. »Mag sein. Ich schätze, ich muss etwas aus meinem Leben machen. Ich kann nicht erwarten, dass du mich für immer behältst.«

»Darum geht es nicht. Sondern darum, dass du ein erfülltes Leben hast, und das kann hier nicht geschehen. Ich dachte, wenn wir einen passenden jungen Mann finden würden, dann könntet ihr euch ein gemeinsames Zuhause schaffen.«

Fast wie aus der Luft gegriffen sprach sie den Namen aus. »Du meinst, einen jungen Mann wie Robert Trent?«

»Ja, um ehrlich zu sein. Er war mir in den Sinn gekommen.«

»Nein, nein, nein. Er passt überhaupt nicht.«

Asa wurde unsicher. »Hat er etwas getan, was dir nicht gefallen hat?«

»Oh nein. Überhaupt nicht. Er ist recht nett. Er ist mehr als nett.«

»Lassen wir uns Zeit mit der Idee«, sagte Asa. »Wenigstens habe ich es angesprochen. Wir müssen nicht sofort etwas unternehmen.«

»Gut«, sagte Hope. »Gut.«

Asa beschloss, mit Alice darüber zu sprechen und zu sehen, wie sie darüber dachte. Frauen hatten ein gutes Gefühl bei solchen Dingen.

»Ich habe mir überlegt, dass Robert eine gute Partie für Hope wäre«, sagte er an diesem Abend zu seiner Frau. »Sie wird erwachsen, und ich würde mich besser fühlen, wenn sie Aussicht auf eine Ehe hätte, bevor sie geht.«

»Wirklich? Robert für Hope?« Alice war überrascht. »Wie kommst du auf ihn?«

»Sie braucht jemand Starkes. Sie sind beide klug. Sie hat ein paar raue Kanten, doch er kann sie glätten.«

»Hope und Robert würden ein umwerfendes Paar abgeben. Wir könnten die Hochzeit hier feiern, findest du nicht? Vielleicht sogar draußen. Ja, draußen.«

Asa hob die Hand, um seine Frau zu bremsen. »Ich denke erst seit ein paar Tagen darüber nach. Hope hat vielleicht völlig andere Pläne. Und Robert – ich denke, er will die Welt erobern. Lass uns erst mal noch nichts sagen.«

* * *

Es wäre alles so geblieben, nur eine Idee, die im Raum steht, wenn Alice sie nicht ihrer Tochter mitgeteilt hätte.

»Dein Vater möchte Hope verheiraten und er denkt dabei an Robert Trent.«

Wenn ihre Mutter ihr einen Pfeil durch den Kopf geschossen hätte, wäre Faith nicht erschrockener und bestürzter gewesen.

»Was? Das hat Papa gesagt?«

»Ja. Hope wächst heran und kann nicht für immer hierbleiben. Er möchte, dass sie durch eine Ehe versorgt ist.«

»Mit Robert Trent?«

»Er hat den Namen erwähnt. Was denkst du?«

Faith fiel es schwer, auf die Frage ihrer Mutter zu antworten, denn eine schreckliche Entrüstung explodierte gerade in ihrem Kopf. »Ich denke gar nichts«, sagte sie. »Ich habe dazu keine Meinung.« Sie ließ ihre Mutter stehen und ging aus dem Haus. Warum hatten ihre Eltern bei Robert nicht an sie gedacht? Warum war Hope ihre Priorität? Sie war zu erregt, um ruhig stehen zu bleiben, und ging schnell in Richtung Strand. An der Stelle, wo sich der Bach in die Bucht ergoss, erblickte sie Tommy, der nach Muscheln grub, und ging zu ihm.

Sie blieb am Rande des Schlamms stehen und sah ihm zu, bis er aufblickte.

»Hey.«

»Was machst du zu Hause?«

»Ich habe ein langes Wochenende.«

»Ich möchte mit dir reden«, sagte sie.

»Okay. Sprich nur, während ich hier weitermache.«

»Nein. Es ist wichtig.«

Er sah auf. »Okay.« Er steckte die Harke in den Morast und kam zu der Stelle, wo sie stand. »Was ist los?«

»Ich weiß gar nicht, wo ich anfangen soll. Hast du irgendwelche Gefühle für Hope, gute oder schlechte?«

Tommy dachte nach. »Hmm. Keine schlechten. Manchmal bin ich genervt von ihrer Art.«

»Okay. Was ist damit, dass sie Papa völlig vereinnahmt, jetzt, wo Billy weg ist?«

»Na ja, das ist mehr dein Problem. Mich betrifft das nicht.«

»Du hast recht. Es ist mein Problem und es wird nur noch schlimmer. Doch bis jetzt bin ich damit klargekommen, denn ich hatte etwas Besseres, um mich abzulenken.«

»Was war das?«

Faith zögerte und blickte zu Tommy, um zu sehen, ob sie es riskieren konnte, ihre Gefühle für Robert Trent zu offenbaren. »Tommy, du musst jetzt mein vertrauensvoller Freund sein, wo Billy weg ist.«

»In Ordnung. Was ist los? Was hat dich abgelenkt?«

»Ich bin verrückt nach Robert Trent und er scheint sich auch für mich zu erwärmen. Jetzt hat Papa Mama erzählt, dass er darüber nachdenkt, ihn als Ehemann für Hope vorzuschlagen.« Faith explodierte in Schluchzer der Empörung, die sie zurückgehalten hatte, seit sie aus dem Haus gegangen war.

Tommy wischte sich die Hände an der Hose ab. Er wollte Faith die Schulter tätscheln, doch er war voll mit verkrustetem Schlamm. »Das ist eine schreckliche Sache. Hope will ihn womöglich gar nicht, und dein Vater wirft ihn einfach wie ein Stück Fleisch zu Hope.«

Faith hörte zu weinen auf, überrascht davon, dass Tommy sofort verstanden hatte. »Ja. Genau das ist es. Die Art, wie Papa sie behandelt, ist das Problem. Seit Billy weg ist, ist es noch schlimmer geworden. Ich will, dass sie geht, Tommy. Ich will, dass sie geht, bevor sie beschließt, mir außer Papa auch noch Robert wegzunehmen.«

»Wow.« Tommy sagte es leise, als würde er gerade erst das ganze Bild sehen und wäre von ihrer Krise überrascht. »Emily hat es von Anfang an gesehen.«

»Was meinst du damit?«

»Emily hat Hope immer als jemanden gesehen, der sich ohne jedes Gewissen oder Dankbarkeit einfach alles nimmt. Ich glaube nicht, dass es stimmt, denn die Leute behandeln Hope, als würde sie Dinge verdienen. Es ist nicht immer ihre Schuld.«

Emily war für Faith nie besonders wichtig, doch in dieser Situation war sie dankbar für ihre Meinung. »Es ist Zeit für Hope zu verschwinden«, sagte sie erneut. »Sie ist alt genug.«

»Bist du sicher? Ich dachte, ihr wärt dicke Freunde.«

»So, wie es jetzt ist, kann ich mich nicht gut mit ihr fühlen. Ich muss einen Weg finden, damit sie geht, und ich verlasse mich dabei auf deine Hilfe.«

»Du wirst keine Hilfe brauchen«, sagte Tommy. »Lass ihr nur keine Schlupflöcher, durch die sie sich wieder zurückschlängeln kann.« Tommy hatte keine Ahnung, warum er das hinzugefügt hatte, doch es war das Wichtigste, was Faith registrierte. Hope musste auf eine Art gehen, die ihr keine Möglichkeit für eine Rückkehr ließ.

* * *

In seinem Unterricht über die europäische Geschichte führte Mr Knudsen Großbritanniens anmaßende Angewohnheit aus, die britische Flagge in einem Gebiet aufzustellen und es einfach zu annektieren. Das nannte man *Imperialismus*. Hope hatte ihre Flagge in Asas Büro gesetzt und das Gebiet zu ihrem erklärt. Jetzt würde Faiths hypnotisierter Vater Hope Robert Trent zum Geschenk machen. Faith war wütend und traurig, dass jemand, den sie so sehr gewollt hatte, ihr so gedankenlos weggenommen werden konnte. An manchen Tagen befürchtete sie, dass es bereits geschehen war und vor ihr geheim gehalten wurde.

Während des Unterrichts entschuldigte Faith Hopes Unfähigkeit, still zu sitzen, nicht länger. Es waren nur die drei

Mädchen im Zimmer und Hopes Verhalten beeinträchtigte die anderen sehr.

»Setz dich endlich hin«, sagte sie eines Tages scharf. »Ich kann mich nicht konzentrieren, wenn du wie ein eingesperrtes Tier herumtigerst.«

Hope war von dem Ton überrascht, setzte sich sofort hin und blieb auf ihrem Stuhl.

Faith begann, Hopes Gleichmut als Selbstsucht oder schlimmer: als Anspruchsdenken zu sehen. Merkte sie nicht, dass sie jeden störte und Zeit verschwendete? Ihre Verärgerung zerrte an der ursprünglichen Zuneigung für Hope. Sie konnte ihre Missgunst geradezu physisch spüren – ping, ping, ping –, wie sie durch ihren Körper floss, manchmal in ihrem Kopf, manchmal im Herzen und manchmal in den Ohren. Als Tommy über Thanksgiving nach Hause kam, ging sie zu ihm, um mit ihm über eine Lösung zu reden.

Durch ihren Erfolg im Geldmachen hatte Faith mehr Selbstvertrauen gewonnen. Sie wollte die Kontrolle über ihr Leben bekommen. Hope musste weg, und nicht im Guten. Faith wusste auch, wie sie es schaffen würde, und Tommy sollte ihr helfen.

KAPITEL 27

Die Verkupplung des Abkömmlings mit dem Straßenmädchen fand ihre Auflösung wie im klassischen Drama. Etwas lief schrecklich falsch.

Die alte Garde der Tycoons mit ihren an der North Coast aufgereihten Anwesen hatte ein geheimes Band, das unzerbrechlich war. Banken hatten damit angefangen, das Geld ihrer Kunden zusammenzulegen, und kauften mit ihren Insidervorteilen große Aktienblöcke ein, womit sie in der Regel gesunde Profite generierten. Sie nahmen sich ihren Anteil und boten den Investoren gute Rendite. Der Erfolg dieses Kaufens und Verkaufens hing von Verschwiegenheit ab und von der Reihenfolge, in der die Bankiers ihre Geschäfte abwickelten.

Jeden Monat kamen die Tycoons zusammen, diskutierten über ihre Beteiligungen und wechselten sich damit ab, große Mengen zu verkaufen, sodass jeder eine bestimmte Aktie mit Profit abstoßen konnte. Sie beschlossen, wer zuerst verkaufte, wer als Zweiter, als Dritter und so weiter. Asa war Teil dieser Gruppe und mochte die Sicherheit und Effizienz des Vorgehens. Es gab immer wieder mal ein unerwartetes staatliches Ereignis, das ihre Pläne behinderte, wie ein plötzlich vom Kongress erlassener Zoll, eine Produktionspanne, einen Streik,

Krieg irgendwo auf der Welt. Doch zum Großteil konnte jeder in dem Kreis verkaufen, ohne dass irgendwer in der Gruppe beeinträchtigt wurde.

Nach jedem Treffen notierte sich Asa, was sie verkaufen würden, wer verkaufen würde, in welcher Reihenfolge und die Anzahl der Anteile. Sie verkauften immer in vorgebuchten kleinen Mengen, um keine Aufmerksamkeit auf die Verkaufsquelle zu lenken. In diesem Monat war Asa der Erste auf der Liste und er würde seine vierzigtausend Anteile von Bristol Machinery verkaufen. Sie wussten alle, dass die Dividende bei der nächsten Vorstandssitzung gesenkt würde, und das war der Zeitpunkt, um Profite zu machen. Asa steckte die Liste unter eine Ecke seiner Schreibtischunterlage, wie er es nach jedem Meeting tat. Faith wusste, dass die Liste dort sein würde. Sie hatte es viele Male gesehen. Sie wusste, dass sie alles Notwendige hatte, um Hope fertigzumachen, und Tommy würde ihr helfen.

»Du musst mir einen Gefallen tun. Es ist kompliziert und es ist wichtig.«

»Was ist es?«

»Oh, und ich gebe dir dafür Geld.«

»Wie viel?«

»So viel, wie du willst. Ich will, dass du einen bestimmten Mann kontaktierst und ihm Informationen gibst.«

»Was für Informationen?«

»Über eine Aktie, die verkauft wird.«

»Wird das deinen Vater wütend machen?«

»Ja, aber nicht auf uns.«

»Auf wen denn?« In dem Moment, als er es fragte, wusste er, wer es war. »Hope. Hast du dir das wirklich gut überlegt?«

»Ja«, sagte sie knapp, als wäre das eine unnötige Frage. Sie waren draußen und die Sonne schien ihr in die Augen. Sie blinzelte und sah auf zu Tommy.

Faiths ernste Entschlossenheit erschreckte Tommy, doch er konnte sie verstehen. Er wusste genau, wie Hope Faith ausgenutzt hatte. Es ärgerte ihn immer wieder, wie Hope die Auswirkungen ihres Handelns auf andere ignorierte. »Es tut mir leid«, sagte er. »Ich verstehe, worum es geht, und ich würde dir gern helfen, doch ich kann nicht gegen deinen Vater handeln. Es wäre, als würde ich meine eigene Mutter und meinen Vater verletzen.« Er dachte auch daran, wie sehr Emma Hope immer noch mochte, doch er erwähnte es nicht. »Vielleicht können wir uns eine andere Möglichkeit überlegen«, sagte er.

»Nein. Es muss so dreist sein, dass es kein Verzeihen geben kann. Es muss unverzeihlich sein.«

Als Tommy aber nicht nachgab, sagte Faith schließlich: »Gut. Dann mache ich es allein.«

Es war beeindruckend, wie schnell und gut alles klappte. Der Empfänger der Insiderinformation war der Kursmakler an der Börse. Nachdem er sich der Stichhaltigkeit dieser Information vergewissert hatte, verkaufte er alle Anteile, die er auf den Börsen in Übersee ansammeln konnte, und als Asas wie üblich am Vortag eingereichte Verkaufsaufträge am nächsten Morgen einer nach dem anderen ausgeführt wurden, eröffnete die Aktie fünfundzwanzig Punkte tiefer. Als die Verkäufe komplett waren und die Aktie um weitere zehn Punkte herunterbrachten, schaufelte der Kursmakler die niedrigen Anteile zusammen und die Aktie stieg wieder.

Asa, den man selten zornig erlebte, war außer sich. Er wusste, was geschehen war, und dachte sofort, einer der Männer bei dem Meeting hätte die Information weitergereicht. Das war allerdings schwer zu glauben, denn sie warteten alle darauf, nach ihm ebenfalls zu verkaufen. Er sah die Notizen von dem Meeting auf seinem Tisch und bemerkte auf dem Boden eins von Hopes Notizheften.

Er blieb lange an seinem Schreibtisch sitzen und ging die Fakten immer wieder in Gedanken durch. Der Verlust war erheblich, doch selbst wenn es nur ein kleiner gewesen wäre – der Verlust des Vertrauens war der entscheidende Punkt. Eine physische Schwere lastete auf seinem Rücken und seinen Schultern. Er hatte ihr ein Obdach geboten, und mehr als das: Er hatte sich ihr verbunden gefühlt und eine unerklärliche Nähe empfunden, die ihm neu war. Sie hatte Leichtigkeit und Lachen zurück in sein Leben gebracht.

Es war traurig, dass er nicht dasselbe für sie getan hatte. Er wusste, dass ihr früheres Leben hinter dieser Aktion stand. Vielleicht war es als Ausgleichszahlung gedacht, vielleicht hatte sie es auch getan, um ihre Kenntnisse zu demonstrieren. Er war jedenfalls nicht in der Lage, die Straßenmentalität aus ihr herauszubekommen. Er hatte sich ganz auf ihre Loyalität und Diskretion verlassen. Alles andere war in Ordnung, doch ohne Vertrauen ging es nicht. Mehr als vier Jahre hatte er sich um sie gekümmert, doch jetzt musste sie gehen.

Sie kam wie immer in sein Büro, doch er begrüßte sie nicht mit der üblichen Wärme. Er sah sie einfach an.

Sie setzte sich neben den Ticker, ohne etwas zu sagen.

»Du musst uns verlassen«, sagte er.

Zuerst verstand sie ihn nicht. »Nein, ich muss nicht«, sagte sie. »Ich kann bleiben, solange du willst.«

»Ich kann dich nicht länger behalten.« Er hob den Block mit den Notizen zu den Bristol-Machinery-Aktien, doch ihr Ausdruck veränderte sich nicht.

Es war nicht leicht für ihn, sie so bestürzt und mit aufgerissenen Augen zu sehen. Asa empfand väterliche Liebe für dieses Mädchen. Es schmerzte ihn, an ihre Zukunft allein draußen in der Welt zu denken, doch Vertrauen war die eine Sache, die unantastbar war. Sie stellte keine Fragen und widersetzte sich nicht. Das war ihre Art und eines der Dinge, die er an ihr bewunderte. Sie nahm alles für bare Münze und verbog sich nicht. Doch der Ausdruck in ihrem Gesicht trieb ihm die Tränen in die Augen. Er würde ihr ein wenig Geld mitgeben, um ihr über die Runden zu helfen.

»Auf Wiedersehen, Hope«, sagte er und drehte sich auf seinem Stuhl von ihr weg.

Es war Mrs Coombs, die ihre Sachen zusammensuchte und ihr die Einzelheiten erzählte. »Das hättest du Mr Asa nicht antun sollen.«

»Was? Was habe ich getan? Ich weiß nicht, wovon die Rede ist.« Sie dachte an das Notizbuch, das Asa hochgehoben hatte, mit seinen Anmerkungen zu Bristol Machinery. Hatte das etwas damit zu tun? Waren auf irgendeine Weise Informationen durchgesickert?

»Du hast eine lange Zugfahrt vor dir, um darüber nachzudenken«, sagte Mrs Coombs und Hope wusste, dass sie ihr nicht glaubte.

Es gab einen Briefumschlag mit fünfzig Dollar und einen alten Koffer von Billy, den Mrs Coombs gefunden hatte. Sie gab Hope beides. »Trevor wird dich zum Bahnhof bringen.«

»Ich nehme an, Sie sind nicht zu traurig darüber, dass ich gehe«, sagte Hope.

»Ich schätze es nicht, dass Mr Asa so enttäuscht wird, wo er sein Vertrauen in dich gesetzt hat.«

»Ich habe nichts getan«, sagte Hope ruhig. »Hier war ein gutes Zuhause für mich, warum hätte ich so etwas tun sollen? Ich habe es geliebt, bei ihm zu sein. Ich habe es jeden Tag geliebt.«

»Du hast Sachen auf der Straße gelernt, als du jung warst, und diese Sachen verlernt man nicht.«

»Ich habe keine Sachen gelernt. Ich habe gelernt, mich um mich selbst zu kümmern, weil ich es tun musste. Ich weiß nicht, von welchen Sachen Sie reden. Meinen Sie, Asa zu betrügen?

Ich habe gelernt, wie ich Asa betrüge? Wie stellen Sie sich das vor?«

»Erzähl mir nicht, dass du nicht von dieser Information profitiert hast. Dazu bist du zu klug. Es muss irgendeinen Lohn gegeben haben.«

»Es gab keinen Lohn, weil es auch kein Verbrechen gab. Ich habe eine Menge getan, weil es zum Überleben notwendig war, doch ich habe niemandem irgendwas über Mr Asas Pläne mit Bristol Machinery erzählt. Das habe ich wirklich nicht, und jeder, der das glaubt, ist im Unrecht.«

Mrs Coombs war von dieser Erklärung beeindruckt, denn sie klang wahr. Sie war nicht traurig darüber, dass Hope gehen musste, doch vielleicht hatten sie sie vorschnell verurteilt. »Wer sonst hätte es tun können? Sag mir, wer?«

»Ich weiß es nicht«, sagte sie, obwohl sie in diesem Moment an Faith dachte.

»Dann hast du Pech.«

»Jemand wollte mich nicht mehr hierhaben. Vielleicht hatte Faith die Nase voll von mir.«

Da erkannte Mrs Coombs, dass Hope nicht die Übeltäterin war. Doch unfair oder nicht, vielleicht war das der beste Weg, das Ganze zu beenden. Mrs Coombs hatte eine Menge schlechtes Verhalten auf Seawatch erlebt. Sie hatte die fehlende Liebe für Faith von ihrer Mutter und ihrem Vater erlebt. Sie hatte die Obsession für Billy gesehen und sie wusste, dass Billy früher oder später das Herz seines Vaters brechen würde. Sie schaute auf das Mädchen vor sich und war plötzlich milde gestimmt. »Du wirst schon zurechtkommen. Du hast die Fähigkeiten, die man braucht, um zu überleben. Sei froh, dass dir nicht immer alles einfach gegeben wurde.« Sie griff in ihre Schürzentasche und zog eine Zehndollarnote heraus. »Nimm das. Du wirst es gebrauchen können, und ich weiß, du wirst es weit bringen. Ich wünsche dir alles Gute.«

Hope lehnte den Geldschein ab. »Ich weiß, dass Sie mich für jemanden halten, der alles an sich reißt, dass ich nehme, was ich bekommen kann. Doch Sie liegen falsch und ich werde Ihr Geld nicht nehmen. Wer weiß, was als Nächstes geschehen wird, jedenfalls werden Sie mir nicht die Schuld geben können.«

Sie wusste, dass es keinen Abschied von Asa geben würde. Er wollte sie ohne eine emotionale Szene loswerden. Noch schlimmer fand sie, dass sie Faith nicht mehr sehen konnte. Wie konnte es sein, dass sie innerhalb weniger Stunden vollkommen voneinander getrennt waren? Sie konnte akzeptieren, dass Asa sie für einen Dieb hielt und dass Mrs Coombs annahm, sie würde sich alles einstecken, doch Faiths Zurückweisung konnte sie nicht ertragen. Der Gedanke daran füllte ihr die Augen mit Tränen. Es gab nur eine Person, die noch immer zu ihr halten würde. Sie konnte nicht fort, ohne vorher zu Emma Rowland zu gehen.

Als sie zum Haus kam, schossen ihr wieder die Tränen in die Augen und sie wartete draußen, bis sie sich im Griff hatte. Emma sah sie durch das Fenster und kam nach draußen. Sie sagte nichts, doch sie nahm Hope in die Arme und hielt sie für lange Zeit.

»Du bist wie meine Tochter. Ich weiß, dass du nichts getan hast. Du bist jetzt eine junge Frau, und du wirst leichter in der Stadt zurechtkommen. Versprich mir, dass du vorsichtig bist, vor allem mit Fremden.«

»Aber ich kenne nur Fremde.« Hope lächelte durch ihre Tränen hindurch.

»Oh Gott. Das stimmt. Sei bitte besonders vorsichtig.«

»Ich werde es versuchen.« Für einen Moment sah sie weg, um sich wieder zu fangen. »Emma, du bist der beste Mensch, den ich je gekannt habe, neben meiner Mama. Ich werde dich nie vergessen.«

Emma verzog die Lippen und nickte. Sie reichte Hope eine Papiertüte. »Da ist etwas Essen für dich für die Zugfahrt. Es ist nicht viel, aber du wirst froh sein, es zu haben. Lass mich ab und zu wissen, wie es dir geht.« Sie drehte sich um und ging ins Haus.

Als sie im Zug die Tüte aufmachte, fand Hope darin ein Schinkensandwich und ein Stück Apfelkuchen. Daneben lag ein Umschlag mit zwanzig Dollar und einer Karte. *Von deiner Freundin Emma Rowland.* Hope weinte fast den ganzen Weg bis New York, doch kurz bevor sie durch den Tunnel fuhr, erinnerte sie sich daran, ihr Schinkensandwich zu essen.

KAPITEL 28

Das Fliegen steckte noch in den Kinderschuhen, doch Asa konnte sehen, wie es die Welt verändern würde, so wie die Eisenbahn vor hundert Jahren das Land verändert hatte.

Nur dreißig Kilometer entfernt von Seawatch fanden neue fliegerische Großtaten und Tests statt. Asa mochte keinen Small Talk, doch er genoss Gespräche über die Details der Luftfahrt und stand stundenlang an der Festwiese, wann immer ein Flug angekündigt wurde. Seine Kollegen, allen voran Guggenheim, waren genauso vernarrt wie er.

Die reichen Männer, die in allen anderen Bereichen Realisten waren, hatten eine romantische Sicht auf die Fliegerasse – Deutschlands Richthofen, das As der Asse, war eine Legende. Die zerbrechlichen Flugzeuge, die sie flogen, und die unglaublichen Fähigkeiten, die benötigt wurden, um einen kühnen Feind auszumanövrieren, machten ihre Taten noch beeindruckender.

Asa hatte geahnt, dass es nur eine Frage der Zeit war, bis Amerika in den Krieg eintreten würde. Als Deutschland im Jahre 1915 das britische Linienschiff *Lusitania* versenkte, starben hundertachtundzwanzig Amerikaner. Ab 1917 waren die Angriffe keine vereinzelten Ereignisse mehr. Deutschland griff jedes Handelsschiff auf dem Weg nach Großbritannien an. Amerikanische Schiffe wurden regelmäßig zerstört oder sanken und die feindseligen Akte konnten nicht länger ignoriert werden. Am 2. April 1917 stimmte der US-Senat mit zweiundachtzig gegen sechs Stimmen dafür, Deutschland den Krieg zu erklären.

Schon bevor der Kriegseintritt offiziell wurde, hatten die Tycoons ihre Söhne aus Yale und Harvard gezerrt, sie als Elitegeschwader trainiert und nach Frankreich geschickt, um dort mit den alliierten Kräften zu kämpfen. Es war merkwürdig, dass Asa bei all seiner Zuneigung so begierig war, Billy in den Krieg zu schicken, doch er und die anderen waren von der Idee des Luftkampfs besessen. Sie wollten, dass ihre Pilotenjungen zu Fliegerassen wurden und glorreich und triumphierend aus dem Krieg zurückkehrten.

Teddy Roosevelt schickte vier seiner Jungen, um für die Demokratie zu kämpfen, darunter auch Quentin, seinen jüngsten Sohn. Genau wie sein Vorbild schickte Asa Billy voll Stolz und Begeisterung. Das würde sicher einen Mann aus ihm machen. Die ausgewählte Mannschaft trainierte auf den Hempstead Plains, wo die Jennies – instabile und tückische JN-4-Übungsflugzeuge – in perfekter Formation flogen, falls kein Wind wehte. Floyd Gibbons' atemlose Radioberichte malten ein romantisches Bild von Heldentaten, ohne die tödliche Realität Hunderttausender Opfer zu erwähnen.

»Ich fürchte mich, Fey«, sagte Billy mehr als einmal zu seiner Schwester. »Ich vertraue den Flugzeugen nicht. Sie wirbeln wild herum und ich bin kein so guter Pilot.«

»Dann sag es Papa. Sag ihm, du willst nicht hin.«

»Er hat sein Herz daran gehängt. Diese eine Sache hat sein Interesse geweckt, und ich bin derjenige, der es umsetzen kann. Ich bin sein Fliegerass.«

Billy mochte das Fliegen überhaupt nicht. Er musste sich jedes Mal übergeben. Er erzählte Faith, dass sich alle Jungen übergaben, doch sie wollten ihre Väter nicht enttäuschen.

An dem Abend, bevor er stationiert wurde, ging Billy ins Zimmer seiner Schwester, um sich zu verabschieden. Faith trug bereits ihr Nachthemd und machte auf dem Bett Platz für ihren Bruder.

»Ich wünschte, du hättest es ihm gesagt.«

»Er hat mich nie danach gefragt, ob ich gehen will. Er hat mich niemals gefragt, wie ich mich wegen irgendwelcher Dinge fühle. Ich habe die Knickerbocker Greys gehasst und ich hasse das Fliegen, doch Papa hat mir nie die Möglichkeit gelassen, eines dieser Dinge nicht zu tun.«

Billy legte sich auf Faiths Bett und sie legte sich neben ihn mit ihrer Hand in seiner. »Wir könnten weglaufen und zurückkehren, wenn der Krieg vorbei ist. Ich habe Geld gespart. Siebenhundertachtundvierzig Dollar. Du kannst alles haben.«

Er drehte sich auf die Seite und ihre Gesichter waren nur Zentimeter voneinander entfernt. »Wünschst du dir, Hope wäre noch da? Vermisst du sie?«

»Anfangs habe ich das«, sagte Faith. »Doch in Barnard wird es viele Mädchen geben, mit denen ich mich anfreunden kann.«

»Hmm.« Er sah seiner Schwester in die Augen. »Ich möchte, dass du mir etwas versprichst.«

»Natürlich. Was denn?«

»Werde glücklich, Fey. Mache alles, was nötig ist, um glücklich zu sein, egal was. Nimm es dir einfach. Das ist der einzige Weg, um das alles hier zu überwinden.«

Faith wusste nicht genau, was er mit ›das alles hier‹ meinte. Vielleicht meinte er ihre Eltern oder die Tatsache, dass ihr Vater so wohlhabend war. Sie wusste aber, was er damit meinte, sich zu nehmen, was sie brauchte, und sie versprach es bereitwillig. Sie brauchte Robert Trent, und sie würde einen Weg finden, ihn sich zu holen. Billy schlief in ihrem Bett ein und sie tat es ihm nach. Als sie am frühen Morgen aufwachte, war er fort.

* * *

Billy stürzte als Erster ab. Er war kaum zwei Monate dabei und hatte bereits unglaubliche drei bestätigte Abschüsse deutscher Flugzeuge. Bei einem Luftgefecht über der Marne wurde er abgeschossen. In Seawatch herrschte ein wunderschöner Indian Summer und die Familie machte gerade ein Picknick am Strandpavillon.

Roosevelts Sohn Quentin hatte mit gerade zwanzig Jahren einen bestätigten Abschuss eines deutschen Flugzeugs, bevor er ein paar Monate später neben dem Dorf Chamery in Frankreich abstürzte, aus dem Himmel geholt von einer deutschen Fokker.

Das Hazelhurst Field wurde in Roosevelt Field umbenannt, doch es war kein rechter Trost für Teddy, der nur sechs Monate nach seinem Sohn verstarb. Asa wäre erleichtert gewesen, sterben zu können, doch es sollte nicht sein. An dem Tag, als die Nachricht von Billys Tod eintraf, konnte es niemand glauben. Es musste einen Fehler bei der Identifizierung gegeben haben. Es konnte einfach nicht sein. Als die Armee Billys Überreste nach Hause zu seinem Vater brachte, senkte sich eine unentrinnbare Last auf Seawatch. Es spielte keine Rolle, dass Billy sich in der Luft bewiesen hatte. Er hatte getan, was sein Vater wollte. Niemand konnte es ertragen, Asa anzusehen, der an seiner Kleidung zerrte und herzzerreißende Schluchzer hervorstieß. Es gab keinen Trost, und es dauerte viele Tage, bevor er wieder mit jemandem sprechen konnte. Alice fürchtete sich in der Nähe ihres Mannes und floh nach Brooklyn. Seawatch war vergiftet und fremd geworden. In einem Moment der Klarheit erkannte Alice, dass Asa mit seiner Trauer allein sein musste. Faith blieb und setzte sich vor das Büro ihres Vaters, um Wache zu halten. Sie brauchte jemanden zum Festhalten, doch da war niemand. Sie konnte ihren Vater nicht berühren, es würde seine Haut versengen. Er würde sich auflösen. Sie hätte alles getan, um jetzt Hope an ihrer Seite zu haben.

Immer wieder hörte sie Billys Worte: *Ich fürchte mich.*

Sie war zu Tommy gegangen, um sich unverhohlen an seiner Schulter auszuweinen, und fragte ihn, ob er etwas von Hope gehört hatte. Er schüttelte den Kopf. Hope war wie vom Erdboden verschwunden, genau wie Billy, ihr geliebter Bruder, der vom Tode verschluckt worden war. Wie konnte das sein? *Wie konnte das sein?* »Billy, ich bin es. Fey«, sagte sie heiser, ihre Kehle vom Schluchzen ganz kratzig. »Bitte sag noch einmal Fey zu mir.«

Sie ging in sein Zimmer und sah, dass auf dem Bett noch immer ein Abdruck vom letzten Mal war, als er dort gesessen hatte. Sie setzte sich genau auf die Stelle und blieb still, bis sie vor Erschöpfung und Durst fast ohnmächtig wurde.

Kapitel 29

Alice kehrte nach Seawatch zurück, ihre Trauer genauso unbewältigt wie als sie gegangen war. Noch viele Tage, nachdem sie von Billys Tod erfahren hatte, nachdem sie den schmalen, mit der Flagge bedeckten Sarg gesehen und die wenigen persönlichen Gegenstände berührt hatte, die ihr die Armee zurückgegeben hatte (darunter seine Uhr, die um 16.18 Uhr stehen geblieben war, dem möglichen Zeitpunkt des Absturzes), konnte Alice nicht trauern. Sie erstarrte jedes Mal, wenn sie die Stelle in ihrer Brust erreichen wollte, wo die Trauer versteckt lag. Mindestens einmal am Tage saß sie auf Billys Bett und stellte sich Szenen mit ihrem Sohn vor. Sie waren lebendig und realistisch. Mühelos konnte sie Bilder von Billy heraufbeschwören, doch ihre Gefühle reagierten nicht.

Sie fühlte sich schuldig und nicht normal, vor allem, wenn sie Asas völligen Zusammenbruch beobachtete. Sie blieb in sich verschlossen. Im Haus gab es wenig Aktivitäten. Beileidsbesuche wurden abgewiesen. Faith und Asa kamen nicht zu den Mahlzeiten. Faith saß stundenlang ohne Unterbrechung vor dem Büro ihres Vaters. Das Küchenpersonal hatte wenig zu tun. Über dem Haus lag eine unangenehme Stille.

Ein Arzt schlug professionelle Hilfe vor, die den Trauerprozess unterstützen und Asa womöglich helfen konnte. Der Arzt verwendete den Ausdruck *Psychiater* nicht, doch genau das hatte er gemeint. Er befürchtete, dass sich Asa das Leben nehmen würde. Asa weigerte sich, jemanden aufzusuchen, schlug aber vor, dass der Mann Alice unterstützen könnte.

So kam es, dass Dr. med. Whitley Adams, einer der wenigen Ärzte, die in der Wissenschaft der Psychiatrie bewandert waren, mit Alice Simpson Sitzungen durchführte.

In der ersten Sitzung erschütterten Whitleys Fragen Alice. »Erzählen Sie mir, was Sie angesichts des Todes Ihres Sohnes empfinden. Wie fühlt es sich in Ihrem Kopf an? Welche Gedanken bringt es hervor? Wie fühlt es sich in Ihrem Körper an? In Ihrer Brust und in Ihrem Herzen?«

Nie zuvor waren Alice derart direkte Fragen über ihre Gefühle gestellt worden. »Ich fühle überhaupt nichts«, sagte sie nervös und bedauerte diese hartherzige Antwort.

»Das ist ganz normal«, sagte der Arzt. »Wenn etwas so Schmerzvolles geschieht, ist es eine normale Regung, alle Gefühle abzuschalten.«

»Ja, genau das ist geschehen«, sagte Alice. »Asa trauert für uns beide genug.«

»Hat er Billy besonders geliebt?«

»Billy war die Liebe seines Lebens. Der Einzige, der für ihn eine Rolle gespielt hat.«

»Hat Sie das geärgert?«

»Oh nein. Ich hatte den Eindruck, meine Verpflichtung ihm gegenüber erfüllt zu haben, als ich ihm Billy gebar. Es gab mir eine gewisse Freiheit und ich habe viel Zeit im Haus meiner Eltern verbracht, weg von hier. Asa schien das nicht zu stören.«

»Was ist mit Ihrer Tochter? Ist sie diejenige, die Sie bevorzugen?«

»Faith ist für sich allein. Faith steht niemandem nah.«

»Und was ist mit Alice? Wer liebt Alice?«

Alice sah Whitley Adams eine ganze Minute an, bevor sie antwortete. Sie suchte gewissenhaft, um jemanden zu finden, der sie wirklich liebte. »Niemand. Niemand liebt Alice.« Sie brach in Tränen aus, und Whitley bot ihr sein Taschentuch an und legte seine Hand auf ihre.

Die Sitzungen fanden über mehrere Wochen statt und Alice bemerkte, dass sie sich drauf freute, erste klare Einblicke in die Dynamik ihrer Beziehungen zu bekommen. Sie entdeckte, was ihr Verhalten motivierte und was sie bereit war, für Authentizität einzutauschen. Whitley fragte sie nach ihren Beziehungen zur Mutter und den Schwestern und schließlich auch nach der Intimität, die sie mit ihrem Mann teilte.

Alice war verwirrt. Sie wusste nicht genau, was er mit Intimität meinte. Sie war mit diesem Konzept nicht vertraut und konnte nichts damit verbinden. »Was meinen Sie mit Intimität?«

»Nähe. Körperliche und geistige Nähe. Das Teilen von Ideen, Wärme, stummes Verstehen, Zärtlichkeit, Berührung ohne sexuelle Konnotation. Liebe. Mit wem sind Sie in Ihrem Leben intim?«

Alice sah Whitley Adams erneut ernst an und suchte nach der richtigen Antwort. »Ich habe nichts dergleichen«, sagte sie in einer der ersten aufrichtigen und wahren Feststellungen, die sie jemals jemandem gegenüber geäußert hatte. »Sollte ich?« Es war für Alice ein außergewöhnlicher Augenblick des emotionalen Reifens. Zum ersten Mal in ihrem Erwachsenendasein heischte sie nicht nach Bestätigung oder fühlte sich unbedeutend. Sie war einfach sie selbst.

Das Zimmer, in dem sie die Sitzungen abhielten, war schön. Es war der schönste Raum im Herrenhaus. Es hatte hohe, schmale Flügelfenster, die ein überwältigendes Licht hereinließen. Die Wände waren mit zinnoberroter Seide bedeckt und die

Möbel waren eine Abkehr von der steifen Rosshaarkonstruktion der meisten Sofas und Sessel. Die Auflagen waren niedrig und die Armlehnen der Sessel waren großzügig breit und gepolstert. Das vermittelte verführerischen Komfort und Sicherheit. Der Raum war perfekt, um alle bisher ignorierten Geheimnisse auszugraben und zu akzeptieren.

Alice war niemals von jemandem direkt oder indirekt danach gefragt worden, was sie fühlte oder dachte oder was sie vom Leben wollte oder was sie von sich selbst dachte. Whitley Adams stellte ihr nicht nur all diese Fragen, sondern hörte auch ihren Antworten zu. Er hörte mit Augen und Ohren zu und gab Alice das Gefühl, wichtig zu sein. Sie spürte, dass sie einem anderen menschlichen Wesen etwas bedeutete. Sie fühlte, dass sie etwas bedeutete, ohne darum bitten und ihre Gedanken verstecken zu müssen. Langsam, über Wochen hinweg, in denen sie Intimität, Selbstwert, Ehrlichkeit, Loyalität und Eigenliebe diskutierten, fand Alice heraus, was sie dachte und wie sie empfand. Es war eine erstaunliche Entdeckung. Was mit Alice Simpson geschah, nachdem ihr Sohn verstorben war, war einschneidend, ein einzigartiges Geschenk, das Billy seiner Mutter im Tod gemacht hatte.

An einem verregneten Nachmittag spürte sie schließlich, dass das Eis zu schmelzen begann, und sie empfand Qual und Trauer über den Tod ihres Sohnes. Faiths zaghafte, bescheidene Mutter nahm mit ihrer Trauer das ganze Haus in Beschlag. Viele Tage prallte ihr schauriges Wehklagen von den Wänden des roten Zimmers und hallte durchs ganze Haus. Dies war eine andere Mutter, doch es war zu spät. Diese Mutter hätte Billy beschützt und sich geweigert, ihn gehen zu lassen. Diese Mutter hätte sich Asa in den Weg gestellt.

Noch in der Trauer erblühte Alice. Ihre Augen glühten vor Verzweiflung über ihren schönen Sohn und ihre Hände zerrten an dem Taschentuch, und währenddessen kam ihre wahre

Schönheit hervor. Sie öffnete ihr Haar, ihre Wangen waren rosig, die Lippen immer feucht und ihre Augen strahlten.

Sie wurde schön und Whitley Adams verliebte sich in sie und sie sich in ihn. Gemeinsam beschlossen sie fortzugehen.

Für Asa, der bereits irreparabel versehrt war, war es fast eine Erleichterung. Er hatte bei seiner Frau keinen Trost gesucht, und jetzt verschloss er sich noch mehr in sich selbst. In den fünfundsechzig Räumen von Seawatch mit seinen fünfundzwanzig Hausbediensteten gab es jetzt nur noch Asa und seine Tochter.

Nach der anfänglichen Verzweiflung empfand Faith eine durchdringende Traurigkeit, die Schuld der Überlebenden und einen Hohlraum mitten in ihrem Herzen. Sie vermisste ihren Bruder, der vor allem ihr Vertrauter und Freund gewesen war. Er wusste, wer sie war, und hatte ihr geholfen, mit Enttäuschungen fertigzuwerden. Ihr fehlte sein Humor, seine Freundlichkeit, seine Zuneigung. Abends ging sie in sein Zimmer und weinte um ihn. In ihrer Trauer erkannte sie eine Vielzahl deutlicher Wahrheiten. Sie wusste, es war nicht das Ende ihres Lebens. Sie war auch in der Lage, das Ereignis nüchtern zu betrachten. Es war viel Wirbel um Billy mit seinen Flugstunden und seiner Uniform und all seinem bevorstehenden Ruhm gemacht worden. Sie alle hatten sich auf ihren Plan konzentriert und niemals an die Gefahren gedacht. Billy hatte die ganze Zeit gewusst, dass es gefährlich war.

Faith wusste auch, dass ihr Vater sich womöglich gewünscht hatte, dass sie anstelle von Billy gestorben wäre, doch so war es nicht geschehen. Sie lebte und ihr Vater würde sich daran gewöhnen müssen. Er würde womöglich sogar noch von ihr abhängen.

Als sie hörte, dass ihre Mutter sie verlassen würde, war Faith nicht sonderlich überrascht. Wie hätte sie auch bleiben können? Wie hätte sie Asa oder sich selbst jemals in dieser Sache verzeihen können? Trotzdem wollte Faith ihre Mutter anflehen zu bleiben, doch ihr fehlten die Worte. In ihrem Kopf schrie sie, doch als ihre Mutter die wenigen Sachen einpackte, die sie mitnehmen wollte, kam kein Laut über ihre Lippen.

Faith sah alles mit großer Klarheit, doch das Deutlichste war – und das nagte an ihrem Verstand –, dass sie jetzt ihren Vater für sich allein hatte. Kein Billy. Keine Hope. Keine Mama. Nur Faith. Es lag jetzt an ihr. Sie war fest davon überzeugt, dass Hope die Familie davor bewahrt hätte auseinanderzufallen, wenn sie noch in Seawatch gewesen wäre. Sie hätte gewusst, wie sie sie zurückbringen musste.

Eines Nachmittags ging sie zum Büro ihres Vaters und sah ihn versunken an seinem Tisch sitzen und aus dem Fenster starren. Sie blieb an der Tür stehen und wurde von einem starken Gefühl erfasst. Sie wollte hineingehen und ihren Vater berühren. Sie wollte ihn umarmen und festgehalten werden. Sie konnte seine Trostlosigkeit durch den ganzen Raum spüren, und der Anblick ihres starken, fähigen Vaters, der nur noch aus Traurigkeit und Bestürzung zu bestehen schien, vermischte sich mit ihrer eigenen Verzweiflung und trieb ihr die Tränen in die Augen. Asa drehte sich um und streckte den Arm aus. Faith ging zu ihm. »Papa«, sagte sie, »es tut mir so leid«, und sie fiel ihm in die Arme. Vater und Tochter verharrten viele Minuten in der Umarmung, und Faith entspannte sich schließlich. Sie verspürte eine Wärme und Nähe, die ihr neu war.

Als es vorbei war und Asa sie losließ, berührte er ihr Gesicht, wischte ihr die Tränen aus dem Gesicht und küsste sie zart. »Geh«, sagte er. »Du bist zu jung, um so belastet zu werden. Geh und spiel.« Faith wollte ihm sagen, dass sie neunzehn war und schon sehr lange nicht mehr spielte.

KAPITEL 30

Im Jahre 1900, als Hope noch ein Kleinkind war, gab es erst fünfundvierzig Bundesstaaten. Der Durchschnittsarbeiter verdiente zwanzig Cent in der Stunde. In den ganzen Vereinigten Staaten existierten weniger als zweihundertfünfzig Kilometer asphaltierter Straße, und Lastwagen und Busse waren noch nicht sehr verbreitet. Es hatte seit zwei Generationen keine größeren Kriege mehr gegeben und in Amerika herrschte Friede und Wohlergehen.

Als Hope als wohlerzogene, selbstsichere junge Frau nach Lower Manhattan zurückkehrte, tobte seit drei Jahren ein barbarischer Weltkrieg, der langsam seinem Ende entgegenging. An der Heimatfront verdiente der durchschnittliche Arbeiter sechzig Cent in der Stunde. New York Citys Bevölkerung war auf fünfeinhalb Millionen Menschen angestiegen, die meisten davon neue Einwanderer. Das T-Modell von Ford wurde am Fließband produziert und mit der U-Bahn erreichte man alle Viertel. In weniger als einer Stunde konnte man von einem Ende Manhattans bis zum anderen reisen. Das Astor war verschwunden, doch ein paar der alten Restaurants gab es noch immer. Kamens Möbelgeschäft war noch an derselben Stelle und hatte sich vergrößert. Viele Gebäude beherbergten

Produktionsstätten. Es gab Fabriken, eine Druckerei, eine Papierfabrik und Buchhandlungen, deren Waren bis auf die Straße ausgestellt waren.

* * *

Bei ihrer Ankunft an der Pennsylvania Station legte Hope ihr Gepäck in ein Schließfach und nahm die U-Bahn ins Zentrum. Sie stieg aus und lief in ihr altes Viertel. An der Tür ihrer ehemaligen Pension blieb sie stehen. Da war das Fenster, aus dem sie herausgeblickt hatte, während sie darauf wartete, dass ihre Mutter oder ihr Vater auftauchten, oder einfach auf die Geräusche der Stadt horchte.

Die Gefühle und Erinnerungen, die sie weggeschlossen hatte, kamen hervor und sie spürte, wie sich ihre Brust zuschnürte. Die Jahre in Seawatch schrumpften in sich zusammen und es war wieder der Todestag ihrer Mutter. Wie hatte das passieren können? Sie setzte sich auf die Treppe. Als sie zurückdachte, fand sie, dass sie hätte bleiben und den Tod ihrer Mutter genügend betrauern sollen. Das Leben war hier, auf diesen Straßen, auf dieser Treppe, und selbst im Schmutz des Rinnsteins. Doch sie war nicht mehr dasselbe ungeschliffene Mädchen. Seawatch hatte ihre Kanten geglättet und sie vertraute dieser neuen Person. Sie dachte an Faith, die noch immer in jener Festung eingeschlossen war und nirgendwo hinkonnte. Selbst Tommy war entkommen. Sie könnte ihn besuchen. Robert Trent war auf der Rechtsfakultät an der Columbia University. Was sie mit ihm machen sollte, wusste sie nicht.

Während Hope auf der Treppe saß, kam ihre alte Vermieterin heraus und umarmte sie. Sie schaute ehrfürchtig zu der gut gekleideten jungen Frau. »Deine Mutter wäre so stolz.« Nach einer Weile sagte sie: »Ich habe noch ein paar Sachen von ihr.«

»Sie meinen ihre Kleidung?«

»Etwas Kleidung und ein paar Bettlaken und ihre Kochtöpfe. Sie hat ihre Kochtöpfe geliebt.«

»Ich habe keinen Platz, wo ich sie hintun kann.«

»Warum bleibst du nicht einfach hier, bis du dich irgendwo niederlässt? Dein altes Zimmer ist frei. Lass es uns herrichten. Es sind Leute vorbeigekommen, um nach dir zu sehen, als du gegangen warst. Deine Mutter hatte viele Freunde, und alle wollten sich vergewissern, dass es dir gut geht. Sie kamen vorbei, auch der Mann von der Cafeteria und viele alte Kunden von deiner Mutter. Sie haben deine Mutter geliebt. Sie war eine feine Frau.«

Die Vermieterin lüftete das Zimmer und wischte den Staub weg. Sie scheuerte das Waschbecken und machte das Bett. »Ich habe die Laken deiner Mutter auf dein Bett getan. Ich hatte sie weggelegt, da ich dachte, du würdest sie holen. Ich werde ihre restlichen Sachen bringen, während du dein Gepäck vom Bahnhof holst.«

Das Zimmer wirkte größer als in Hopes Erinnerung. Der kleine Kochherd war weg, doch das Waschbecken war noch da und ein kleiner leerer Gefrierschrank. Sie ging in jede Ecke, berührte die Wände und sah aus den Fenstern. Einer der Schränke war noch immer mit einem Überbleibsel des Paisleystoffes ausgeschlagen. Hope strich mit der Hand darüber und legte das Gesicht daran.

Als sie mit ihrem Gepäck zurückkehrte, hatte die Vermieterin bereits alle Kleider von Agatha auf das Bett gelegt. Die Kochtöpfe standen auf dem Boden. Hope nahm die Röcke und Kleider hoch und es kam ein Hauch von Agathas Geruch auf, irgendein altes Damenpuder, das Sen ihr vor langer Zeit gekauft hatte. Hope spürte, wie ihre Beine weich wurden, und die Traurigkeit überwältigte sie. Sie hätte hierbleiben und Agathas Kleider tragen sollen, darin liegen, darin weinen und den Geruch aufsaugen, der noch da war. In dem Kleiderhaufen waren auch ein Nachthemd, ein paar Blusen und Röcke, ein Kleid und zwei Halstücher. Sie entkleidete sich, zog das Nachthemd an und legte sich auf die Daunendecke, die sie so gut kannte. Sie drückte das Gesicht gegen die Kleider. So blieb sie die ganze Nacht liegen, bei geöffnetem Fenster, um die Straßengeräusche zu hören, das Gesicht in dem vergänglichen Hauch von Agatha vergraben. Das war alles, was ihr geblieben war, und sie durfte nichts davon verschwenden. Wenn sie den Schmerz und die Traurigkeit durchstehen wollte, dann musste sie alles, was von Agatha geblieben war, in sich selbst überführen.

Hope hatte nicht vorgehabt, wieder dort zu wohnen, doch als sie sich eingerichtet hatte, beschloss sie, dass es für den Anfang ein guter Platz sein würde, um ihr Leben in Ordnung zu bringen. Sie ging jeden einzelnen Block der Nachbarschaft ab und nahm alle Veränderungen in sich auf. Die vertrauten Straßen und Plätze machten sie melancholisch, doch sie ging weiter, bis sie so erschöpft war, dass sie zu ihrem Zimmer zurückkehren und schlafen musste. Zwei Monate vergingen so und sie wusste, dass es an der Zeit war, sich nach einer Arbeit umzusehen.

* * *

Für junge Frauen, die sich in New York City ihren Lebensunterhalt verdienen wollten, gab es drei allgemeine Berufskategorien. Den meisten Respekt bekamen die Krankenschwestern und Lehrerinnen, doch Hope hatte für beide Berufslaufbahnen nicht die nötige Ausbildung. Als Nächstes gab es die Position der Angestellten. Angestellt sein konnte vieles heißen, doch hauptsächlich bedeutete es, dass man Waren an einer Theke oder in einem Geschäft verkaufte. Verkäuferin war ein respektabler Beruf, doch die besseren Geschäfte bevorzugten blonde, blauäugige Mädchen mit typisch britischem Aussehen. Hope sah dafür zu speziell aus. Auf dem dritten Rang folgten

Anstellungen im häuslichen Bereich. Mit Agatha als Vorbild kam diese Möglichkeit nicht annähernd in Frage. Sie entschied sich für den Verkauf. Vielleicht gab es eine Stelle als Verkäuferin, wo ihr Aussehen keine Rolle spielen würde. Sie las täglich die Stellenanzeigen und suchte nach etwas Passendem.

Die meiste Zeit verbrachte sie draußen und ging zu allen Terminen zu Fuß. Es war die einzige Möglichkeit, gegen die Unruhe anzugehen, die sie plagte. Außerdem fühlte sie sich wohl auf den überfüllten Straßen mit ihren Geräuschen, Gerüchen, Speisekarren und den politischen Reden, die noch immer die Menge anzogen.

Im Spätsommer wurden amerikanische Jungen eingezogen und nach Übersee geschickt. Die Zeitungsjungen riefen die letzten Kriegsnachrichten aus: »Pershing kommt in Paris an.« Eines Tages sah sie in der Zeitung eine Liste mit den neusten Kriegsgefallenen und war schockiert, den Namen von William Simpson zu lesen. *Oh nein. Nicht Billy.* Neben der Liste gab es einen Bericht über die bekannteren Männer, die verstorben waren, und er bestätigte, dass Billys Flugzeug abgeschossen worden war. Den ganzen restlichen Tag konnte sie an nichts anderes denken. Asa musste erschüttert sein. Sie stellte sich vor, wie ganz Seawatch schwarz verhangen und jeder vor Trauer gebeugt war. Wie würde Faith zurechtkommen? Zum ersten Mal wünschte sie sich zurück. Sie wusste, sie könnte sie trösten. Sie ging in die Trinity Church und blieb für den restlichen Nachmittag dort sitzen. »Es tut mir leid, Billy«, wiederholte sie immer wieder. Sie wusste nicht, wie sie sonst beten sollte. »Es tut mir so leid.« Sie wollte Asa und Faith und Alice eine Beileidskarte schicken, doch die aufgedruckten Texte waren schrecklich. Die meisten reimten sich, was die schlimmste Sünde von allen war.

Während der nächsten paar Tage lief sie weiter durch die Straßen. Die Menschenmenge strahlte Energie aus und hob ihre Stimmung. Eines Tages ging sie in westlicher Richtung in eine neue Gegend, die man Greenwich Village nannte. Hier lebten die wirklich fortschrittlichen Frauen auf eine Weise, die sie *bohemian* nannten – lockere Moralvorstellungen ohne Unterschiede zwischen Männern und Frauen. Die Menschen kleideten sich anders und ihre Gesichter waren geschminkt. Diese Leute wollten das alte Establishment umstürzen und den armen Menschen das Geld geben. Das war Unsinn. Warum sollten sie nicht wie alle anderen dafür arbeiten? Hope kam nicht in den Sinn, dass sie selbst zu den Armen gehörte.

Es überraschte sie, dass Robert Trent hier lebte. Tommy, dem Hope eines Tages auf der Straße begegnet war, hatte es ihr erzählt. Wenn es überhaupt irgendwen gab, der sich an die Regeln halten wollte, dann war das Robert. Doch vielleicht hatte er sich verändert. Vielleicht hatte er sich in eine dieser Bohemian-Autorinnen verliebt oder in eines der blitzgescheiten kommunistischen Mädchen von Barnard. *Intellektuelle.* Sie hatte gehört, dass man sie so nannte, was auch immer das bedeutete. Sie wusste nicht einmal, was Kommunismus genau bedeutete. Faith würde einen Anfall bekommen, wenn Robert sich in eine Kommunistin verliebt hätte. Vielleicht hatte Faith ihm bereits erzählt, wessen sie in Seawatch angeklagt wurde, und vielleicht glaubte er ihr. Während ihrer langen Wege stellte sie sich Gesprächsfetzen vor. *Hope hat Informationen meines Vaters verkauft und wir mussten sie wegschicken.* Es tat weh, daran zu denken. Egal, wie sie es formulierte, war es unmöglich zu glauben, dass Faith ihr das angetan hatte. Doch wer hätte es sonst sein können?

Wann immer sie Sehnsucht nach Gesellschaft empfand oder an Liebe dachte, kam ihr Roberts Gesicht in den Sinn. Sie wählte ihn als Aufbewahrungsort ihrer privatesten Empfindungen, auch wenn sie jeden Gedanken an eine romantische Beziehung ausgesperrt hatte. Sie ließ nicht zu, dass ihre Gedanken an ihn in Sehnsucht übergingen. Sie konnte sich kein weiteres gebrochenes Herz mehr leisten. Robert Trent würde über sie hinwegmarschieren, wie General Sherman im Bürgerkrieg durch Georgia marschiert war, und es würde nichts von ihr übrig bleiben. Diese Gewissheit gab ihr die Kraft, sich von ihm fernzuhalten. Sie hatte ihr Gespräch über das Mädchen nicht vergessen, das ihn in Seawatch besucht hatte. Das arme Ding hatte keine Ahnung gehabt, dass er sie nicht heiraten würde. Das war für Hope lehrreich gewesen.

* * *

Während sich Hope an das Leben alleine gewöhnte, fanden in Seawatch Veränderungen statt. Der nächste Schritt war für Asa und Faith einfach gewesen: Seawatch verlassen, und zwar sofort. Muttonville verlassen. Sie hatten alle notwendigen Mittel, um wo auch immer zu leben, und es war nicht gesund, auf dem Anwesen zu verbleiben. Sie brauchten Abwechslung und neue Energie, mehr Lärm und mehr Menschen. In der geordneten Schönheit von Seawatch würden sie verdorren. Es war nicht gut, dortzubleiben.

Eines Tages überquerte Hope den Broadway weit oben, wo er sich gabelt, und bemerkte auf dem gegenüberliegenden Gehsteig eine vertraute Gestalt. *Heilige Mutter Gottes* (Hope hatte angefangen, Agathas Ausdrücke zu verwenden): Es war Faith. Was tat sie hier? Hope freute sich so sehr, Faith zu sehen, dass es unvorstellbar war, nicht mit ihr zu sprechen. Es kam ihr vor, als wäre Faith wegen ihrer ständigen Sehnsucht endlich aufgetaucht.

»Was machst du denn hier?«, fragte Hope.

»Ich bin in Barnard eingeschrieben.« Faith versuchte, die Fassung zu bewahren, doch sie spürte, wie zugleich Bedauern und Traurigkeit in ihr aufkamen. Sie hatte zwei schreckliche Schicksalsschläge erlitten, ohne eine tröstende Hope an ihrer

Seite. Es gab so viele Fragen, die sie ihr stellen wollte. *Wo wohnst du? Womit verdienst du das Geld, das du zum Leben brauchst?* Doch sie wusste, es gab kein Zurück. Überhaupt kein Zurück.

»Mit der Columbia auf der anderen Straßenseite kannst du gut ein Auge auf Robert halten«, sagte Hope. »Das ist ein kluger Schritt.« Sie sagte es, ohne darüber nachzudenken.

Faith gefiel es nicht, dass Hope den Grund durchschaut hatte, weshalb sie auf die Barnard ging. Es ließ sie schwach und ein wenig mannstoll erscheinen. War es so offensichtlich? »Ich bin wegen einer Ausbildung hier.«

»Das weiß ich doch, aber Robert studiert Jura auf der Columbia.«

Faith zuckte die Schultern. Sie erlaubte es sich nicht, mit Hope über Robert zu reden. »Wie geht es dir?«

»Ich bin froh, wieder in meinem alten Viertel zu sein.« Sie sah Faith aufmerksam an. »Ich will, dass du weißt: Ich war nicht dafür verantwortlich, dass dein Vater das ganze Geld verloren hat. Du glaubst es mir vielleicht nicht, doch ich war es nicht.«

»Was spielt das für eine Rolle? Wir sind jetzt alle in einer anderen Situation. Mein Vater hat sich eine Wohnung auf der West Side gemietet, im Dakota Building. Er lebt jetzt in der Stadt.«

»Oh.« Plötzlich erinnerte sich Hope. »Ich war sehr traurig, als ich das von Billy gelesen habe. Es muss entsetzlich für deinen Vater und deine Mutter gewesen sein. Und natürlich auch für dich.«

»Danke«, sagte Faith. Sie wollte gehen, doch dann blieb sie stehen. »Billy hat dich sehr gemocht. Direkt von Anfang an hat er mir erzählt, wie glücklich er darüber war, dass du im Haus warst.«

»Danke, dass du mir das sagst. Ich wusste nicht, was ich tun soll, als ich es gelesen habe. Es war schrecklich, doch ich hatte niemanden, dem ich es sagen konnte. Ich habe mich in die alte Kirche im Zentrum gesetzt und allein geweint.«

»Das war wahrscheinlich das Beste, was du tun konntest. Billy hätte es gefallen, Hope.« Sie wollte näher kommen und ihre alte Freundin berühren, doch sie wusste, dass es nicht möglich war. Sie würde es dabei belassen müssen.

* * *

Faith wollte es sich nicht eingestehen, doch das Gespräch hatte sie mitgenommen. Die beruhigende Vertrautheit war sofort wieder da, sie hätte sie nur zu ergreifen brauchen, doch sie konnte es nicht. Sie hatte ihren Vater wieder für sich und ihre Gefühle waren noch zu frisch, um zuzulassen, dass Hope erneut in ihre Familie drang. Hope war wieder dort, wo sie sich am besten auskannte, auf den Straßen von New York, und sie würde ihren Weg gehen.

Als Hope Seawatch verlassen hatte, war es kein so klarer Schnitt für Faith gewesen. Sie hatte einen Wirbelwind widersprüchlichster Gefühle durchlebt. Sie vermisste Hope. Sie konnte den Tag nicht vergessen, an dem Hope ihr gesagt hatte, dass sie sich nicht um das Mädchen kümmern sollte, das Robert in Seawatch besucht hatte. Als sie die Szene noch einmal in Gedanken durchging, wurde sie von einer Welle aus Zuneigung und Bedauern überwältigt.

Billys Tod hatte alles verändert. Es dauerte lange Zeit, bis Asa wieder imstande war, sich für etwas zu interessieren oder auch nur ein Gespräch zu führen, doch als er bereit dazu war, wandte er sich an seine Tochter.

Asa war überrascht, als er feststellte, dass Faith das Interesse und die Fähigkeiten hatte, sich an seinen Geschäften zu beteiligen. Sie zeigte ihm, was sie allein erreicht hatte, und er war beeindruckt. Zugleich war er aber auch traurig, dass sie es nicht für gut genug empfunden hatte, um es ihm mitzuteilen.

»Deine Argumentation hier ist hervorragend«, sagte er. »Es gibt viele Strategien. Manche sind schwach, jedoch frei von Risiken. Manche sind kühn, doch zu riskant. Du hast einen guten Ansatz mit wenig Risiko gewählt und ein gutes Einkommen erzielt. Ich bin stolz auf dich. Ich hatte keine Ahnung, dass du die Dinge so genau studiert hast.«

Seine Worte waren wie ein Balsam, der die Wunden der Vergangenheit heilte.

»Ich bin froh, dass wir in New York leben werden«, fügte er hinzu. »Die Wohnung ist groß und angenehm. Sie überblickt den Central Park. Es wird gut für uns beide sein, Seawatch eine Weile zu verlassen.«

»Papa, wenn das die Damen der New Yorker Gesellschaft herausfinden, dann wirst du jeden Abend zum Essen eingeladen. Du musst langsam erkennen, dass du ein sehr begehrenswerter Junggeselle bist.«

»Nur wenn du anfängst, dich als sehr begehrenswerte Erbin zu sehen.«

»Es ist so seltsam, das aus deinem Mund zu hören. Ich habe mich nie so gesehen.«

»Das kann schon sein, doch andere haben es. Ich bin mir sicher, dass es eine ganze Reihe junger Männer gibt, die nur darauf warten, um deine Hand anzuhalten.«

Es war so ein schöner Moment, dass sie ihn nicht damit ruinieren wollte, ihm zu erzählen, dass es nur einen einzigen Mann gab, von dem sie wünschte, er würde um ihre Hand anhalten, und dass er kein Interesse an ihr zeigte.

Sie hatte erst einmal mit Robert zu Abend gegessen und das hatte sich auch nur zufällig so ergeben. Sie war die Amsterdam Avenue entlanggegangen, eine der Straßen, die an den Campus grenzten. Er war ihr entgegengekommen und hatte sie gesehen, bevor sie ihn bemerkte. Er grinste sie an, als hätten sie beschlossen, so zu tun, als würden sie sich zufällig treffen, und genau das war geschehen. Es war ein siegreiches Grinsen. Sie begann auch zu lächeln, und als sie sich gegenüberstanden, lächelten sie sich einfach nur an.

»Sieh mal, wie einfach das war«, sagte er. Sie wusste, was er meinte. Sie hatten darüber gesprochen, sich zu treffen, und jetzt geschah es.

»Einfach«, stimmte sie zu. »Was geschieht jetzt?«

»Ich gehe in den Kurs, aber wie wäre es, wenn wir uns für ein frühes Essen treffen, wenn ich um halb sieben rauskomme? Wir können uns an der Treppe der Bibliothek treffen und überlegen, wo wir hingehen.«

»In Ordnung. Dann bis um halb sieben auf der Treppe der Bibliothek.«

Sie freute sich, ihn zu sehen, doch es war nicht so, wie es in Seawatch gewesen war. Sie war jetzt eine andere Faith. Vielleicht lag es an Billys Tod oder dem Weggang ihrer Mutter, doch sie war kein unruhiges Mädchen mehr.

Sie hatte zwei tragische Verluste überstanden und miterlebt, wie ihr Vater fast in Trauer ertrunken war. Alles, was jetzt geschah, wurde gegen diesen Abgrund aufgewogen.

Als sie sich im *Greek Chorus*, einem nur vier Blocks vom Haupteingang der Universität entfernten kleinen Restaurant, gegenübersaßen, war sie fast entspannt. Was konnte er ihr antun, das schlimmer war als das, was bereits geschehen war?

»Vor allem anderen«, sagte er, als sie sich gesetzt hatten, »möchte ich dir sagen, wie leid es mir tat, als ich von Billy hörte.«

»Danke. Papa hat deine Beileidskarte erhalten, doch es hat lange gedauert, bevor er sich wieder irgendwas ansehen konnte.

Ich bin mir nicht sicher, ob er sie überhaupt gelesen hat. Aber ich habe es getan.«

»Natürlich. Drei Freunde aus Yale und einer von hier sind auch gegangen und nicht zurückgekehrt.«

Sie blickte nach unten und begann, an der Tischdecke zu fummeln, weshalb er das Thema wechselte. »Wohnst du auf dem Campus?«

»Ja. Und du?«

»Ich habe eine Wohnung in der Stadt. Sie hat meinem Vater gehört, als er auf der Schule war, und er hat sie an mich weitergegeben.«

Sie betrachtete sein Gesicht und wollte plötzlich keinen Small Talk mehr machen. »Ich weiß gar nicht genau, warum ich hier bin«, sagte sie. »Mein Vater will, dass ich bei ihm arbeite, und ich könnte in seinem Büro eine viel bessere Ausbildung bekommen, doch er will, dass ich Freundschaften knüpfe und unter Mädchen in meinem Alter bin. Er ist nie zum College gegangen, deshalb ist es für ihn wie der Heilige Gral. Hast du irgendwelche Freundschaften geknüpft?« Sie interessierte sich gar nicht dafür. Eigentlich wollte sie sagen: *Ich bin hier wegen dir. Ich will dich und ich habe eine Menge durchgemacht, um in deiner Nähe zu sein.*

»Wenn ich keinen Unterricht habe, dann bin ich in der Firma. Die anderen Anwälte und Angestellten sind meine Freunde, doch wir arbeiten bis abends spät. Ein richtiges Abendessen wie das hier habe ich nur selten. Und ich habe noch ein Semester vor mir.«

»Oh. Wie treffe ich dich dann wieder? Soll ich einfach durch die Straßen schlendern und aufs Beste hoffen?«

Er lachte. »Diesmal hat es ja funktioniert.«

»Ja, das hat es«, sagte sie und ließ das Thema fallen. Für mehr war er noch nicht bereit. Oder zumindest nicht mit ihr.

Als sie ihre Mahlzeit beendet hatten, brachte er sie zu ihrem Studentenwohnheim. An der Tür blieben sie stehen und er nahm ihre Hand in seine. »Das war nett, Faith. Vielen Dank.«

»Gern geschehen«, erwiderte sie strahlend und ging ins Haus. Als sie auf ihrem Zimmer war, murmelte sie: *Wenigstens habe ich ihn nicht gefragt, wann wir uns wiedersehen. Zum Glück habe ich das nicht getan.*

KAPITEL 31

Hope konnte nicht anders, als sich mit Faith zu vergleichen, die ihr Leben mit all den Vorteilen von Wohlstand und Verbindungen gestaltete. Faith war eine Barnard-Studentin, während Hope zu nichts und niemandem gehörte und keine Perspektiven hatte. Sie konnte nicht einmal Büroarbeiten machen, denn im Unterschied zu Emily Stokes hatte sie sich geweigert, Schreibmaschine und Stenografie zu erlernen. Emily kannte ihren Platz in der Welt, doch Hope suchte noch nach ihrem. Vielleicht konnte sie auch auf ein College gehen, doch sie brauchte vor allem eine Arbeit und die wochenlange tägliche Suche hatte bisher nichts ergeben.

Kurz nach ihrem Treffen mit Faith hatte sie ein Erfolgserlebnis, das von unerwarteter Seite kam. Sie ging eines Morgens an Kamens Möbelgeschäft vorbei und Kamen rief nach ihr. Sie ignorierte ihn, doch er kam hinter ihr her.

»Du bist doch Agathas Tochter.«

»Was wollen Sie?«

»Warte einen Moment.« Hope kehrte um. »Sieh dich nur an, wie erwachsen du bist«, sagte er. »Ich habe das von deiner

Mutter gehört. Ich habe ihren Namen in der Zeitung gelesen. Eines dieser armen Mädchen. Wie ist es dir ergangen?«

»Ich war auf dem Lande. Dahin haben sie Waisenmädchen geschickt. Aber jetzt bin ich zurück und muss irgendwo Arbeit finden.«

»Komm rein«, sagte Kamen und führte sie hinter den Tresen.

»Ich werde nicht für Sie arbeiten, falls Sie das denken.«

»Daran habe ich nicht gedacht.« Er nahm einen Tiegel Möbelwachs von der Theke. »Es gibt eine neue Firma namens Holden, die Pasten und Flüssigkeiten zur Reinigung und Restaurierung von Möbeln herstellt. Sie haben mir ein paar Proben geschickt, weil ich ein Möbelgeschäft habe. Sie suchen nach Verkaufspersonal, das von Tür zu Tür geht, um ihre Produkte zu verkaufen. Sie geben dir die Produkte und Behälter. Du führst Aufträge aus und teilst die Einnahmen mit ihnen. Sie rüsten dich für die erste Bestellung aus, und wenn du auf eigenen Beinen stehst, bezahlst du sie und bestellst mehr.«

»Wo sollte ich Möbelpolitur verkaufen? Die Leute in meiner Nachbarschaft haben keine Möbel, die poliert werden müssen.«

»Geh weiter hoch zu den neuen Wohngebäuden. Du wirst überrascht sein. Die jeweilige Hausherrin wird dich hereinlassen. Du bittest darum, das Wachs und die Reinigungsflüssigkeit auf dem Tisch vorführen zu dürfen, und sie bestellt, was sie will. Du kassierst das Geld, wenn du mit den Produkten zurückkehrst. Je mehr du verkaufst, desto mehr verdienst du. Erzähl der Firma aber nicht, dass du eine Frau bist. Sie würden versuchen, dich übers Ohr zu hauen. Gib einfach deine Initialen an.«

»Was berechne ich?«

»Berechne, was du willst. Die Firma wird dir die Produkte in Großmengen verkaufen und die Behälter mit ihrem Etikett.

Verdopple, was die Firma dir berechnet, und behalte den Rest. So werden Geschäfte gemacht. Je größer der Aufschlag, desto größer ist auch der Profit.«

Hope sah Kamen an. In mehrfacher Hinsicht war er der Grund für viel Kummer gewesen, doch er hatte ihnen auch neue Matratzen und einen Tisch gegeben, nachdem Agatha aus dem Krankenhaus gekommen war. Seiner Beschreibung nach schien das Geschäft viel zu einfach zu sein. Ihre Mutter hatte nie genug für ihre harte Arbeit berechnet. Hope würde diesen Fehler nicht machen.

»Abgesehen vom Auffinden möglicher Kunden und der Frage, ob sie mich auch hereinlassen, klingt es fast zu einfach. Doch ich würde es versuchen.«

»Die Kunden werden dich eher hereinlassen als einen Mann«, sagte Kamen. »Du bist ein hübsches Mädchen und du wirst einen Vorteil haben.« Sie nahm einen Behälter und die Firmenbroschüre mit einer Liste aller Produkte. »Denk dran, verwende nur deine Initialen«, rief Kamen.

Als sie die Firma kontaktierte und den Fragebogen ausfüllte, den sie ihr geschickt hatten, benutzte sie den Namen H. A. Lee. Sie mogelte die Initiale ihrer Mutter dazwischen, damit es seriöser wirkte. Hope überlegte es sich nicht zweimal, in das Politurgeschäft einzusteigen. Sie war mit Eltern aufgewachsen, die eifrig Arbeit angenommen hatten, von der sie nur wenig wussten, und dann daraus einen Erfolg machten. Innerhalb von zwei Wochen erhielt sie die Proben und war mit einem Beutel, in den sie Poliertücher und ein Bestellbuch getan hatte, auf der Straße.

Manhattan war nach Norden gewachsen und sowohl an der East als auch an der West Side waren große Wohnhäuser entstanden. Die Praxis des Türverkaufs war ein legitimer Weg, um den Bewohnern Produkte zu präsentieren. Jenseits der Fourteenth Street hatte jede Gegend ihre eigene Identität. Es gab Murray

Hill in den Dreißigern, Turtle Bay in den Vierzigern, Beekman in den Fünfzigern. Die neuen, moderneren Luxusapartments wurden als French Flat bezeichnet und hatten normalerweise einen livrierten Türsteher am Eingang. Doch in die weniger vornehmen Gebäude konnte man einfach hineingehen und an die Türen klopfen.

Sie begann bei zwei neuen Gebäuden, die sich nicht zu weit von ihrer Pension befanden, dem Stuyvesant auf der Eighteenth Street und dem Villanova auf der Twenty-Eighth. Bei beiden Häusern wurde ihr der Zutritt verwehrt. »Hausieren verboten«, sagte der erste Türsteher und zeigte auf ein Schild. Am zweiten Gebäude begann sie ein Gespräch mit dem Türsteher. »Eigentlich bin ich kein Hausierer«, sagte sie. »Ich nehme Bestellungen für ein gutes Produkt an, das für den Haushalt hilfreich ist. Ich brauche nur ungefähr fünf Minuten.«

»Diese Leute haben Bedienstete, die für sie das Putzen übernehmen«, sagte er. »Versuchen Sie es besser mal auf der West Side.«

Sie stellte fest, dass die Ziegelhäuser auf der West Side in den Zehnern größtenteils Bordelle oder Herrenklubs beherbergten. Die jungen, attraktiven Frauen, die die Männer unterhielten, waren bei einer Puffmutter angestellt. Am Ende einer Woche ergebnisloser Versuche kam sie zur Franklin Terrace, einer Gruppe Mietshäuser auf der West Twenty-Sixth Street, und endlich wurde ihr Klopfen erhört und man bat sie in eine angenehme, helle Wohnung. Eine junge Frau mit einem Baby auf der Hüfte war neugierig und wollte einen Blick auf die Proben werfen. Während Hope über den Esstisch rieb, stellte ihr die Frau eine Menge Fragen, allerdings nicht zu dem Produkt. »Sind Sie verheiratet?«

Hope war überrascht. »Warum fragen Sie das?«

»Sie sind so hübsch, da dachte ich, Sie wären bestimmt verheiratet.«

Hope hörte auf, den Tisch zu polieren, und sah die junge Frau an. Ihre Augen hatten dunkle Ringe und sie wirkte müde.

»Wie alt ist das Baby?«

»Er ist vier Monate alt und ich habe keine Nacht mehr geschlafen, seit er geboren ist. Es ist nicht so einfach, wie die Leute denken.«

»Ich kann mir vorstellen, dass es sehr schwer ist. Sie müssen bestimmt die ganze Zeit auf ihn achtgeben und ihn füttern«, sagte Hope.

»Oh ja, und man macht sich auch noch Sorgen. Ich denke die ganze Zeit, er hört auf zu atmen oder so etwas. Manchmal saugt er so heftig nach der Milch, dass er zu würgen beginnt. Dann erschrecke ich mich zu Tode.«

Während der nächsten halben Stunde hörte Hope der jungen Frau zu, die ihr all die Ängste und Frustrationen der Mutterschaft darlegte. »Man liebt sie nicht die ganze Zeit«, gestand sie. Sie suchte auf Hopes Gesicht nach Anzeichen von Schockiertheit.

»Da bin ich mir sicher. Man kann niemanden die ganze Zeit lieben. Manchmal hasst man sie.«

Die Frau wirkte erleichtert und begann sich zu entspannen. »Der Tisch sieht wunderbar aus«, sagte sie. »Ich nehme etwas von dem Reinigungsmittel und von dem Wachs.«

Hope schrieb die Bestellung auf. Der Name der Frau lautete Lynette Greene und sie brachte ihr Glück. Sie verkaufte noch an drei weitere Kunden im Block und zwei von ihnen schickten sie zu Freundinnen in der Nähe.

Ihre Vorführung war freundlich und selbstsicher. Die Hausherrin, erschöpft und gelangweilt von ihren täglichen Pflichten, war in der Regel froh, sich von diesem exotischen Mädchen zeigen zu lassen, wie sie ihre Möbel pflegen konnte. Zwischen den Vorführungen sprachen sie über Haushaltsführung oder Kochen, und Hope hatte immer einen von Agathas Tipps bereit. Die Frauen waren einsam und hatten gerne eine Unterbrechung in ihrer täglichen Routine. Viele von ihnen ließen sie nur widerwillig gehen, und manchmal musste sie nach Unterzeichnung der Bestellung entschieden sein, sonst hätte sie den ganzen Tag verloren.

Innerhalb eines Monats hatte sie siebenunddreißig Verkäufe, bei jedem für mehr als ein Produkt. Sie schickte einen Bestellzettel zu der Firma für Wachs, Reinigungsmittel und Kratzerreparatur. Die Produkte kamen in Großmengen mit Anleitungen, wie sie gelagert werden sollten und wie viel die Behälter nach der Befüllung wiegen sollten. Sie verpackte die Bestellungen am Abend, um sie am nächsten Tag auszuliefern.

Sie hatte ihr Ziel erreicht. Fast rannte sie die Straße mit ihrem selbst gemachten Karren entlang, während sie sich durch die Menge schlängelte. Bis zum Ende des Tages würde sie mehr als zweihundert Dollar haben, von denen vierzig Prozent für sie bleiben würden. Als sie sich der Fourteenth Street näherte, rief ihr ein verwahrloster junger Mann etwas Anzügliches zu. Als sie ihr Kinn vorschob und ihn ignorierte, kam er hinter ihr her, schlug sie zu Boden und nahm den Karren mit allen Bestellungen. Sie lief hinter ihm her, doch es war zu spät. Er hatte alles in ein offenes Gullyloch geworfen. Der Angriff war so schnell geschehen, dass sie es nur schwer fassen konnte. Sie hatte ihre gesamten Vorräte verloren, kein Geld, um die Firma zu bezahlen, und noch nicht einmal mehr ausreichend Ware, um die Bestellungen auszuführen. Atemlos von der Verfolgung des Kerls blieb sie stehen.

Sie konnte sich nicht dazu durchringen, ohne die Ware oder etwas Geld einfach in ihr leeres Zimmer zurückzukehren. Sie ging in die Trinity Church und setzte sich in ihre alte Bank, um die Panik abklingen zu lassen.

In der stillen Abgeklärtheit der alten Kirche kam ihr eine Idee: Wenn sie herausfände, was in der Politur und den Reinigern war, dann könnte sie die Zutaten kaufen, die Produkte ersetzen und das Geld wieder hereinbekommen. Sie kannte einen Chemiker in der zweiten Etage eines Gebäudes auf der Doyers Street. Agatha war oft bei ihm gewesen, um sich von ihm ein wirksames Reinigungsmittel für die Töpfe der Cafeteria mischen zu lassen.

Der Chemiker hieß Tico Sheraz. Er erinnerte sich an sie und drückte ihr sein Mitgefühl über den Tod ihrer Mutter aus. Jeder in der Nachbarschaft erinnerte sich noch an das Feuer in der Blusenfabrik. Sie berichtete Tico von ihrer Zwangslage. Er roch an den Behältern. »Das ist nicht so schwer. Komm morgen zurück«, sagte er. »Ich werde sie alle analysieren. Wir werden eine gute Lösung finden.«

Am nächsten Morgen hatte Tico nicht nur die Zutaten analysiert, sondern bereits kleine Mengen gemischt, damit sie sie bewerten konnte. Sie prüfte alles an einem Stück Holz und kam zu dem Ergebnis, dass es akzeptabel sei. Das Wachs und die Politur bestanden aus Olivenöl, weißem Essig, Jojoba und gekochtem Leinöl, dazu ein ätherisches Öl, Zitrone oder Lavendel für einen angenehmen Geruch. Der Reiniger bestand größtenteils aus Essig mit etwas Borax, Zitronenöl und einem Zweig Rosmarin. Der Kratzerentferner war ähnlich wie der Reiniger, allerdings mit Farbe für dunkles und für helles Holz.

»Jede Portion sollte in der Herstellung nicht mehr als fünf oder sechs Cent kosten«, sagte Tico.

Er erlaubte ihr, die Produkte nach seinen Formeln hinten im Laden in Bottichen zu mischen, und sie füllte ihre Behälter und ging aufs Neue los.

Diesmal verlief die Lieferung glatt. Niemand beschwerte sich und ein paar Kunden machten neue Bestellungen für Freunde und Familienangehörige. Sie kehrte zurück, um Tico zu bezahlen, und dankte ihm.

»Warum musst du überhaupt irgendwas von der Firma kaufen?«, sagte er. »Mach es selbst und behalte das ganze Geld. Du hast ein schweres Leben gehabt. Auf diesem Weg kannst du ein paar Dollars verdienen. Ich kann die Zutaten für dich bestellen und du mietest dir einen preiswerten kleinen Raum, um alles zu produzieren.«

Es war so einfach. Froh nahm sie Ticos Rat an. Die Rezepte waren leicht, und sie lernte die richtige Reihenfolge und die Mengen und goss die Mischungen in die Tiegel und Flaschen.

Hopes Rezepte hätte eine Hausfrau auch selbst zusammenmischen können, doch die Frauen liebten es, bei ihr zu kaufen, und sie mochten es, wenn ihnen die Produkte vorgeführt wurden. Sie fühlten sich dann, als hätten sie die Armut hinter sich gelassen und würden in der Welt aufsteigen. Das Produkt selbst war fast nur ein Nebengedanke.

Hope hatte die Vorräte an leeren Behältern von der Holden Company benutzt und bestellte weitere davon. Nach ein paar Monaten, als die Produkte nicht mehr nachbestellt, die Behälter jedoch weiter angeliefert wurden, wurde die Firma misstrauisch.

Eines Nachmittags lieferte Hope eine Bestellung für eine Kundin aus, die an der East Side wohnte, einen Block vom Fluss entfernt. Die Frau, die bereits zuvor bei ihr bestellt hatte, war ein mütterlicher Typ und an Hope interessiert. »Warum haben Sie keinen Liebsten?«, fragte sie. »Wünscht Ihre Mutter nicht auch, dass Sie einmal sesshaft werden?«

»Ich habe keine Eltern«, sagte Hope. »Also muss ich nicht heiraten. Das ist das Letzte, was ich tun möchte.«

»Ich werde jemanden für Sie suchen«, sagte die Frau. »Ich finde bestimmt jemanden, dem Sie nicht widerstehen können.«

Als sie die Wohnung der Frau verließ und sich auf den Heimweg machte, spürte sie, dass ihr jemand folgte. Sie überquerte die Avenue und ging auf der anderen Straßenseite weiter, doch ein Mann wechselte ebenfalls die Seite und blieb hinter ihr. Als sie noch einen Block von ihrer Pension entfernt war, blieb sie mitten auf der Straße stehen. Wenn ihr wirklich jemand folgte, dann wollte sie nicht, dass er sah, wo sie wohnte. Er konnte ihr genauso gut auf der Straße gegenübertreten. Ein gut gekleideter Mann mit braunem Haar und einem markanten, ansehnlichen Gesicht blieb vor ihr stehen. Sie bemerkte, dass er ein paar kleine Narben über dem linken Auge hatte.

»Arbeiten Sie für H. A. Lee?«, fragte er.

»Wer will das wissen?«

»Kennen Sie H. A. Lee?«

»Ich bin H. A. Lee.«

»Sie? Das kann nicht sein.«

»Warum nicht? Ich bin H. A. Lee. Werden Sie mich verhaften?«

»Das ist seltsam, was Sie da sagen. Warum sollte ich Sie verhaften? Machen Sie irgendwas Illegales?«

»Überhaupt nicht.«

Hope hatte vor dem Mann keine Angst, vielleicht wegen seines überraschten Ausdrucks. Wenn sie die Zukunft hätte sehen können, dann wäre sie wohl überraschter gewesen als er.

KAPITEL 32

Martin Beck, ein frühreifer, gut aussehender Junge mit unbeschwertem Naturell, war der einzige Sohn des jüdischen Rechtsreferendars Sidney Beck und seiner Frau Magdalena, einem hübschen italienischen Mädchen. Die Familie lebte in der Nähe des jüdischen Viertels im Zentrum von New York. Gelegentlich wurde Martin wegen seiner Religion schikaniert, doch er war klug und sportlich, und nachdem er sich in ein paar Kämpfen behauptet hatte, wurde er in Ruhe gelassen.

Sidney und Magdalena schickten Martin nicht zu einer jüdischen Schule – einer Jeschiwa –, sondern auf die Collegiate, eine vornehme Jungenschule, die einem den direkten Zugang nach Harvard und Princeton bahnte.

Martin war der ideale Schüler. Er hatte einen überragenden Intellekt und war außerdem beim Baseball unübertroffen. Schon früh schloss er Freundschaft mit Ernest Lovelace, dem Erben eines Bergbauvermögens, und er fuhr oft mit in die Stadtvilla der Lovelaces in der Fifth Avenue, anstatt nach Hause zu fahren. Nach ihrem Abschluss wurden beide Jungen in Princeton zugelassen, Martin mit einem Stipendium.

In ihrem letzten Studienjahr fuhr Ernest sie betrunken von einer Party nach Hause und stieß frontal mit einem Milchwagen zusammen, wobei er ums Leben kam. Martin erlitt eine Gehirnerschütterung und Schnittwunden, doch er starb nicht. Er fühlte sich verantwortlich für den Tod seines Freundes, und es half ihm nichts, dass Ernests Vater nie wieder mit ihm sprach.

Martins Mutter kam mit der Neuigkeit an sein Krankenbett, dass ihm ein Rhodes-Stipendium für die University of Oxford zuerkannt worden war. Trotz des herrschenden Krieges schien es ein Geschenk des Himmels zu sein, New York verlassen und ein paar Jahre in Großbritannien verbringen zu können. Er blieb dort und erhielt ein Stipendium von der London School of Economics.

Als er im Frühjahr 1917 nach New York zurückkehrte, um die Wall Street zu erobern, wurde er von allen Topfirmen ausgeschlossen. Einer seiner Londoner Freunde, der ihn als brillant betrachtete, legte es ihm unverblümt dar: »Mein lieber Kamerad, wenn du in irgendeiner Weise als hebräisch wahrgenommen wirst, stellen dich die großen Firmen nicht an. Wenn dein Nachname mit einem Vokal endet, ist es dasselbe. Mach dich allein auf den Weg und leg selbstständig los. Ich habe eine Erbschaft, mit der du starten kannst. Es gibt niemanden, dem ich mehr vertraue, was Geld angeht.«

Martins Freund hatte recht. Die Wall Street war ein geschlossener Klub privilegierter alter Jungs, von denen im Laufe der Zeit ein paar ihre Namen verenglischt hatten.

Martin nahm das Startkapital. Es war die perfekte Zeit für einen klugen Mann, um seinen Aufstieg zu beginnen. Amerika war gerade in den Krieg eingetreten, doch es herrschte Optimismus, dass das von den bereits drei Jahre andauernden Kämpfen erschöpfte Europa Waren aus Amerika benötigen würde, sodass das Land zu einem Gläubigerstaat werden würde.

Martin wohnte bei seinen Eltern und besuchte seinen Vater oft im Büro, um Ideen mit ihm auszutauschen. Eines Tages hörte er, wie sich ein Kunde, der eine Firma für Möbelreinigungs- und

-pflegemittel besaß, über eine skrupellose Gruppe beschwerte, die seine Rezepte kopierte und seine Etiketten und Behälter verwendete.

Er wollte gerichtlich gegen die Täter vorgehen, doch dafür musste er sie in flagranti erwischen. Die Einzelheiten der Geschichte klangen Martin vertraut. Jemand hatte seiner Mutter zwei Tage zuvor Möbelpolitur verkauft. Er hatte von dem Kauf erfahren und wusste, dass die Verkaufsperson am nächsten Tag mit den Waren zurückkehren würde. Das Bestellformular war von H. A. Lee unterschrieben worden, mit dem Namen, den Holden erwähnt hatte. Er schlug vor, den Täter zu verfolgen.

Martin erzählte seiner Mutter nichts davon. Es klingelte an der Tür und eine junge Frau trat ein, die eine große Kiste trug. Martin blieb außer Sichtweite und hörte zu.

»Ich habe hier das neue Produkt, von dem ich Ihnen erzählt habe«, sagte Hope zu Magdalena. »Ich werde es Ihnen vorführen, wenn Sie möchten.« Magdalena räumte ein kleines Beistelltischchen frei, auf dem es einen runden grauen Wasserfleck gab.

»Ich werde mich um den Fleck kümmern«, sagte Hope. »Ich kann diesen Wasserring ausreiben und die Farbe wiederherstellen.« Sie zog einen Lappen hervor und tupfte ein paar Tropfen einer braunen, flüssigen Paste darauf. Damit rieb sie über die ganze Oberfläche des Tisches, wobei sie besondere Aufmerksamkeit auf den Wasserring legte, und der Fleck wurde kleiner. »Bei jeder Verwendung wird der Fleck weniger sichtbar«, sagte sie.

Magdalena bezahlte Hope und sie packte ihre Kiste zusammen und ging.

Martin folgte ihr auf die Straße. Sie war mehrere Blocks gegangen und überquerte die Straße, bevor er sie erreichte und ansprach. »Entschuldigen Sie«, sagte er und tippte ihr auf die Schulter. Sie drehte sich um und er war überrascht, wie jung sie war. Nachdem er festgestellt hatte, dass sie H. A. Lee war, sagte er: »Sie haben gerade meiner Mutter Möbelpolitur verkauft.«

»Ja.«

»Ich frage mich, wer die Politur herstellt. Ist das eine Firma? Woher bekommen Sie sie?«

»Ich mache sie. Ich bin die Firma.«

»Aber auf dem Etikett steht ›Holden Möbelpolitur‹. Sind Sie einer ihrer Verkaufsleute?«

Sie betrachtete Martin genau, bevor sie antwortete. Sie sah in sein Gesicht und auf die kleinen Narben an seiner Stirn, die zwar sichtbar waren, doch nicht von seinem guten Aussehen ablenkten. »Warum interessiert Sie das?«

»Weil die Firma weiß, dass eine skrupellose Gruppe ihre Formel kopiert hat und die Ware unter ihrem Namen verkauft. Machen Sie das?«

»Was, wenn ich es tue?«

»Das ist illegal. Es ist Diebstahl.«

»Ich stehle nichts. Ich mache die Sachen anständig und ehrlich. Ich benutze nur ihre Etiketten. Möchten Sie, dass ich ihre Etiketten nicht mehr benutze? Dann mache ich meine eigenen.«

»Ich möchte wissen, wer dahintersteckt. Sie sind nur ein unschuldiges Mädchen. Wer hat Sie dazu angeleitet? Wer beliefert Sie?«

»Niemand beliefert mich. Ich beliefere mich selbst. Ich stehe allein dahinter.«

»Verzeihen Sie mir, ich wollte Sie nicht beleidigen, aber Sie sind kaum … was, zwanzig? Ich glaube nicht, dass Sie der Drahtzieher hinter einem solchen Schwindel sind.«

»Es ist kein Schwindel. Es ist ein gutes Einkommen, wenn Sie also vorhaben, es mir zu ruinieren, dann werde ich es in einer anderen Gegend neu eröffnen. Ich habe ein Recht, für meinen Lebensunterhalt zu sorgen.«

»Soll ich mit Ihren Eltern sprechen?«, fragte er und kam sich dumm dabei vor. »Wissen sie, dass Sie das hier machen?«

»Ich habe keine Eltern. Einer ist tot und der andere lebt in China. Werden Sie mit ihm in China reden?«

»Natürlich nicht«, sagte Martin und war überrascht von ihrer Kühnheit.

»Werden Sie mich anzeigen?«

»Ich würde Ihnen gern helfen, doch ich muss mehr wissen.« Er hatte keine Idee, wie er diesem Mädchen dabei helfen konnte, weiterhin die Holden Company zu betrügen.

»Ich brauche keine Hilfe. Ich mache es genau richtig.«

»Ich würde Ihnen gern dabei helfen, es ehrlich und anständig zu machen«, sagte er.

Hope sah ihm in die Augen. »Warum sollte ich Ihnen vertrauen?« Ihr Wagemut schmolz dahin. Womöglich war sie in ernsten Schwierigkeiten. Vielleicht stand Kamen dahinter.

»Sie müssen es darauf ankommen lassen. Nehmen Sie mich mit und zeigen mir Ihren Betrieb.«

»Woher weiß ich, dass Sie mich nicht anzeigen oder mir alles wegnehmen?«

»Das wissen Sie nicht. Wenn Sie mir die Wahrheit sagen und das wirklich allein machen, dann bin ich beeindruckt. Doch wenn Sie so weitermachen, wird man Sie schließlich finden, und wer weiß, was sie dann mit Ihnen machen werden.«

Hope brauchte keine Erinnerung daran, was mit Frauen geschah, die sich gegen die großen Tiere wandten. Sie musste sich nur an den geschundenen Körper ihrer Mutter erinnern, als Kamen seine Schläger geschickt hatte. Sie suchte in Martins Augen nach Sicherheit und sah seine Freundlichkeit. Vielleicht stand er wirklich auf ihrer Seite.

»Gehen wir zur Laight Street. Dort habe ich meine Fabrik.«

Was sie ungeniert ihre ›Fabrik‹ nannte, war nichts weiter als ein feuchter Keller mit einer einzelnen nackten Glühbirne.

Martin sagte nichts. Er konnte sich ein Bild machen, als er die Bottiche mit den Zutaten sah, die gestapelten Behälter, die über den Flur huschenden Ratten, das wacklige Schloss an der Tür.

»Wer hilft Ihnen?«

»Niemand.«

»Sie mischen alles selbst? Woher kennen Sie die Formeln?«

»Ich habe einen Chemiker engagiert, um alles zu analysieren. Ich musste. Die Lieferung, die die Firma mir geschickt hatte, wurde von einem Straßenjungen geklaut und in den Gully geworfen.«

»Sie haben einen Chemiker engagiert?« Alles, was sie sagte, war wie eine Offenbarung.

»Ja. Meine Mutter pflegte zu ihm zu gehen, als sie eine Cafeteria hatte. Er mischte ihr etwas, um die Töpfe zu reinigen.«

»Was ist mit Ihrer Mutter geschehen?«

»Sie hat in der Blusenfabrik gearbeitet. Dort gab es einen Brand.«

»Waren Sie in einem Waisenhaus?«

»Nein. Ich wurde nach Muttonville aufs Land geschickt. Ich habe bei Asa Simpson und seiner Familie gelebt. Er ist ein sehr reicher Mann.«

»Ich weiß, wer er ist. Ich bin im selben Bereich tätig.«

Sie starrte ihn an. »Sie sind im selben Bereich wie Mr Asa? Sie sind im Aktiengeschäft?«

»Ja. Wissen Sie etwas über dieses Geschäft?«

»Ich weiß alles darüber. Ich kenne mich da aus.«

Martin bezweifelte, dass sie alles wusste, doch er hielt sich zurück. Jede ihrer Antworten war fesselnd und fast tragisch, doch so stellte sie es nicht dar. Sie antwortete einfach auf die beiläufigste Art.

»Warum verkaufen Sie diese Produkte?«

»Es ist eine Möglichkeit, um Geld zu verdienen. Ich will keine Kellnerin sein und ich sehe nicht englisch genug aus, um Verkäuferin in einem guten Geschäft zu werden.«

»Dafür sollten Sie Ihrem Glücksstern danken. Sie sind viel zu klug, um Verkäuferin zu sein. Was machen Sie, wenn es kalt wird? Hier gibt es keine Heizung.«

»Alles gefriert und die Verbindungen trennen sich in ihre Bestandteile. Ich muss alles wegwerfen und neu mischen.«

»Das ist zu verschwenderisch. Sie sollten einen besseren Platz finden.«

»Ich kann mir keinen besseren Raum leisten. So was muss im Voraus bezahlt werden und ich habe noch kein Geld.«

»Nun, das ist eine Möglichkeit, wo ich aushelfen kann. Ich kann Ihr Bürge sein.« Er hatte nicht vorgehabt, ihr seine Hilfe anzubieten. Eigentlich war er hier, um einen Dieb ausfindig zu machen.

»Was bedeutet das?«

»Ich unterzeichne ein Papier, in dem ich garantiere, die Miete zu bezahlen, falls Sie nicht in der Lage dazu sind, und ich zeige einen Bankauszug vor, der bestätigt, dass ich das Geld dafür habe.«

»Was möchten Sie im Gegenzug?«

»Kommen Sie und arbeiten Sie für mich. Das ist alles, was ich im Gegenzug möchte. Ich brauche jemanden, der jung und unternehmerisch und klug ist. Wir können jemand anderes finden, der die Politur verkauft. Aber das kommt später. Zuerst müssen wir ein Etikett für die Firma gestalten. Holdens Label können Sie nicht mehr benutzen. Wir machen es offen und anständig.«

»Ich muss darüber nachdenken«, sagte sie.

Er merkte, dass er an diesem Tag nicht weiterkommen würde. »Gut, dann lassen Sie uns erst einmal einen neuen Raum finden, der trocken ist und ein anständiges Schloss hat und wo Sie nicht bei jedem Schritt eine Ratte zerquetschen.«

Während der nächsten paar Tage tat Martin Beck, was er versprochen hatte. Er fertigte eine Aufgabenliste an und ging daran, jeden Punkt umzusetzen. Er engagierte einen Designerfreund von Collegiate, um neue Etiketten und Briefpapier mit dem Namen zu gestalten, den Hope ausgewählt hatte. Sie wollte die Firma Candelabra Möbelpflege nennen. Sie war sogar mit einem Slogan gekommen: *Lassen Sie Ihre alten Möbel in neuer Schönheit glänzen.*

Sie suchten einen Raum mitten im Meatpacking District und fanden eine halbe Etage für fünfundzwanzig Dollar im Monat. Dort war es sauber und trocken und es gab sogar ein Waschbecken mit fließendem Wasser. Außerdem befanden sich dort zwei lange Metalltische für die Produktion und Regale, um die Container zu lagern. Innerhalb weniger Wochen hatte Martin alle Schäbigkeit aus ihrem Geschäft vertrieben.

»Jetzt brauchen wir einen Manager und einen Verkäufer, damit Sie für mich arbeiten können«, sagte Martin.

»Ich habe nicht Ja gesagt.«

»Was immer Sie mit dem Politurgeschäft verdienen, ich kann mithalten. Wie viel machen Sie?«

»Ungefähr hundert im Monat, nachdem ich die Materialien bezahlt habe.«

»Ich kann Ihnen mehr als das geben. Für den Anfang kann ich Ihnen hundertfünfzig geben.«

»Woher weiß ich, dass Ihr Geschäft gelingt?«

»Das wissen Sie nicht. Sie müssen mir vertrauen. Und ich muss Ihnen vertrauen. Warum haben Sie Asa Simpson verlassen?«

»Er hat gedacht, ich hätte Informationen herausgegeben, die ein Projekt ruiniert haben.«

»Haben Sie?«

»Nein. Ich war es nicht.«

»Gut«, sagte er. »Denn ich werde Ihnen alle meine Geschäftsgeheimnisse anvertrauen und ich brauche einen zuverlässigen Charakter.«

»Niemand an der Wall Street hat einen zuverlässigen Charakter. Doch ich werde nicht gegen Sie arbeiten.«

»Das ist alles, was ich verlangen kann.«

»Ich habe nicht gesagt, dass ich akzeptiere.«

»Stimmt. Vergessen Sie aber nicht: Ich habe Sie vor den Schlägern der Holden Company gerettet, die Ihnen wehgetan hätten.«

»Ich bin nicht verzweifelt.«

»Ich habe nicht gesagt, dass Sie das sind. Wenn Sie verzweifelt wären, dann wären Sie für meinen Zweck nicht geeignet. Sie müssen unverzweifelt sein, um gute Arbeit zu leisten.«

»Ich werde Ihnen in ein paar Tagen Bescheid geben.«

Er gab ihr seine Büroadresse und sie versprach, vorbeizukommen.

Sie wartete auf der Treppe, als er zwei Tage später kam, um das Büro zu öffnen. »Ich nehme den Job«, sagte sie.

»Warum sind Sie schon so früh hier?«

»Ich wollte mich umsehen, bevor Sie kommen. Und außerdem ist meine Pension voll Betrunkener, die die ganze Nacht herumtrampeln. Ich konnte ohnehin nicht schlafen.«

Er reichte ihr ein umfangreiches Bewerbungsformular zum Ausfüllen. Darin wurde nach ihrem Geburtsdatum gefragt. Es wurde gefragt, ob sie irgendwelche ernsten Erkrankungen hätte oder schwerhörig sei oder eine Brille zum Sehen benötigte. Es wurde nach ihrem Ehestand gefragt und ob sie Kinder hätte. Es wurde auch gefragt, wie viele Klassen sie in der Schule absolviert hätte. Sie schrieb, dass sie zusammen mit den Kindern von Asa Simpson Privatunterricht und ein paar Kurse in der Muttonville Highschool und alle Klassen bestanden hatte, doch dass sie vor dem Abschluss weggegangen sei. Am Rand notierte sie: »Wenn es wichtig ist, dann werde ich um mein Zeugnis bitten.«

An der Stelle, die nach der Herkunft ihrer Mutter fragte, schrieb sie Irland. An der Stelle, die fragte, wo ihr Vater geboren sei, schrieb sie China. Sie hatte noch nie in dieser Form ihre Geschichte rekapituliert, und es machte sie nachdenklich. Ihr Leben wirkte zerrüttet und unvollständig. Wo nach dem vollen Namen ihrer Mutter gefragt wurde, schrieb sie Agatha Murphy Lee. Ihre Hand zitterte. Sie hatte noch nie den Namen ihrer Mutter geschrieben. Eine Träne rollte ihr über die Wange. Wo war Agatha Murphy Lee? Wie war sie so schnell verschwunden? Hätte Hope ihr Verschwinden aufhalten können? Sie lief hinaus auf die Straße. Es war einfach zu viel für sie. Er beobachtete sie durchs Fenster, bis sie zurückkehrte.

Was Martin Beck für Hope Lee empfand, war keine Begierde. Es war ein Verlangen danach, sie in seiner Nähe zu haben. Er wurde niemals müde, sie anzusehen. Ihre Augen hoben sich wie strahlende Edelsteine von ihrem dunklen Teint ab und die kupferfarbenen Haare umrahmten sie, als wäre sie ein lebendig gewordenes Gemälde. Er wollte in ihrer Nähe sein, denn da war das Leben.

* * *

Hope stellte schnell fest, dass das Büro ein guter Ort für sie war. Sie hatte ein festes tägliches Ziel, gemeinsam mit Martin. Er war nicht Asa, der Herr und Meister, nicht Mama mit ihren Unsicherheiten und Ängsten, nicht Faith, die manchmal ein Opfer sein wollte. Sie war sein Partner, vielleicht nicht ganz ebenbürtig, doch trotzdem ein Partner. Außerdem war er ein brillanter Lehrer, was es noch besser machte, und sie war dankbar dafür, dass er sie ausgewählt hatte.

Am allerersten Tag setzte er sie vor sich und sagte: »Hope, ich werde mit Ihnen über Geld reden. Es ist wichtig, dass Sie es verinnerlichen, denn die Art, wie wir das Geld betrachten – rational und objektiv –, wird den Erfolg unseres Geschäftes bestimmen. Mein Geschäft ist nicht wie das, was Sie bei Asa Simpson erlebt haben. Wir stehen am Anfang und wir müssen es ans Laufen bringen. Männer wie Asa Simpson sind bereits als gemachte Männer in Muttonville angekommen. Die Männer, die ihre Häuser an der North Coast bauten, hatten bereits unermessliche Summen, die für den gewöhnlichen Mann unerreichbar sind. Es ist nicht Geld, wie man normalerweise darüber denkt. Es sind nicht Scheine und Münzen. Es ist nicht das, was man aus der Tasche zieht, um für das Essen oder die Miete zu bezahlen. Es ist nicht Geld, das man in eine Socke oder unter die Matratze oder auf ein Sparkonto bei der Bank tun kann. Es ist Geld, das wie Hefe in Treuhandfonds aufgeht, die für Kinder eingerichtet sind, die kaum laufen können, und für sorgenfreie Yaleboys mit schlanken Taillen und glattem Haar. Ein Teil des Geldes ist nur eine Zahl auf einem Kontoauszug. Etwas davon existiert in Form von schön gravierten Zertifikaten, die man als Kunst rahmen könnte. Sie sind in Privatsafes gelagert oder sie ruhen – modrig und ungestört – in den Tresoren von Anwaltsfirmen. Das Geld ist nicht dazu da, um Lebensmittel einzukaufen oder die Miete zu bezahlen. Es existiert aus dem einzigen Grund, noch mehr Geld zu machen. Die Summen wachsen still in der Nacht, während die Zinsen anwachsen, sich verdoppeln und verdreifachen. Die Summe verschlägt jeder Fantasie den Atem. Die Menschen werden still, wenn sie daran denken, und es lässt sie mehr wollen. So denken wir in dieser Firma über Geld. Es existiert zu dem einzigen Zweck, noch mehr Geld zu machen. Behalten Sie das immer im Kopf und wir werden gut zurechtkommen.«

Hope nahm das alles in sich auf und verstand. Sie fühlte sich wichtig und erwachsen. Ihr gefiel, wie er mit ihr sprach, und sie konnte sehen, dass er einen systematischen Verstand hatte. Sie sah auch, dass er schnell Entscheidungen traf, ohne sie später infrage zu stellen. Meist waren es die richtigen Entscheidungen. Er verbrachte die Tage damit, potenzielle Kunden zu besuchen, und versuchte, deren Geld in die Firma zu lenken. Er erzählte ihnen die Geschichte, warum ihm sein ursprünglicher Investor mehrere Millionen Dollar als Startkapital für die Firma gegeben hatte. »Er vertraute schlicht und ergreifend meinen Instinkten. Bisher habe ich ihn nicht enttäuscht.« Bereitwillig zeigte er einen Terminkalender mit den Transaktionen eines Jahres und die für Ankauf und Verkauf zugrunde gelegten Prinzipien. An vielen Tagen nahm er Hope mit, sodass sie ein Gefühl für die Ausdrucksweise und die Erwartungen der Kunden bekam und dafür, wie man Vertrauen schuf. Es war nicht einfach, Klienten zu gewinnen. Die Menschen pflegten bei dem zu bleiben, was sie kannten, auch wenn es nicht funktionierte. Selbst wenn man ihnen klar darlegte, dass die gegenwärtigen wirtschaftlichen Bedingungen ihre Strategie nicht mehr rechtfertigten, blieben sie einer Veränderung gegenüber abgeneigt. Sie dachten immer, dass sich ihr Glück wenden würde, wenn sie nur durchhielten. Martin erzählte ihnen immer wieder, dass die Hoffnung auf Glück eine schlechte Strategie für Wachstum sei.

Hope erblühte in der alltäglichen Routine. Sie hatte eine Aufgabe, einen Ort, an dem sie jeden Tag erwartet wurde. Wenn sie nicht auftauchte, würde Martin wohl kommen und nach ihr sehen. Sie fühlte sich nicht mehr so schrecklich isoliert von dem Rest der Gesellschaft. Im Büro gab es jetzt ein vollständiges Team, und es war angenehm, am Morgen hereinzukommen und Elsie, die Schreibkraft und Empfangsdame, zu sehen, wie sie im Vorderraum über ihre Remington gebeugt saß und mit erstaunlicher Geschwindigkeit darauf einhackte. Elsie hatte auf dem Tisch eine Fotografie von sich und ihrem Liebsten am Strand von Coney Island. Dann war da noch

Sam, der den Ticker beobachtete und Aufträge eingab, und Beatrice, die Buchhalterin, die Auszüge versandte und sich um die Gehaltsabrechnungen kümmerte. Jeder von ihnen hatte ein Privatleben und jemanden, der am Ende des Tages auf ihn oder sie wartete.

Hope mochte die Aufträge, die Martin ihr gab. Er merkte, dass sie gute Instinkte hatte, wie Asa es ihr bereits gesagt hatte. Sie konnte Muster im Management einer Firma erkennen, die Gutes oder Schlechtes voraussagten. Muster, die Geheimnisse verrieten, wenn man denn daran interessiert war, sie auszugraben. Geschäftsberichte boten unverhohlene Einblicke in die Zukunft, auf die ein Unternehmen zusteuerte, wenn man die sprachlichen Schnörkel entfernte. Hope wurde erwachsen. Sie war nicht mehr ständig auf der Hut, was ihre Gefühle anging, und wurde selbstbewusster. Eine Meinung zu äußern und sich freundlich zu unterhalten, gelang ihr jetzt leichter. Voll Energie und Enthusiasmus stürzte sie sich in ihre Arbeit. Sie fühlte sich wohl mit Martin und freute sich jeden Tag darauf, ihn zu sehen. Ihre Zuneigung beruhte auf Vertrauen und Respekt, nicht auf romantischen Gefühlen. Er dagegen verliebte sich sofort in sie, doch er behielt es für sich. Es war zu früh. Mit ihr musste er sich Zeit lassen, sonst würde sie verschwinden.

Kapitel 33

Billys Tod hatte einen tief greifenden Effekt auf Faiths Entscheidungen für die Zukunft. Sie erinnerte sich immer wieder daran, wie ihr Bruder ihr gesagt hatte, dass sie das Glücklichsein wählen sollte. Die Energie der Stadt und die zielgerichtete Routine des Colleges waren dafür ein guter Anfang.

Barnard hatte sie aus Bequemlichkeit gewählt und sie fühlte sich den dort vorherrschenden linksgerichteten Tendenzen in keiner Weise zugehörig. Ein paar Jahre zuvor hatte Juliet Poyntz dort ihren Abschluss gemacht – sie war eine Spionin und Gründungsmitglied der kommunistischen Partei Amerikas. An jedem Laternenpfahl und Kiosk auf dem Campus und am Broadway kündigten Poster und Flugblätter Meetings an, Versammlungen, Demonstrationen, Redner, Kundgebungen, Märsche und Altkleidersammlungen, alles, um eine kommunistische Kultur zu unterstützen. Faith wusste, dass die meisten der von der Bewegung begeisterten Mädchen eigentlich keine Ahnung davon hatten. Wenn sie ihr Taschengeld mit allen Kommunisten hätten teilen müssen, wären sie in die entgegengesetzte Richtung gelaufen, doch sie waren jung und wollten sich für eine Sache engagieren. Vor allem gefielen ihnen die Jungen von der Columbia University, die zu den Kundgebungen kamen.

Bei diesen Veranstaltungen bot sich die Gelegenheit, sich mit Jungs zu treffen, ohne einen falschen Anschein zu erwecken.

Die Mädchen von Barnard durften Kurse bei der Columbia besuchen, doch man verweigerte ihnen den vollen Zugang. Es gab die unausgesprochene Ansicht, dass sie ›minderwertiger‹ als die Jungs auf der anderen Straßenseite waren, auch wenn die meisten Professoren an der Columbia zugaben, dass die Frauen in ihren Kursen besser waren als die Männer.

Doch das alles interessierte Faith nicht. Sie würde niemals eine Kommunistin werden. Und auch wenn sie hoffte, dass ihr Vater noch lange, lange Zeit leben würde, so wusste sie doch, wenn er eines Tages starb, würde sie die Leitung einer internationalen Finanzfirma übernehmen, die ihre erstklassigen Kunden seit über fünfundzwanzig Jahren mit einer zwölf- bis fünfzehnprozentigen Rendite belohnte. Da der Krieg jetzt vorbei war, boomten die Geschäfte erneut und der Profit strömte nur so herein. Sie hatte keinen Bedarf an Kommunismus oder einem Barnard-Abschluss, und sie ließ sich nicht vom ursprünglichen Grund ihrer Anwesenheit in New York ablenken. Sie war hier, um Robert Trent im Blick zu behalten und eine Kampagne zu starten, die in der Ehe enden würde.

Sie füllte ihren Stundenplan mit Kursen in Politikwissenschaft und Wirtschaft auf der anderen Straßenseite. Die Genehmigung von den Professoren der Columbia University erhielt sie als Tochter von Asa Simpson ganz selbstverständlich.

Neben dem gemeinsamen Abendessen in der Stadt war Robert an Thanksgiving über Nacht in Seawatch geblieben, um Geschäfte zwischen Asa und der Wentworth-Firma zu besprechen. Robert und Faith ritten, spielten Tennis und gingen sogar für ein Candle-Light-Dinner in den Creek Club.

»Was glaubst du, wie hoch ist das Durchschnittsalter der Klubmitglieder?«, hatte Robert gefragt und sich zu den grauhaarigen Gästen umgesehen, die ihre Rindermedaillons au jus verzehrten.

»Wahrscheinlich Mitte sechzig. Man braucht seine Zeit, um das Geld für die Aufnahmegebühr zusammenzuhaben.«

»Warum ist dein Vater Mitglied? Ich habe nicht den Eindruck, dass das hier seine Leute sind.«

»Er lässt den Klub einen Teil unseres Grundstücks für das siebte Loch ihrer Golfstrecke nutzen«, sagte Faith. »Papa kommt kaum her, doch Billy, Tommy und ich sind immer den großen Hang in der Nähe des Creeks heruntergerodelt, wenn es geschneit hat.«

»Zwei Tische weiter erkenne ich ein Vorstandsmitglied von Wentworth«, sagte Robert.

»Hier knüpft man Verbindungen. Wenn man allerdings auf Kontakte angewiesen ist, dann hat man wahrscheinlich nicht das Geld für die Anmeldegebühr, also ist es ein Rätsel. Moment … ist es ein Rätsel oder nur ein großes, ironisches Durcheinander?«

Robert lachte. »Ein größeres Rätsel ist es, warum du immer Ironie benutzt. Ironie ist was für hungernde Dichter. Du bist eine Erbin.« Er sagte es auf eine alberne Art, als wäre es ein Lebensabschnitt.

Sie gingen locker miteinander um und hatten ihren Spaß, und Faith hoffte, dass es vielleicht in der Zukunft einen Moment gäbe, in dem das Lachen in Verlangen übergehen würde. Ein einziger Blick konnte die Beziehung auf eine andere Ebene bringen, doch es war noch nicht so weit.

Sie wusste, Robert Trent würde sich niemals Hals über Kopf in sie verlieben. Doch das musste ja keinen Heiratsantrag ausschließen. Sie verstand jetzt den brillanten Rat, den Hope ihr zu einer Ehe gegeben hatte, die von ihrem Vater arrangiert würde. Faith hatte den Gedanken damals als demütigend empfunden, doch sie hatte falsch gelegen. Sie brauchte keinen sentimentalen Hintergrund, um den Mann zu heiraten, den sie wollte. War nicht alles ein Geschäft? Ihre einzige Sorge bestand darin, Robert von anderweitigen romantischen Verwicklungen fernzuhalten, bis sie mehr Zeit zusammen verbrachten und sie ihn für das bereit gemacht hatte, was kommen würde.

Die Erfahrung ihrer Mutter hatte Faith eine wertvolle Lektion erteilt. An ihrem tiefsten Punkt, als Billys Tod jede Heuchelei unerträglich machte, hatte Alice ein Erweckungserlebnis gehabt, das alle geringeren Erwägungen beiseitedrängte. Sie hatte erkannt, was sie wirklich brauchte, und beendete, was sie ihr Leben lang gemacht hatte: ›das Richtige‹ zu tun. Auf dieselbe Art brauchte Faith Robert, damit sie ihr Leben beginnen und vervollständigen konnte.

Kapitel 34

Barnard zog gescheite, vorwärtsdenkende Mädchen an, die dazu tendierten, sich vorwiegend für soziale Belange zu interessieren. Darunter gab es jedoch einen Kreis junger Studentinnen, die sich von der Idee verabschiedeten, dass sie wie verklemmte Bibliothekarinnen aussehen mussten, um zu provozieren. Die Anführerin dieser Gruppe war Josie Klein, die jedes angesagte Schönheits- und Modeunternehmen in New York City kannte und bei vielen von ihnen eine regelmäßige Kundin war. Josie teilte sich im Wohnheim ein Zimmer mit Faith und sie hatte die Erbin oft angesehen und sich gefragt, warum sie nichts tat, um ihr Aussehen zu verbessern.

Josie interessierte sich leidenschaftlich für gute Frisuren, raffinierten Lippenstift und die neusten Modetrends. Außerdem war sie eine brillante angehende Medizinstudentin, deren Vater das erste niedrigpreisige Geschäft für Damenmode in der Innenstadt eröffnet hatte. Josie kaufte nicht im Laden ihres Vaters, und auch nicht bei Altman's oder Lord & Taylor. Sie ging direkt zu Mr Henri Bendel, der Coco Chanel nach New York gebracht hatte.

»Bendel«, erklärte Josies Vater seiner Tochter, »ist nur noch so ein jüdischer Hutmacher aus Lafayette, Louisiana. Er hat gut geheiratet, eine Lehman. Aber geh du nur und verschwende mein Geld, wenn es dich glücklich macht. Meinen Segen hast du.«

Faith dachte, dass sie über dem ganzen Herausgeputze stehen würde, doch sie sah Josie gerne dabei zu, wie sie Make-up auflegte und sich die Haare machte.

»Warum nimmt deine Mutter dich nicht mit zu Arden?«, fragte Josie. »Dort würde man dir deine Augenbrauen schon zurechtzupfen.«

»Meine Mutter hat meinen Vater verlassen und ist mit einem Psychiater durchgebrannt. Doch selbst wenn sie noch da wäre, würde sie sich nicht für mein Aussehen interessieren. Sie war zu ängstlich und machte sich dauernd Sorgen. Wobei ihr neuer Mann das jetzt wahrscheinlich alles geändert hat.« Faith wusste, dass Josie diese Art von gewählter Konversation mochte. Von ihrer Mutter war ihr nicht einmal bekannt, ob sie ihren Geliebten heiraten wollte oder ob die beiden einfach in Chicago herumzogen und so frei zusammenlebten wie die Bohemiens im Greenwich Village. Ihre Mutter hatte sich seit dem Tag ihrer Abreise nicht mehr bei Faith gemeldet, und es war schwierig, diese Gleichgültigkeit zu verstehen, ohne einen stechenden Schmerz zu spüren. Alice war nie besonders fürsorglich gewesen, doch damit, einfach vergessen worden zu sein, kam Faith nicht zurecht. Manchmal machte es sie wütend, doch meistens schluckte sie es herunter, wie etwas, das sie irrtümlich gegessen hatte.

»Komm mit mir zu Arden und lass dir deine Brauen machen. Wenn es dir nicht gefällt, wachsen sie ja nach. Was hast du zu verlieren?«

»Vielleicht sehe ich dann wie eine Verrückte aus«, antwortete Faith, doch sie gab nach.

Wenn Alice eine andere Art Mutter gewesen wäre, hätte Faith gewusst, wie sie das Beste aus ihrem Aussehen herausholen konnte. Die Simpsons hatten die Mittel, um jede Hilfe zu bekommen, die sie brauchten. Doch es hatte nie jemand die Führung übernommen oder Interesse daran gezeigt, die guten Voraussetzungen aufzuwerten, die Faith mitbrachte. Josie freute sich, ihr dabei helfen zu können. Eine von Josies »Entdeckungen« war Elizabeth Ardens modernes Red Door Spa auf der Fifth Avenue. Sie machte es bei einem Marsch der Frauenrechtlerinnen ausfindig, dem sich auch Arden angeschlossen hatte. Die Suffragetten trugen alle Ardens unverkennbaren roten Lippenstift, als wollten sie all jenen eine Nase drehen, die ihnen das Stimmrecht verweigerten.

Im Red Door ließ sich Faith die Brauen umgestalten, wobei die Kosmetikerin recht vehement vorging, um den Abstand zwischen ihnen zu vergrößern. Sie verwischte Kajal in den Außenwinkeln von Faiths Augen und pinselte ein blasses Puder auf die Innenwinkel. Das Ergebnis war beeindruckend. Faiths Augen wirkten größer und nicht mehr so eng stehend. Josie schüttelte Faith aufgeregt. »Sieh dich nur an. Sieh dich an. Ich werde dich zu Bendel mitnehmen. Henri wird für deine Figur tun, was Arden für dein Gesicht geleistet hat.«

In New York, der Modehauptstadt der Welt, zogen die noblen Kaufhäuser für die neue wohlhabende Klasse langsam von der sogenannten Ladies Mile, einem Bereich zwischen Broadway und Sixth Avenue, zu den Wohnblocks der wohlhabenden Fifth Avenue. Samuel Lord und George Washington Taylor verlegten den Sitz ihres Lord & Taylor Dry Goods Store und B. Altman folgte ihnen. Die ausgeprägte europäische Patina der neuen Geschäfte gefiel ihrer Kundschaft.

Kenner wussten, dass man die wirklich feine Mode in Kleidung, Haarstyling und Kosmetik nur weiter in Richtung Uptown auf der West Fifty-Seventh Street finden konnte. Man nannte die Straße auch ›die Rue de la Paix von New York‹ nach der Modemeile in Paris. Dort, in der Nähe des vornehmen Plaza Hotels, hatten Bergdorf Goodman und Henri Bendel ihre

Geschäfte eröffnet. Goodman war der erste Modeschöpfer, der Konfektionsware einführte. Madame musste nun nicht mehr auf die Anfertigung ihres Kleides warten. Sie konnte es von der Stange nehmen, anprobieren und am gleichen Abend tragen, wenn sie denn wollte.

Noch exklusiver als Bergdorf war das Warenhaus von Henri Willis Bendel, einem Designer, zu dessen Modelinie Parfüms, Pelze, Hüte, Unterwäsche und Kosmetik gehörten. Bendel war so ein Perfektionist, dass er eigens zweihundertsechsundsiebzig handgefertigte Glasscheiben von René Lalique bestellte, um sie in seine Fenster einbauen zu lassen. Bendel kreierte nicht nur Damenbekleidung, sondern bot Mademoiselle auch eine vollständige Runderneuerung direkt im Geschäft an. Es war Mr Bendel persönlich, der sich Faith Celeste Simpsons annahm und sie von einer gewöhnlichen Collegestudentin in eine elegante und attraktive Frau verwandelte. Er sah, dass sie alle Voraussetzungen besaß, dass sich jedoch bisher niemand die Mühe gemacht hatte, ihre Schönheit herauszuarbeiten. Josie hatte es geschafft, bei Faith ein neues Verständnis von persönlichem Erfolg zu wecken. Der erste Schritt bestand darin, das Beste aus ihren physischen Attributen zu machen.

Henri sah es als eine persönliche Herausforderung, Faith in eine Frau voll Anziehungskraft und Macht zu verwandeln. Wenn sie in sein Geschäft kam, weigerte sie sich, mit irgendwem anders als mit ihm zu tun zu haben, und sagte ihm dann, was sie genau erreichen wollte.

»Mir fehlt es vielleicht an natürlicher Schönheit, doch ich habe viele Vorzüge und brauche Ihre Hilfe, um sie zu nutzen«, sagte sie. Er betrachtete sie sorgfältig. Er drehte und bog sie, vermaß ihre Beine, legte die Hände um ihre Taille und maß sogar ihren Busen. Er sagte kein Wort und sie wehrte sich nicht.

»Sie haben die ideale Figur für Coco Chanel und ein paar andere Designer. Wir werden eine Garderobe zusammenstellen und sie genau auf Sie anpassen, und Sie werden sich nicht mehr wiedererkennen, wenn ich fertig bin. Sie werden umwerfend sein.«

»Gut«, sagte Faith. »Fangen wir an.«

Bendel stellte Faith auf eine erhöhte Plattform und betrachtete sie aus allen Winkeln. Er rieb sich das Kinn und murmelte vor sich hin, während er sich Notizen machte. »Sie haben schöne Beine, gute Proportionen und eine schlanke Taille. Gürten Sie sich in der Taille und zeigen Sie die Hüften. Halten Sie sich fern von Rüschen und Schößchen. Sie brauchen erlesene und anschmiegsame Stoffe, die gut fallen. Nichts zu Langes bei diesen Beinen. Ich weiß, was ich mit Ihnen machen muss. Sie dürfen keinen Teil dieser Figur verbergen. Wir werden alles zurechtschneidern, um Ihre Kurven zu zeigen, und schneiden Ihnen unbedingt die Haare. Stufig sollte es sein, damit es die Wangen umspielt, und knapp über den Schultern enden. Das wird das Gesicht weiter erscheinen lassen.«

Er geleitete sie persönlich zum Frisiersalon in der oberen Etage und wachte über den Schnitt. Faith hatte ihre Haare immer lose getragen oder hinten zusammengebunden. Die Friseurin stufte Faiths opulentes kastanienfarbenes Haar, sodass es sich kurz oberhalb der Schultern nach außen wellte. Kürzere Strähnen legten sich verspielt an ihre Wangen. Sie schnitt lange, unregelmäßige Stirnfransen, die Faiths neue Brauen streiften und ihre Augen noch mehr betonten. Die neue Frisur veränderte sie sehr.

Faith wurde zu Bendels Vorzeigeobjekt. Jedes Mal, wenn sie zum Anpassen oder Kürzen kam, sagte er: »Ah, da ist sie ja. Mein Erfolgsmädchen. Wie viele Anträge haben Sie schon erhalten, seit ich Sie das letzte Mal gesehen habe?«

Bendels Kaufhaus hatte acht Etagen, und auf jeder gab es etwas Notwendiges zur Erschaffung der Bendel'schen Frau. Er wusste, dass Faith sich das Beste leisten konnte. Aber sie war mehr für ihn als eine gute Kundin. Sie gab ihm die Gelegenheit, eine junge Frau mit bescheidenem Aussehen und Auftreten zu einer modischen Frau mit einem raumbeherrschenden Charisma zu verwandeln. Er kleidete sie mit seinen eigenen Kreationen ein und auch mit Chanel. Sie trug sein unverkennbares Parfüm, ein erdiger, fast dekadenter Duft ohne einen Hauch von Süße. Er frisierte ihr dichtes braunes Haar so, dass es windzerzaust und fast ungekämmt wirkte. Das gab ihr ein leidenschaftliches Aussehen, während ihre Kleidung formbetont und zugeknöpft war. »Sie sehen wie eine liebeskranke Schulleiterin aus«, sagte er gern. Für den Abend steckte er sie in schräg geschnittene, verführerische Etuikleider mit schlichter Kapuzenfalte am Halsausschnitt. »Bitte, keinen Büstenhalter bei meinen Kleidern«, sagte Henri. »Ich nähe den richtigen Halt ein, ohne die Form zu verlieren.« Henri hatte recht. Wie er ihre Brüste präsentierte, war unglaublich provokant, und sowohl Männer als auch Frauen starrten sie an. Die neue Faith – das Gesamtpaket – war unwiderstehlich.

Faith war glücklich mit der neuen Kleidung und dem Make-up. Noch zufriedener war sie damit, wie sie sich fühlte. Wer hätte gedacht, dass eine neue Frisur und ein paar Tricks mit Augen-Make-up ihr eine solche Selbstsicherheit verschaffen würden? Manchmal hörte sie sich Liebeslieder an und benahm sich wie ein albernes, liebeskrankes Mädchen. Wenn Josie das Radio anmachte und es spielte Ma Rainey oder King Olivers Band, wiegte sich Faith zur Musik, ganz sicher, dass die Texte einmal von ihrer Liebe handeln könnten.

Ihr erster öffentlicher Auftritt bei einer Wohltätigkeitsveranstaltung für das Kinderhilfswerk im Waldorf Astoria bestätigte ihre neue Anziehungskraft. Mehrere Männer schwebten den ganzen Abend um sie herum, und obwohl sie die Aufmerksamkeit genoss, wollte sie nur einer Person gefallen. Sie konnte es kaum erwarten, ihm ihr neues Selbst zu präsentieren. Zum ersten Mal seit dem Tod ihres Bruders und dem Weggang ihrer Mutter verspürte Faith den heilenden Balsam der Vorfreude.

KAPITEL 35

Tommy Rowland hatte einen großen Berg von nagendem Bedauern angesammelt. Vor allem vergaß er nicht, was Faith Hope angetan hatte. Er konnte Faiths Groll nur zu gut verstehen, doch sie hätte besser Asa damit konfrontieren und ihm sagen sollen, dass er sie verletzte. Stattdessen ließ sie Hope dafür bezahlen.

Eines Nachmittags ging er zu der Büroadresse, die Hope ihm beim letzten Mal genannt hatte, als sie sich zufällig auf der Straße begegnet waren. Sie hatte recht gut ausgesehen, obwohl sie nicht so fein angezogen war wie auf Seawatch. Sie hatte ihn herzlich umarmt und beide hatten sich mit dem Versprechen voneinander verabschiedet, sich wiederzusehen. Zumindest wollte er sich vergewissern, dass es ihr gut ging.

Rückblickend hätte er Faith besser dazu überreden sollen, es nicht zu tun. Er war genauso schuldig, wie sie es war. Er wusste, es war sinnlos, alte Geschichten auszugraben. Wenn er Hope die Wahrheit erzählte, würde sie wahrscheinlich die Schultern zucken und ihm sagen, dass es ihr so besser gehe. Es war nicht ihre Art, das Opfer zu spielen.

»Kommst du raus und trinkst mit mir einen Kaffee?«, fragte er, nachdem ihn die Empfangsdame zu Hope gebracht hatte, die über ein eigenes Büro verfügte. Er war beeindruckt. Sichtbar erfreut stand sie auf, umarmte und küsste ihn und führte ihn zu Martin, um ihn vorzustellen.

»Das ist Tommy Rowland«, sagte sie und hielt sich an seinem Arm fest. »Er ist aus meinem Leben bei den Simpsons. Er hat mir bei vielen Schwierigkeiten geholfen. Seine Mutter hat mir wahrscheinlich den Verstand gerettet.«

»Hallo, Tommy Rowland«, sagte Martin mit breitem Lächeln. »Schön, Sie kennenzulernen.«

»Gleichfalls«, sagte Tommy. »Ich sehe, dass Hope ihr eigenes Büro hat. Das heißt, sie macht sich gut.«

»Sie macht sich besser als das«, sagte Martin und schaute bei seiner Antwort zu Hope. »Sie ist meine Partnerin.«

Als sie draußen auf der Straße waren, sagte Tommy: »Ich habe es dir nie erzählt, doch meine Mutter und ich haben niemals geglaubt, dass du an dieser Sache in Seawatch beteiligt warst. Du hättest Asa so etwas niemals angetan.«

»Ich bin mir sicher, dass es viel Gerede gab, nachdem ich weg war. Mrs Coombs hat mich vom ersten Tag an verdächtigt.«

»Sie dachte, du hättest immer nur nach günstigen Gelegenheiten Ausschau gehalten. Nach deinem eigenen Vorteil.«

»Hatten alle diesen Eindruck?«

»Ich will nicht gemein sein, aber das war die Art, wie du gesehen wurdest. Meine Mutter hat dich immer verteidigt.«

»Nun, danke, dass du mir das sagst, Tommy Rowland. Endlich verstehe ich meinen Charakter«, sagte sie.

»Sei nicht wütend, Hope. Ich habe das nicht gedacht. Aber was ist schon daran auszusetzen, dass du auch ehrgeizig warst? Sieh nur, wie weit es dich gebracht hat. Martin nannte dich seine Partnerin.«

»Er hat mir eine Chance gegeben. Ich bin noch nicht wirklich seine Partnerin, doch wir arbeiten eng zusammen.«

»Bist du mit Martin zusammen?«

Hope lachte. »Nicht so, wie du das wahrscheinlich meinst. Wir mögen einander als Freunde.«

»Hmm. Da bin ich mir bei ihm nicht so sicher.«

»Warum?«

»Wie er dich angesehen hat.«

Hope zuckte die Schultern. »Ich mag es so, wie es ist. Auch wenn ich an den Wochenenden ein bisschen einsam bin.«

»Ich kenne viele Männer, die glücklich darüber wären, dir Gesellschaft zu leisten. Du musst nur etwas sagen.«

»Ich muss dir etwas beichten, Tommy«, sagte sie und sah in ihre Tasse. »Erinnerst du dich an Robert Trent? Manchmal denke ich an ihn.«

»Ich erinnere mich nicht nur an ihn, ich habe ihn sogar letzte Woche in der Wohnung der Simpsons im Dakota Building gesehen. Du weißt, dass Mr Asa in New York lebt, oder? Meine Mutter und Mrs Coombs sind auch dort, doch es gibt eigentlich nicht viel zu tun. Ich gehe regelmäßig hin, um meine Mutter zu besuchen, und Trent war ein paarmal dort.«

»Vielleicht besucht er Faith.«

»Das glaube ich nicht. Faith wohnt im Studentenwohnheim. Er trifft sich wegen Geschäften mit Mr Asa. Wenn ich ihn wiedersehe, werde ich dich erwähnen. Nur ein kleiner Hinweis, nichts Offensichtliches.« Tommy wusste nicht recht, ob Faith noch immer hinter ihrem alten Schwarm her war, doch in diesem Moment wollte er etwas für Hope tun. Er würde Trent entscheiden lassen, ob er frei war.

Ein paar Wochen später traf er Robert Trent bei den Simpsons und hielt sein Versprechen.

»Erinnerst du dich an Hope Lee?«

»Ich erinnere mich an Hope Lee«, sagte Trent und Tommy bemerkte, wie schnell er geantwortet hatte.

»Ich habe sie neulich gesehen und sie hat dich erwähnt.«

Der Ausdruck auf Trents Gesicht war unmissverständlich. Er war interessiert. »Was macht sie jetzt?«, fragte er.

»Sie arbeitet für ein Finanzunternehmen, Beck and Company, unten an der Franklin. Keine große Überraschung. Mr Simpson fand ja, sie sei in dem Bereich ein Genie.«

Tommy sagte nichts weiter. Er hatte den Samen eingepflanzt, und wenn Trent im Anschluss etwas unternehmen wollte, dann hatte er die nötigen Informationen. Trent war immer sehr locker gewesen, aber nicht, wenn es um Hope ging. In jenem Sommer in Seawatch hatte Tommy oft gesehen, wie er sie angestarrt hatte.

Tommy hoffte, dass er damit wiedergutgemacht hatte, damals nicht die Hand erhoben zu haben, als Faith ihre beste Freundin verraten hatte. Faith war die Alleinerbin von Asa Simpsons Vermögen. Hope hatte nichts. Sie hatte keine richtige Ausbildung, keine Familie, keine … Politur. Er wollte ihr helfen, obwohl ihn ihre Missachtung aller Konventionen erschreckte. Aber sie handelte nicht aus Rebellion heraus. Es war einfach ihre Art. Er fragte sich, ob Trent das auch bemerkte oder ob ihn die Begierde blind machte. Er konnte sich nicht vorstellen, dass dieser Mann, der seine Karriere so sorgfältig geplant hatte, jemanden wie Hope heiraten könnte. Er war gespannt, wie es sich entwickeln würde.

KAPITEL 36

Mit dem Juradiplom in der Hand hatte Robert Trent seine Position bei Wentworth gefestigt. Wegen seiner Verbindung zu den Simpsons war er Asas Ansprechpartner in der Firma. Häufig brachte er Verträge zur Wohnung der Simpsons und hatte eine ungezwungene Beziehung zu Asa entwickelt.

»Danke, dass du sie mir mitgebracht hast.« Asa betrachtete diesen Komfort niemals als selbstverständlich. »Es erspart uns eine Menge Zeit und du bringst immer interessante Neuigkeiten mit.«

Robert hatte es sich angewöhnt, Asa Brocken der geschäftlichen Gerüchteküche mitzuteilen. »Das ist völlig eigennützig. Ich möchte einfach wissen, was du dazu denkst.«

So angenehm es auch war, eine Stelle bei Wentworth zu haben, so hatte Robert Trent doch besondere Pläne für die Zukunft. Er wollte nicht einfach nur ein guter Anwalt sein. Er wollte auf eine öffentliche und angesehene Position vordringen. Vor allem wollte er jeden noch verbliebenen Zweifel über den Charakter seines Vaters ersticken. Außerdem wollte er seinen engstirnigen Großvater, der ihn nie kennenlernen wollte, in finanzieller und gesellschaftlicher Hinsicht übertrumpfen.

Asa Simpson war ein naheliegender Weg zu diesem Ziel. Asa hatte eine Tochter im heiratsfähigen Alter, die bereits seine Freundin war, und er mochte vieles an ihr. Sie war blitzgescheit und hatte einen Sinn für Humor, gegen den er gern anspielte. Er musste sich nicht verbiegen, um mit ihr zurechtzukommen, wie er es bei manchen Frauen getan hatte. Sie handhabte ihren Status gut und nutzte die Bedeutung ihres Vaters niemals aus.

Aus all diesen Gründen wäre es für ihn naheliegend gewesen, Faith Simpson den Hof zu machen und Asa um ihre Hand zu bitten. Doch das war nicht die Verbindung, die Robert wollte. Er verspürte eine Zärtlichkeit für Faith, die ihm zu denken gab. Er erinnerte sich an jene peinlichen ersten Tage in Seawatch. Er hatte ihre Entschlossenheit und ihre Charakterstärke auf dem Tennisplatz und beim Schwimmen aus erster Hand erlebt. Sie hatte Angst vor dem Wasser, doch sie war täglich geschwommen. Er hatte sehen können, wie sie vor Angst zitterte. Doch eine Vernunftehe hatte für ihn keinen Reiz. Seine Mutter hatte die Entfremdung von ihrer Familie und den Verlust eines beachtlichen Treuhandfonds auf sich genommen, um seinen Vater zu heiraten, und es hatte ihr nie leidgetan. Sie liebten einander. Faith verdiente nichts weniger.

Während der letzten zwei Monate hatten sie sich oft getroffen und seine Vorbehalte wurden schwächer. Er hatte sie noch nicht geküsst, aber er wollte es oft. Ihre Brüste waren ein ständiger Reiz, prall und einladend. Es sah aus, als würde sie keine Unterwäsche tragen, und dieser Gedanke erregte ihn. Sie hatte angefangen, seinen Arm zu halten, wenn sie nebeneinandergingen, und es gefiel ihm, ihre Hand dort zu spüren.

Tommys Erwähnung von Hope hatte jetzt den Gang der Dinge unterbrochen. *Moment. Möchte ich Hope nicht sehen? Wie geht es Hope?* Als er ihren Namen hörte, verspürte er Furcht, als hätte er bereits den Fehler gemacht, sie nicht zu wählen. Dann kam die Erleichterung, dass es noch nicht zu spät war.

Er dachte an die Einsamkeit, die sie empfunden haben musste, als sie Seawatch verlassen hatte. Er hatte davon gehört, dass bei den Simpsons ein Mädchen ein Geheimnis verraten hatte. Die Tycoons hatten viel Geld verloren. Dass Hope daran beteiligt war, hatte er nie geglaubt. Er hätte sie finden und sie unterstützen können. Nicht, dass sie ihm eine Schwäche gezeigt hätte. Das hätte Hope nicht getan.

* * *

Der Sturm, der ihn in jenem fiebrigen Sommer täglich gequält hatte, war zurückgekehrt und zerfetzte die zerbrechliche Beziehung, die er so sorgfältig mit Faith aufgebaut hatte. Er konnte nichts anderes tun, als zu Hope zu gehen.

Kapitel 37

Viele Tage nach ihrem Treffen mit Tommy ging Hope in Gedanken ihr Gespräch noch einmal durch. Ihr wurden die Wangen rot, wenn sie daran dachte, was Mrs Coombs über sie gesagt hatte. Suchte sie immer einen Vorteil? Kürzlich hatte sie Martin das Wort *Schlitzohr* sagen hören, als er über einen Makler sprach, der immer ein paar Extracent an Kommission verlangte. »Er ist ein Schlitzohr«, sagte Martin. »Immer ist er hinter ein paar Extras für sich selbst her. Ich fühle mich nicht wohl in seiner Nähe.« War sie auch so? Hope war nicht besonders reflektiert, doch nach dem Gespräch mit Tommy beobachtete sie ihr Verhalten, um zu überprüfen, ob sie sich wirklich ihren Weg durchs Leben schummelte.

Etwas anderes machte ihr Sorgen. Asa und Faith waren in die Stadt gezogen. Es gab nur noch die beiden. Als Faith ihr erzählt hatte, dass sie niemals allein mit ihrem Vater etwas unternommen hatte, hatte sie ihr damit zu verstehen gegeben, etwas Platz für sie in Asas Herz übrig zu lassen? Hope durchsuchte die Erinnerung an die Monate, die sie allein mit Asa verbracht hatte, die Köpfe zusammengesteckt, wie sie in seinem Allerheiligsten glücklich miteinander Ideen geteilt hatten, während Faith außen vor blieb. Sie hatte sich wie ein selbstsüchtiges

Mädchen benommen. Sie wollte Faith mitteilen, wie leid es ihr tat, dass sie ihr den Vater weggenommen hatte.

Tommys Bemerkung, dass sie sich nur um sich selbst kümmerte, tat weh, doch es war ein Wendepunkt für Hope. Es war nicht mehr nötig, immer nach dem Vorteil zu jagen. Das Leben war kein Kampf mehr ums Überleben. Sie hatte die Hälfte ihres alten Möbelpoliturunternehmens an die Frau verkauft, die das Tagesgeschäft übernommen hatte, und erhielt von ihr einen monatlichen Scheck. Sie hatte ein Geldpolster und eine ordentliche Wohnung. Ihre Arbeit in Martins Firma hatte ihr die Gelegenheit gegeben, so erfolgreich zu sein, wie sie sein wollte. Es war die perfekte Stelle, um zu lernen und ihre Fähigkeiten zu entwickeln, um die Dollars zu holen, von denen Martin gesprochen hatte, und sie dazu zu nutzen, noch mehr Dollars zu machen. Er hatte ihr beigebracht, wie man vorsichtig war und wie man Gelegenheiten nutzte. Er hatte ihr erklärt, was Risiko war.

»Alles, was du tust, ist ein Risiko«, sagte Martin, »aber man kann die Risiken eingrenzen, damit der Nachteil minimiert wird. Eine Möglichkeit sind Kaufs- und Verkaufsoptionen. Es gibt noch andere Wege. Merke dir eine Regel: Es gibt keine sicheren Einsätze, weder im Leben noch im Geschäft.«

Die Firma hatte mittlerweile zahlreiche Kunden. Einige kamen über Martins Kollegen in London, andere durch seine Kontakte in New York. Sein Vater hatte einen Juraabschluss gemacht und sich auf Immigration spezialisiert. Er konnte Neuankömmlinge zu Martin schicken. Sie kümmerten sich um Fonds von tausend Dollar bis hin zu mehreren Millionen. Das Hauskonto der Firma verwaltete Martin sehr konservativ. Es diente als Sicherheit für die wenigen Aktien, die er auf Margin gekauft hatte.

Die Arbeit war eine tägliche Herausforderung und blieb immer spannend, bis der Markt schloss. Die Aufregung wurde nie kleiner, und Hope blieb an vielen Abenden am Schreibtisch und plante die Transaktionen für den nächsten Tag.

Martin investierte das meiste Geld in die sogenannten Bluechip-Wertpapiere: Öl, Zucker, Transport und Stahl. Er schichtete keine Konten um, was eine Praxis war, bei der häufig verkauft und gekauft wurde, um Kommissionen zu produzieren. Er verfolgte begierig, was in der Politik geschah, denn es wurden immer wieder Gesetze verabschiedet, die bestimmten Aktien schadeten, und andere, die manche Aktien förderten. Er sicherte sich in alle Richtungen ab, machte nie etwas Halbseidenes und hielt sich von der Hysterie fern, die die Wall Street immer stärker zu erfassen schien.

Nach sechs Monaten hatte Martin Hope an den Kleinaktientisch gesetzt. Sie kaufte große Mengen einer Aktie, die für ein paar Cents gehandelt wurde, und wenn sie um zwei oder drei Cents stieg, verkaufte sie. Sie wiederholte dieses Manöver über den ganzen Tag hinweg. Sie brauchte nicht lange, um ein Bündel von Aktien zu entdecken, deren Preise den ganzen Tag schwankten, und konzentrierte sich darauf. Eine war von einer Firma namens Magnetic Devices, die sie mindestens fünfmal am Tag kaufte und verkaufte. Der Profit ging auf das Firmenkonto und zwanzig Prozent behielt sie für sich. Der Kleinaktientisch war eine Geldmaschine und perfekt geeignet für Hope, die bald den Dreh raushatte. Sie stieg schnell ein und aus und ließ sich nicht beirren.

Es war eine mühselige Art, Geld zu verdienen, und man musste Jugend und Wagemut auf seiner Seite haben. Hope besaß beides und es erfreute sie jedes Mal aufs Neue, wenn sie zehntausend Stück einer Fünfzig-Cent-Aktie kaufte und einen Profit von zweihundert Dollar erzielte, wenn sie eine halbe Stunde später um zwei Cent anstieg.

An manchen Tagen gab es extreme Schwankungen und der Markt wogte auf und ab. Dann handelte sie verstärkt, wobei sie jedoch immer diszipliniert blieb. Drei Cent war ihr Grenzwert, um zu verkaufen, und sie wich niemals davon ab. Das hatte sie von Sen gelernt. Wenn etwas zu schnell anstieg, dann steckte zu neunzig Prozent ein Manipulator dahinter. Es spielte keine Rolle, ob sie ein paar Cents verlor. Das Spiel wurde mit Vorsicht gespielt und so gewann sie es auch.

Nach mehreren Monaten des Kleinaktienhandels stieg Hope zu einer neuen Kategorie auf: Aktien mit einem Wert zwischen einem und fünf Dollar. Diese Aktien waren weniger beweglich, dafür aber sicherer. Sie erlernte den Rhythmus ihrer neuen Liste und fuhr damit fort, kleine, aber zuverlässige Mengen Geld zu machen.

Nach einem Jahr in der Firma machte Hope sich keine Sorgen mehr über ihren Lebensunterhalt. Sie wandte sich nun ihrem Privatleben zu.

Martin ging mit einer attraktiven Ärztin aus, die hundert-tausend Dollar geerbt und ihm anvertraut hatte. Er betonte immer, dass es nur eine lose Verbindung war, doch es erinnerte Hope daran, dass sie kein Privatleben hatte. Sie verbrachte so viel Zeit mit Martin im Büro, dass es an den meisten Tagen keinen Platz mehr für etwas anderes gab. Es wäre so einfach gewesen, sich Martin zuzuwenden. Es gab Momente, in denen ihre Gesichter nur Zentimeter voneinander entfernt waren, und sie entdeckte eine Weichheit in seinen Augen, die mög-licherweise an sie gerichtet war. Es wäre aber für beide nicht fair gewesen. So empfand sie nämlich nicht für ihn. Außerdem hatte Martin kein Problem damit, Frauen zu finden, und er war zufrieden, sich in kurzen Beziehungen auszuleben.

Wenn sie an den Wochenenden ausging, sah sie junge Männer und Frauen als Paar zusammen. Alle ihre Beobachtungen resümierten das, was sie in ihrem Leben vermisste. Selbst alte Männer und Frauen kamen zusammen und spielten Schach oder unterhielten sich auf den Bänken im Seward Park. Die

Straßen, die sie so liebte, wurden zu einem ständigen Tadel. Da war niemand für sie.

Liebe war ein neues Konzept für Hope und es kam überraschend. Sie sehnte sich nach jemandem, der wusste, wo sie war, wie es ihr ging und ob sie am Ende eines Tages glücklich oder traurig war. Sie dachte an Robert Trent. Den Kuss in Seawatch hatte sie nie vergessen. Es war nur eine kleine Berührung der Lippen gewesen, doch das Ergebnis war verwirrend. Sie wollte diese Verwirrung austesten, aber nur mit ihm. Sie überlegte, ob sie ihn aufsuchen sollte, schob den Gedanken aber immer weiter vor sich her. Am Ende musste sie nicht nach ihm suchen. Er fand sie.

Eines Abends im Juni ging sie nach einem warmen Frühlingstag hinaus auf die Straße und überlegte, welchen Weg sie nach Hause nehmen sollte, und da war er. Vor dem Bürogebäude umgab eine niedrige Mauer aus Schiefersteinen – ein Material, das beim Bau der U-Bahn angefallen war – einen kleinen rechteckigen Grasstreifen. Er saß mit den Armen auf die Beine gestützt auf der Mauer und blickte mit einem eigenartigen Ausdruck zu ihr auf. Er trug einen beigefarbenen Leinenanzug und ein weißes Hemd. Seine Krawatte war gelöst, und dieses kleine Detail ließ ihn verletzlich und zweifelnd erscheinen. Sie fühlte sich, als wäre ihr Blut umgelenkt worden und würde ihr jetzt in Brust und Kopf schießen. Ihr erster Impuls war davonzulaufen, doch sie war unfähig, sich zu bewegen.

Reglos verharrten sie und schauten einander an, ohne etwas zu sagen. Beide hatten sie gewusst, dass dieser Moment kommen würde. »Hallo Robert Trent«, sagte sie und fürchtete sich bereits vor dem, was in ihr vorging. »Was machst du hier?«

»Ich bin hier, um dich abzuholen«, sagte er sanft. Er war sich sicher. Warum hatte er so lange gebraucht, um nach ihr zu suchen? Ihr liefen Tränen über die Wangen. Er stand auf und nahm sie in die Arme.

Er strich ihr das Haar zurück und nahm ihr Gesicht in beide Hände, damit er sie richtig küssen konnte. Seine Handfläche streifte unabsichtlich ihre Brust, er ließ sie mit sanftem Druck dort. Sie schob sich von ihm weg. »Warte. Was geschieht jetzt?«

»Du kommst mit mir. Du kommst mit mir.«

Einen Moment später, als die Dämmerung die Straße und Gestalten verhüllte, erblickte Martin Beck sie, als er aus dem Bürogebäude kam, und er erkannte zum ersten Mal, wie sehr er das Mädchen liebte und wie viel er aus Angst, sie zu verschrecken, verloren hatte. Fürs Erste war es zu spät.

KAPITEL 38

Er wohnte in einem Sandsteinhaus auf der Charles Street, einer ehemaligen Stallung, die nur über zwei Blocks verlief. Über dem Eingang war der Name ›Docevilla‹ eingraviert. Nach einem Abendessen, bei dem sie ihre Mahlzeiten nicht gegessen hatten, waren sie bei ihm angekommen. Sie hatte kaum wahrgenommen, wohin sie gingen, und war überrascht, als sie ihr Ziel erreichten.

»Ich bringe dich nach Hause, wenn du das willst«, sagte er.

Sie schüttelte den Kopf. »Ich will bei dir bleiben.« Sie fühlte sich zerbrechlich, als könnte sie in eine Million Teile zerspringen. Der Kuss, die Art, wie er ihren Arm hielt, wie er sie führte, seinen Arm um ihre Taille legte und sie zu ihm brachte, all das war neu. In einem Moment war sie ein normales Mädchen, das auf der Straße stand, und im nächsten war sie Teil von jemand anderem. Das Erschreckendste war, dass sie gar nicht gewusst hatte, dass sie dieses Gefühl brauchte. Jetzt war es unvorstellbar, es wieder zu verlieren.

»Ich erinnere mich an jenen ersten Tag in Seawatch. Du bist spät am Nachmittag angekommen, als wir anderen am Strand waren. Wir machten uns frisch und kamen zum Essen und da warst du. Ich habe dich wiedererkannt, aus dem Poesiekurs. Ich war so nervös. Ich wusste nicht, wo ich hinschauen sollte.«

»Ich wusste auch nicht, wohin ich gucken sollte. Ich wollte dich ganz lange ansehen, doch Asa hätte mich direkt zurück in die Stadt geschickt. Ich wäre sofort mit dir davongelaufen.«

»Und jetzt?«

»Jetzt sind wir erwachsen. Jetzt können wir entscheiden, was wir füreinander sein wollen.«

Erleichtert erkannten beide, dass sie für eine Weile nichts entscheiden mussten. Diese Gnadenfrist hatten sie.

* * *

Ihr gefiel alles an seiner Wohnung. Sie liebte die Möbel. Sie liebte das breite Bett mit der Federmatratze, die bereitwillig ihren Formen nachgab. Sie liebte seine Kleidung. Sie liebte das Gefühl des Stoffes auf ihrer Haut. Er hatte Fotografien aus seiner Jugend in Saint Paul's. Sie zeigten einen ernsten, nachdenklichen jungen Mann in Eishockey-Uniform.

In dieser ersten Nacht näherte er sich ihr noch nicht, auch wenn sie eng umschlungen in den Armen des anderen einschliefen. Die Intimität war schwierig. Sie gelangte immer wieder an einen Punkt, ab dem sie sich zu sehr fürchtete. Sie brauchte lange Zeit, um dem Ritual zu vertrauen, und er drängte sie nicht.

»Wir können für immer so bleiben«, sagte er ihr. »Es reicht mir, einfach bei dir zu sein.«

Sie verließ sich so lange wie möglich auf sich selbst. Jede Nacht versuchte sie, ein wenig weiter zu kommen. Aber sie blieb wachsam, während er seufzte und lustvoll stöhnte. Dann, als sie glaubte, sie könnte alle ihre Gefühle bewältigen, erlaubte sie ihm, mit seinen Lippen über ihren Körper zu wandern, bis er eines Nachts nicht mehr aufhören konnte.

»Ich liebe dich«, murmelte er immer wieder. »Ich liebe dich.« Es war schwer für sie, ihm zu vertrauen. Es war unmöglich, loszulassen. Seine Liebkosungen blieben zu verwirrend für sie.

Eines Nachts sagte er zu ihr: »Öffne die Beine. Öffne sie weit«, und dann legte er sich dazwischen und bedeckte ihren Körper. Sie war schlank, doch ihre Hüften und Beine waren kräftig. »Hier will ich sein. Sei mit mir. *Sei mit mir.*«

An diesem Tag wuchs Hope über all ihre Ängste hinaus. Als er in ihr war, rief sie: »Beweg dich nicht.« Dann schlang sie ihre muskulösen Beine fest um ihn und hielt ihn fest.

Er konnte sich nicht bewegen und das erschreckte und erregte ihn zugleich. »Hope, um Gottes willen, lass los.«

»Warte«, sagte sie und hielt ihn noch fester. Als sie ihn schließlich losließ, hatte er eine neue Ebene von Sinneseindrücken erreicht, und sie blieben lange Zeit schweigend zusammen.

Danach war alles anders. Wenn sie einander ansahen, war es anders. Sie waren in einem gefährlichen Zustand angekommen. Robert Trent vergaß seine Zukunft. Nur der Augenblick zählte noch. Er war besessen von Hope Lee.

Ihre Tage wurden unwirklich, nur die Nächte zählten noch. Sie wusste nicht, wohin es führen oder wie es enden würde. Es kam ihr nicht in den Sinn, dass es vielleicht niemals endete. Sie wusste nur, dass das Leben ungewiss geworden war. Es hörte nicht auf und begann wieder wie zuvor. Es war ein fortlaufendes Band aus Gefühl und Leichtigkeit und einer Blindheit für alles andere, außer ihrem Geliebten.

Es gab einen gedankenlosen Zwang, der das Begehren überstieg. Er überstieg Angst und Konsequenzen. Endlich waren sie zusammen und die Erleichterung der Erfüllung war fast mehr, als sie von Minute zu Minute verarbeiten konnten.

»Wir haben zu lange gewartet«, sagte er. »Das habe ich vom ersten Tag an gewollt, als ich dich gesehen habe.«

Ihre Arbeit ging weiter wie bisher, und wenn Martin zurückhaltender war und sich seltener mit ihr unterhielt, so bemerkte sie es nicht. Robert kam am Feierabend, um sie abzuholen, und sie hielten unterwegs zum Essen, bevor sie nach Hause gingen.

* * *

Eines Nachts lagen sie eng nebeneinander in der Stille. Sie setzte sich auf und blickte auf ihn hinab. »Ich dachte gerade, wie sehr ich mir wünschte, dass meine Mutter noch hier wäre, um dich kennenzulernen.«

»Das ist komisch«, sagte er. »Ich habe nämlich auch gerade an meine Mutter gedacht. Sie hat einen Außenseiter geheiratet und ihre Eltern haben niemals mehr mit ihr gesprochen.«

Hope war überrascht von dieser Offenbarung. Erzählte er ihr das wegen ihrer Verschiedenheit? »Willst du etwas Bestimmtes tun, um deine Mutter zu rächen?«

Er antwortete ihr nicht gleich. Einen Moment lang hinderte etwas in seinem Bewusstsein ihn daran, sich auf die Zukunft zu konzentrieren. Schließlich sagte er: »Kann sein. Es ist ein Teil davon.«

Nachdem er ihr von seiner Mutter erzählt hatte, bat Hope ihn, sie zu Agathas Grab zu bringen. »Du hast Zugang zum Stadtarchiv. Hilf mir bitte, das Grab meiner Mutter zu finden.« Oft wünschte sie sich, dass Agatha mit Robert hätte Zeit verbringen können. Das Nächstbeste wäre, gemeinsam an ihrem Grab zu sitzen.

Es dauerte nicht lange, um die Akteneinträge zu finden. Das Triangle-Feuer hatte die schändlichen Arbeitsbedingungen in den Fabriken offengelegt und die Tragödie war zum Anlass für Reformen geworden. Wegen Hopes Geschichte in der Zeitung gab es präzise Informationen zu Agatha. Als Robert die Aufzeichnungen fand, entdeckte er unter den Unterlagen auch den Zeitungsausschnitt. Er verstand, weshalb Asa sie aufgenommen hatte. Der entsetzte Blick in diesem schönen Gesicht war herzzerreißend. »Ich habe herausgefunden, wo deine Mutter begraben ist.«

»Bist du sicher, dass sie es ist? Hat sie einen Grabstein?«

»Ja. Es gab Unterlagen von ihr bei der Fabrik und auch ihre Eheurkunde. Daher konnte sie zweifelsfrei identifiziert werden. Da war auch ein Zeitungsausschnitt mit einem Bild von dir.«

Hope erstarrte. »In diesem schrecklichen ersten Jahr hatte mich Emma Rowland, Tommys Mutter, aufgenommen. Sie hat immer zu mir gehalten. Ich hätte bei ihr bleiben sollen.«

»Es hat kein gutes Ende genommen in Seawatch?«

»Es hat ein sehr gutes Ende genommen. Ich wurde aus dem Mausoleum entlassen. Doch ich liebe Asa Simpson noch immer und das werde ich auch immer tun. Er hat mir für lange Zeit alles gegeben, was ich brauchte. Ich kann mir gar nicht vorstellen, wie er gelitten haben muss, als Billy starb. Ich wünschte, ich wäre da gewesen, um ihm zu helfen. Er selbst war übrigens auch ein Waisenkind.«

»Was ist mit Faith?«

Sie antwortete für lange Zeit nicht, sah ihm aber fest ins Gesicht. »Ich vermisse Faith. Sie war meine zweite richtige Freundin.« Sie dachte, er würde reagieren, doch er schaute sie nur an und Faith schien sehr weit weg zu sein.

»Die zweite? Wer war die erste?«

»Ein kleines Straßenmädchen namens Gloria. Sie brachte mir das Betteln auf der Straße bei, als meine Mutter im Krankenhaus und ich allein war.«

Robert wirkte erschrocken. »Wie lange dauerte das denn?«

»Nur ein paar Wochen. Dann verschwand sie, ohne sich zu verabschieden. Ich wollte sie umbringen. Faith blieb viel länger.« Sie dachte, er wollte über Faith reden. Schließlich begegnete er ihr von Zeit zu Zeit, wenn er zu der Wohnung ging. Mit der Columbia University war er fertig, doch sie mussten sich getroffen haben, während er dort war. Sie wusste genau, dass Faith es so geplant hatte. Er wechselte das Thema.

»Möchtest du, dass ich dich zum Grab deiner Mutter bringe?«

Vielleicht liebte Faith ihn noch und jetzt war er mit ihr, Hope, zusammen. Sie wollte nicht darüber nachdenken. Sie war glücklich und fühlte sich gut. Sie wollte ihn festhalten, solange es anhalten würde. »Ja. Bring mich bitte hin. Wo ist es?«

»Nach dem Feuer wurden die Leichen zum Charities Pier drüben an der Twenty-Sixth Street und dem Fluss gebracht. Angehörige haben einige Leichen mitgenommen und privat beerdigen lassen. Die anderen wurden zwischen der Hebrew Free Burial Association und dem Mount Richmond Cemetery aufgeteilt, und die sechs nicht identifizierten Opfer liegen auf dem Cemetery of Evergreens in Brooklyn.«

»Meine Mutter war aber keine Jüdin. Bist du sicher, dass sie auf dem Hebrew Cemetery ist?«

»Ja. Sie ist dort. Dreiundzwanzig Opfer des Feuers sind hier. Vielleicht waren nicht alle von ihnen jüdisch.«

»Wo ist der Friedhof?«

»Auf Staten Island, in der Nähe des Fähranlegers.«

Sie fuhren mit der Fähre zur Saint George Station und nahmen ein Taxi zum Friedhof. Es dauerte insgesamt keine halbe Stunde, bis sie das Eingangstor erreichten. Hope war die ganze Zeit über still gewesen. Sie befand sich in ihrer eigenen Traumwelt.

Robert bat den Fahrer, auf sie zu warten. Der Friedhofsverwalter führte sie zum Grab und gab ihnen ein paar Hintergrundinformationen. »Die Fabrikmädchen wurden alle in demselben Bereich bestattet. Sie sind an einer schönen Stelle, wo sie die Brise vom Fluss mitbekommen«, sagte er. »Ich helfe Ihnen, Ihre Mutter zu finden.«

Sie lag am Ende einer Reihe. Auf dem Grabstein standen Agathas Name und die Todesursache.

AGATHA M. LEE, 1879–1911, OPFER DES FEUERS IN DER TRIANGLE-BLUSENFABRIK

Hope setzte sich aufs Gras und strich mit den Fingern über den Grabstein ihrer Mutter. Dann legte sie den Kopf an den Fuß des Steins und machte sich lang, sodass sie ausgestreckt auf dem Grab ihrer Mutter lag, das Gesicht auf den Boden gedrückt.

Während sie so dalag, fragte sich Robert, was die Familie seiner Mutter denken würde, wenn sie diese Szene sähe. Er fragte sich, was seine Mutter denken würde. Hope war anders. Sie bot eine lebendige, authentische Wirklichkeit, eine, die nichts für Feiglinge war.

Er hörte ihr Murmeln, während sie ins Grab sprach. Er setzte sich auf eine Bank in der Nähe, um ihr ungestört Zeit zu lassen. Es gab nichts, was er jetzt für sie tun konnte. Sie war weit weg von ihm an einem Ort, den er nicht erreichen konnte.

Auf dem Weg nach Hause saß sie von ihm abgewandt mit dem Gesicht an die Scheibe gepresst und blickte noch lange zu dem Friedhof, als man ihn schon nicht mehr sehen konnte.

KAPITEL 39

Faith war sich bewusst, dass ihr Leben von einer tiefen Melancholie überschattet wurde. Sie versuchte, sich selbst davon zu überzeugen, dass es einen guten Grund für Roberts Abwesenheit gab, doch sie konnte sich kein Szenario mit einem glücklichen Ende vorstellen. Fast zwei Monate lang hatten sie sich mindestens einmal in der Woche in dem kleinen griechischen Restaurant auf Columbus getroffen, hatten gelacht und sich gut unterhalten. Die Momente des Schweigens waren angenehm, und wenn sie einander ansahen, war eine neue Verständigung spürbar. Sie fühlte sich schön, denn sie fühlte sich begehrt. Sie waren an der Schwelle zur Liebe oder zumindest kurz vor einer Übereinkunft.

Dann war Robert verschwunden und es hatte diese schreckliche lange Stille gegeben. Sie hatte Tommy angerufen und ihn gebeten, sich mit ihr in einem Café in der Nähe des Campus zu treffen. Er sollte für sie Nachforschungen anstellen.

»Ich brauche deine Hilfe«, sagte sie. »Robert und ich haben uns regelmäßig getroffen und jetzt hat es plötzlich aufgehört. Ich muss wissen, ob er sich mit jemand anderem trifft. Ich möchte, dass du einmal nachforschst.«

269

»Da sind keine Nachforschungen nötig«, sagte er. »Robert wohnt mit deiner alten Freundin Hope Lee zusammen, unten im Greenwich Village. Mein neues Büro ist dort und ich habe sie zusammen gesehen, doch sie waren zu weit weg. Wir haben nicht miteinander gesprochen.«

»Warum hast du es mir nicht erzählt?«

»Ich habe keinen Grund dafür gesehen. Ich wusste nicht, dass du und Trent etwas Ernstes miteinander habt, oder auch nur etwas Halbernstes.«

»Du hast ihn in unserer Wohnung gesehen.« In ihrer Stimme lag etwas Anklagendes.

Tommy hob die Hand. »Faith, warte. Ich habe ihn dort mit deinem Vater gesehen. Wenn du mit Robert eine ernsthafte Beziehung hättest, warum sollte er dann mit Hope zusammen sein? Und woher hätte ich wissen sollen, dass dich ihre Beziehung interessiert?«

Sie sah Tommy an, als würde er Kauderwelsch reden, dann zog sie die Schultern hoch und atmete resignierend ein. »Sie wohnen zusammen?«

»Ich kann es nicht sicher sagen, aber ich denke schon.«

»Danke, dass du es mir erzählt hast. Entschuldige meinen Ton.«

»Ist schon gut«, sagte er. »Tut mir leid, dass es so ausgegangen ist.«

»Es ist noch gar nicht irgendwie ausgegangen«, sagte sie aufgebracht. »Das ist nur vorübergehend.« Sie warf einen Geldschein auf den Tisch und stand auf, um zu gehen.

Als Tommy sich verabschiedet hatte, empfand er Schuld und Verwirrung. Hätte er wissen können, dass er Faith den Liebsten nahm? Hatte er einfach ihre Geschichte und die offensichtlichen Anzeichen ignoriert, nur um etwas Nettes für Hope zu tun? Jetzt war es zu spät, es ließ sich nicht ungeschehen machen. Was hatte Faith damit gemeint, dass es vorübergehend sei? Sie hatte es mit solcher Gewissheit gesagt. In seinem Herzen glaubte er auch, dass die Beziehung nicht halten würde, doch aus anderen Gründen. Robert Trent war ehrgeizig und Hope hatte nichts, was sie ihm bieten konnte.

* * *

So charmant Faiths Plan war, Robert zu erobern, er hatte seine Basis verloren. Doch sie überzeugte sich selbst, dass es nur vorübergehend war.

Da Robert nun unerreichbar war, empfand sie ein fast unerträgliches Verlangen nach ihm. Was jedoch am meisten schmerzte, wenn man Faiths emotionale Raserei überhaupt als Schmerz bezeichnen konnte, war die Demütigung, die sie zu ertragen hatte. Es war offenbar nicht schwer, sie zu verlassen. Vielleicht war es sogar eine Erleichterung gewesen. War er erleichtert, sie los zu sein? Auf der anderen Seite fühlte er sich anscheinend so sehr von Hope angezogen, dass er dafür all das Geld und Prestige und den langfristigen gesellschaftlichen Aufstieg einfach wegwarf. Hope war unwiderstehlich. Ohne jede Anstrengung hatte sie Robert von einem Vermögen weggelockt, das so groß war, dass es Maßstäbe für andere Vermögen setzte. Genauso, wie sie Asa weggelockt hatte. Wenn man der nackten Wahrheit ins Auge sehen wollte, dann war es genau das.

Faith empfand nichts mehr für Barnard oder New York, doch sie blieb auf dem College und begann sogar, sich mit einem sonderbaren Jungen aus ihrem Wirtschaftskurs zu treffen. Sein Name war Henry Cole und er weckte ihr Interesse, als er ihr sein Lebensmotto sagte: »Wie alle anderen werde ich zu Tode gequält.« Sein schwarzer Humor half ihr durch das Semester.

Während des Sommers arbeitete Faith in Vollzeit für die Firma ihres Vaters und wurde so kompetent in der Datenauswertung, dass sie nicht mehr zu Barnard zurückkehren wollte. Ihr Vater schenkte ihr seine volle Aufmerksamkeit. Er vertraute ihr, fragte nach ihrem Rat und ließ sie an jedem Aspekt seines Geschäfts teilhaben. Es war der Sommer, in dem er sich endlich von Alice scheiden ließ. Faith fragte sich, ob wohl eine der hübschen Goldgräberinnen, die sich immer einen Weg in die höhere Gesellschaft suchten, hinter ihrem Vater her war. Sie hoffte, dass dem nicht so war. Sie hoffte, er würde jemanden kennenlernen, der ihn wirklich liebte und sich die Zeit nahm, ihn zu verstehen.

Aus heiterem Himmel heraus wurde ihr Wunsch erfüllt. Margaret Fellows, eine attraktive Frau aus Muttonville, die in Seawatch gelegentlich Asas Haar geschnitten hatte, besuchte ihn in der Wohnung im Dakota Building. Sie schnitt ihm noch immer das Haar, doch das war nur ein Vorwand für ihn, um sich mit ihr zu treffen. Irgendwann blieb sie über Nacht. Man konnte sehen, dass sie einander glücklich machten.

Margaret war ein spätes Geschenk in Asas Leben. Sie kam aus einer Familie der oberen Mittelschicht und hatte Medizin studiert. Mit dem Haareschneiden hatte sie angefangen, als der einzige Friseur in Muttonville verstarb. Asas Haar hatte sie auch weiter geschnitten, als ein neuer Friseur sein Geschäft eröffnete, und er gestand ihr jetzt, dass er sie oft hatte küssen wollen. Er hatte aber befürchtet, dass sie die Schere nehmen und ihn erstechen würde. Margaret lächelte und sagte: »Das hätte passieren können.«

Wenn sie zusammen waren, berührte Asa sie ständig am Arm, an den Schultern, am Gesicht. Manchmal legte er beim Essen seine Hand auf ihre. Faith konnte sehen, dass er alles überwunden hatte, was ihm widerfahren war, und etwas Frieden gefunden hatte.

Dass ihr Vater nach so viel Kummer wieder glücklich war, gab auch Faith ihren Optimismus zurück. Sie wandte sich wieder der Zukunft zu. Das bedeutete jedoch nicht, dass sie Robert Trent aufgab. Ihr Streben galt nach wie vor einem akzeptablen Ausgang.

KAPITEL 40

Hope saß am frühen Morgen mit zerzausten Haaren auf dem Bett. Ihr Nachthemd war nur ein einfacher Seidenunterrock. Einer der schmalen Träger war ihr von der Schulter gerutscht und ihr Brustansatz war zu sehen. Ein Strahl Morgensonne beleuchtete ihr Gesicht, das vom Schlaf noch blass war. Alles, was er an ihr unwiderstehlich fand, war da. Sie erfüllte alle seine unausgesprochenen Bedürfnisse, ein Verlangen, das nur sie erweckte. Er wusste, was er für sie aufgab. Er wusste auch, was er im Gegenzug dafür bekam.

Er setzte sich neben sie und nahm ihre Hand.

»Ich liebe es, dass du hier bei mir bist«, sagte er. »Ich will dich glücklich machen.«

»Ich bin glücklich«, sagte sie.

»Nein. Du bist nachdenklich. Du denkst über uns nach.«

»Ich bin so daran gewöhnt, allein zu sein, und jetzt habe ich dich. Ich denke die ganze Zeit daran.«

»Wie kann ich dich dazu bringen, nicht mehr darüber nachzudenken und einfach bei mir zu sein?«

»Gib mir nur ein wenig Zeit. Es wird geschehen.«

Ihr ständiges Reflektieren wurde weniger, hörte aber nicht auf. Er war das, was sie wollte. Sein Anblick verdrängte alles andere.

Es war ihr ein Triumph und Quell des Erstaunens, wenn sie ihn zu besinnungsloser Hingabe brachte. Doch zugleich war es auch eine Quelle der Besorgnis. Sie vertraute diesem Zustand nervöser Erregung nicht. Er würde vorübergehen, Menschen konnten nicht ihr gesamtes Leben so verbringen. Wann würde die Sinnlichkeit verschwinden und ruhigeren Gefühlen Platz machen? Und wäre das für ihn ausreichend? Sein Leben war eigentlich in eine ganz andere Richtung ausgerichtet. Es war völlig anders als ihres, und sie fand es schwierig, ein Teil davon zu sein.

Er nahm sie mit in Theaterstücke, die sie nicht verstand, und bezog sich auf Bücher, die sie nie gelesen hatte. Sie spürte ihren Mangel an klassischer Bildung. Die Kurse in Seawatch hatten sie nicht allzu weit gebracht. Es gab noch andere Dinge. Er ließ sich seine Anzüge maßschneidern – selbst seine Schuhe waren handgefertigt –, und alle Materialien waren mit Sorgfalt ausgewählt. Sie selbst hatte gute Kleidung und Accessoires, doch sie hatten nicht den Extraglanz, die speziellen Nähte, die Geschmeidigkeit ausgesuchter Stoffe, die perfekt geschnitten waren. Jedes Mal, wenn sie seine Initialen auf der Brusttasche seines Hemdes eingestickt sah, erinnerte es sie daran, dass er zwar nicht wohlhabend, aber wohlgeboren war. Solche Wurzeln reichten tief. Faith und Billy hatten dieselben Wurzeln, genau wie ihre Mutter Alice.

Manchmal übte er vor dem Spiegel, wie er sich an die Geschworenen wandte. Er sprach ohne Notizen. Schöne, prägnante Ideen quollen hervor. Er bettete seine Argumente in emotionale Bilder, die sie oft zu Tränen rührten. Er konnte nicht nur eine überzeugende Verteidigung darbieten. Seine Art zu sprechen, die Gedanken und Ideen präsentierten seinen Charakter.

Asa hatte immer gesagt, dass sie eine frische Denkerin sei, was auch immer das bedeutete. Und das mochte gut sein, um Aktien zu bewerten, doch für jeden anderen Beruf wäre sie eine

Niete. Diese Bedenken kamen gelegentlich hoch, und egal, wie sehr Robert sie zu beschwichtigen versuchte, sie blieb in dem Glauben, dass sie keine angemessene Partnerin für ihn sei.

Eines Morgens, als er sich anzog und sie noch im Bett liegen blieb, sagte er: »Wir gehen zu einem großen Fest. Es ist die Jahresabschlussfeier der Firma, diesmal wird es ein Wohltätigkeitsball.«

»Du meinst mit Tanz? Ich kann nicht tanzen. Ein bisschen was habe ich in Seawatch gelernt, aber es fällt mir wirklich schwer. Ich glaube, du solltest allein hingehen.«

Kurz entspannte sich sein Gesicht. Es wäre so viel einfacher, allein zu gehen. Hope in die konservative Kultur der Wentworth-Firma einzuführen, war riskant. Ihre völlige Ehrlichkeit würde bei den Älteren womöglich nicht so gut ankommen. Ihr Gesicht war schön, doch offensichtlich gemischtrassig, und es gab Fanatiker, die herablassend werden konnten. Dann waren da natürlich auch Asa und Faith. Glaubte Asa noch immer, dass sie ihn betrogen hatte? Würde es ihn verärgern, wenn er sie dort sehen würde? Aber trotz der Risiken musste er es tun. Sie musste Teil seines ganzen Lebens sein, nicht nur von den Abenden. »Ich will, dass du dir etwas Schickes zum Anziehen kaufst und mit mir kommst. Nicht zu schick, aber schick genug für einen Ball. Ich kann mit dir einkaufen gehen, wenn du magst.«

Er zog sich weiter an und sie blieben beide still und dachten über die vielen Fallstricke nach. Hope wusste, dass es ihn nervös machte, sie mitzunehmen. Wie konnte es auch anders sein? Asa und Faith würden dort sein, und es würde peinlich werden. Wahrscheinlich würde es niederschmetternd für Faith, falls sie sich noch immer nach Robert sehnte. Sie fühlte sich seltsam damit. Am Rande ihres Bewusstseins formte sich der Gedanke an eine Zukunft ohne Robert. Und schon jetzt, noch bevor es überhaupt so weit war, empfand sie darüber große Traurigkeit. Der Augenblick beinhaltete alle die offenen Fragen, die sie beide für später beiseitegeschoben hatten. Jetzt war der Zeitpunkt gekommen.

Robert setzte sich neben sie auf das Bett, um seine Socken anzuziehen. Er beugte sich vor und küsste sie zunächst auf die Wange, dann auf den Mund. Seine Hand fand ihre Brust.

Sie schob die Hand beiseite. »Es ist spät«, sagte sie.

»Ich kann mich nicht anziehen«, sagte er und griff erneut nach ihr.

»Warte.« Sie legte sich zurück aufs Bett, zog sich das Nachthemd über die Taille und entblößte ihre Oberschenkel. Dann spreizte sie die Beine. Sie wollte schamlos sein. Wenn dies das Einzige war, was sie ihm bieten konnte, dann würde sie es nutzen.

Als sie sich an diesem Tag liebten, war es anders. Es war langsam und bedächtig. Als er sich schließlich über ihr krümmte, stürzten sie sich beide vorwärts auf der Suche nach einer Nähe, die jeden Zweifel erstickte.

KAPITEL 41

Faith bat Tommy Rowland um ein Treffen in einer Imbissstube in der Nähe der Barnard.

Als er ankam, stand Faith auf und umarmte ihn. Tommy war nervös, unsicher, was sie von ihm wollte, doch er fühlte sich nicht mehr schuldig. Es war nicht sein Fehler, dass Trent Hope begehrte und Faith nur wegen ihres Geldes und ihres sozialen Status mochte. Womöglich hatte er Faith sogar einen Gefallen getan. Wer wollte schon einen Mann heiraten, der einen nur ausnutzen will?

»Danke, dass du den weiten Weg hergekommen bist, um dich mit mir zu treffen.«

»Klar. Warum auch nicht?«

»Ich habe für uns beide Kaffee bestellt. Sie haben hier aber auch eine Flasche für mich deponiert, wenn du etwas Stärkeres willst.«

»Kaffee reicht mir«, sagte Tommy. »Gibt es einen bestimmten Grund, weshalb du mich sehen willst?«

»Das kann warten. Ich möchte wissen, wie dein Job läuft. Papa kann dir helfen, wenn du eine Veränderung willst. Du musst es nur sagen.«

»Danke. Das ist gut zu wissen. Es gab am College eine Jobbörse und alle Firmen waren da. Sie machen direkt dort Vorstellungsgespräche. Ich habe noch vor meinem Abschluss etwas bekommen, und es läuft gut.«

»Das ist wunderbar.« Sie rührte in ihrem Kaffee und nahm dann einen Schluck. »Ich habe ein Angebot für dich«, sagte Faith. »Eigentlich ein Geschäftsangebot. Du tust etwas für mich und ich werde dich dafür gut bezahlen.«

»Das klingt interessant«, sagte Tommy, »obwohl ich dir gern auch einfach nur einen Gefallen tue, wegen der alten Zeiten. Da ist keine Bezahlung nötig.«

»Das ist sehr großzügig von dir, doch ich will bezahlen. Es ist mehr als nur ein kleiner Gefallen und es erfordert Geschick. Wie du mir vor einer Weile erzählt hast, lebt Hope mit Robert zusammen, dem Mann, den ich heiraten will.«

Tommy war überrascht, als sie es so einfach und ehrlich vor ihm darlegte. Das musste man Faith lassen, sie verschwendete keine Zeit mit Plattitüden. Sie war entschieden erwachsen geworden und hatte das sensible, unbeholfene Mädchen hinter sich gelassen. Er bemerkte, wie hübsch sie aussah, und war etwas überrascht, dass er es nicht schon früher gesehen hatte. »Wirst du mich darum bitten, Hope umzubringen?«, sagte er und lachte.

»Ganz und gar nicht«, erwiderte sie sofort. »Ich will, dass du zu der Firma gehst, bei der Robert arbeitet, und mit dem Geschäftsführer sprichst, Mr Paul Wentworth. Du kennst ihn, er war der Vorstandsvorsitzende des Nachbarschaftsvereins in Muttonville. Womöglich erinnert er sich sogar an dich. Mache einen Termin mit ihm. Ich habe aufgeschrieben, was du ihm sagen sollst.« Faith reichte ihm einen Briefumschlag. Darin waren fünf Hundertdollarnoten und die mit ordentlicher Handschrift geschriebene Botschaft, die er gegen Bezahlung überbringen sollte. Er las sie zweimal. Er musste zugeben, dass es eine verblüffende Maßnahme war. »Machst du das, Tommy?«

Tommy gab ihr das Geld zurück. »Das ist nicht nötig, damit ich dir einen Gefallen tue.«

»Natürlich. Es tut mir leid.«

»Das heißt noch nicht, dass ich es tun werde. Ich muss erst über die Folgen nachdenken. Nicht für dich und für Hope, sondern für mich.«

»Für dich sollte es keine Folgen haben.«

»Das wird es auf jeden Fall. Du bist wie meine Schwester, Faith. Mehr als jeder andere habe ich alles mitbekommen, was dir widerfahren ist. Du hast allen Grund, für dein Glück zu kämpfen. Doch ich muss darüber nachdenken.«

Er ging davon und ließ sie mit dem Geld und neuem Respekt für Tommy Rowland zurück.

Sie hatte keine Bedenken wegen dem, was sie in Bewegung gesetzt hatte. Wähle das Glück, hatte ihr Billy gesagt. *Nimm es dir einfach.* Wie auch immer er es gemeint hatte, das war es, was sie zu tun hatte. Robert Trent hatte sich von ihr gelöst und sich mit Hope eingelassen. Sie ging jede Wette ein, dass, sosehr er sich auch von Hope angezogen fühlte, er doch seine Zukunft mehr liebte. Daran würde sie ihn ganz sachte erinnern. Wie Josie oft sagte: »Männer sind Tölpel, man muss sie retten.« Wenn er sich trotz der Konsequenzen dafür entschied, bei Hope zu bleiben, dann würde sie es akzeptieren müssen. Der Verlust von Roberts Aufmerksamkeit hatte sie kurzzeitig durcheinandergebracht, doch jetzt wollte sie es noch einmal versuchen. Sie würde für ihr Glück kämpfen.

KAPITEL 42

Schließlich tat Tommy, worum ihn Faith gebeten hatte. Er liebte Faith Simpson und sie verdiente es, glücklich zu sein. Erst viel später konnte er sich seinen Verdacht eingestehen, dass Trent Hope nur schamlos benutzte. Wenn er damit falsch lag, würde Trent auf jeden Fall mit ihr zusammenbleiben. So oder so wäre das Ergebnis richtig.

Die Kanzlei von Wentworth, Blanchard und Grunwald befand sich in der zweiten und dritten Etage eines imposanten Kalksteingebäudes am südlichen Ende der Park Avenue. Der Fußboden der Eingangshalle war aus Marmor, sodass jeder Schritt widerhallte, als würde man stepptanzen. Oberhalb der Mahagonivertäfelung waren die Wände mit weinroter Tapete bedeckt. Eine Reihe von Wandleuchten mit geätztem Glas gaben ein gedämpftes Licht ab. Hinter einem Mahagonitresen mit einer grünen Schreibtischlampe stand ein Mann im Livree und wies den Hereinkommenden den Weg.

Tommy hatte noch nie in einem solchen Gebäude zu tun gehabt. Am nächsten kam dem vielleicht noch die Bank, in der er sein Girokonto eröffnet hatte. Dort gab es zwar auch Marmor und poliertes Messing, aber alles war hell erleuchtet und die Geschäftsräume erstreckten sich nur über eine Etage. Er spielte mit dem Gedanken, seinen Auftrag abzubrechen, da er sich fehl am Platz fühlte. Die Seriosität des Anwaltsberufs war hier allgegenwärtig. Mr Wentworth war nicht nur der Anwalt von vielen bedeutenden Männern und Unternehmen, er war auch selbst ein wichtiger Mann. Er war einer der Gründer des Nachbarschaftsvereins von Muttonville und seit mehr als fünfzehn Jahren ihr Vorstandsvorsitzender. Er spendete großzügige Geldbeträge, um eine gute Ausstattung der Bibliothek zu gewährleisten und das Gebäude in gutem Zustand zu halten. Er kümmerte sich um die Instandhaltung des Tennisplatzes neben der Bibliothek. Er finanzierte ein Ferienlager für benachteiligte Kinder, die jeden Sommer aus der Stadt kamen und zwei Wochen zelteten, angelten und das Schwimmen im sauberen Wasser des Long Island Sound genossen.

Tommy fühlte sich unbeholfen und schlecht gekleidet, und es war eine der seltenen Gelegenheiten in seinem Leben, in der er auch seine Klassenzugehörigkeit spürte. Er wollte wieder gehen, doch er hatte einen Termin vereinbart und Mr Wentworth hatte wahrscheinlich ein Zeitfenster für ihn frei gemacht auf Kosten seiner Anwaltsarbeit.

Nach einem kurzen Gespräch am Empfangstresen stieg er in den mittleren Aufzug und sagte: »Drei. Ich möchte zu Wentworth.«

»Ja, Sir«, sagte der Liftführer und schloss die Aufzugstür.

Er brachte Informationen, die für die Firma von Interesse waren. Es war nichts Schreckliches, nur ein freundlicher Hinweis darauf, dass etwas vonstattenging, was womöglich nicht gut für die Firma war.

Das Büro von Wentworth war so düster und beeindruckend wie erwartet. Als Tommy hereinkam, erhob sich Paul Wentworth und schüttelte ihm die Hand. Tommy sah ihn fest an und gab ihm Wort für Wort Faiths Text wieder: »Mr Wentworth, danke, dass Sie mich empfangen haben. Sie erinnern sich vielleicht aus Muttonville an mich. Ich bin hier, um Sie auf eine Beziehung aufmerksam zu machen, die einer Ihrer Angestellten führt und die Ihrer Firma möglicherweise unwillkommene Publicity beschert. Robert Trent, ein Mann, den ich von seinen Besuchen in Seawatch kenne, lebt mit Hope Lee zusammen, einem Schützling von Mr Simpson, die wegen fragwürdigen Verhaltens des Hauses verwiesen wurde. Falls diese Information für Sie ohne Belang ist, dann entschuldige ich mich dafür, Ihre Zeit verschwendet zu haben.«

Paul Wentworth, ein schlanker eleganter Mann mit markanten Gesichtszügen, spielte mit einem Brieföffner, der auf einer ledergebundenen Schreibunterlage auf seinem Tisch lag. Er zog ihn aus der Scheide und steckte ihn dreimal wieder zurück. Schließlich legte er ihn zurück auf seinen Platz und betrachtete Tommy Rowland mit kaltem, unerschütterlichem Blick. »Meine anfängliche und womöglich einzige Reaktion darauf, Tommy – und ich erinnere mich an Sie –, besteht in der Frage, welches Interesse Sie daran haben? Warum ergreifen Sie die Initiative, um mich zu warnen? Ich kann nicht glauben, dass es nur eine Laune Ihrerseits ist. Was ist Ihr Nutzen dabei?«

Tommy, der mit Dankbarkeit gerechnet hatte, wurde nervös. Die einzige Antwort, die er darauf hatte, war die Wahrheit.

»Faith Simpson bat mich darum, Sir.«

»Ich verstehe. Kann ich davon ausgehen, dass Asa keine Ahnung davon hat?«

»Ich glaube schon, Sir.«

»Nun, Tommy, ich kenne Ihre Loyalität gegenüber der Simpson-Familie und Sie haben Ihre Mission ausgeführt. Vielen Dank.« Er erhob sich und Tommy folgte seinem Beispiel.

»Gern geschehen, Sir. Möchten Sie noch etwas anderes von mir wissen?«

»Nein. Ich bin klar und deutlich im Bilde.«

»In Ordnung, dann auf Wiedersehen.«

Als er das Gebäude an der Park Avenue 10 verlassen hatte, war Tommy Rowland zu einem Erwachsenen geworden. Er war traurig und fühlte sich unwohl. Während seines zwanzig Block weiten Wegs zu seinem Abendjob auf der Second Avenue ordnete er seine Gedanken. Er war nicht verantwortlich für dieses Durcheinander. Verantwortlich waren Faiths Verbissenheit und Hopes verrückte Schönheit und Robert Trents Begehren. Diese drei waren die Schuldigen. Vielleicht würde nichts geschehen. Paul Wentworth betrachtete es womöglich als trivial und nicht der Rede wert. Wenn er Trent zu sich bestellte und ihm nahelegte, seinen Lebensstil zu ändern, wäre es an Trent zu entscheiden, wo seine Loyalität lag. Vielleicht würde es sich als besser für Hope herausstellen. Vielleicht würde sich Trent dazu entschließen, sie zu heiraten und die ganze Sache auf ehrbare Weise fortzusetzen.

KAPITEL 43

Eines späten Nachmittags, als die Börse bereits geschlossen hatte, kam ein gut gekleideter junger Mann ins Büro und bat darum, unter vier Augen mit Martin zu sprechen. Martin kannte den Mann aus Princeton, war jedoch überrascht, ihn hier zu sehen.

»Ich werde nicht um den heißen Brei herumreden«, sagte der Mann. »Ich bin von Wentworth geschickt worden, um Informationen weiterzugeben.« Er berichtete von Hopes Verbannung aus Seawatch und von dem Misstrauen, das man ihr gegenüber empfand.

»Und jetzt hat sie Trent im Griff.« Seine Stimme hatte einen schrillen Beiklang und den letzten Satz kreischte er beinahe. »Er ist einer der Lieblinge von Wentworth und sie haben viel in ihn investiert. Jetzt ist seine Stelle in Gefahr. Sie wollen dort nämlich keine schlechte Publicity.«

Während dieses hysterischen Ausbruchs sagte Martin nichts, doch in seiner Brust ballte sich eine unbändige Wut.

»Wie können Sie es wagen, solche grundlosen Andeutungen zu machen, Sie Mistkerl! Wie können Sie es wagen, eine junge Frau ohne den geringsten Beweis zu verleumden? Sagen Sie Ihrem Vorgesetzten und all den bleichen Feiglingen bei

Wentworth, dass sie sich um ihre eigene schmutzige Arbeit kümmern sollen. Aber wenn sie so weitermachen, werden wir sie wegen Verleumdung anzeigen. Hope Lee ist eine Heldin in Lower New York. Ihre Mutter starb im Triangle-Feuer und ihr Foto in der Zeitung hat mehr für die Arbeitsplatzreform getan als jeder Politiker. Habe ich mich deutlich ausgedrückt?«

Der junge Mann ging, doch die Zurückweisung seines Klassenkameraden schmerzte. Er wollte Rache und er hatte bereits ein Opfer. Er war noch nicht fertig mit Miss Hope Lee. Er wartete auf sie, als sie am Feierabend aus dem Büro kam.

»Du kleine Mischlingsnutte. Weiß dein Freund, was du in Seawatch gemacht hast? Er wird seinen Job verlieren, weil er sich mit solchen wie dir abgibt. Du hast alles kaputtgemacht.«

Der Übergriff kam so plötzlich und so abrupt, dass sie nicht sofort verstand. Sie musste die Worte auseinandernehmen, um vollständig zu begreifen, was ihr da entgegengeschleudert wurde. *Du kleine Mischlingsnutte.* Eine Nutte? War sie das? Aber war man das nicht, wenn man dafür Geld nahm? Sich vom Standpunkt eines Außenseiters zu sehen, war schlimm. Was tat sie eigentlich? Sie gab sich leichtfertig einem Mann hin, ohne sich einander versprochen zu haben. Wie auch immer es für den Angreifer aussehen mochte, seine Worte stimmten nicht. Sie war keine Nutte. Ihre Beziehung zu Robert hatte vor vielen Jahren begonnen und vom ersten Tag an hatten sie sich geliebt. Sie bereute nur die Reihenfolge, in der die Dinge abgelaufen waren. Ihre Liebe hätte sich schrittweise entwickeln sollen. Sie dachte an Faith. Faith hätte sich niemals auf ein solches Arrangement eingelassen, wie Hope es mit Robert hatte.

In der Beleidigung des Mannes steckte ein wahrer Kern. Sie war wie eine Stoffpuppe in Roberts Arme gestürzt, ohne Willen oder Anspruch. Sie hätten deutlich machen sollen, was sie erwarteten, und sich überlegen, wie sie dorthin gelangen konnten.

KAPITEL 44

An diesem Abend sprach sie noch einmal den Wohltätigkeitsball an und überredete Robert dazu, allein zu gehen. »Es ist zu früh«, sagte sie. »Zum nächsten Ball komme ich mit. Versprochen.«

Am Abend der Veranstaltung fiel es ihr schwer, allein in seiner Wohnung zu bleiben, und so ging sie zum Büro. Martin war noch dort, machte sich aber gerade zum Gehen bereit.

»Ich wollte zum Abendessen gehen. Magst du mich begleiten?«

»Hattest du eine Verabredung? Änderst du wegen mir deine Pläne?«

»Ein wenig. Eigentlich wollte ich jemand anderes fragen, aber wie oft komme ich im Augenblick schon dazu, dich mal außerhalb der Arbeit zu sehen?«

»Na gut.«

»Ich dachte, wir könnten zu diesem kleinen Laden auf der Mulberry gehen. Das Essen ist großartig, und sie kennen meine Mutter. Sie werden uns was Gutes machen.«

»Ich erinnere mich an deine Mutter. So hast du mich damals gefunden. Sie wollte mich verkuppeln. Ich glaube, sie hatte schon jemanden im Sinn.«

»Mich womöglich.«

»Wir sind ja fast verheiratet. Ich sehe dich häufiger als jeden anderen Mann. Wir sind den ganzen Tag zusammen. Es ist fast wie verheiratet sein.«

»Nein«, sagte Martin. »Es ist nicht wie verheiratet sein. Lass uns das deutlich trennen. Überhaupt, was machst du eigentlich hier? Ist nicht heute Abend der große Rummel?«

»Ja.«

»Ist Robert nicht gegangen?«

»Er ist gegangen.«

»Und du?«

»Das ist nicht so mein Ding.«

»Nun, du solltest es besser zu deinem Ding machen, denn das ist nicht der letzte Wohltätigkeitsball, zu dem Robert Trent gehen muss.«

Sie blieb still und stellte sich ans Fenster, um ihn nicht ansehen zu müssen. »Martin, ich hatte Angst, dort hinzugehen. Ich hatte Angst, dass ich die falsche Art von Frau für ihren Staranwalt bin. Ich hatte Angst, ihm zu schaden.«

»Ich finde es scheußlich, dich so reden zu hören. Erzähl mir nicht, dass dieser Feigling dich auch belästigt hat.«

»Was meinst du?«

»Dieser Speichellecker wurde von Wentworth geschickt, um mich vor dir zu warnen und, im weiteren Sinne, vor deiner Beziehung mit Robert.«

»War das vor ungefähr zwei Wochen?«

»Ja.«

»Warum hast du mir nichts gesagt?«

»Weil ich es für hinterhältig und schwach und im besten Fall unüberlegt hielt.«

»Er hat mich draußen abgefangen und nannte mich eine Nutte«, gestand Hope. »Er sagte, und leider erinnere ich mich Wort für Wort daran: ›Du dumme kleine Nutte.‹«

287

Martin schüttelte den Kopf. »Ich werde diesen Schweinehund bei der Princeton Alumni Association melden. Ich werde dafür sorgen, dass er für sein Verhalten gemaßregelt wird. So etwas ist für einen Princeton-Absolventen nicht angemessen.«

»Was wird das bringen?«

»Wahrscheinlich nichts, doch dieser Art von Person wird ein Tadel von seiner Alma Mater wehtun. Ist das der Grund hinter deiner Entscheidung, heute nicht hinzugehen?«

»Zum Teil. Ich bin mir sicher, Asa und seine Tochter Faith werden dort sein, und es wäre in vielerlei Hinsicht seltsam. Faith war in Robert verliebt.«

»Hmm. Das Bild erweitert sich.« Für einen Moment schwieg er und rüstete sich für eine schmerzhafte Wahrheit. »Trotzdem hätte Robert darauf bestehen sollen, dass du mit ihm gehst.«

»Es war aber meine Entscheidung.«

»Nein. Es war nicht deine Entscheidung. Es war seine und er hat sich für den leichten Weg entschieden. Du ärgerst dich vielleicht über mich, doch als dein Freund ist es meine Pflicht, dir die Wahrheit zu sagen.« Darauf hatte sie keine Antwort. »Magst du noch immer mit mir Essen gehen?«

»Nein. Aber nur, weil ich für eine Weile allein sein und alles überdenken muss. Du hast gesagt, du wolltest ursprünglich jemand anderes fragen. Ein Mädchen?«

»Rebecca.«

»Das arme Mädchen glaubt, du wirst ihr fester Freund.«

»Es ist sehr zwanglos zwischen uns.«

»Vielleicht für dich.«

»Sie wird schon zurechtkommen.«

»Ich würde damit nicht zurechtkommen.«

Martin zuckte die Schultern. Nachdem er gegangen war, musste sie an seinen mürrischen Tonfall denken. Er hatte ihr zu verstehen gegeben, dass Robert nicht der Mann war, den er sich für sie wünschte. Er war allerdings auch nicht ohne Tadel. Dass er mit Rebecca ausging, ohne an eine feste Beziehung mit ihr zu denken, gefiel ihr gar nicht. Es war das Gleiche, was Robert Martins Ansicht nach mit ihr machte. Der Unterschied war, dass sie es so wollte. Die Anziehung zwischen ihnen war über die Jahre gewachsen und unwiderstehlich geworden. Jetzt verwandelte sie sich vielleicht in etwas Schäbiges. Dann würde Hope es beenden. Sie hatte es bereits beendet. Jetzt ging es darum, den richtigen Tag zu finden, um loszulassen.

KAPITEL 45

Tommy musste immer wieder an seinen Besuch bei Wentworth denken. Er war froh, dass er bald nach Muttonville fuhr, um beim jährlichen Buchverkauf zu helfen. Vielleicht konnte er mit seiner Mutter sprechen.

Als sich die Anwohner am Verkaufstag bei der Bibliothek versammelten, ging Tommy hinüber zu Emily, die einen der ansässigen Jungs geheiratet hatte und hochschwanger war. Sie kannte alle Beteiligten des Dramas und es war eine Erleichterung für Tommy, ein paar der Gedanken loszuwerden, die ihm durch den Kopf schwirrten. Als er ihr sagte, dass Robert Trent mit Hope Lee zusammenlebte, ließ sie fast den Bücherstapel fallen, den sie gerade trug.

»Sag mir, dass du flunkerst. Bitte. Ich kann den Gedanken nicht ertragen.«

»Warum spielt es für dich eine Rolle?«

»Zuerst lebt dieses Mädchen bei deiner Mutter, als wäre sie ein wichtiger Gast und nicht die mittellose Waise, die sie war. Dann stolziert sie hinüber zum Herrenhaus und benimmt sich, als wäre es ihrs. Sie erschmeichelt sich Asas und Billys Zuneigung und macht Faith zur Außenseiterin. Und jetzt, Grundgütiger, am liebsten würde ich diese Bücher gleich hier auf den Boden werfen, jetzt hat sie Faith ihre einzige Liebe gestohlen. Ich will mich nicht aufregen, denn das ist nicht gut für das Baby, aber ich rege mich auf. Weiß Faith davon?«

Tommy sah Emily erschrocken an. Auf diesen Ausbruch mit der vollständigen Geschichte von Hopes Fehlern war er nicht vorbereitet. Ohnehin war er bereits voller Angst wegen Emilys enormem Körper. Sie hatte ihn fühlen lassen, wie das Baby trat, und er war zusammengezuckt, als hätte er sich verbrannt. Wenn Emily wüsste, dass er auch seine Finger in dem ganzen Schlamassel hatte, dann würde sie direkt hier zwischen den Bücherstapeln ihr Baby bekommen.

»Faith weiß davon.«

»Was wird sie dagegen tun?«

»Sie hat bereits etwas getan, aber ich möchte nicht mehr darüber sprechen. Ich habe eine sehr anstrengende Woche gehabt.«

KAPITEL 46

Ein paar Dinge halfen Hope dabei, einen Schlussstrich zu ziehen. Martin hatte sie an die New York University geschickt, um an zwei Abenden in der Woche einen Statistikkurs zu besuchen. Von dort aus war es einfacher, zu ihrer Wohnung zurückzukehren, denn sie lag näher an der Schule.

»Ich komme mit dir«, sagte Robert. »Ich kann nicht schlafen, wenn du nicht hier bist.«

»Lass es uns jetzt mal so machen«, sagte sie. »Ich muss lernen. Wir sind doch an den Wochenenden zusammen.«

Es gab noch etwas anderes. Eines Morgens aß sie gerade Frühstück, das sie bei einem Straßenhändler gekauft hatte, als ihr Magen rebellierte. Ohne Vorwarnung musste sie sich übergeben. Irgendwas war mit ihr. »Ich bin krank«, sagte sie zu Martin. »Ich muss nach Hause.« Sie schlief den restlichen Tag und die ganze Nacht. Robert kam vorbei, um nach ihr zu sehen, und brachte ihr Essen, doch der Anblick und der Geruch lösten erneut Übelkeit bei ihr aus. Sie begann, sich zu übergeben, und konnte nicht mehr aufhören. Er erschrak und wollte sie zu einem Arzt bringen, doch sie wollte nicht. »Wenn es mir morgen nicht besser geht, dann werde ich hingehen.«

Die ständige Übelkeit quälte sie weiter und nach zwei Wochen ging sie schließlich in die Ambulanz des Bellevue Hospitals und beschrieb ihnen die Symptome. »Klingt so, als wären Sie schwanger, Liebes. Lassen Sie uns mal nachsehen.« Sie hatte sich kaum auf den gynäkologischen Stuhl gesetzt, als die Schwester ihre Diagnose abgab. »Nach dem Aussehen des Muttermundes zu schließen, ist es fast sicher, doch wir werden noch einen Test machen. Am besten bereiten Sie den Vater schon mal darauf vor.« Noch bevor die Testergebnisse zurückkamen, wusste sie, dass es stimmte. Sie trug Robert Trents Kind in sich und wusste, dass die Entscheidung getroffen war. Sie würde es ihm nicht sagen. Er würde sich aus Mitleid oder Pflichtbewusstsein dazu gezwungen fühlen, bei ihr zu bleiben, doch das war nicht das Leben, das sie wollte.

Sie hatte bereits angefangen, sich von ihm zu entfernen. Es würde nur noch ein wenig mehr Disziplin brauchen, um den langen Abschied zu beenden.

Am letzten Tag, an dem sie einander sahen, wirkte er so niedergeschlagen, dass sie am liebsten die Arme ausgebreitet und ihn getröstet hätte, doch es konnte nicht sein. »Ich liebe dich«, sagte er. »Bitte stoß mich nicht weg.«

»Ich stoße dich nicht weg«, sagte sie. Und dann, mit Traurigkeit in der Stimme: »Ist es nur das Körperliche zwischen uns? Ist es das, was uns zusammenhält? Denn das wird nicht halten.«

Er war nicht vorbereitet auf ihre Frage und suchte verzweifelt nach beruhigenden Worten, die er nicht fand. »Ich weiß es nicht«, sagte er. »Ich weiß es nicht.«

»Das macht mir Angst. Ich möchte nicht abwarten, bis ich es herausfinde.«

Er legte seine Hand an ihr Gesicht und hatte Tränen in den Augen. Er sah, dass sie ihre Entscheidung bereits getroffen hatte. »Ich liebe dich, Hope Lee.« Dann ging er.

* * *

Sie erlaubte sich nicht, irgendeinen Teil davon noch einmal im Geiste zu durchleben. Würde sie jemals wieder eine solche Nähe erfahren? Sie wusste, dass nichts dergleichen auf sie warten würde. Sie war dreiundzwanzig und hatte mit der Liebe bereits abgeschlossen.

Sie betrachtete es wie eine Krankheitsphase mit hohem Fieber, eine, in der man deliriert und nichts wahr ist, außer dem Bedürfnis, still zu bleiben und den Körper zu pflegen. Dann geht es langsam besser und die Alltäglichkeit des Lebens hilft und man fährt so fort, wie man zuvor gewesen ist.

Die Übelkeit ging schließlich weg, doch sie fühlte sich nicht mehr wie ihr altes Selbst. Als das Baby zum ersten Mal trat, war es wie ein Affront. Die Bewegungen erschreckten sie. Es war, als würde das Baby um Aufmerksamkeit ringen. Sie musste sich der Tatsache stellen, dass sie auf die grausamste Art mit Robert verbunden war. Aber es blieb dabei: Er wäre nicht derselbe Mann, wenn ihm die Zukunft weggenommen würde. Ein außereheliches Kind würde wahrscheinlich seine Karriere ruinieren und sie beide wären durch Elend und Bedauern aneinander gebunden. Sie wollte einen sauberen Schnitt ohne Bedingungen oder Schuldzuweisungen. Für sie beide.

KAPITEL 47

Tommy teilte sich das Büro mit drei anderen jungen Männern. Während die anderen nach der Arbeit ausgingen, war er immer zu seinem zweiten Job geeilt. Seit dem Prohibitionsgesetz bediente er in einem Restaurant. Nach dem Treffen mit Wentworth begann Tommy, sich den Jungs am Feierabend für ein Bier anzuschließen. Er brauchte ein paar sorglose Stunden, in denen er mit der Gruppe junger Leute herumalbern und lachen konnte. Er wollte Faith und Seawatch vergessen.

Sein Büro war nur ein paar Blocks von Hopes Firma entfernt, und manchmal sah er sie auf der Straße. Im späten Frühling bemerkte er sie einen halben Block vor sich, doch sie verschwand schnell in der Menge. Es wurde für ihn zur fixen Idee, sie nach Feierabend zu suchen. Zweimal war er ihr mit etwas Abstand gefolgt und er war besorgt. Alle paar Schritte blieb sie stehen, hielt sich an einer Hauswand fest und sammelte ihre Kräfte, bevor sie weiterging. Es war offensichtlich, dass sie allein war und nicht zur Charles Street ging. Er würde Faith mitteilen, dass ihr Plan erfolgreich war, und sich dann eine Weile von den Simpsons fernhalten.

»Wie kannst du dir sicher sein, dass es wirklich einen Schnitt gegeben hat?«, fragte Faith. Sie war nach Downtown gekommen und hatte ihn in seinem Büro besucht. Nun spazierten sie Arm in Arm über den Broadway. Tommy kaufte bei einem Straßenhändler Fish und Chips und sie setzten sich zum Essen auf eine Bank.

»Ich bin ihr an mehreren Abenden nach Hause gefolgt. Sie scheint krank zu sein. Sie bleibt alle paar Schritte stehen und hält sich an der Mauer fest. Man kann sehen, dass da etwas nicht in Ordnung ist. Was ihr Techtelmechtel mit Trent betrifft, so scheint es beendet zu sein.«

Das war seine letzte Begegnung mit Faith, bis er über Weihnachten nach Muttonville fuhr. Es war aber nicht das letzte Mal, dass er an Hope dachte. Er machte sich Sorgen um sie. Er erinnerte sich an die ersten paar Wochen, als sich seine Mutter um sie gekümmert hatte. Sie waren immer zusammen zum Nachbarschaftshaus und zurückgegangen. Während jener ersten Monate hatten sie kaum etwas gesagt, doch sie griff oft nach seinem Arm. Sie ging immer dicht hinter ihm, wenn er sie mitnahm. Sie vertraute ihm, als er ihr zeigte, wie man im tiefen Wasser schwamm und wie man den einfachen Brustschlag nutzte, um in der Meerenge zu schwimmen. Nachts konnte er ihr bedauernswertes, heimliches Weinen hören. Jetzt befürchtete er, dass etwas nicht stimmte. Er machte sich Sorgen.

Er hatte seine Finger im Spiel gehabt, als die Affäre zwischen Hope und Trent begonnen hatte, doch die Entscheidung, es zu beenden, hatten sie getroffen. Er war sich ziemlich sicher, dass es nicht in einer Ehe geendet hätte. Trent befand sich auf einem Weg, für den er eine andere Frau brauchte. Nun war die hübsche Hope zerstört zurückgeblieben. Eine Krankheit hatte ihren Körper erfasst. Vielleicht war sie in die Prostitution getrieben worden. Davon gab es viel in Downtown. Das einzige Mal, dass er sie angesprochen hatte, war sie mit vagen Entschuldigungen davongeeilt. Sie wollte offenbar nicht reden. Er wusste aber, dass Martin dafür sorgen würde, dass es ihr gut geht.

KAPITEL 48

Faith hatte mit einem Gefühl der Befriedigung gerechnet, doch das war nicht eingetreten. Stattdessen empfand sie Unbehagen und eine unbestimmte Traurigkeit. Zweimal hatte sie entschieden in Hopes Leben eingegriffen, und obwohl Tommy recht damit hatte, dass Robert bei ihr geblieben wäre, wenn er es gewollt hätte, konnte sie es sich doch nicht verzeihen. Sie ging mit ihrem Zwiespalt zu der unpassendsten Person, zu ihrer Zimmergenossin Josie Klein.

Sie hatte sich bereits trostsuchend an Josie gewandt, als Robert verschwunden war. »Der Mann, den ich liebe, hat sich mit einem anderen Mädchen eingelassen«, hatte sie ihr während einer Massagesitzung bei Arden erzählt.

Josie hatte sich sofort aufgesetzt, wobei sie eine Schüssel Öl auf dem Tisch umgestoßen hatte. »Gutes Geld wegwerfen, um sich mit einem Mädchen im Heu zu wälzen? Ich würde mir keine Sorgen machen. Hilf ihm, zur Besinnung zu kommen. Männer sind Trottel. Man muss ihnen den richtigen Weg weisen oder sie ruinieren sich.«

»Ich habe deinen Ratschlag mit diesem Mann befolgt«, sagte sie jetzt zu Josie. »Es hat funktioniert.«

»Ist er zurückgekrochen gekommen?«

297

»Noch nicht, und ich fühle mich nicht gut mit dem, was ich getan habe.«

»Warum?«

»Ich kenne das Mädchen, mit dem er sich getroffen hat.«

»Wirklich?« Josie war überrascht. »Hast ihn einer Freundin weggenommen, was?« Sie zuckte die Schultern.

»So ungefähr. Wir sind aber schon eine Weile keine Freundinnen mehr.«

»Wo ist dann das Problem?«

»Ich weiß auch nicht. Jetzt, wo wir darüber reden, weiß ich wirklich nicht, was das Problem ist.«

»Oh, warte«, sagte Josie. »Ich weiß es. Jetzt, wo du ihn hast, willst du ihn nicht mehr. Das kann passieren.«

»Ich will ihn noch immer, doch er muss mich auch wollen.«

»Ich kann nicht glauben, was ich da höre«, sagte Josie. »Du hast achtzig Millionen Gründe, gewollt zu werden – und jetzt schreck bloß nicht zurück, weil du es auf diese Art auch nicht willst. Denn für ein Mädchen wie dich wird es immer so sein. Selbst wenn dich jemand anhimmelt. Und nebenbei, du willst eigentlich niemanden, der dich anhimmelt. Normalerweise sind das schwache Individuen, die in ihrem Beruf nicht viel taugen. Ich will damit sagen, dass das Geld zu schwer von der Person zu trennen ist. Deshalb greifen die Reichen zu arrangierten Ehen. Sie machen Verträge und all das Zeug, selbst wenn sie sich lieben. So ist es nun mal. Lass es von deinem Vater arrangieren. Er wird es wie ein geschäftliches Abkommen angehen und dein Mann wird dem Abkommen zustimmen.«

»Da bin ich mir nicht sicher.«

»Glaube es mir«, sagte Josie. »Er wird dem Abkommen zustimmen.«

»Das war genau der Ratschlag meiner Freundin, als ich diesen Mann kennengelernt habe.«

»Die Freundin, der du ihn weggenommen hast?« Josie
riss die Augen auf, so weit es ging. »Das ist ja eine sagenhafte
Geschichte. Was hat sie denn? Mehr Millionen?«

Faith streckte sich auf dem schmalen Bett aus, schloss die
Augen und überlegte, wie man Hope beschreiben konnte. »Sie
hat kein Vermögen. Ich würde sagen, sie ist exotisch, aber das
stimmt nicht ganz. Sie ist auf einzigartige Weise schön und völlig ahnungslos, was ihre Anziehungskraft betrifft.«

»Wow. Du kannst froh sein, dass er sie überhaupt verlassen
hat. Aber das sollte zu deinem Nutzen sein. Wenn er in der Lage
war, sich von dieser Liebesmaschine zu lösen, dann sieht er in
die Zukunft und wird offen für das Angebot deines Vaters sein.«

Faith ging zu Josie und küsste sie auf die Wange. »Du
bist so klug, Josie Klein. Du schrumpfst alles auf die richtige
Größe und machst es bezwingbar. Ich bin froh, dass ich dich als
Zimmergenossin habe, und ich werde dir irgendwas Glitzerndes
bei Tiffany's kaufen.«

»Lade mich einfach zu deiner Hochzeit ein.«

* * *

Faith war sich nicht ganz bewusst, wie verlockend es war, Asa
Simpsons Tochter zu sein oder wie sehr diese Aura für ihren
Erfolg mit Robert eine Rolle spielte. Jeder Psychologe hätte ihr
sagen können, dass die Ausstrahlung wichtiger war als die realen
Fakten. Sie war die Verheißung, dass man sich nicht nur über
das Gewöhnliche erheben, sondern bis in unvorstellbare Höhen
aufbrechen würde. Als stiege man auf ein Podium hinauf, wo
die Luft dünner war und die Möglichkeiten sich bis weit in den
Äther erstreckten.

Hinter den Toren von Seawatch, umgeben von Bediensteten
und Dorfbewohnern, die sie ihr ganzes Leben gekannt hatten,
war sie einfach Faith. Ihr Vater hatte es so gewollt. In New York,

der Finanzhauptstadt der Welt, war sie Asa Simpsons einzige Tochter und Erbin. Wegen Billys Tod und Alices Weggang war sie nicht, wie es üblich gewesen wäre, als Debütantin in Erscheinung getreten. Sie war erleichtert, dass sie dem entkommen war, denn sie betrachtete diese Veranstaltung als Fleischbeschau für wohlhabende faule Männer.

Sie begegnete Robert zufällig auf der Amsterdam Avenue, die an der Rückseite der Columbia University entlangführte, und schlug ihm vor, einen Kaffee zu trinken und sich auf den neusten Stand zu bringen. Sie wollte sich vergewissern, dass er wirklich getrennt war. Er war verhalten und nachdenklich und rührte die ganze Zeit in seinem Kaffee. Manchmal sah er auf, um ihr Gesicht zu betrachten. »Du siehst hübsch aus«, sagte er. »Es steht dir gut, ein Stadtmädchen zu sein.«

Sie dankte ihm, doch sie wollte ihre Nachforschung fortsetzen. »Die kleine Seawatch-Clique ist in die Stadt gezogen. Tommy arbeitet für eine große Wirtschaftsprüfungsfirma und hat noch ein paar andere Jobs, denn er ist entschlossen, sich eines dieser Reihenhäuser zu kaufen und ein Pendler zu werden. Hope arbeitet für eine Finanzfirma und es geht ihr gut.«

Während sie das sagte, wandte sich Robert ab. Sie konnte sein Gesicht nicht sehen, doch seine Reaktion sagte ihr alles. Hope war noch nicht aus seinen Gedanken verschwunden. Das machte nichts. Sie hatte die Mittel, um sein Herz zu säubern.

Sie hatte aufgehört, über die Vergangenheit nachzudenken, und traf ein paar Entscheidungen für ihre Zukunft. Angesichts eines weiteren Jahres, das ihr auf der Barnard drohte, wollte sie ihren Vater überreden, sie abgehen zu lassen.

»Ich bin bereit, mich dir in der Firma anzuschließen, Papa. Ich sehe keinen Sinn mehr darin, mit dem leichten Lehrplan fortzufahren, den ich in Barnard habe. Ich kenne mich mit den Lake Poets aus und Henry James und der hegelianischen Dialektik.«

»Das sind alles Dinge, die man kennen sollte«, sagte Asa. »Nimm diesen Rat von jemandem, der nicht aufs College gegangen ist. Du hast noch dein ganzes Leben vor dir. Das ist jetzt die Zeit, dich selbst kennenzulernen. Such dir ein paar Freunde und Verbindungen.«

»Papa, seien wir doch realistisch. Ich bin nicht so gut darin, Freundschaften zu schließen. Ich habe eine Freundin, Josie Klein. Sie sagt, du bist achtzig Millionen Dollar wert und das macht mich zu einem guten Fang. Stimmt das?«

Asa lachte. »Du bist sicherlich ein guter Fang, aber ich habe keine Ahnung, wie viel ich wert bin. Es wäre zu mühsam, alles zusammenzurechnen, und außerdem wäre es eine dumme Art, meine Zeit zu verschwenden. Nach einer bestimmten Summe spielt das auch keine Rolle mehr. Da deine Mutter und Billy nicht mehr sind, bist du viel zu allein. Ich möchte, dass du mehr Freunde hast.«

»Die meisten der Mädchen sind auf dem College, um den Mann ihrer Träume zu treffen oder Kommunistin zu werden, was mir beides nicht zusagt. Ich werde bleiben, wenn du darauf bestehst, doch ich hoffe, dass du das nicht tust, denn ich sehe keinen Sinn darin.«

Asa wusste, dass Faith niemals nachgeben würde, auch wenn es nicht stimmte, was sie über Barnard sagte. »Beende das Semester und wir reden weiter.« Sie beide wussten, dass er sie schließlich tun lassen würde, was immer sie wollte.

* * *

Asa wollte sich aus dem Tagesgeschäft der Firma zurückziehen und sich seinem neuen Interesse an Immobilien widmen. Der Aktienmarkt war zu einem Spielplatz der Skrupellosen und Habgierigen geworden. Ehrenwerte Prinzipien waren auf der Strecke geblieben. Seit fast einem Jahr hatte er seinen Fokus auf

Wohnimmobilien im westlichen Teil der Stadt gelenkt. Viele der großen alten Gebäude westlich des Central Parks wurden in Genossenschaften umgewandelt, was bedeutete, dass die Mieter Anteile kaufen und die Wohnungen erstehen konnten, in denen sie lebten. Wenn man ein Mietshaus kaufte und dann Anteile an die Mieter oder an neue Käufer veräußerte, verdreifachte oder vervierfachte man sein Geld, wenn das gesamte Gebäude verkauft wurde. Oft spazierte er durch die Straßen und suchte nach Gegenden mit Potenzial.

Welcher Zeitpunkt wäre besser geeignet, um seine Tochter in das Geschäft hineinrutschen zu lassen? Faith hatte bereits ihr eigenes Portfolio verwaltet und machte sich damit besser als die Aktien des Dow-Jones-Index. Sie kannte alle Fallen. Wichtiger noch, sie war vertraut mit dem gesamten Glossar der Investment-Optionen. Sie hatte auf jeden Fall ihre Hausaufgaben gemacht und war bereit. Asa hatte zwei hoch qualifizierte Mitarbeiter mit ruhiger Hand, die sie anleiten würden. Es gab Regeln und eine Geschäftsphilosophie, und solange sie sich nicht zu weit davon entfernte, würde sie gut zurechtkommen. Asa würde weiterhin in Erscheinung treten, wenn nicht sogar teilnehmen.

Wie alle Männer, die nicht auf dem College gewesen waren, fühlte er sich mit einem Makel behaftet. Er wusste, dass Lebenserfahrung vieles von einer Collegeausbildung wettmachen konnte, doch war da viel mehr als das. Barnard lehrte seine Tochter Weltgeschichte und Philosophie und Kunst und sie setzte sich dort mit ein paar der klügsten jungen Frauen des Landes auseinander. Diese Erfahrung hatte sie verändert. Trotz des doppelten Verlustes von Bruder und Mutter hatte sie die Kontrolle über jeden Aspekt ihres Lebens übernommen. Sie sah wunderbar aus und hatte mehr Ausstrahlung und Selbstvertrauen, als er je an ihr gesehen hatte. Faith war zu einer umwerfenden Frau gereift und er war beeindruckt. Er war davon überzeugt, dass sie ihre eigenen Fähigkeiten am besten einzuschätzen wusste, und er vertraute ihr. Dabei war Asas Zuschreibung für die Veränderung seiner Tochter nicht ganz richtig. Trotz der hochfliegenden Studien und des Kontaktes mit den besten und hellsten Geistern war es nicht Barnard, was Faith verändert hatte, sondern ihr unermüdlicher Drang, Robert Trent an sich zu ziehen.

Ein paar Tage später brachte Asa beim Essen die Rede auf Barnard.

»Es fällt mir schwer, es zuzugeben, doch du bist jetzt eine erwachsene Frau mit einer exzellenten Arbeitsmoral. Wenn du Barnard verlassen möchtest, werde ich mich nicht dagegenstellen. Es wäre von Vorteil, dich in Vollzeit im Büro zu haben. Ich bitte dich nur darum, das Semester zu beenden und sicherzugehen, dass du das College wirklich verlassen willst.«

»Danke«, sagte Faith. Sie legte die Gabel hin und trank einen Schluck Wasser. »Da ist noch etwas, worüber ich mit dir reden möchte. Es geht um Robert Trent. Ich bin zu dem Entschluss gekommen, dass er der Mann ist, den ich heiraten möchte.«

Asa legte seine Hände auf den Tisch und drehte sich auf seinem Stuhl zu ihr. »Wirklich? Das ist eine Überraschung.«

»Hast du irgendwelche Einwände?«, fragte sie.

»Überhaupt nicht«, entgegnete Asa, der sich wieder gefangen hatte. »Er ist eine wunderbare Wahl. Geht ihr miteinander aus?«

»Ich treffe mich gelegentlich mit ihm, aber noch nicht, als wäre er mein Liebster. Ich habe gehofft, du könntest auf ihn zugehen und bei ihm vorfühlen. Du kannst ihm sagen, dass er ein guter Kandidat für meine Hand wäre. Du hast viel Einfluss, Papa. Außerdem habe ich eine großzügige Mitgift. Er wird dich ernst nehmen.«

Asa sah seine Tochter besorgt an. »So weit reicht mein Einfluss nicht.« Er konnte sehen, dass ihre Augen trotz ihrer geschäftsmäßigen Darbietung zuckten und sie verunsichert war.

Faith ließ nicht locker. »Im letzten Sommer wolltest du ihm Hope anbieten.« Da war nur das leiseste Zittern.

Er begriff sofort. Er beugte sich vor und nahm ihr Gesicht in seine Hand, ein neues Gefühl von Zärtlichkeit und Verantwortung durchströmte ihn. »Hast du irgendwelche Indizien, dass er sich verliebt?«

»Ich habe nichts von Verliebtsein gesagt. Nur sehr wenige Menschen heiraten aus Liebe, und die es tun, finden sehr schnell heraus, dass sie eigentlich überhaupt nicht verliebt sind. Eine Ehe zwischen uns ist vernünftig. Du weißt bereits, was er für ein Mann ist, und ich weiß es ebenfalls. Sein Vater hatte vor langer Zeit eine ärgerliche Angelegenheit, doch er wurde rehabilitiert. Er ist sogar ins Gefängnis gegangen, aber es war eine abgekartete Sache. Seine Mutter hat einen sehr guten Stammbaum, wurde aber von ihrer Familie verstoßen, als sie Roberts Vater geheiratet hat.«

»Du hast deine Hausaufgaben zu diesem Mann gemacht.«

»Das habe ich. Mehr als du weißt. Und zu allem Überfluss ist er auch noch ein brillanter Anwalt.«

»Paul Wentworth stimmt dir da zu. Er ist begeistert, dass er ihn in der Firma hat.«

»Bedeutet das, dass du zustimmst?«

»Ich bin der Letzte, der da einen Rat geben kann. Schau dir deine Mutter an. Ihr Vater war derjenige, der auf mich zugekommen ist und die Idee einer Ehe angesprochen hat. Es schien ja auch eine gute Idee zu sein. Aber Alice war ein behütetes junges Mädchen und sah nur den Glamour und die Möglichkeit, von diesem lauten und wetteifernden Haufen Geschwister wegzukommen. Schon kurz danach wollte sie zurück zu ihnen. Sie war niemals glücklich in Seawatch. Ich werfe ihr überhaupt nichts vor. Ich war egoistisch und wollte es einfach. Du weißt ja, was geschehen ist.«

Asa betrachtete seine Tochter und suchte in ihrem Gesicht nach verbindenden Gemeinsamkeiten. Es gab nur wenige. Bis vor Kurzem hatte er überhaupt keine intuitive Verbindung zu Faith empfunden. Die doppelte Tragödie von Tod und Verlassen hatte sie zusammengebracht. Schließlich waren sie füreinander ein Trost gewesen. Sie hatte eine Unbeugsamkeit an sich, die ihm fremd war, doch er bewunderte diesen Zug und hatte sich während der schwersten Tage daran angelehnt. Er wusste, sie würde ein überragender Partner sein, wenn sie in Vollzeit in der Firma arbeiten würde. Er war sich sicher, dass sie viele Gedanken auf diesen Vorschlag verwandt hatte, und jetzt war ihre Entscheidung endgültig. Er hatte keinen Zweifel daran, dass Robert Trent seine Tochter heiraten würde, was auch immer er für sein Leben beschlossen hatte. Asa würde sein Bestes tun, um ihr dabei zu helfen. Er schuldete ihr etwas Lebensglück.

»Ich werde Robert bitten, zu mir zu kommen«, sagte er.

KAPITEL 49

Lange bevor sie es ihm sagte, wusste Martin, was geschehen war. Zuerst war er wütend auf Trent und wollte ihr zeigen, wie dumm sie sich benommen hatte. Seine Wut verging, als er bemerkte, wie sie sich durch den Tag kämpfte. Ihr Gesicht war fahl und oft wirkte sie verwirrt. Er stellte ihr keine Fragen. Was hätte das gebracht? Offensichtlich war sich Trent nicht bewusst, in welchen Umständen er sie verlassen hatte, und sie wollte es ihm nicht sagen.

Als sie rundlicher wurde und ihren Zustand nicht mehr verbergen konnte, ließ er sie in seinem eigenen Büro arbeiten, damit er ein Auge auf sie haben oder sie nach Hause bringen konnte, wenn sie zu erschöpft war. Obwohl sich ihre Figur verändert und ihr Gesicht eine andere Form angenommen hatte, wirkte sie noch schöner auf ihn.

Er sah, wie schwer es ihr fiel, sich zu bewegen, und fragte sich, wie sie alleine zurechtkam. Gegen Ende, als sie nicht mehr ins Büro kommen konnte, überredete er sie, in sein Haus zu ziehen. Er hatte ein Sandsteinhaus auf der Sullivan Street gekauft, in dem er die zwei oberen Etagen vermietete und die unteren drei für sich behielt. Platz hatte er ausreichend, und wenn die Zeit kam, wäre er in der Nähe, um sie ins Krankenhaus zu bringen.

Sie gehorchte ihm wie ein Kind. Jeden Abend kam er mit Speisen nach Hause, die er für sie beide gekauft hatte, und sie aßen gemeinsam. Er erzählte ihr von den täglichen Geschehnissen auf der Straße, den Aufs und Abs. Der Markt war robust und abgesehen von den Tricks der Manipulatoren stiegen die Aktien der Dow-Jones-Liste.

Er hatte eine Jahresrendite von vierzehn Prozent für seine Klienten erzielt. Im Weißen Haus saß ein Republikaner, Warren Harding, doch es spielte kaum eine Rolle. Im Lande herrschte eine Unbesonnenheit, die nicht von politischen Parteien oder der Regierung abhing. Die große Neuheit war das Automobil. Henry Fords Fabrikarbeiter konnten ein Auto in dreiundneunzig Minuten zusammenbauen, und sie wurden schneller verkauft, als sie gebaut werden konnten. Wenn man in sein Auto steigen und mit eigener Kraft losfahren konnte, wer würde sich nicht unbeschwert fühlen? Amerika hatte sich verändert, und die größten Gewinner waren die Frauen, die jetzt das Wahlrecht hatten und am Arbeitsmarkt teilnehmen und hinaus in die Welt gehen konnten, wenn sie es wollten. Hopes Baby würde im bestmöglichen Amerika geboren werden.

Während der letzten paar Wochen von Hopes Schwangerschaft, als jede Bewegung unangenehm und oft schmerzhaft war, half Martin ihr beim Ankleiden und kämmte ihr die Haare. Sie ließ ihn gewähren. Ihre Arme waren zu müde, um sich durch die Knoten in ihrem Haar zu kämpfen. Sie kam nicht mehr an den Rücken, um Knöpfe oder Haken zu schließen. Sie brauchte Hilfe, um sich aus Stühlen zu erheben. Sie fühlte sich sicherer, wenn sie sich beim Gehen an seinem Arm festhalten konnte. Sie ließ ihn so viel tun, wie er wollte, und er tat viele intime Dinge, die mehr bedeutet hätten, wenn sie nicht völlig im Griff eines Kindes gewesen wäre, das sich bereitmachte, auf die Welt zu kommen. Oft weinte sie. Sie dachte, sie würde wegen des Babys weinen, doch sie betrauerte auch den Verlust ihres Geliebten. Zweimal war sie kurz davor, Robert von dem Baby zu erzählen. Dann würde er wieder zu ihr gehören. Doch es wäre nicht mehr dasselbe. Er würde ihr aus Pflichtgefühl gehören.

Die ganze Zeit über, mit der Unbeholfenheit, dem Weinen, der Erschöpfung und der Angst, blieb Martin an ihrer Seite. Als er ihr die Haare kämmte und einen Zopf flocht, weinte sie und küsste seine Hand. »Danke. Ich fühle mich so plump. Das Baby tritt die ganze Zeit und ich weiß nicht, was ich machen soll.«

»Ist schon gut.« Er wusste nicht, ob es gut war, doch er würde es so gut machen, wie es ging. Er fühlte sich für sie verantwortlich, und jetzt war nicht der Zeitpunkt, um sich den Grund allzu genau anzusehen. Während der letzten paar Wochen fühlte sie sich andauernd schlecht und hatte Schmerzen. Die Rippen taten ihr weh, sie wurde von einer verstopften Nase geplagt und bekam nachts nur schwer Luft. Ihre Beine waren angeschwollen und der Arzt sagte ihr, wenn sie zu viel Wasser einlagern würde, müsste er das Baby per Kaiserschnitt holen, und das wäre eine riskante Operation.

Martins alter Zorn flackerte erneut auf. Er war wütend auf sie, doch vor allem auf Trent. Der Goldjunge hatte sich achtlos genommen, was er wollte, und Hope in Gefahr gebracht. Mit der Zeit beruhigte er sich wieder. Hope räumte ein, dass sie diejenige war, die die Beziehung beendet hatte.

»Weiß er … weiß Robert davon?«, fragte er Hope.

»Nein. Er weiß nichts. Diese Entscheidung habe auch ich getroffen. Es würde alles trübe und undurchsichtig machen. Ich wollte einen klaren Schnitt ohne irgendwelche Bedingungen. Keine Schuldzuweisungen. Wir werden beide einen sauberen Neustart haben.«

Er wusste, auch wenn sie das sagte, dass es nach so etwas keine sauberen Anfänge gab.

Kapitel 50

Asa beschloss, dass das Büro in Seawatch mit seiner seriö-
sen Wandvertäfelung und den schweren Vorhängen der beste
Ort für ein Treffen mit seinem zukünftigen Schwiegersohn
wäre. Sorgfältig hatte er die drei Komponenten des Vertrags
ausgearbeitet – das Emotionale, das Professionelle und das
Finanzielle. Es ging ja nicht bloß darum, ein simples Geld-gegen-
Dienstleistung-Geschäft möglichst ansehnlich zu präsentieren.
Faith war ein wertvoller Posten. Die Rede, mit der Asa Simpson
Robert Trent seinen Vorschlag unterbreitete, war philosophisch,
umfassend und unwiderstehlich. Er erwähnte Dauerhaftigkeit
und Kompatibilität anstelle von Impulsivität und kurzlebiger
Hörigkeit. Nachdem er diese Grundlage gesetzt hatte, umhüllte
Asa den Rest des Angebots mit der Belohnung. Die Zahl, die
eine Partnerschaft mit Faith Celeste Simpson begleitete, belief
sich auf zehn Millionen Dollar. Man musste Asa zugutehalten,
dass er das Angebot auch ganz ohne Erwähnung des Geldes als
äußerst vorteilhaft darstellte. Er hatte sich gefragt, ob der Betrag
womöglich zu großzügig war und ob er Faith den Ehemann für
die halbe Summe kaufen könnte. Doch er wollte ein sicheres
Ergebnis haben und es störte ihn nicht, für diese Garantie einen
womöglich zu hohen Betrag zu zahlen.

Zu Anfang stellte Asa eine Frage. »Bevor ich beginne, lassen Sie mich fragen, ob Sie gegenwärtig eine romantische Beziehung haben?«

Robert war überrascht. Er dachte sofort an Hope und fragte sich, ob Asa ihm eine so offen unseriöse Frage stellte, weil er von ihrer Beziehung wusste. *Romantische Beziehung* war eine so oberflächliche Phrase. Sie konnte nicht das fiebrige Verlangen wiedergeben, das ihn noch immer plagte, wenn er sich gestattete, an sie zu denken. »Nein, das habe ich nicht.«

»Gut. Dann kann ich fortfahren.« Asa begann zu umreißen, was zunächst wie das hypothetische Szenario eines Weges zu finanziellem Ruhm klang, mit Details über Holdings, globaler Reichweite, genauen Zahlen und Wachstumsprognosen. Es folgte ein verlockendes privates Angebot, dessen erste Stufe eine Vereinigung mit seiner Tochter Faith war, das aber weit in die Zukunft hineinreichte und letztendlich das gesamte Simpson-Erbe beinhaltete. Asa ging zu Einzelheiten über. »Ich biete fünf Millionen im Voraus an, als ein Zeichen, wie erfreut ich über diese Verbindung wäre«, sagte Asa. »Die Vorauszahlung soll das feiern, was ich als eine freudige Heirat betrachte. Der Rest des Geldes, zusätzliche fünf Millionen, ist das, was jeder gute Vater für seinen Sohn anlegt. Es soll während der schwierigen ersten Jahre Ansporn sein und wird an eurem fünften Hochzeitstag hinterlegt.«

»Verstehe ich richtig, Sir, dass Sie mir Faiths Hand zur Ehe anbieten?«

»Das ist ein wichtiger Teil davon«, sagte Asa.

»Das ist der einzige Teil, der mir wichtig ist«, sagte Robert. Er ging zu dem mehrfach unterteilten Fenster und sah auf die schöne Ziegeleinfassung, die die kreisförmige Zufahrt begrenzte. Es erinnerte ihn an Saint Paul's, wo es ein ähnliches Ziegelmuster in der Nähe der alten Kapelle gab. Er dachte an das dort gemurmelte Morgengebet, das Wahrheit, Freundlichkeit und Selbstlosigkeit pries. Er war froh, dass er diesen Tugenden entsprechen konnte.

»Sie müssen mir nicht direkt antworten«, sagte Asa. »Nehmen Sie sich dafür ruhig etwas Zeit.«

»Es ist nicht nötig, darüber nachzudenken«, sagte er. »Es wäre eine Ehre, Faith zu heiraten. Wenn es Ihnen nichts ausmacht, würde ich es ihr allerdings gern selbst mitteilen.«

Es kostete Asa Simpson fünf Millionen Dollar, seiner Tochter dreiundzwanzig Jahre Vernachlässigung und fehlende elterliche Liebe zu vergelten. Die zusätzlichen fünf Millionen Dollar sollten sicherstellen, dass Robert Trent mit ihr verheiratet blieb. Die ausschlaggebende Formulierung in dem Angebot war »soll während der schwierigen ersten Jahre ein Ansporn sein«. Für einen Zyniker mochte das klingen, als rechnete er damit, dass Trent verschwinden würde, sobald die fünf Millionen Dollar sicher auf seinem Konto wären. Robert Trent hatte es gewendet. Er hatte jede Herzlosigkeit und Gier aus dem Angebot herausgenommen, sodass es allein um Faith ging. Er hatte Ja gesagt zu der schlichten Übereinkunft, Faith zu heiraten. Er war aufrichtig. Er hatte weggeschoben, was er noch für Hope empfand, und sich mit ganzem Herzen zu Faith gewandt.

Eine Woche später bat Robert Trent Faith um eine Verabredung zum Abendessen. Er führte sie ins Plaza Hotel aus. Als sie sich im schmeichelnden Licht gegenübersaßen, das sich im polierten Holz des Oak Rooms spiegelte, war er überrascht, wie hübsch sie aussah. Das geschmeidige Seidenkleid legte sich sanft um ihren Körper und umhüllte ihre Brüste auf so herausfordernde Art, dass es ihn danach verlangte, Faith zu berühren. Wenige hätten es ihm geglaubt, doch Asa Simpson hatte für ihn eine Entscheidung getroffen, die er womöglich schließlich auch allein getroffen hätte. Vielleicht nicht unbedingt mit Faith, doch mit jemandem wie Faith. Das Geld war nicht der entscheidende Faktor. Die Verbindung ergab einen Sinn. Er kannte Faith. Er wusste, was er von ihr erwarten konnte. Sie war jemand, auf den er sich verlassen konnte, und er hätte schließlich – ohne dass das der Köder war, wie man vielleicht annehmen würde – das Lehen von Asa Simpson zu verwalten. An jenem Abend, nach einem Beef Wellington und einer exzellenten Crème Caramel, bat er um ihre Hand und präsentierte ihr einen fünfkarätigen Diamantsolitär in einer kleinen blauen Schachtel von Tiffany & Co. Faith vergoss keine Träne. Sie holte tief Luft, als hätte sie eine mühsame Aufgabe erfüllt.

»Natürlich werde ich dich heiraten«, sagte sie. »Du bist die Liebe meines Lebens.«

* * *

Obwohl er die schützenden Arme von Seawatch verlassen wollte, kannte Tommy Rowland den Rhythmus des Anwesens genau und merkte, wenn etwas Bedeutendes im Gange war. Als er für ein langes Wochenende nach Hause kam, spürte er eine Veränderung, was seine Mutter bestätigte. »Es sieht so aus, als hätte Faith einen ernsthaften Verehrer. Es ist dieser nette junge Anwalt.«

»Woher weißt du, dass er nett ist?« Tommy freute sich nicht über diese Nachricht. Er fand den Gedanken schrecklich, dass Trent ohne Zögern zu Faith gewechselt war, während Hope krank und leidend war.

»Asa mag ihn und er ist immer höflich.«

»Das bedeutet nicht, dass er nett ist. Es bedeutet nur, dass er eine gute Fassade aufgebaut hat.«

»Tommy!« Seine Mutter war von seiner Reaktion überrascht. »Freu dich doch für Faith.«

Tommy konnte sich nicht ganz für Faith freuen. Er ging zu Emily, denn er wusste, dass sie mehr Informationen haben würde.

»Erinnerst du dich noch, als ich dir erzählt habe, dass Trent und Hope zusammengelebt haben und dass Faith etwas dagegen unternommen hat?«

»Warum fragst du? Ich habe die beiden gerade zusammen im Dorf gesehen. Was auch immer sie getan hat, es hat funktioniert. Meine Mutter denkt, sie sind vielleicht schon verlobt.«

»Es gefällt mir nicht. Er hat kaum eine Sekunde gewartet, bevor er Hope gegen Faith eingetauscht hat. Das war herzlos.«

»Weißt du, ich mochte diese Liebesgeschichte kein bisschen. Ich bin froh, dass es vorbei ist. Hope war immer ein komisches Mädchen und er hat eine großartige Zukunft vor sich. Er wird es sich nicht mit so einem Mädchen verderben wollen.«

»Was meinst du mit ›so einem Mädchen‹?« Es gefiel ihm nicht, dass Emily so abschätzig sprach.

»Dieses Mädchen hat immer danach gesehen, was sie bekommen konnte.«

»Ich weiß überhaupt nicht, warum alle das immer sagen. Sie hat sich niemals bei jemandem angebiedert, um irgendwelche Dinge zu bekommen. Und übrigens, du könntest dasselbe über ihn sagen. Was glaubst du denn, was er von Faith will, wenn nicht das Geld?«

»Ich glaube, er will die richtige Partnerin für das Leben, das sie führen.«

»Wirklich? Und du glaubst, Hope wäre für dieses Leben nicht gut genug?«

»Genau das glaube ich«, sagte Emily. »So einfach ist das. Hope hat dafür nicht den richtigen Schliff. Es dreht sich alles um Verbindungen und Geld und darum, mehr davon zu bekommen. Niemand scheint irgendwen zu lieben. Ist dieser Familie jemals etwas Glückliches widerfahren? Mr Asa hat endlich jemanden gefunden, zum Glück. Ich glaube, er muss auch nicht mehr ins Haus deiner Eltern gehen, um ein wenig Geselligkeit zu haben.«

»Er kommt noch immer zu uns. Margaret kommt auch. Sie und meine Mutter verstehen sich gut miteinander.«

»Mag sein, aber diese Millionäre sind alle einsam und gelangweilt in ihren großen Schlössern. Der Butler drüben bei Laurel Hall sagt, sie trinken sich die meisten Nächte in den Vollrausch.«

»Emily, ich würde diese Gerüchte nicht wiederholen. Du weißt gar nicht, ob sie wahr sind.«

»Seit wann stehst du denn so über allem?«

»Mr Asa ist nicht wie die anderen. Er ist so normal, wie er sein kann. Ich habe ihn viele Abende nach Hause gefahren, und er kam nur mühsam aus dem Auto, weil er so viel Wein intus hatte. Wenn ich ihn fragte, ob ich mit ihm ins Haus gehen sollte, sagte er immer: ›Nein, Tommy. Ich muss ein wenig von meiner Würde bewahren.‹ Er schämte sich vor dem Sohn des Hausmeisters. Ich kann wirklich nicht schlecht über ihn sprechen. Das kann ich einfach nicht.«

»Niemand bittet dich darum.« Emily konnte es nicht leiden, wenn Tommy wegen der Simpson-Familie sentimental wurde. Es war nicht seine Familie, doch manchmal sprach er so, als wäre er für ihr Glück verantwortlich. Sie sagte dann: »Sie würden dich verraten, wenn es um Geld ginge«, doch Tommy widersprach ihr immer. »Das würden sie nicht. Mr Asa liebt meine Mutter. Und er hat Hope auch geliebt. Er hat sie nicht für ein Straßenmädchen gehalten.«

»Wenn du dich damit besser fühlst: Du und ich würden wahrscheinlich auch nicht in dieses Leben passen. Und ich würde es auch gar nicht wollen, um Himmels willen. Und du auch nicht, Tommy Rowland, also sage nicht, dass es nicht stimmt.«

»Nein, wahrscheinlich nicht.«

Tommy dachte immer wieder über die Rolle nach, die er in der Beziehung zwischen Hope und Trent gespielt hatte.

Eins wusste er gewiss: Es würde niemals mehr möglich sein, alle Verbindungen zu den Simpsons zu kappen. Wenn er Asa aus dem Packard geholfen und sich vergewissert hatte, dass er es sicher ins Haus geschafft hatte, gab es zwischen ihnen ein Gefühl der Nähe. Auf die eine oder andere Art waren Asa, Faith, Hope und Billy von seiner Hilfe abhängig gewesen, und das gab ihm ein Gefühl von Befriedigung und Verbundenheit. Er hatte immer geplant, von dem Anwesen zu entkommen, doch etwas hatte sich in ihm verändert. Als er sah, wie glücklich und natürlich Asa mit Margaret umging, erkannte er, dass es dieselbe natürliche Zuneigung war, die Asa auch für seine Mutter und seinen Vater empfand. Er hatte sie als Freunde *ausgewählt*. Wenn Tommy in Schwierigkeiten wäre, würde ihm Asa helfen wie einem eigenen Sohn. So war es, obwohl es lange Zeit gedauert hatte, bis er das erkannte.

KAPITEL 51

Die Wehen kamen mitten in der Nacht. Martin holte den
Wagen und fuhr sie zum Saint-Vincent's-Krankenhaus auf der
Eleventh Street. Dort hielt man ihn für den Vater und er widersprach nicht. Was er nicht wusste und was ihm Hope erst sagte,
als sie ankamen, war, dass sie entschieden hatte, das Baby zur
Adoption freizugeben, und dass die Adoptionsagentur das Baby
sofort mitnehmen würde. Martin war schockiert und wollte
es ihr ausreden. »Warte doch wenigstens ein paar Tage. Deine
Gefühle sind jetzt nicht verlässlich.«

Sie weigerte sich. Sie wollte es nicht sehen. Sie wollte das
Geschlecht nicht kennen und sie wollte nichts über die Leute
wissen, die es adoptierten. Nicht, dass man ihr darüber etwas
gesagt hätte. Es war keine offene Adoption. Niemand wusste
irgendwas.

»Das ist eine gänzlich unumkehrbare Entscheidung.«

»Ich will, dass es unumkehrbar ist«, sagte sie.

Sie wollte das Baby abgeben und ihr Leben mit einem neuen
Ziel fortsetzen. Einem Ziel, zu dem Liebe nicht gehörte. Als
Martin erkannte, dass er sie nicht umstimmen konnte, war er
aufgewühlt. Ihm war es unverständlich, wie jemand einfach ein
Kind abgeben konnte. Er war sich sicher, dass sie es bedauern

würde. Als man sie erschöpft und schläfrig aus dem Kreißsaal schob, weckte er sie und flehte sie an, es sich noch einmal zu überlegen. »Nein, nein, nein«, schrie sie ihn an. »Nein.«

Er folgte der Krankenschwester mit dem kleinen Bündel auf dem Arm den Flur entlang. Er konnte sie nicht gehen lassen. Es war zu wichtig. Auf gut Glück fragte er: »Ist es ein Junge?«

»Ja«, sagte sie, »ein perfekter kleiner Junge.«

Er lief der Schwester weiter hinterher. »Darf ich einen Blick auf ihn werfen?«

»Dagegen ist nichts einzuwenden«, sagte sie und zog die Stoffwindel zur Seite. Es war Hopes Gesicht mit einem Büschel rötlicher Haare. Befreit von dem Stoff hob das Baby die Arme und öffnete die Augen. Martin war sich sicher, dass es ihn ansah.

»Sind die Adoptiveltern hier?«

»Ja, Sir.«

Martin folgte der Krankenschwester durch mehrere Flure. Jetzt, wo er das Baby gesehen hatte, rebellierte alles in ihm bei dem Gedanken, dass er diesen Menschen nie mehr wiedersehen sollte. Er wollte der Schwester das Kind aus den Armen nehmen und mit ihm davonlaufen, doch es war ja nicht seins. Er hatte so ein Gefühl, dass jede weitere Frage mit Schweigen beantwortet würde. Aber er war ein Rhodes-Stipendiat und hatte in Oxford studiert, erinnerte er sich. Sicher könnte er dieser netten jungen Frau noch ein paar Hinweise entlocken.

»Ich wünschte, er könnte auf dem Land aufwachsen«, sagte er. »Das Stadtleben ist so ungesund für Kinder.«

»Oh, das wird er«, sagte sie strahlend, bevor sie sich bremsen konnte. »Harrisburg, Pennsylvania.«

»Wunderbar. Dann muss der Vater ein Bauer sein.«

»Ein Mechaniker«, sagte sie. »Repariert Automobile.«

»Ich nehme an, Sie dürfen mir nicht seinen Namen nennen?«

»Nein, Sir. Das ist gegen die Vorschriften.« Sie ging davon, und er wiederholte leise die Informationen. Ein Automechaniker in Harrisburg, Pennsylvania. Immerhin wusste er, wo er mit der Suche anfangen musste.

* * *

Als Erstes suchte Hope nach einer neuen Wohnung, obwohl Martin ihr anbot, bei ihm zu bleiben. Sie konnte sich jetzt eine Wohnung in einem Haus mit Türsteher und etwas Luxus leisten und fand eine geräumige Zweizimmerwohnung auf der West Eleventh Street in der Nähe der Fifth Avenue. Sie hatte ein Wohnzimmer mit Kassettendecke, ein großes Schlafzimmer mit Fenstern, eine Küche und ein eigenes Badezimmer – in der Wohnung, nicht für mehrere Parteien im Hausflur – mit verzierten Fliesen in Schwarz-Weiß. Die Räume waren frisch gestrichen und die Fußböden waren aus heller Eiche mit einer eingefassten Umrandung. Die hohen Fenster blickten auf eine schöne, baumgesäumte Straße hinaus. Sie wählte die erste Etage, sodass sie die Geräusche von unten hören konnte. Stille mochte sie noch immer nicht. Sie ging zu Kamen und ließ einen Dekorateur kommen, der die Räume mit neuen Möbeln und einem schönen großen Bett ausstattete. Das Einzige, was sie aus ihrem alten Leben behielt, waren die Töpfe ihrer Mutter und die fadenscheinigen Laken und Decken, die sie weiterhin benutzte.

Sie leistete sich auch neue Geschäftskleidung bei Lord & Taylor, wo es Personal gab, das den Damen bei der Zusammenstellung ihrer Garderobe half. Sie besuchte ihren ersten Schönheitssalon und ließ sich die Haare schneiden, die Augenbrauen zupfen und ihre Fingernägel schneiden und lackieren. Sie kaufte sich neue Seidenunterwäsche und einen Morgenmantel. Sie war durch unruhige Zeiten gegangen, sowohl emotional als auch körperlich, und jetzt würde sie sich um sich selbst kümmern und viel Geld verdienen, um ihr Leben abzusichern und sich gegen jede Härte und jeden Mangel zu schützen.

Sie dachte oft an Faith. Sie dachte an jene Monate der Nähe und des Wissens um die Gefühle der anderen. Sie hatte gewusst, dass Faith Robert von ganzem Herzen wollte. Es war anders als das, was sie empfand. Bei ihr war es ein körperliches Bedürfnis, während Faith wollte, dass er ihr Leben erfüllte. Vielleicht war das nun geschehen. Faith würde ihm dabei helfen, das zu erreichen, was für ihn wichtig war. Hope hätte kein Problem damit, wenn er in Faiths sicheren Händen war.

Als Hope zu ihrer Arbeit zurückkehrte, sprach sie mit Martin über die Zukunft und ein wenig auch über die Vergangenheit. Sie erzählte Martin die Geschichte ihrer Eltern, damit er ihre neue Entschlossenheit verstehen konnte und sie ernst nahm. Doch da gab es noch einen anderen, drängenderen Grund. Sie wollte nicht das kleinste Detail vergessen. Jetzt, wo das Baby nicht mehr in ihr und sie wieder allein war, wollte sie sich an die weit zurückliegende Vergangenheit erinnern, als sie ihre Eltern spätabends und frühmorgens freundlich miteinander reden gehört hatte. Dies waren die wohligsten Momente ihres Lebens gewesen, und sie musste darüber reden und versuchen, diesen Trost wiederzufinden. Sie hatte es geliebt, beim Gemurmel ihrer Eltern einzuschlafen und dazu auch wieder aufzuwachen.

Als sie zu dem Teil der Geschichte kam, wo sie und ihre Mutter Briefe von Sen erhielten, sah sie Martin direkt in die Augen. »Die Briefe waren mit chinesischen Symbolen verziert und wir hängten sie über die Wandbehänge, als wären es Kunstwerke. Es gab keinen Zentimeter in dem Raum, der kahl geblieben war«, sagte sie, »doch es war schön. Es war für mich ein deutliches Zeichen, dass meine Mutter nicht gewöhnlich war, und das war alles, was für mich zählte. Ich bin auch außergewöhnlich. Ich erzähle dir das alles, um dir zu versichern, dass ich es hier schaffen werde. Ich werde es auf ganz große Weise schaffen.«

Martin hörte ihrer Rede zu und sagte nur wenig. Er wusste, wie direkt sie in Gefühlsdingen war. Obwohl ihr neuer Look sehr schön war, machte er sich deshalb Sorgen. Ihr Haar war zu einem kurzen Bob geschnitten. Es war noch immer gelockt, doch es fiel jetzt weich um ihr Gesicht. Sie hatte eine neue Garderobe mit körperbetonten Jacken und dazu passenden Röcken, zu denen sie Seidenblusen trug. Sie benutzte Schminke, um ihre Augen und Lippen zu betonen. Sie sah schön und ernst aus.

»Ich werde deine Freundlichkeit niemals vergessen«, sagte sie und umarmte Martin.

Sie machten weiter wie zuvor, doch er hatte viele geheime Gedanken. Das Kind ging ihm ständig durch den Kopf. Er fühlte sich noch immer zu Hope hingezogen, aber er wusste, dass jetzt nicht die richtige Zeit war, um sich ihr zu nähern. Sie war verschlossener als der Tresor in seinem Büro. Er mochte ihre neue Begeisterung für den Erfolg und fürchtete sie zugleich. Er wusste zweifellos, dass sie ein einzigartiges Talent für das Geschäft besaß und gut zurechtkommen würde. Und das tat sie – sowohl mit ihm als auch allein. Innerhalb der nächsten zwölf Monate kauften sie einen Sitz an der Börse und setzten die Verträge für Hopes Beteiligung an der Firma auf. Sie wurde zu einem Drittel Partner, doch sie partizipierte am Profit, und im Jahrzehnt der Zwanzigerjahre war der Profit reichlich, selbst wenn man nicht gerissen war.

* * *

Hopes Wille war nicht stark genug, um das kleine Wesen fernzuhalten, das sie weggegeben hatte. Täglich ging ihr das Kind durch den Kopf, und manchmal wurde ihre Sehnsucht, es im

Arm zu halten, so stark, dass sie schnell hinauslaufen und die Straßen entlanggehen musste, bis sich ihre Gefühle beruhigten. Manchmal glaubte sie, es weinen zu hören, und es gab einen wiederkehrenden Traum, in dem sie einem einsamen kleinen Jungen im Park begegnete, der still auf einer Bank saß. Als sie vorbeiging, fragte er sie nach ihrem Namen. Sie erlaubte sich niemals, an Robert zu denken. Die einzige Möglichkeit, die es für sie gab, um ihr Leben zurückzubekommen, bestand darin, diese Episode versiegelt zu halten.

KAPITEL 52

Sie fuhren nur selten nach Seawatch, außer zu den großen Feiertagen und im August. Selbst dann waren sie eine verlorene kleine Gruppe.

Zu Weihnachten schmückte das Personal das Haus und stellte all den Feiertagskrimskrams auf, doch wenn keine Kinder da waren, hatten die aufgehängten Socken für die Weihnachtsgeschenke wenig Bedeutung. Am Weihnachtsabend kamen alle Arbeiter des Anwesens mit ihren Kindern zum Herrenhaus und Asa überreichte ihnen Geschenke und einen großzügigen Bonus. Er und Faith dankten allen, schüttelten den Männern die Hand und küssten die Frauen. Mrs Coombs spielte im Haus eine wichtigere Rolle und Margaret, die neue Mrs Simpson, erlaubte ihr, so viel zu tun, wie sie wollte. Sie hatten sich in anderen Positionen kennengelernt, doch das neue Verhältnis fiel ihnen leicht. Der Butler Trask war nach England zurückgekehrt und Asa hatte einen Gutsverwalter angestellt, der einmal die Woche nach den Wirtschaftsbüchern sah und ein Auge auf die Einkäufe hatte.

Faith lebte dauerhaft in der Wohnung in der Stadt. Robert hatte das Staatsexamen abgelegt und blühte bei Wentworth auf, wo er viele Stunden arbeitete. Zwei- oder dreimal die Woche besuchte Faith ihn in seinem Büro und sie gingen miteinander essen.

Faith hatte eine volle Stelle in der Firma ihres Vaters angenommen und war zuständig für das, was sie ›außerbörsliche Unternehmensbeteiligungen‹ nannten. Asa war für viele seiner wohlhabenden Freunde der Vermögensverwalter gewesen. Er investierte für sie und nahm sich davon jährlich einen kleinen Prozentsatz. Er verwaltete auch sein eigenes Konto. Manche der langjährigen Arbeiter in Seawatch hatten ihn ebenfalls gebeten, etwas von ihrem Ersparten in Dividendenfonds mit geringem Risiko anzulegen. In den meisten Jahren erbrachte der Fonds neun oder zehn Prozent. Faith übernahm die Fondsanlagen in der Firma. Das war jetzt eine eigenständige Abteilung, die große Investoren zu ihren Kunden zählte, nicht mehr nur die Arbeiter des Anwesens. Sie nannten es den ›Arbeitsfonds‹. Faith war eine souveräne Geschäftsführerin, doch sie bat ihren Vater noch fast täglich um Ratschläge. Wie es sich zwischen ihnen entwickelt hatte, war paradox. Jetzt, da sie beide Lebenspartner hatten, waren sie sich näher als je zuvor und brauchten den regelmäßigen Kontakt geradezu. Die meiste Zeit stimmte Asa mit ihren Strategien überein, obwohl er immer vorsichtiger war als sie. Es war bezeichnend, dass sie zwar in ein paar Wochen heiraten würde, aber dennoch ihr Arbeitspensum im Büro einhielt. Die Firma ihres Vaters war eine anerkannte Institution und sie wachte darüber.

Ihren letzten Abend als Miss Simpson verbrachte Faith mit ihrem Vater in seinem Büro in Seawatch. Margaret sorgte dafür, dass sie die Zeit für sich allein hatten. Obwohl sie nicht Faiths Mutter war, spürte sie, dass diese letzte Nacht emotional sein würde, und sowohl Vater als auch Tochter sollten alle Ängste aussprechen können.

Faith sah sich in Asas Büro um und dachte an die vielen Male, wenn sie ängstlich und furchtsam hergekommen war.

Sie erinnerte sich an den Tag, als er ihr und Billy erzählt hatte, dass er ein Mädchen eingeladen habe, bei ihnen zu wohnen. Sie hatte befürchtet, dass das Mädchen ein Fiesling wie Steven Butler sein würde, doch Hope hatte stattdessen Geborgenheit und Unterstützung gebraucht.

Heute Abend verabschiedete sie sich von jenem ersten Teil ihres Lebens und verspürte Melancholie. Es gab nur wenig Gelegenheiten, zu denen sich Faith die Anwesenheit ihrer Mutter wünschte. Diese war eine davon. Es belastete sie, dass Alice so gezielt und vollständig verschwunden war. Was sollte man davon halten, wenn eine Mutter mit ihrem Geliebten wegging und sich nicht mehr dafür interessierte, wie es ihrer Tochter erging? »Warum kontaktiert Mutter mich überhaupt nicht?«, fragte sie Asa an jenem Abend.

»Ich weiß es ehrlich nicht. Ich kann nicht für deine Mutter sprechen.«

Sie hatte keine Antwort erwartet, doch dies war ihre letzte Gelegenheit, um all die unausgesprochenen Fragen zu stellen.

»Wünschst du dir, dass ich gestorben wäre statt Billy?«

Asa sah sie bestürzt an. »Faith, sag so was nicht. Als Billy starb, brach es mir das Herz. Als meine Eltern umgebracht wurden, dachte ich, das wäre das Schlimmste, was passieren könnte, doch ich lag falsch. Billy war so ein fröhlicher kleiner Junge. Alles erfreute ihn, und er war alles, was ich mir gewünscht habe. Ich habe dich auf andere Art geliebt, aber nicht weniger. Meinen größten Fehler habe ich mit deiner Mutter gemacht. Deine Mutter passte nicht in dieses Leben. Sie war hier verloren und ich war blind. Ich war überhaupt nicht fair zu ihr. Ich habe sie aus den falschen Gründen geheiratet – sie hatte einen guten familiären Hintergrund, gute Manieren, Schönheit. Deine Mutter war eine Schönheit. Doch ich habe sie vernachlässigt und niemals versucht, sie zu verstehen. Wir waren zu förmlich miteinander. Sie hat recht daran getan, mich zu verlassen. Wir hatten das ehrlichste Gespräch an dem Tag, als sie kam, um mir zu sagen, dass sie fortgehe.«

»Es ist so schwer für mich, mir vorzustellen, dass Mutter so entschlossen gehandelt hat«, sagte Faith.

»Das war die neue Alice. Sie hat gesagt: ›Ich gebe dir keine Schuld, Asa. Ich war in die Idee der Ehe verliebt und habe keinen Gedanken daran verschwendet, was danach käme. Als Billy starb, wusste ich, es würde hier nur schlimmer werden. Ich fühle mich, als würde ich entkommen. Verzeih mir, doch ich fühle mich, als würde ich entkommen und bald frei sein.‹«

Ihre Rede war so aufschlussreich gewesen, dass er Teile davon auswendig gelernt hatte. Wenn er sich anzog oder allein in seinem Büro saß, hörte er häufig ein Stück davon in seinem Kopf: *Ich fühle mich, als würde ich entkommen. Verzeih mir, doch ich fühle mich, als würde ich entkommen und bald frei sein.* Ihre Ehrlichkeit hatte ihn dazu gebracht, eigene Gefühle und Wünsche zu untersuchen, die in ihm schlummerten, seit er seine Eltern verloren hatte.

»Mach diesen Fehler nicht mit Robert. Denke immer an seine Situation. Ich glaube, Robert geht es um Ordnung und den rechtmäßigen Platz. Er hätte nicht zugestimmt, dich zu heiraten, wenn er nicht denken würde, das wäre sein rechtmäßiger Platz. Doch schau ihn dir wie eine Außenstehende an und sieh, was du für einen Mann hast.«

* * *

Asa hatte recht mit Robert Trent. Robert betrachtete seine Allianz mit Faith als genau das – eine Allianz und eine solide Plattform für ein geordnetes und befriedigendes Leben. Er würde seinen Teil der Abmachung immer einhalten. Er würde sie respektieren und wertschätzen. Glücklicherweise fand er sie auch sexuell anziehend, und wenn sie seine Leidenschaft als Zeichen seiner Liebe ansah, dann sollte es so sein.

Die Beziehung mit Hope war das Gegenteil von Ordnung gewesen. Sie war stürmisch. Sein Verlangen nach ihr war so stark, dass es sein normales Denken und Verhalten ausschaltete. Sein Leben hätte eine andere Richtung genommen und letztlich wäre er womöglich eines Tages wie aus tiefem Schlaf aufgewacht und hätte erkannt, dass er sich selbst verloren hatte. Das hieß jedoch nicht, dass er Hope vergessen hatte. Das war ihm unmöglich. Sie war ihm so nah wie sein Atem. Sie war fest in seinem Herzen.

Alles verlief wie geplant. Sie wurden von Reverend Charles E. Hinton in der Kalksteinkirche Saint John's in Lattington getraut. Die schöne Landkirche hatte eine lange Geschichte. Sie war die erste geistliche Stätte, die an der Nordseite der damaligen Pudding Lane errichtet wurde.

Die Kirche war bis zum Platzen gefüllt. Das Schiff war mit weißen und rosafarbenen Pfingstrosen, zarten Anemonen, kleinsten Teerosen und Schleierkraut geschmückt. Alle Angestellten des Anwesens waren mit ihren Ehepartnern anwesend und standen Seite an Seite mit den Tycoons der Goldküste. Der alte Mr Guthrie, der der Anwalt von J. P. Morgan gewesen war, saß in einer hinteren Kirchenbank. Sein Grundstück grenzte an die Kirche und er hatte Steine und Geldmittel für die Verblendung des Gebäudes gespendet.

Der Empfang fand in dem äußerst exklusiven Creek Club an der Küste neben Seawatch statt. Das Lanin Brothers Orchestra spielte alle Lieblingslieder von Faith, und sie tat etwas sehr Modernes und wechselte aus ihrem Hochzeitskleid in ein verführerisches Satin-Etuikleid für die schwungvolle Party. Viele der Gäste waren von Roberts Anwaltsfirma. Paul Wentworth war natürlich auch da. Es gab auch Gäste, die Asa noch immer beruflich beriet, die jungen Bakers, die Coes, die

Doubledays, die Aldreds und die Guthries. Direkt daneben waren Chester und Emma Rowland, Joe und Ginny Stokes, Mrs Coombs und Trevor. Robert tanzte mit seiner Braut. Asa, der einen Lehrer engagiert hatte, um Foxtrott zu lernen, tanzte mit seiner Tochter und küsste sie sogar in einer seltenen öffentlichen Zurschaustellung seiner Zuneigung. Er tanzte auch mit Margaret, seiner Frau, und Mrs Coombs kam gar nicht darüber hinweg, ihren langjährigen Arbeitgeber in einer so fröhlichen Stimmung zu sehen.

Als es vorbei war, fuhren die Frischvermählten nach New York City, um die Nacht im Plaza Hotel zu verbringen. Am nächsten Morgen wollten sie auf der *Mauretania* in die verlängerten Flitterwochen davonsegeln und mit dem Auto durch England und Frankreich fahren.

Die Hochzeitssuite im Plaza war genau das, was Faith wollte: ein übergroßes Himmelbett, gekühlter Champagner und überall Blumen. Robert hatte auf dem Empfang absichtlich nicht viel getrunken. Er hatte sich zurückgehalten, aber alles getan, was von einem Bräutigam erwartet wurde. Er hatte sie für die Fotografien geküsst, ihren Schleier sanft angehoben, sie um die Taille gefasst und dabei die Hand fest auf ihren unteren Rücken gelegt. Er hatte einen gefühlvollen Toast ausgesprochen. »Für meine geliebte Frau. Meine erwählte Gefährtin, das Licht meines Lebens. Ich trinke auf sie mit erfülltem Herzen.«

In jener Nacht liebte er sie auf eine langsame, bewusste Weise, küsste sie dabei sanft und murmelte, wie glücklich er sei. Die Ehe wurde auf die richtige Art vollzogen, doch Faith musste immerzu denken: *Es muss gut sein. Schließlich hat es Papa zehn Millionen Dollar gekostet.* Es mochte stimmen, dass Robert sie liebte, und es mochte sogar stimmen, dass sie seine erwählte Gefährtin war, aber etwas Wesentliches fehlte. Sie wusste es sofort. Robert liebte sie und würde ein guter Ehemann sein, doch er begehrte sie nicht jenseits aller Vernunft. Er würde sie nie mit der sinnlosen Leidenschaft eines Mannes verfolgen, der ohne sie nicht leben konnte. Er konnte ohne sie leben, und das wusste sie vom ersten Tag ihrer Ehe an. Sie trug es an jedem einzelnen Tag mit sich herum. Das hatte den Effekt, dass sich eine Formalität in ihre Beziehung drängte, die ihre ganz eigene Intimität hatte. Sie sagte sich, dass ihre Liebe für sie beide ausreichte, und außerdem war sie schließlich noch nie in der Lage gewesen, bei irgendwem Vertrautheit hervorzurufen.

Das Foto der glücklich Frischvermählten nahm die halbe Vorderseite des Gesellschaftsteils in der *New York Times* vom Sonntag ein. Faith sah schön aus und Robert wirkte wie ein Filmstar. »Die Frischvermählten kennen einander, seit die Braut ein Teenager war«, stand in dem Artikel. »Der Bräutigam, ein Jura-Absolvent der Columbia University, verbrachte damals einen Sommer in Seawatch, wo er im Simpson-Team Polo gespielt hat.« Was der Artikel jedoch nicht erwähnte, war, dass der Sohn des Bräutigams unbeobachtet über den kalten Linoleumboden einer bescheidenen Küche am Stadtrand von Harrisburg in Pennsylvania herumkrabbelte, während die Frischvermählten in dem Himmelbett der Hochzeitssuite im Plaza ihr erstes gemeinsames Frühstück einnahmen.

Kapitel 53

Die Ära der Flapper Girls in den Zwanzigerjahren des letzten Jahrhunderts war eine Zeit des ungezügelten Exzesses, von Überfluss und gesellschaftlichem Umbruch. Man nannte es die ›Goldenen Zwanziger‹. Im Nachgang des großen Weltkriegs war Amerika zur Finanzhauptstadt der Welt geworden und seine Bewohner wandten sich einem sorgenfreien Streben nach Vergnügen zu. Die Röcke wurden kürzer und so geschah es auch mit den Haaren der Damenwelt. Die Eingeweihten rümpften die Nase über die Prohibition und soffen den Gin, den sie von der Unterwelt geliefert bekamen. Der wirtschaftliche Boom nach dem Krieg machte normale Bürger ein bisschen reicher und Bankiers wie Charles Mitchell – jetzt der Präsident der Bank des alten Mr Baker – zu sehr reichen Männern. Die Bankiers und Broker, deren Bankkonten mit unvorstellbarem Profit angeschwollen waren, hatten selbst die Vorsichtigen dazu verführt, ihre Lebensersparnisse in Aktien umzuwandeln.

Jedes Geschäftsgespräch, das Asa mit Faith führte, war mit Mahnungen zur Vorsicht durchsetzt.

»Als du acht Jahre alt warst«, erzählte er ihr, »gab es zwischen Harriman und Morgan einen Kampf um die Kontrolle der Northern Pacific Eisenbahngesellschaft. Innerhalb weniger

Tage stiegen Aktien von unter hundert auf über eintausend. Investoren verkauften alle ihre Bestände, um Geld zur Verfügung zu haben und sich bei Northern Pacific einkaufen zu können. Die Leerverkäufer waren ruiniert. Ich wollte daran nicht teilhaben und verkaufte alles, als es in den Achthundertern war. Obwohl ich einen guten Profit machte, war ich bestürzt von der Leichtgläubigkeit der allgemeinen Öffentlichkeit. Lass dich nicht hereinlegen, Faith. Es ist immer besser, sich auf der sicheren Seite zu irren.«

In der allgemeinen Euphorie war es schwer zu glauben, dass Dinge überhaupt schieflaufen könnten. Zwei Wunder hatten jeden Aspekt des Lebens durchdrungen: das Automobil und das Radio. Fast jeder konnte die zweihundertfünfzig Dollar aufbringen, die man benötigte, um sich ein T-Modell vom Fließband zu kaufen. Spiritistische Hexenbretter, irgendwelche Wundermittel und beliebte Aktien mit unzuverlässigen Dividenden wurden gedankenlos gekauft. Es brauchte nicht viel, um die Leichtgläubigen davon zu überzeugen, dass die Preise auf dem Aktienmarkt unendlich steigen würden.

Über zwanzig Millionen Amerikaner hatten Kriegsanleihen gekauft und machten sich mit dem aufregenden Geschäft des Investierens vertraut. Joe Stokes hatte Kriegsanleihen gekauft, ebenso Chester Rowland, Trevor und Julia Coombs.

In dieser robusten neuen Zeit an der Wall Street hatten Beck & Lee ihren Börsenplatz gekauft und sie hatten gut davon profitiert.

Mit dem Kriegsende und Amerika in der Rolle des Weltbankiers stieg das Ansehen der Bordsteinhändler. Schon im Jahre 1921 waren sie wegen energischer Proteste einiger alteingesessener Mitglieder in ein Gebäude abseits vom Broadway hinter der Trinity Church gezogen. Die unbändige Gruppe, die vormals glücklich vom Bordstein aus operiert hatte, mochte den düsteren geschlossenen Raum nicht. Den gedrängten Bereich im Freien, wo Sen so viele Monate mit seiner Tochter verbracht hatte, gab es nicht mehr. Hope hatte einen Spaziergang zu den vertrauten Blocks gemacht und war den Wegen gefolgt, die sie so oft mit Sen gegangen war. Dort gab es noch ein paar Versprengte, aber keine Menschenmenge und keine Telefone, die an Fensterbrettern baumelten. Die Börse sollte gediegen und geschäftsmäßig sein, doch die Verlockung für Trottel wurde immer größer, denn es gab viel mehr Trottel. Es sollte noch einige Jahre dauern, bis die Rechnung präsentiert werden würde. Die Vernünftigen hatten etwas Zeit, um Geld zu verdienen und sich gegen das Unglück zu wappnen. Martin Beck, Hope Lee und Asa Simpson waren gut gesichert. Andere, die es besser hätten wissen sollen, wurden fortgerissen.

KAPITEL 54

Nach ihren Flitterwochen hatte Faith in Roberts Wohnung in Downtown einziehen wollen, doch er hielt sie davon ab. »Sie ist klein. Es gibt keinen richtigen Platz zum Essen, sodass wir keine Gäste einladen könnten. Lass uns realistisch sein: Es ist nicht gut genug für die Einladungen, die von uns erwartet werden.« Er konnte sich nicht vorstellen, dass Faith in demselben Bett lag, das er mit Hope geteilt hatte.

»Und was ist das für eine Lebensart?«, hatte Faith gefragt.

»Wir werden von der sogenannten ›Schickeria‹ aufgesogen, obwohl es mir ein Rätsel ist, weshalb es so genannt wird. Und ob wir es wollen oder nicht, wir sind Teil der oberen Zehntausend, dank Mrs Astor. So etwas geschieht, wenn man ein berühmtes Finanzgenie zum Vater hat.«

»Du glaubst, mein Vater ist ein Genie?«

»Ganz sicher. Und wahrscheinlich bist du auch ein Genie. Genau genommen weiß ich, dass du es bei Analysen bist. Es ist eine beeindruckende Eigenschaft und ich habe gehört, wie dein Vater es erwähnt hat.«

Sie liebte diese Gespräche mit ihrem Ehemann, auch wenn sie nie wusste, ob es nur oberflächliches Geplänkel war oder ob ein Hauch von Ironie in dem lag, was er sagte. Er war aus eigener Kraft wohlhabend, und obwohl es einen Fünf-Millionen-Dollar-Köder gab, der auf ihn wartete, wenn er fünf Jahre mit der reizenden Miss Simpson verbracht hatte, dachte sie, dass er womöglich nicht nur wegen des Geldes ihr Mann war. Etwas Unerwartetes hatte ihr gemeinsames Lebens verändert. Er kümmerte sich auf einfühlsame Weise um sie und nahm sie ständig in die Arme. Er vergaß nie, sie zum Abschied zu küssen und auch, wenn er sie wiedersah. Wenn er sie küsste, legte er ihr immer den Arm um die Taille und zog sie an sich. Sie liebte seine Aufmerksamkeiten, und wenn sie merkte, dass sie spontan waren und nicht zu verschwinden drohten, entspannte sie sich in ihrer Rolle als zufriedene Ehefrau. Sie hatten sich in einer luxuriösen Maisonettewohnung im Kenilworth Building eingerichtet, einem Gebäude, das nur wenige Türen vom Dakota entfernt lag und ebenfalls den Central Park überblickte. Nach mehr als einem Jahr hatte Robert aber noch immer die Wohnung auf der Charles Street.

»Warum behältst du diese Wohnung?«, fragte sie ihn, als sie sich fertig in der neuen Wohnung eingerichtet hatten.

»Ich bin zu faul, um mich um den ganzen Kram zu kümmern. All mein Yale-Zeug ist da und die Unterlagen von der Rechtsfakultät. Die Miete ist nicht der Rede wert und billiger, als wenn ich einen Lagerplatz miete.«

»Du könntest alles hierher oder raus nach Seawatch bringen lassen.«

»Ich werde mich die Tage darum kümmern.«

Sie ahnte, dass er die Wohnung aus sentimentalen Gründen behielt, doch das störte sie nicht. Sie waren alle durch Turbulenzen gegangen, doch jetzt war er völlig der Ihre, und wenn er die Wohnung als Symbol für etwas brauchte, dann hatte sie nichts dagegen.

Sie hatte ein wesentlich gravierenderes Geheimnis zu bewahren. Im zweiten Monat ihrer Ehe war sie schwanger geworden.

Es war so schnell gekommen, nachdem sie die Trophäe erlangt hatte, dass es sie erschreckte. Eine Schwangerschaft brachte eine Menge unattraktiver Probleme mit sich. Sie würde zunehmen, anschwellen, plump werden. Ihr schwer erkämpftes gutes Aussehen würde verschwinden. Sie war eine frischgebackene Braut und die Intimität war ebenfalls noch neu. Sie konnte das nicht schon jetzt aufgeben. Nicht einen Moment lang dachte Faith, dass ein Kind auch den entgegengesetzten Effekt haben und ihre Ehe verfestigen könnte. Sie kam auch nicht auf den Gedanken, dass es womöglich erfüllend sein könnte. Im Gegenteil, sie betrachtete die Schwangerschaft als lähmend und als eine Beschneidung ihrer Freiheit. Sie hatte ihre Mutter einmal sagen hören, dass alle ihre Zähne wegen der Schwangerschaft schlecht geworden seien. Sie hatte auch gesagt, dass ihr Haar dünner geworden und ihre Füße so sehr angeschwollen waren, dass sie kaum noch gehen konnte.

In all ihrer Perfektion fürchtete sich Faith vor einer Schwangerschaft. Für sie war das Austragen eines Kindes nicht das Wunder, für das jede Frau betete. Sie geriet in Panik. Für sie war es eine Falle, die ihre Möglichkeiten und die Fähigkeit, ihr Schicksal selbst in der Hand zu halten, unmittelbar schmälerte.

Noch an demselben Tag, als ihre Schwangerschaft bestätigt wurde, traf Faith Vorbereitungen für eine Abtreibung. Über einen Hausarzt bekam sie Zugang zu einer sicheren ›medizinischen‹ Abtreibung, die als Gebärmutterausschabung aufgrund von Endometriose, einer Ansammlung uterinen Gewebes, deklariert wurde. Die Tatsache, dass es sich bei der Gewebeansammlung um den Embryo eines kleinen Jungen handelte, wurde nicht vermerkt. Als sie später für eine Nachsorgeuntersuchung beim Arzt war, sagte er ihr etwas, das wie eine Absolution war.

»Ich möchte Ihnen mitteilen, dass das Baby nicht überlebt hätte«, sagte er. »Es hatte eine tödliche Fehlbildung in der

Herzentwicklung. Vielleicht hilft Ihnen diese Information, falls Sie Schuld oder Bedauern empfinden sollten.«

Die Information hätte helfen sollen, doch sie fühlte sich trotzdem schuldig, weil sie die Schwangerschaft vor Robert geheim gehalten hatte. Sie fragte sich, ob ihr der Arzt das nur gesagt hatte, um sich selbst zu schützen.

Sie und Robert führten weiter ein stabiles Sexleben, doch sie schützte sich mit einem Diaphragma, was nie erwähnt wurde, obwohl er es gemerkt haben musste.

Faith war niemand, der sich mit Schuldgefühlen sonderlich gut auskannte, doch die Abtreibung und ihre mangelnde Ehrlichkeit schufen eine mentale Anspannung, die sie viele Monate begleitete. Sie konnte nicht einfach darüber die Schultern zucken, dass sie Robert Trents Sohn umgebracht hatte, als hätte sie gerade eine Menge Aktien abgestoßen, die sie nicht mehr in ihrem Portfolio haben wollte. Dabei half ihr das Wissen nicht, dass es ohnehin eine Fehlgeburt gewesen wäre. Das hatte sie ja nicht gewusst, als sie den Abbruch plante.

KAPITEL 55

Im Frühling 1925 fuhr Martin Beck auf eine Geschäftsreise, die ihn nach Philadelphia führte. Als sein Geschäftstermin beendet war, sah er auf die Karte und bemerkte, dass Harrisburg nur ungefähr hundertfünfzig Kilometer entfernt lag. Es war immer seine Absicht gewesen, nach dem kleinen Jungen zu sehen, und jetzt war er in unmittelbarer Nähe. Er beschloss, einen Abstecher zu machen.

Er wusste nicht viel über Harrisburg, außer dass es bis zum ersten Jahrzehnt des Jahrhunderts die Heimat von Stahlwerken, Eisengießereien und Maschinenwerkstätten gewesen war. Die Pennsylvania-Eisenbahnlinie und der Pennsylvania-Kanal liefen an der Ostgrenze der Ortschaft entlang und machten sie zu einem idealen Industrieknotenpunkt. Der Ort war wichtig für die militärische Aufrüstung gewesen und in den letzten Kriegstagen war das amerikanische Kriegsschiff *USS Harrisburg* zu Ehren der Stadt benannt worden.

Ungefähr zehn Jahre vor Martins Besuch hatte es eine Abwanderung in die Vororte gegeben und die Industrie war zurückgegangen. Als das Automobil das Reisen so einfach machte, konnten die Arbeiter außerhalb der Stadt wohnen. Die Zeiten waren schwer in dieser ehemals bevölkerten und wichtigen Stadt. Er konnte die Anzeichen dafür sehen, während er durch die Straßen der Innenstadt fuhr.

Martin begann, sich ein Szenario auszudenken. Vielleicht waren die Eltern mittellos? Vielleicht mussten sie ihren adoptierten kleinen Jungen abgeben? Er beschloss, ein paar Stopps einzulegen und Fragen zu stellen. Er checkte in einem Hotel mitten in der Stadt ein und fragte den Angestellten nach einem Telefonbuch, damit er nach den örtlichen Autowerkstätten suchen konnte.

»Ich versuche, einen verloren Verwandten zu finden, und ich weiß nur, dass er für eine Autowerkstatt arbeitet. Kennen Sie eine in der Nähe?«

»Es gibt zwei direkt in der Stadtmitte und eine ungefähr zwölf Kilometer nach Westen.« Der Angestellte reichte ihm eine Straßenkarte und markierte die Stellen, wo sich die Werkstätten befanden.

Die ersten zwei Stopps ergaben nichts. In beiden Betrieben war wenig los. Er stellte ein paar Fragen. Seine Geschichte war, dass er einen Nachlass regeln sollte, und seine einzige Information lautete, dass der Mann einen Sohn hatte, der ungefähr vier Jahre alt war. Niemand, der in einer der Werkstätten arbeitete, passte zu der Beschreibung. Die dritte Werkstatt wirkte verlassen. Ein alter Mann saß in einem zerschlissenen Lederstuhl hinter einer Trennwand. Die Autos im Hof waren größtenteils ausgeschlachtete Karosserien. Martin erzählte seine Geschichte und der Mann rieb sich das Kinn.

Nach einer Pause zeigte er zu dem Hof, der alle Anzeichen von Verwahrlosung zeigte. Hohes Unkraut wuchs um weggeworfene Autoteile herum und dazwischen spielte ein blasser, dünner Junge.

»Seine Eltern sind weggezogen, um Arbeit zu finden. Der Vater ist mein Sohn. Es geht ihm gerade nicht gut. Sie konnten ihn nicht behalten, und ich selbst kann ihn auch nicht viel länger behalten. Hier gibt es keine Arbeit, außer für ein paar Einheimische.«

»Was werden Sie mit dem Jungen machen?«

»Werde ihn ins Odile-Heim bringen. Es ist ja nicht so, dass er mein eigenes Blut ist. Er wurde adoptiert.«

»Wie heißt er?«

»William. William Fuller.«

»Was dagegen, wenn ich mit ihm spreche?«

»Nur zu. Er wird nicht viel sagen.«

Martin ging hinaus aufs Feld und hockte sich ein paar Schritte von dem Jungen entfernt auf den Boden.

»Hallo.« Das Gesicht war noch immer das von Hope, und es kostete ihn einige Mühe, seine Gefühle zu kontrollieren. Er wollte den Jungen nicht erschrecken.

Der Junge sah ihn an, antwortete aber nicht.

»Spielst du gerne zwischen den Autos?«

Er nickte.

»Wie heißt das Teil hier?« Martin zeigte auf einen Kotflügel, der vor dem Jungen lag.

»Kotflügel.«

»Danke«, sagte Martin.

Als der Junge den Mund öffnete, bemerkte Martin, wie vernachlässigt er war. Seine Zähne waren ganz verfärbt. Er war ärmlich und für den Tag nicht ausreichend warm gekleidet. Seine Schuhe waren so abgetragen, dass man ihre ursprüngliche Farbe nicht mehr erkennen konnte. Martins spontane Reaktion war es, den Jungen sofort mitzunehmen, doch das war nicht möglich. Wie auch immer diese Lebensumstände waren, so waren es doch die, die der Junge kannte. Und es war nicht sein Kind. Hope würde ihn zurückwollen müssen und bisher hatte sie diesen Wunsch nicht geäußert. Manchmal erwischte er sie dabei, wie sie Kindern auf der Straße hinterherblickte, die in Williams Alter waren. Sie kniff dann die Augen zusammen und hielt kurz inne. Sie sprach niemals darüber, doch er war sich sicher, dass ihr der Verbleib ihres Kindes immer durch den Kopf ging.

Sein zweiter Besuch führte ihn nur vier Monate später nach Harrisburg. Er hatte einen Traum gehabt, dass der Junge weg wäre und der alte Mann ebenso, und dass es keine Möglichkeit gab, sie zu finden. Am nächsten Tag fuhr er direkt nach Harrisburg und ging zu der Werkstatt. Der alte Mann war noch immer dort, aber von dem Jungen war nichts zu sehen.

»Wo ist William?«

»Dienstags und donnerstags ist er in der Kirchenschule.«

»Ich sollte Ihnen wohl die Wahrheit sagen«, fing Martin an. »Es ist nicht so, dass ich lügen wollte, doch die Mutter wusste nicht, dass ich ihn gefunden habe. Bitte versprechen Sie mir, dass Sie ihn nicht ins Waisenhaus stecken. Ich werde so oft wie möglich kommen und für seinen Unterhalt bezahlen. Keine Verpflichtungen für Sie. Ich sehe, dass Sie ein fürsorglicher Mann sind und Ihr Bestes in einer schwierigen Situation tun. Obendrein ist Ihr Sohn krank. Ich würde Ihnen gern helfen, doch Sie müssen mir versprechen, dass Sie nicht wegziehen oder den Jungen weggeben.«

»Das ist ein faires Angebot«, sagte der Mann. »Ich würde es auch umsonst tun, wenn ich könnte.«

»Das weiß ich«, sagte Martin. Er reichte dem Mann einen Umschlag mit fünfhundert Dollar. Er ließ ihm auch seine Visitenkarte da. »Rufen Sie mich bitte an, falls sich irgendwas ändert.«

»Das werde ich tun«, sagte der alte Mann.

So verblieben sie ein Jahr lang, während Martin dreimal die Reise nach Harrisburg unternahm und dem Großvater jedes Mal etwas Geld gab. Er verbrachte auch ein paar Stunden mit dem Jungen und schenkte ihm ein Spielzeug. Bald wollte er das Thema mit Hope ansprechen und sehen, ob sie bereit dazu war, ihren Sohn zurückzunehmen.

KAPITEL 56

Eines Nachmittags blieben Martin und Hope nach einem hektischen Arbeitstag an ihren Schreibtischen sitzen, um vor dem Nachhauseweg ein wenig abzuschalten. Sie hatten eine große Investition in die Radio Corporation of America gemacht. Martin war nervös. Er hatte noch nie so viel Geld in eine Aktie gesetzt. Wie Asa hatte er eine vielfältige Reihe an Barometern, die ihn bei der Wahl seiner Einkäufe lenkten. Er suchte immer nach dem nächsten großen gesellschaftlichen Wandel. Massenkommunikation war der nächste Schritt im Lande und das Radio war das Medium dafür.

Er hatte es mit Hope durchgesprochen, wie sie es manchmal taten, wenn sie einen großen Schritt planten. Diesmal war es Hope gewesen, die zu einer großen Anschaffung drängte. Sie war davon überzeugt, dass der Rundfunk sich als ebenso groß oder sogar noch größer als das Automobil erweisen würde. Mehr als einmal hatte sie dafür bei Martin geworben. »Das Automobil hing für seinen Erfolg von asphaltierten Straßen ab und die Eisenbahn brauchte Passagiere. Jetzt brauchen die einhundertvierzehn Millionen Amerikaner in den achtundvierzig Staaten eine Möglichkeit, um große Ereignisse als Einheit zu erleben, und die neue Nationale Rundfunkanstalt wird das anbieten. Erinnerst du dich, was geschah, als sie den Rose Bowl ausstrahlten? Achtzig Prozent des Landes klebten an der kleinen braunen Kiste. Stell dir vor, was das Land noch alles zusammen erleben kann. Es ist ein Wunder, das immer wunderbarer wird.«

Vor Jahren hatten Martin und Hope zehntausend Anteile der ursprünglichen RCA-Aktie gekauft, als sie bei einem Dollar fünfzig lag. Als sie sich im folgenden Jahr verdreifachte, hatten sie zehntausend weitere Anteile für unter fünf Dollar gekauft und weitere zehntausend für sechs Dollar. Gegenwärtig lag der Preis bei 66,87 Dollar.

Jetzt hatten sie beschlossen, noch mehr Geld auf Mr Sarnoff zu setzen, den Leiter der NBC, unter deren Dach alle RCA-Radiosender vereint waren, der das Land bereits mit dem Kampf zwischen Tunney und Carpentier begeistert hatte. Die Aktie war um fünf Punkte hochgesprungen. Beide waren zwar nervös, aber doch optimistisch über die Zukunft des Radios. Jeder hörte Radio. Mittlerweile war es ein fester Bestandteil des Alltags.

Die Aufregungen des Tages und die nervenraubenden Handelsgeschäfte hatten sie beide erschöpft. Hope hatte Martin nicht mitgeteilt, dass sie auch Anteile der RCA-Aktie für sich selbst gekauft hatte. Als die Aktie die sechsundsechzig Dollar erreichte, wuchs ihr Privatkonto um ein paar Millionen Dollar. Nachdem der Markt geschlossen hatte, sank Hope an ihrem Schreibtisch zusammen und war unfähig, sich zu bewegen. Sie sah auf die Bestätigungen ihrer Handelsaktivitäten, die über den Tisch verstreut waren.

Sie begann fast wie im Traum zu reden. »Ich mache genau das, was mein Vater getan hat. Er war Koch, doch er war auch ein Goldsucher. Ich bin auch eine Goldsucherin. Es ist mir gerade erst klar geworden. Und meine Mutter war selbst motivierend, und ich bin es auch.« Für einen Augenblick schwieg sie und sagte dann wie aus dem Nichts: »Gott sei Dank ist sie nicht verbrannt. Sie ist gesprungen, aber nicht verbrannt.« Sie vermisste ihre Mutter noch immer und sprach oft morgens laut mit ihr. *Kannst du mich sehen, Mama? Weißt du von all den Dingen, die geschehen sind?* »Ich wünschte, meine Mutter könnte sehen, wie gut es mir geht. Ich habe niemanden, mit dem ich das teilen kann.«

Martin kam zu ihr und nahm sie in die Arme. Er wusste, dass sie diese Melancholie und Reflexion zurückgehalten hatte, seit das Baby geboren war, und nun war ihre Schutzabwehr durch die Erschöpfung und Anspannung des Tages geschwächt. Seit dem Baby sprach sie häufig von ihrem Vater und ihrer Mutter.

Er flüsterte in ihr Ohr: »Du hast nicht jeden verloren. Da ist noch jemand, und ich weiß, wo er ist.«

Sie sprang von ihm weg. Sie wusste sofort, was er meinte.

»Woher weißt du das?«

»An dem Tag, als du entbunden hast, bin ich der Krankenschwester gefolgt, die ihn mitgenommen hat. Sie hat mir nicht viel erzählt, aber es war genug, um ihn zu finden.«

»Ist er hier in New York?«

»Nein. In Harrisburg, Pennsylvania.«

»Hast du ihn gesehen?«

»Ja.«

»Wie ist er?«

»Er sieht aus wie du. Die Situation ist nicht die beste. Der Vater ist bitterarm, wahrscheinlich wegen des Niedergangs in diesen Industriestädten. Der Junge lebt bei seinem Großvater, während der Vater woanders nach Arbeit sucht.«

»Warum erzählst du mir das gerade jetzt?«

»Ich weiß, dass du an ihn denkst. Es ist nicht wahr, dass du niemanden hast. Du hast jemanden und das lastet auf dir.«

»Martin, was kann ich denn tun?«

»Es ist vielleicht möglich, etwas zu tun. Ich will nicht sagen, dass sie froh wären, ihn los zu sein, doch der Vater ist krank. Wir können ihn vielleicht zurückbekommen. Ich glaube, dass es für sie eine Erleichterung wäre. Und wir könnten ihnen sicherlich etwas Geld geben, wenn es dazu käme.«

»Wir werden einen Anwalt brauchen, der uns hilft.«

»Das ist einfach. Sagst du damit, dass du es machen willst?«

»Ich will meinen Jungen.« Als sie das gesagt hatte, wirkte sie verunsichert. »Vielleicht weiß ich gar nicht, wie ich mich um ihn kümmern soll. Vielleicht bin ich nicht gut genug, ihn bei mir zu haben.«

»Das kann nicht sein. Du wirst ihn lieben und das ist das Wichtigste.«

Am nächsten Tag kontaktierte Martin den besten Anwalt, den er kannte. Harvey Whitaker war auch ein Rhodes-Stipendiat und er praktizierte jetzt in New York. Harvey hörte ihn an und sagte ihm, es wäre kein komplizierter Fall, wenn sich alle Parteien einigen würden. Es musste nur eine Aufhebungsurkunde aufgesetzt werden, die die Familie unterschreiben musste. Ein Gericht musste den Vorgang dann bestätigen.

Martin und Hope waren beide so aufgeregt, dass sie ihren kühnen Aktienkauf vom Vortag vergaßen. Als Hope kurz einen Blick auf den Abschlusspreis der NBC-Aktie warf, war er auf hundertundeinen Dollar gesprungen. Insgesamt hatte die Firma seit dem ersten Ankauf zu einem Dollar fünfzig siebzehn Millionen Dollar verdient. Als einer der Firmeninhaber ging ein Teil davon an Hope, außerdem war ihr Privatkonto ebenfalls um eine weitere Million gewachsen.

»Sollten wir etwas davon verkaufen?«, fragte Martin.

»Noch nicht.«

»Na gut«, sagte Martin, der nicht ganz überzeugt war. »Komm aber nicht weinend an, wenn es kippt.«

»Es wird nicht kippen«, sagte Hope. »Wir werden noch eine Weile mitlaufen. Ich habe meine Hausaufgaben gemacht, und der Markt ist noch nicht einmal in der Nähe von dem Punkt, an dem er mit der kleinen braunen Kiste gesättigt sein wird. Millionen von Immigranten kommen noch immer an unsere Küsten. Wir werden RCA noch verdreifacht erleben, oder sogar mehr.«

KAPITEL 57

Martin fuhr nach Harrisburg und erzählte dem Großvater diesmal die ganze Wahrheit. »Die Mutter war jung und dachte, sie könnte den Jungen nicht behalten. Ich würde das gar nicht zur Sprache bringen, doch ich sehe, dass Sie in diesen harten Zeiten kämpfen müssen, und vielleicht würde es allen guttun, wenn man Sie von der Verantwortung entbindet. Wir würden alles ganz rechtskonform machen und wir würden Sie für die Jahre entschädigen, die Sie sich um ihn gekümmert haben. Sie müssen mir nicht jetzt sofort antworten. Sie haben ja meine Karte und können mich jederzeit kontaktieren. In der Zwischenzeit nehmen Sie das hier. Es soll nicht Ihre Entscheidung beeinflussen, es ist nur ein kleiner Betrag. Mir geht es finanziell ganz gut und ich bin mir des Niedergangs dieser Region bewusst.«

Der alte Mann sagte nichts. Er nahm den Umschlag.

»Mein Junge, der Vater, wird nicht mehr gesund«, sagte er. »Es ist nur eine Frage der Zeit. Es ist immer seine Idee gewesen, die Adoption. Seine Frau wollte damit nichts zu tun haben. Lassen Sie mich mit ihm reden. Im Moment sieht er den Jungen kaum und wir können das Geld sicher gebrauchen.«

Nach einer Woche kam der Anruf. »Wenn Sie noch immer vorhaben, ihn zu nehmen, dann sind wir bereit, ihn zu übergeben. Sie haben eine Summe erwähnt, und ich möchte nicht gierig klingen, aber können Sie mir sagen, woran Sie gedacht hatten?«

Martin konnte vor Aufregung kaum atmen. Er war so glücklich, dass er am liebsten laut geschrien hätte. »Welche Summe wäre Ihnen denn recht, Mr Fuller?«

»Wir haben an tausend Dollar gedacht.«

»Mr Fuller, das ist eine bescheidene Summe für das Opfer, das Sie bringen. Sie sind ein ehrenwerter Mann, und ich würde gern fünftausend Dollar daraus machen für all die Jahre, die Sie sich um William gekümmert haben. Ich werde mit einem Bankscheck und den nötigen Unterlagen in ein oder zwei Tagen zur Werkstatt kommen.«

»Das wird uns gewiss helfen. Fünftausend. Das wird uns gewiss helfen.«

* * *

Er riet Hope, nicht mit ihm mitzukommen. »Ich will nicht, dass du ihn in diesem Umfeld siehst. Es würde deine Gefühle beeinflussen, und ich glaube, du solltest ganz neu mit ihm anfangen. Er ist ein robuster Junge. Warte einfach hier und ich bringe dir deinen Sohn.«

Die Übergabe war nicht sehr kompliziert. Sie trafen sich in einem Anwaltsbüro in Philadelphia, das von Martins Anwalt kontaktiert worden war. Sie saßen alle um einen Konferenztisch, Martin auf der einen Seite mit dem Anwalt und William und sein Adoptivvater auf der anderen Seite. Der Vater war dünn und schwach, aber in vollem Bewusstsein dessen, was geschah. Er hatte die ganze Zeit seine Hand auf der Schulter des Jungen. Martin konnte sehen, wie die Hand über Williams Schulterblätter strich. Die Geste war so liebevoll, dass er wegsehen musste. William war geliebt worden und das war alles, was zählte. Martin konnte sehen, wie schwer diese Entscheidung für Daniel Fuller war. Er war froh, dass er ihnen fünftausend Dollar gegeben hatte, und dachte, er hätte mehr geben sollen, obwohl er genau wusste, dass Geld nicht die Trauer des Mannes lindern würde.

Martin hatte den kleinen William oft genug gesehen, um mit ihm ein wenig vertraut zu sein. Diesmal brachte er ihm ein Auto mit Rädern und einen kleinen Metalltraktor mit einem angehängten beweglichen Schlepper. Er setzte sich in ungezwungenem Schweigen zu dem spielenden Jungen. Als sein Vater sich bückte und dem Jungen sagte, dass er mit Martin gehen solle und dass es in Ordnung sei, nickte William nur und weinte nicht. Das Gesicht seines Vaters war vor Trauer verzerrt und Martin konnte seine Tränen nicht zurückhalten. Er umarmte Daniel Fuller und flüsterte ihm ins Ohr: »Sie werden immer für Besuche willkommen sein. Immer. Wenn Sie Geld brauchen, sagen Sie einfach Bescheid. Solange ich lebe, werde ich William von Ihnen erzählen.« Der Vater nickte und verließ den Raum. Martin nahm William bei der Hand und sie gingen zum Auto.

Bevor er den Jungen nach Hause brachte, übernachtete Martin mit ihm in einem schicken Hotel. Er hatte einen Schlafanzug und Wechselgarderobe gekauft. Er bestellte das Abendessen aufs Zimmer und als sie fertig waren, bereitete er ein Schaumbad und brachte ein kleines Boot und eine Ente für die Wanne. William wollte zunächst nicht hinein und blieb an der Badezimmertür stehen. Martin sagte ihm, dass er die Ente ins Wasser bringen sollte, was er auch tat. Dann sollte er das Boot ins Wasser tun. Danach sagte Martin: »Sieh nur, das Boot und die Ente segeln davon. Möchtest du nicht damit spielen?

Geh nur rein. Es ist in Ordnung. Steig in das warme Wasser und spiel mit den Sachen.«

Der Junge war so dünn, dass seine Knochen hervorstanden. Seine Augen, Hopes Augen, waren groß und aufmerksam. Martin setzte sich an den Wannenrand und sah zu, wie der Junge eine Stunde spielte. Zuerst schob er das Boot. Dann stellte er die Ente auf das Boot und schob sie herum. Schließlich nahm er das Boot in die eine Hand und die Ente in die andere und schob sie beide, bis sie zusammenstießen. Zufällig drückte er dabei die Ente, sodass sie quietschte, und er begann zu lachen. Martin lachte auch, und sie schauten einander an und lachten weiter.

Hopes Wohnung befand sich auf der Südseite der West Eleventh Street, zwischen der Fifth und der Sixth Avenue. Es war ein ruhiger Wohnblock mit Stadthäusern, der am Ende der Fifth Avenue von der schönen gotischen First Presbyterian Church begrenzt wurde. Die Hausnummern 22–24 gehörten zu einem der kleinen Gebäude mit fünf Etagen. Der Aufzug war langsam und schwerfällig, und als er hochzufahren begann, erschrak William und klammerte sich an Martin. »Es ist alles in Ordnung«, sagte er und hielt seine Hand. »Wir treffen jemanden, der sich freuen wird, dich zu sehen. Hab keine Angst. Sie wird dich sehr gern haben.«

Als sie an der Tür klopften, rief Hope: »Es ist offen. Kommt rein.«

Sie stand am Fenster und er wusste, dass sie zugesehen hatte, als sie das Gebäude betreten hatten. Man konnte ihr zugutehalten, dass sie nicht weinte. »Hallo William«, sagte sie. »Ich bin so froh, dass du hier bist.«

Der Junge sagte nichts, er blickte nur zu Martin, der nickte. »Es ist alles in Ordnung.«

Er merkte, dass er den Jungen nicht einfach an Hope übergeben konnte. »Er hat mich ein paarmal gesehen und wird sich wahrscheinlich besser fühlen, wenn ich etwas hierbleibe. Vielleicht sollte ich einfach auf der Couch schlafen. Bis er sich an dich gewöhnt hat.«

Die drei setzten sich nebeneinander auf die Couch. Hope hatte eine Eisenbahn gekauft. Die Lokomotive hatte eine Pfeife und jedes Mal, wenn sie die halbe Strecke gefahren war, erklang sie. William beobachtete das Schauspiel von der Couch aus. Martin legte seine Hand beruhigend auf den Rücken des Jungen. Hope legte ihre Hand auf Martins, sie traute sich nicht, den Jungen direkt zu berühren. Nach ein paar Minuten zog Martin seine Hand weg und Hope berührte ihren Sohn. Sie konnte die Umrisse seiner Knochen spüren. Er war erschreckend dünn. Am liebsten hätte sie ihn sich auf den Schoß gezogen und umarmt. Doch sie wusste, dass es ihn erschrecken würde, also ließ sie einfach die Hand an seinem Rücken, bis er die Augen schloss und sich an sie lehnte. Als er sicher eingeschlafen war, trug sie ihn zu ihrem Bett und hielt seinen Körper bis zum Morgen im Arm.

KAPITEL 58

Im Juli hatte Tommy eine Woche Ferien und war nach Seawatch zurückgekehrt, um seinem Vater beim Neudecken des Hausdaches zu helfen. Asa und Margaret verbrachten den Sommer im Herrenhaus und seine Mutter war ebenfalls zurück in Seawatch. Emma war wie eine Glucke, da ihr Tommy zu Hause war, und nutzte jede Gelegenheit, um ihren Jungen zu verwöhnen.

»Siehst du Hope manchmal?«, fragte sie ihn eines Morgens, als sie in der Küche saßen und ihr Frühstück beendeten. »Faith geht es gut, und ich frage mich, wie es Hope geht.«

»Ich habe sie in letzter Zeit nicht mehr gesehen«, sagte Tommy. »Ich bin einmal zu ihrem Büro gegangen und sie war kurz davor, Partnerin in einem Wall-Street-Unternehmen zu werden. Vielleicht hat sie es inzwischen sogar schon geschafft.«

»Dank sei Gott«, sagte Emma. »Es hätte auch anders verlaufen können. Ist sie noch immer so hübsch?«

»Sehr hübsch. Ich glaube, ihr Boss hat ein Auge auf sie geworfen, aber du kennst ja Hope. Sie merkt so etwas nicht.«

»Wenn ich sie damals nicht ins Herrenhaus geschickt hätte, dann hätte sie nicht all das gelernt, was Mr Asa ihr beigebracht hat.«

»Du hast viel für sie getan. Sie ist noch immer das kleine Börsengenie. Ich glaube, das ist der Teil, den Faith nicht ertragen konnte.«

»Faith hat jetzt das ganze Geschäft und sie hat diesen netten Anwalt geheiratet. Ich würde sagen, Faith geht es gut. Triffst du sie überhaupt noch?«

»Ich sehe sie ein paarmal pro Jahr, und wenn sie hier ist, dann finden wir normalerweise Zeit, um zu reden. Das hat nicht aufgehört.«

Seine Mutter schaute ihn mit einer erhobenen Augenbraue an, als wollte sie ihm noch andere Fragen stellen, doch dann besann sie sich und trug das Geschirr zur Spüle.

Tommy erzählte seiner Mutter nicht, dass Hope womöglich in Schwierigkeiten gewesen war, als er sie das letzte Mal gesehen hatte. Sie war vielleicht krank. Er hatte nicht vergessen, wie sie an jenem Tag auf ihn wirkte, dieses Bild war in ihm haften geblieben. Vor Kurzem hatte er eine Erkenntnis gehabt. Ihm war klar geworden, was mit Hope nicht in Ordnung war. Er wollte mit Faith darüber sprechen, denn es war wirklich wichtig.

Einer seiner Arbeitskollegen hatte eine schwangere Frau und er hatte sie häufig gemeinsam die Straßen entlanggehen gesehen. Die Frau musste immerzu stehen bleiben und sich an einem Auto oder einer Laterne festhalten, denn etwas hatte ihren Körper veranlasst zu revoltieren. Sie nannte es einen *Stich*.

»Harold, warte. Ich habe einen Stich«, hatte die Frau gesagt und war auf der Stelle stehen geblieben.

Sie sah erschöpft aus und ihr Gesicht hatte einen leeren Ausdruck. Da war etwas an ihrem Aussehen und Verhalten, das an Tommy nagte. Es ließ ihn daran denken, wie Hope ausgesehen hatte, als er sie auf der Straße sah. Das hatte er über die Jahre nicht vergessen. Konnte Hope schwanger gewesen sein? Das würde ihr Verhalten erklären. Doch was war mit dem Kind geschehen?

Seine Mutter erzählte Tommy, dass Faith da sei, also rief er im Herrenhaus an und fragte, ob sie sich mit ihm zum Mittagessen treffen wolle. Sie sagte Ja, ohne nachzufragen, doch sie wusste, wenn er sie während eines Familientreffens um ein privates Essen bat, dann hatte es etwas mit Hope zu tun, und das machte sie besorgt.

Sie beschloss, dass sie sich in einem kleinen Restaurant in der Nähe des Eisenbahndepots treffen sollten, weg von den neugierigen Blicken in Seawatch. Nach einer schnellen Umarmung und einem Kuss begutachteten sie sich erst einmal.

»Du siehst schön aus«, sagte Tommy.

»Und du bist noch immer der stattliche Mann, der du immer warst. Es ist wirklich schön, dich zu sehen, Tommy. Du wirkst entspannter als beim letzten Mal.«

»Mir geht es gut. Danke.«

»Bitte komm einmal mit deinen Eltern zu uns ins Haus. Ich weiß, mein Vater würde euch alle sehr gern sehen.«

»Ich werde es meiner Mutter sagen.«

Faith trank von ihrem Wasser. »Ich vermute, dieses Treffen hat mit unserer Freundin zu tun. Nebenbei, es geht ihr sehr gut. Miss Hope Lee hat jetzt ihren eigenen Platz an der Börse. Wir machen gelegentlich Geschäfte mit ihrem Partner.«

Tommy war glücklich zu hören, wie Faith das mit ein wenig Stolz über ihre alte Freundin sagte. »Ich glaube, ich habe etwas herausgefunden, das mich damals verstört hat und noch immer an mir nagt. Ich hatte dir erzählt, dass Hope krank wirkte, nachdem sie und Robert getrennte Wege gingen. Heute glaube ich, dass sie schwanger war. Als ich die körperlichen Schwierigkeiten bei der schwangeren Frau meines Kollegen sah, erinnerte ich mich daran, wie sich Hope bewegte und aussah. Das Kind müsste jetzt ungefähr sechs sein.«

Faith wusste sofort, dass Tommys Vermutung richtig war. Natürlich. Sie war überrascht gewesen, mit welcher

Schnelligkeit Hope Robert losgelassen hatte, und jetzt ergab es einen Sinn. Sie wollte nicht, dass er von dem Kind erfuhr und aus Pflichtgefühl bei ihr blieb. Faith wusste, dass Hopes Bedürfnis nach Unabhängigkeit niemals zulassen würde, dass jemand aus Pflichtgefühl bei ihr blieb.

»Ich denke, du hast recht. Aber was ist mit dem Kind geschehen? Ich könnte jemanden engagieren, um im Geburtenregister nachzuforschen. Das sollte nicht so schwer sein. Aber sie hat vielleicht einen anderen Namen benutzt.«

Tommy sah betroffen aus. Die Vorstellung, dass sich Faith jetzt in Hopes Leben einmischte, war undenkbar. »Lass es bleiben, Faith. Lass das Mädchen in Ruhe. Was hast du zu gewinnen? Sie verdient etwas Frieden. Ich weiß nicht einmal, warum ich es dir erzählt habe. Es war einfach solch ein Schock.«

»Mach dir keine Sorgen. Ich werde nichts unternehmen. Ich habe mehr zu verlieren, als du weißt.«

Faith wurde klamm zumute und sie trank etwas Wasser. Sie dachte an ihre eigene Schwangerschaft und die heimliche Abtreibung. Es war schmerzvoll herauszufinden, dass es ein Kind von Robert auf der Welt gab. Sie wurde für ihr eigennütziges Handeln bestraft. Obwohl er nie etwas gesagt hatte, wusste sie, dass Robert entzückt sein würde, ein Kind zu haben. Und das war die eine Sache, die sie nicht über sich bringen konnte.

Hope Lee hatte sie noch immer in der Hand. Sie würde für immer in Faiths Leben verstrickt sein. Da war noch ein anderes Gefühl, das unerwartet für sie war. Sie wollte das Kind sehen. Sie wollte Hope als Mutter sehen.

KAPITEL 59

Über mehrere Monate war Martin wegen der Euphorie nervös gewesen, die die Wall Street erfasst hatte. Niemand schien sich darum zu kümmern, wie viel ein Unternehmen verdiente oder wie stabil seine Finanzen waren. Wenn die Aktie hochging, kauften die Leute sie. Die Manipulatoren waren obenauf. Er saß täglich mit Hope zusammen und sie schrieben zwei Szenarien mit Plus- und Minus-Spalten auf. Er brachte alle historischen Anzeichen an, die einen beängstigenden rückläufigen Markt vorhersagten.

»Die Anzeichen sind alle da und noch mehr«, sagte er jeden Tag zu Hope, wenn die Liste fertig war. »Werden wir es bereuen, wenn wir nicht handeln?«

»Lass uns zumindest unsere Margin-Akten loswerden. Wir wollen nicht in der Klemme sitzen.«

Martin stimmte ihr zu. »Das ist einfach. Wir werden sie alle systematisch über die nächsten ein oder zwei Tage verkaufen und abwarten, was passiert.« Die Margin-Anforderungen waren so gering, dass jeder signifikante Rückgang Nachschussaufforderungen auslöste. Diese konnten einen innerhalb von Stunden ruinieren. »Was ist mit den Leerverkäufen?«

»Die sollten wir auch loswerden, aber das ist eher dein Gebiet. Vielleicht die Hälfte abstoßen? Ich weiß es nicht.«

Im Laufe des Septembers 1929 wurde Martins Nervosität zu echter Furcht, und er beauftragte systematische Verkäufe seiner Anteile und der Anteile aller seiner Kunden. Er entschied sich für eine reine Bargeldposition. Wenn die Preise fielen, wollte er nicht exponiert sein, und er wusste so sicher, wie er seinen Namen kannte, dass die Preise fallen würden. Die Euphorie war beängstigend und völlig unbegründet.

In der dritten Woche des Monats hielt er nur noch ein paar Bluechip-Aktien, weniger als fünf Prozent. Was ihn letztendlich dazu gebracht hatte, die Aktien in dieser Woche zu Geld zu machen, blieb selbst für Martin ein Rätsel. Eines der Ereignisse, das ihm Angst machte, war die Tatsache, dass die RCA-Aktie – die er und Hope anfangs zum Preis von einem Dollar fünfzig gekauft hatten – jetzt die Fünfhundert-Dollar-Marke erreicht hatte. Das brachte ihnen Millionen ein, aber es gab keinen vernünftigen Grund, warum RCA auf diese Zahl hochgeschossen war, und bei Martin legte sich ein Hebel um. Wie ging der Spruch? *Wer an einem Tag reich werden will, wird in einem Jahr gehängt.*

Auch Hope empfand Unbehagen darüber, dass die Werte an jedem Morgen höher waren. »Ich hatte dir gesagt, dass ich Bescheid gebe, wenn du bei RCA die Bremse ziehen sollst«, sagte sie. »Heute ist der Tag. Wir haben mehr als genug Geld verdient. Es stört mich nicht, wenn wir ein paar Punkte verlieren.« Martin musste nicht überredet werden. Er verkaufte ihre Anteile über den Tag hinweg. Hope tat dasselbe mit ihren privat gekauften. Am Abend wünschte sie sich, mit Asa reden zu können und ihren Erfolg mit ihm zu teilen. Doch sie hatte während all der Jahre nichts von ihm gehört, weshalb sie sich auf ein Glas Champagner mit Martin beschränkte.

Auch wenn sie wussten, dass sie nicht mehr gefährdet waren, fürchteten Martin und Hope sich vor dem, was geschehen würde. War das der Tag, an dem der Markt beginnen würde abzustürzen? Und wenn das geschah, wo blieb dann der Spaß, von dem alle annahmen, dass er für immer anhalten würde? Darin lag das Dilemma. Die Art von kindischem Argumentieren, das all die Newcomer in den Markt getrieben hatte, würde sie genauso schnell ernüchtern, wenn der Absturz käme. Hope erinnerte sich an Asas Geschichte von der Aktie, die Sen an jenem schicksalhaften Tag ruiniert hatte. Asa hatte sie um viele hundert Punkte in einer Stunde ansteigen sehen. Eine unkontrollierte Lokomotive war immer gefährlich.

Am 27. September besaß die Firma Beck & Lee neunzig Millionen Dollar Bargeld auf den Konten ihrer Kunden, sechseinhalb Millionen Dollar auf Hopes Privatkonto und elf Millionen Dollar auf Martins Konto. Auf dem Firmenkonto gab es noch eine Reserve in Höhe von dreißig Millionen Dollar.

Am 28. September hatten sie nicht viel mehr zu tun, als das Tickerband zu beobachten. Am nächsten Tag begann das entsetzliche Gemetzel, das bald den Großteil der Welt ergreifen sollte, in London. Der Londoner Markt brach zusammen und der Schaden strömte sofort über den Ozean. Martin erhielt ein Telegramm von seinen Freunden in London, die ihn zum sofortigen Verkauf drängten. »Die Lage ist noch schlimmer, als es scheint«, warnten sie ihn.

Investoren im ganzen Land verloren ihre Ersparnisse, doch in New York, der Finanzhauptstadt der Welt, war es, als hätte ein Tornado alles auf den Kopf gestellt, und es gab kein Halten mehr. Bei all dem waren Martin und Hope zu schockiert, um erleichtert zu sein, dass sie davongekommen waren. Die ganze Sache fühlte sich unwirklich an, und mehrere Male musste Hope die Bankauszüge überprüfen, um sich zu vergewissern, dass sie in Sicherheit waren. Die Gewinne brachten ihnen kein Hochgefühl. Die Verwüstung war allgegenwärtig und es war schwer, etwas anderes als Furcht zu empfinden.

Das schöne Marmorgebäude an der Ecke von Broad Street und Wall Street mit seinen sechs geriffelten korinthischen Säulen war eine Hölle des Elends. Der mahagoniegetäfelte Speiseraum, in dem Mitglieder Beef Wellington zu bestellen pflegten, war verlassen. Die Bäder in der zweiten Etage, wo Mitglieder in genusssüchtigem Prunk schwelgen konnten, waren leer. Der einzige Ort, an dem man sich aufhielt, war das Börsenparkett, von wo man die Quoten beobachtete.

Martin und Hope hatten bereits alle ihre Klienten über ihre Entscheidungen informiert. Ein paar wenige waren dagegen, dass ihr Aktienbesitz veräußert wurde, aber Martin versicherte ihnen, dass sie sich zu niedrigeren Preisen wieder einkaufen konnten, wenn der unvermeidliche Absturz sich als vorübergehend herausstellte. Manche weigerten sich zu verkaufen, und dann war es zu spät. Martins Freund aus London, der sein erster Investor gewesen war, machte einen transatlantischen Anruf, um ihm unter Tränen zu danken. »Du hast mir das Leben gerettet, alter Kumpel. Es ist trostlos hier. Unbeschreiblich trostlos. Es ist keine Würde mehr vorhanden. Erwachsene Männer brechen hemmungslos in Tränen aus und gehen dann, um ihren Kummer in Alkohol zu ersäufen, oder Schlimmeres.«

Es war einen ganzen Monat später, an einem Tag, der als Schwarzer Donnerstag in die Geschichte einging, als der Markt mit dem Läuten der Eröffnungsglocke sofort um elf Prozent absackte. Der Ticker verspätete sich um Stunden, da die Masse an Verkäufen es unmöglich machte, Preise zu quotieren. Die Präsidenten der großen Banken trafen sich und planten Stützungskäufe: Sie einigten sich auf einen Käufer, der große Beträge weit über dem Marktpreis auf Stahl und einige Bluechips setzen sollte. Andere vorher festgelegte Käufer setzten ähnliche Beträge auf weitere Bluechips. Es gelang, der Sturzflug kam zum Halten. Bis zum Ende des samstäglichen Handelstags am 26. Oktober setzte sich die kurze Markterholung fort. Nur wenige wussten, dass sich der Bär nur zurückgeneigt hatte, um für seinen endgültigen Schlag am Montag und Dienstag auszuholen. William Durant, der Gründer von General Motors und bekannt als der Stier aller Stiere, versuchte in Eigenregie, den Marktcrash aufzuhalten. Er scheiterte und verlor Millionen.

Martin rief Hope an, die normalerweise am Samstag nicht zur Arbeit kam, und sagte ihr, dass er die kurze Markterholung nutzen und die letzten paar Anteile verkaufen wollte. Es war die wichtigste Handlung, die er je in seiner Karriere gemacht hatte, und es rettete nicht nur seine Kunden und die Firma vor Verlusten, sondern schuf auch eine Bargeldreserve von über fünfzig Millionen Dollar für die Firma. Trotzdem herrschte keine Freude in den Büros von Beck & Lee. Selbst diejenigen, die nicht alles verloren hatten, waren zu schockiert, um irgendwas zu empfinden.

KAPITEL 60

Donnerstag, 24. Oktober 1929

Faith beobachtete den ganzen Tag den Börsenticker, mit einer kurzen Unterbrechung für eine Tasse Tee um ein Uhr. Der Sturzflug setzte sich fort und der Markt war um elf Prozent gefallen. Als sie die ganzen Bluechips auf historischem Tiefstand sah, wollte sie kaufen. Das musste ein Abweichungsfehler sein, am Morgen würden die Preise wieder wie gewohnt ansteigen. Sie wollte ihre Aufträge noch vor Börsenschluss einreichen und den Gelegenheitsjägern am Morgen ein Schnippchen schlagen. Sie setzte fünf Prozent des Firmenbarvermögens ein und ging auf eine fünfzehnminütige Kauftour, wobei sie fünfzehn Millionen Dollar investierte. Einen Großteil kaufte sie auf Margin, was bedeutete, dass sie nur zehn Prozent anlegte. Bei diesen Preisen schien das nicht riskant. Am nächsten Tag erholte sich der Markt und es schien, dass sie richtig gehandelt hatte. Sie war beschwingt und rief ihren Vater in Seawatch an, um ihm die gute Nachricht mitzuteilen. Er schien nicht besonders glücklich.

»Es gefällt mir nicht. Das wirkt nicht wie die übliche saisonale Korrektur. Das ist alles zu überschwänglich. Die Hälfte der Angestellten unseres Anwesens spielt mit Aktien herum. In Muttonville haben zwei Maklerbüros eröffnet. Ich würde eine ausreichende Barreserve zurückbehalten, bis wir sehen, wo es sich einpendelt.«

Faith erzählte ihm nicht, dass sie die Reserven bereits nach dem ersten Abschwung eingesetzt hatte, um ihre Wertpapierbestände gegen Nachschussaufforderungen – die sogenannten Margin Calls – zu stärken, und dass sie neue Aktien auf Margin gekauft hatte. Erst viel später bemerkte Faith ihr eigenes untypisches Verhalten. Wenn eine gute Freundin zugesehen hätte, dann hätte sie sie zum Aufhören gedrängt. Was Faith tat, widersprach gesundem Menschenverstand. Sie konnte nicht aufhören mit dem Kaufen. Sie gab so schnell Anweisungen aus, wie sie schreiben konnte, und ging völlig wahllos vor. Sie war in der Gewalt eines Zwangs, der jenseits aller Vernunft war. Sie konnte nicht anders, als alles zu ruinieren, um herauszufinden, ob sie, Faith Celeste Simpson Trent, auch allein einen wirklichen Wert hatte. Jeder besaß einen Wert als menschliches Wesen, doch niemand hatte je die Person Faith von der Erbin getrennt. Was würde geschehen, wenn sie die Erbin zerstörte, sodass nur noch die Frau übrig war?

Die Markterholung setzte sich am Freitag und während des halbtägigen Samstagshandels fort. Am Montag rissen die Margin Calls alles in den Abgrund. Der Dow-Jones-Index verlor eine Rekordsumme von achtunddreißig Punkten. Am nächsten Tag, dem 29. Oktober oder Schwarzen Dienstag, hörte der Ticker bis zwanzig Uhr nicht mehr auf und der Markt verlor innerhalb von zwei Tagen zwanzig Milliarden Dollar.

Davon gehörten fünfundsiebzig Millionen Dollar der Firma, die von Faith Simpson Trent geleitet wurde, der schockierten Tochter des Finanzgenies. Faith konnte kaum noch stehen oder sprechen oder begreifen, was sie getan hatte. Sie erhielt ruinöse Margin Calls und wenn sie sie nicht erfüllte, würde die Firma ihres Vaters, die zuverlässig über fünfunddreißig Jahre mit schwarzen Zahlen operiert hatte, nicht länger existieren.

Reglos saß sie da, einem Fenster ihres Büros zugewandt, und sah nichts. Ihr Verstand hatte sich abgeschaltet.

Als ihr Mann spät am Abend nach ihr suchte, saß sie in ihrem dunklen Büro. »Sag mir, dass es dir gut geht«, sagte er. Er musste sie schütteln, um ihre Aufmerksamkeit zu bekommen.

»Ich kann nicht. Mir geht es nicht gut.«

»Was ist los? Erzähl es mir.«

Die Benommenheit, die sie für ein paar Stunden geschützt hatte, war zerbrochen. »Wir stehen am Rand des Bankrotts. Ich habe alles falsch gemacht. In drei Tagen, wenn wir die Margin Calls begleichen müssen, werden wir sechzig Prozent des Wertes der Aktienbestände unserer Investoren verlieren. Die Firma wird bankrott sein.«

Er stellte sich ans Fenster und schaute hinaus in das abnehmende Licht. Er konnte noch immer Menschen auf den Straßen erkennen. Sie liefen dort herum und unterhielten sich und schienen nichts von dem Massaker zu ahnen, das im Zentrum von New York stattgefunden hatte. Wenn er sich umdrehte, musste er etwas sagen, doch es gab nichts zu sagen. Es wäre grausam gewesen, Plattitüden von sich zu geben. Er konnte kein Wort sagen, wenn er keine echte Hilfe anzubieten hätte.

Nach einer halben Stunde der Stille bemerkte er etwas auf der Straße. Zwei Freunde trafen sich und grüßten einander so herzlich und mit solcher Freude, dass es wie ein Stich war. Wie konnte da noch Freude sein in einer Zeit wie dieser? Was konnte er überhaupt für Faith tun? Er konnte ihr das Geld anbieten, dass ihr Vater ihm gegeben hatte. Dieses Vermögen war unversehrt geblieben, und dazu hatte er noch etwas Eigenkapital. Jetzt drehte er sich zu ihr um.

»Ich habe fast sechs Millionen, die ich dir geben kann. Ist das genug?«

»Ich brauche dreißig, um die Margin Calls zu decken, und dann können wir auf die Erholung warten. Ich selbst habe zehn in Goldminenaktien, die mir geblieben sind. Ich kann sie abstoßen.«

»Das sind sechzehn«, sagte er aufgeregt. »Wir brauchen nur noch vierzehn weitere. Kannst du nicht deinen Vater fragen?«

»Niemals. Mein Vater wäre am Boden zerstört, wenn ich es ihm sagen würde. Ich weigere mich, zu ihm zu gehen. Nicht damit. Da würde ich eher Hope Lee fragen als meinen Vater.«

Er wusste, was sie meinte. Sowohl Hope als auch ihr Vater waren beide verbotene Optionen. Doch für ihn war Hope keine verbotene Option. So schwer es für ihn auch sein würde, sich an sie zu wenden, er hatte keine Wahl. Er würde es tun, um seine Frau zu retten.

»Ich kann Hope fragen«, sagte er. »Ich werde sie für dich fragen.«

»Lass uns das morgen entscheiden«, sagte sie. »Wir sammeln all unser Geld und setzen es ein. Wenn du es morgen früh noch immer tun willst, dann können wir Hope Lee bitten, die Firma zu retten. Die Firma, die man ihr vorwarf, sabotiert zu haben, weshalb sie Seawatch in Ungnade verlassen musste. Wenn du jemals eine Definition von Ironie benötigst, dann nimm diese Situation.«

KAPITEL 61

Sie trafen sich in ihrem Büro, das sich jetzt in einem Kalksteingebäude an der Kreuzung Wall Street und Broadway befand. Er musste sich innerlich darauf vorbereiten, sie zu sehen. Auf dem Weg überkam ihn eine tiefe Melancholie. Es war kein Bedauern über eine verlorene Liebe. Jetzt, da er sie wiedersehen würde, spürte er, dass er sie vermisst hatte. Sie war und würde immer ein Teil von ihm sein. Er hatte es von jenem ersten Tag im Gemeinschaftsraum des Nachbarschaftshauses verspürt. Jetzt fühlte er es auf eine andere Art, und er konnte es nicht einmal beschreiben.

Sie war noch nie so schön gewesen. Ihr Gesicht hatte sich zu seiner erwachsenen Version gewandelt. Die alte Impulsivität war fort. Sie war ruhig und nachdenklich. Sie begrüßte ihn mit einer kurzen Umarmung und einem Kuss auf die Wange.

»Es freut mich, dich zu sehen«, sagte sie einfach und er spürte, dass sie es auch so meinte. Sie setzten sich und betrachteten einander schweigend. Viele Gefühle durchfuhren ihn, doch das stärkste war das der Verbundenheit. Er war mit dieser Person auf besondere Weise verbunden und würde es immer sein.

»Gibt es etwas Bestimmtes, was dich hergebracht hat?«, fragte sie sanft.

»Ich muss dich um einen Gefallen bitten und es ist kein einfacher«, sagte er. Er war Prozessanwalt, daran erinnerte er sich jetzt. Er hatte Mördern und Dieben und trauernden Eltern gegenübergestanden und die Fassung bewahrt. Das konnte er auch jetzt. »Bevor ich dich frage, möchte ich ein Stück in die Vergangenheit zurückblicken, als du und Faith noch Jugendliche wart. Faith hat mir einmal erzählt, dass du die erste Person in der Familie warst, die ihr geholfen hat zu erkennen, wie sie unabhängig werden konnte. Es gab viele Gelegenheiten, doch an eine hat sie sich besonders erinnert. Dabei ging es darum, Kartoffeln zu stampfen. Verstehst du? Du warst die erste Person, die ihr aus der Furchtsamkeit geholfen hat.«

»Ja. Ich habe ihr gesagt, dass sie nie wieder Kartoffeln stampfen müsste.«

»Heute braucht sie deine Hilfe.«

Hope war aufrichtig überrascht. »Was könnte sie von mir brauchen? Sie hat das Geld, die Firma und dich. Sie hat dich.«

Er ignorierte den letzten Satz und hoffte, seine Gefühle davon abhalten zu können, sich Luft zu machen und hervorzubrechen. »Die Firma ist in Gefahr und sie braucht ein Darlehen, um sie zu stabilisieren, sonst wird sie untergehen. Ich habe alle meine Reserven eingesetzt, doch sie kann die Margin Calls nicht bedienen. Sie braucht eine Geldspritze, bis sich die Dinge richten, oder sie wird alles verlieren. Wir haben zwei Tage Zeit.«

Hope war entsetzt. Wenn sie eins von Asa gelernt hatte, dann war es, dass man beim ersten Hinweis von Schwierigkeiten auf Nummer sicher ging, und es hatte Tausende Anzeichen gegeben. Wie konnte es sein, dass Faith so ungeschützt war? Man durfte sich niemals so in Gefahr bringen. Das war die goldene Regel. Sie brauchte einen Moment, um sich zu fangen, stand auf und ging zum Fenster.

»Liebst du sie?«, fragte sie. Ihr Rücken war ihm zugewandt.

»Darauf zu antworten, kommt mir wie ein Betrug vor«, sagte er. »Verheiratete Liebe ist komplizierter als ein einfaches Ja oder Nein. Verheiratete Liebe basiert auf anderen Kriterien als jede andere Form von Liebe. Du hast eine vollständige und präzise Kenntnis vom anderen. Du weißt besser als jeder andere, wie man ihn verletzt. An jedem Tag rechnet man unbewusst alles zusammen und entscheidet sich, die Verbindung in Ehren zu halten. Ja, ich ehre und schätze unsere Verbindung. Sie funktioniert besser als das, was die meisten Leute als Liebe ansehen.«

Sie verstand, was er gesagt hatte, denn sie tat das Gleiche jeden Tag mit Martin. Genau hier, vor diesem Fenster, ignorierte sie Roberts Anwesenheit, um diesen neuen Gedanken in sich aufzunehmen. Jeden Tag ehrte und schätzte sie ihre Verbindung mit Martin. Roberts Formulierung hatte ihr die Augen für ihre eigene Situation geöffnet. Liebte sie Martin?

»Wo wir schon dabei sind.« Er sprach weiter. »Es gibt eine andere Art von Liebe, die jenseits aller Vernunft ist. Sie überfällt dich wie eine Krankheit und hält dich gefangen über einer Art beängstigendem Abgrund. Das ist es, was ich für dich empfunden habe. Die Monate, die wir zusammen waren, waren so, als hätte ich über einem Abgrund gehangen.«

Sie drehte sich um. Seine Augen glänzten. Sie konnte tief in sein Herz blicken und die gesamte emotionale Reise nachverfolgen und den Willen und die Stärke, die er benötigt hatte, um herzukommen. Er breitete die Arme aus und sie drückte sich an ihn, legte ihr Gesicht an seinen Hals und ließ ihre Traurigkeit heraus. Sie wollte ihn glücklich machen. Sie wollte voll Freude ausrufen: *Wir haben ein gemeinsames Kind!* Dieser Abgrund hat einen perfekten Jungen geschaffen. Sie sagte aber nichts. Sie wollte sich diesen emotionalen Tumult nicht zumuten.

Hope trat von ihm weg und ging an ihren Schreibtisch. »Wie viel?«

»Das Allermindeste sind vierzehn Millionen. Wir zahlen es zu fünf Prozent zurück. Das ist ein Punkt über dem gegenwärtigen Kurs. Ich kann den Darlehensvertrag aufsetzen und du kannst bei Bedarf deine Provisionen hinzufügen.«

»Ich habe persönlich ungefähr sechs Millionen, die ich ohne Verlust abwickeln kann. Das werde ich heute überweisen. Für den Rest muss ich meinen Partner fragen. Wir hatten das Glück, diesen Niedergang zu überstehen. Ich möchte, dass Faith es auch übersteht.« Sie meinte ernst, was sie sagte. Sie wollte nicht, dass Faith scheiterte.

Als Robert Trent ihr Büro verließ, fühlte sich Hope im Frieden mit sich. Es war die richtige Entscheidung gewesen und sie wusste ohne einen Zweifel, dass Asas Tochter ihr jeden Cent zurückzahlen würde. Tatsächlich war es auch ein guter, risikofreier Schritt, Geld für fünf Prozent zu verleihen. Sie hatte keine Zweifel daran, dass die unter Druck befindlichen Aktien hoch genug kommen würden, um Faith im Geschäft zu halten, wenn sie ihre Margin Calls bediente. Sie wusste auch, dass Faith ihre Lektion gelernt hatte.

Da war noch etwas. Ohne es zu beabsichtigen, hatte Robert Trent eine Wahrheit aufgedeckt, an der sie zu nah dran gewesen war, um sie zu erkennen. Seine Formulierung über die eheliche Liebe beschrieb perfekt ihre Gefühle für Martin. Sie hatten so viel Angst, Trauer, Triumph und Lachen geteilt. Sie war immer froh, ihn am Morgen kommen zu hören. Damit begann ihr Tag. *Oh, da ist er!* Er hatte ihr so viel beigebracht. Er hatte ihren Sohn gefunden und ihn zu ihr zurückgebracht. Die Gesamtheit seiner Großzügigkeit und seine Fürsorge traf sie wie ein Schlag. Wie hatte sie so blind sein können? Er hatte sie so weit gebracht und dafür im Gegenzug niemals um irgendwas anderes gebeten als ihre Anwesenheit. Als er den Raum betrat, sah er sie leise weinen.

»Was? Was ist denn?«

Sie stand auf und ließ sich von ihm umarmen. Unzählige Male hatte sie Zuflucht in seiner Umarmung gesucht. Seine Arme waren immer ausgebreitet, wenn sie sie brauchte.

»Martin«, sagte sie. »Robert Trent war hier.«

»Oh. Ich verstehe. Tränen des Bedauerns?« Er trat zurück. »Du hast ihm nichts von William erzählt?«

»Nein. Und es sind keine Tränen des Bedauerns. Er hat mich etwas über dich und mich erkennen lassen. Er hat mich erkennen lassen, dass ich dich liebe, und jetzt habe ich Angst, dass du mich nicht auf dieselbe Art liebst.«

»Und welche Art ist das?«

»Jede mögliche Art. Ich liebe dich auf jede mögliche Art und war zu nah dran, um es zu merken. Robert Trent hat mir weit genug die Augen geöffnet, um es zu sehen, doch vielleicht ist es zu spät.«

»Zu spät wofür?«

»Für uns. Vielleicht ist unsere Zeit schon vorbei.«

Er zog sie wieder zu sich. Er nahm ein Taschentuch und trocknete ihr die Tränen. »Ich glaube, du solltest dir die Nase putzen«, sagte er. Dabei lächelte er.

»Oh Martin. Ich meine es ernst.«

»Ist es, weil ich jetzt so reich bin?«, neckte er sie.

»Ich bin auch reich.«

Er nahm ihr Gesicht in seine Hände. »Du hast mir an jenem allerersten Tag das Herz gestohlen, als du mich zu deiner kleinen Produktionsstätte gebracht hast, wo du deine gestohlene Möbelpolitur hergestellt hast. Erinnerst du dich? Du hast kaum eine Stelle zum Stehen finden können, die nicht bereits von einer Ratte belegt war. Ich habe dich von jenem Tag an geliebt und wollte dich nicht mehr aus den Augen lassen. Und, das kann ich sagen, ich habe es auch nicht getan. Außerdem hätte ich dich dort direkt anzeigen können, aber habe ich das? Nein. Ich habe dich nah bei mir gehalten. Du bist über all die Jahre an meiner Seite geblieben und so werden wir es auch belassen.« Er erkannte, dass Robert Trent die zwei Lieben seines Lebens ermöglicht hatte, Hope Lee und ihren Sohn. »Danke, Robert Trent«, sagte er.

»Oh«, sagte Hope, »fast hätte ich es vergessen. Ich habe versprochen, dass wir ihm vierzehn Millionen Dollar leihen.«

KAPITEL 62

Während eines der schlimmsten Ereignisse ihres Lebens, dem möglichen Verlust der Firma ihres Vaters, erhielt Faith auch einen der wichtigsten Einblicke in sich selbst. Sie erkannte, dass sie ihr ganzes erwachsenes Leben über nicht daran gedacht hatte, jemanden zu lieben, sondern immer nur daran, geliebt zu werden. Sie hatte sich niemals gefragt: »Liebe ich meinen Vater?« Stattdessen hatte sie nur gefragt: »Liebt mein Vater mich?« Nie hatte sie darüber nachgedacht, die Geliebte von Robert zu sein, ihre einzige Sorge war: »Liebt er mich?« Ja, sie hatte ihn als Ehemann gewollt, doch Liebe? Jetzt, da er ihr all sein Vermögen angeboten hatte, das ihr Vater ihm als Mitgift gegeben hatte, musste sie in sich gehen und klären, was es mit ihrem ewigen Kampf darum auf sich hatte, liebenswert zu sein. Es wäre von Anfang an so einfach gewesen, wenn sie es umgekehrt betrachtet hätte: *Faith liebt.* Sie wusste, dass Robert ihr völlig ergeben war. Als er von Hope zurückgekehrt war, hatten sie einander in völligem Einverständnis angesehen und den Mut gefunden, weiterzumachen. Er hatte die Demütigung auf sich genommen, ihr das benötigte Geld zu beschaffen. Diese Erkenntnis ließ sie schwach werden. An den nachfolgenden Tagen war ihr Hope immer wieder in den Sinn gekommen. Hope hatte das Gemetzel aufrecht überstanden und ihr ohne jedes Tamtam die Hilfe gegeben, die sie vor dem Ruin bewahrte. Hope hatte gelernt, ohne Robert an ihrer Seite zu leben und zu gedeihen. Hope hatte ihre Lektion in Sachen Liebe gelernt. Sie hatte ihr Kind für den Mann geopfert, den sie liebte, während Faith ihrem Geliebten ein Kind vorenthalten hatte. Sie wollte zu Hope gehen, doch sie hatte Angst davor. Vielleicht ein anderes Mal, wenn sich das Geschäft stabilisiert hatte und sie sich nicht mehr so wund und schutzlos fühlte.

* * *

Robert brachte seiner Frau das Geld und fügte seine sechs Millionen hinzu. Ursprünglich hatte er es getan, um ihr zu beweisen, wie viel sie ihm bedeutete, doch während der folgenden Tage erkannte er, dass er es sich selbst beweisen wollte. Der Anblick von Hope hatte ihn wieder in jene emotionale Feuersbrunst zurückgeworfen. Aber das war nicht das, was er wollte. Er wollte nicht so nah am Feuer leben. Er wollte etwas anderes in seinem Leben. Er wollte die wertvolle Kameradschaft, den Humor, die Ordnung. Er hatte die richtige Frau gewählt. Er liebte sie und konnte sich ein Leben ohne sie nicht vorstellen. Als er mit dem Geld zurückkehrte, wussten sie es beide.

* * *

Nach einer eintägigen Erholung am 30. Oktober setzte sich der Fall des New Yorker Aktienmarktes fort. Der Boden war am 13. November 1929 erreicht, als der Dow-Jones-Index bei 198,60 schloss. Faiths Firma überlebte, was in der neuen Geschäftslandschaft bemerkenswert war. Ihre Kunden erlitten Scheinverluste von einem Teil ihres Profits, doch ihre Kreditsumme blieb intakt. Sie schaffte es sogar, ein paar Währungsschwankungen zu nutzen, und baute ihre Geldreserven wieder auf.

* * *

An einem sonnigen Sonntagmorgen saßen Robert und Faith am Frühstückstisch. Die *New York Times* war auf der Gesellschaftsseite aufgeschlagen und genau in der Mitte prangte eine schöne Fotografie des frisch vermählten Paars. Miss Hope Lee hatte Mr Martin Beck standesamtlich geheiratet. Die Trauung wurde vom Vater des Bräutigams durchgeführt, der Gemeinderichter war.

Neben ihnen, an der Hand seiner Mutter, stand ihr neunjähriger Sohn. Faith bemerkte, wie Robert das Bild lange betrachtete. Er sah auf den Jungen. »Ich hatte keine Ahnung, dass Hope ein Kind hat. Ich nehme an, es ist von Martin. Es sieht genau aus wie seine Mutter.«

»Das tut es«, sagte Faith und aß ihr Frühstück.

KAPITEL 63

Im Herbst 1930 waren fünfzehn Millionen Amerikaner ohne Arbeit. Präsident Herbert Hoover unternahm nicht viel, um die Krise zu lindern. Selbstvertrauen, so sagte er, sei alles, was Amerikaner brauchten, um zu überstehen, was er ein »vorübergehendes Ereignis« nannte. Für Millionen notleidender Bürger war es jedoch kein vorübergehendes Ereignis. Der Aktienmarkt war nicht wieder in die Höhe gegangen, doch er hatte sich stabilisiert. Die Zeiten, in denen Leute bankrottgingen und sich aus dem Fenster stürzten, waren vorbei und die Mühen der Armut waren alltäglich geworden.

Als sich ihr persönlicher Tumult gelegt hatte und die Firma außer Gefahr war, dachte Faith wieder an ihre alte Freundin. Mehrere Tage bereitete sie sich innerlich darauf vor, etwas Schwieriges zu tun. Sie hatte noch einen anderen Gefallen, um den sie Hope Lee Beck bitten wollte. Sie hatte Unternehmensvorständen und internationalen Vorsitzenden gegenübergestanden, doch vor diesem Treffen fürchtete sie sich. Sie hatte kein Recht, um irgendwas zu bitten, und gewiss nicht darum. War es vorherbestimmt, dass dieses Mädchen, das zufällig in ihr Leben getreten war, immer etwas hatte, was sie brauchte?

Als Robert mit den Geldmitteln zurückgekehrt war, um die Firma zu retten, hatte sie vor Erleichterung geweint. Sie hatte wegen der Liebe geweint, die ihr Ehemann ihr damit zeigte, aber auch wegen Hope. Er hatte ihr erzählt, dass Hope gesagt hatte, sie könnte sie nicht scheitern lassen. Ohne Zögern oder ein Wort von Schuldzuweisung hatte sie das benötigte Geld bereitgestellt. Es war viel Geld und einiges davon war von ihrem Partner gekommen, einem Mann, den Faith niemals kennengelernt hatte. Hope hatte sie vor Schaden bewahren wollen.

Hope hatte noch etwas anderes, das Faith brauchte, und das war für Robert. Auch er hatte sich ohne Zögern für sie eingesetzt. Auch er hatte sie nicht scheitern lassen. Sie hatte es ihm, ihrer einzigen Liebe, mit Täuschung und Vorenthaltung vergolten. Sie hatte ihn an den Rand der Blamage gebracht, um ihn von Hope wegzureißen. Sie hatte ihren Vater dazu überredet, Robert in die Ehe zu drängen – es gab keine anderen Worte, um zu beschreiben, was geschehen war. Als er ihr seine Loyalität schenkte, seine Kameradschaft, seinen Respekt und schließlich seine Liebe, hatte sie es ihm damit zurückgezahlt, dass sie seinen Sohn getötet hatte. Auch wenn die Schwangerschaft zum Scheitern verurteilt war, entschuldigte sie das nicht, und jetzt musste sie versuchen, die Dinge in Ordnung zu bringen. Er sollte von dem Jungen wissen, den er mit Hope gezeugt hatte. Er musste wissen, dass es jemanden gab, der seinen Namen trug und seine Abstammung. All das war ihm so wichtig. Jetzt musste sie den Preis dafür bezahlen. Faith musste Hope überreden, dass sie ihren kleinen Jungen mit ihnen teilte.

Sie fuhr mit dem Auto in die Innenstadt. Sie hatte das Fahren erlernt, doch sie bat Trevor, sie zu bringen, damit sie sich bei der Fahrt sammeln konnte. Sie würden sich in dem berühmten Restaurant *Crook, Fox & Nash* treffen, einem Wahrzeichen.

Als Faith eintrat, saß Hope bereits auf ihrem Platz und trank ein Glas Wein. Sie trug einen breitkrempigen Hut, der den perfekten Rahmen für ihr Gesicht abgab. Sie war eine schöne Frau. Darüber bestand kein Zweifel mehr.

Sie erhob sich halb, als Faith auf sie zukam, und beugte sich vor, um Faith auf die Wange zu küssen.

»Jetzt, wo wir zusammen sind, kann ich gar nicht begreifen, warum wir das nicht eher getan haben. Ich bin so froh, dich zu sehen, Faith.«

»Ich habe mich nie persönlich für das Darlehen bedankt. Es war eine enorme Hilfe. Es hat die Firma meines Vaters gerettet. Worte allein könnten niemals meine Dankbarkeit ausdrücken.«

»Das ist nicht nötig. Wir haben eine nette Rendite auf unser Geld erhalten. Das ist einfach ein Geschäft gewesen.«

»Du wirst dich wundern, warum ich hier bin. Keine Sorge, es geht nicht um mehr Geld. Es gibt da etwas Schwieriges, worüber ich sprechen muss, und es ist sehr persönlich und wird manches durcheinanderbringen. Aber mir liegt so viel daran, dass ich bereit bin, dafür meine Würde zu riskieren und eine völlige Demütigung zu erleiden.« Bevor Faith noch weiterreden konnte, wusste Hope bereits, worum es ging. Sie sagte aber nichts.

»Nachdem wir geheiratet hatten, wurde ich schwanger. Ich war noch so unsicher in meiner Ehe und so verliebt in Robert, dass ich all die Übel der Schwangerschaft fürchtete. Ich hatte Angst, fett und unansehnlich zu werden. Ich fürchtete die Plumpheit. Ich wollte seine Liebe nicht aufs Spiel setzen und ließ eine Abtreibung vornehmen. Das werde ich mir nie verzeihen, und seitdem bin ich nicht mehr schwanger geworden. Jetzt muss ich etwas sagen, das dich vielleicht schockieren wird, doch ich muss es sagen. Ich weiß, dass du einen Sohn hast, und ich weiß, dass Robert der Vater ist.«

Hope nahm das Buttermesser und zog damit tiefe Striche über die Tischdecke. Nach einer langen Stille sagte sie: »Ich wusste, warum du hier bist, bevor du es gesagt hast. Aber ich

werde dir nicht helfen. Ich werde mit dir nicht darüber sprechen. Ich kann keine weiteren Verletzungen für William riskieren. Als er geboren wurde, habe ich ihn abgegeben. Er hat
sechs Jahre bei einer anderen Familie verbracht. Doch der liebe
Martin war entschlossen, ihn zurückzubekommen, und hat es
geschafft. William ist gerade dabei zu akzeptieren, dass er mein
Kind war, bevor seine Adoptiveltern kamen. Jenen Vater hat
er geliebt. Er hat jenen Großvater geliebt, und dann waren sie
weg. Beide sind tot, so kann er sie nicht einmal mehr besuchen.
Er akzeptiert den Grund, weshalb ich ihn weggegeben habe,
auch wenn es für ihn keinen Sinn ergibt. ›Du hast mich weggegeben, damit mein Vater nicht bei dir bleibt?‹ Merkst du, wie
das für ein Kind klingt? Sinnlos. Falsch. Er fängt jetzt an zu
erkennen, dass Menschen, selbst nette Menschen, schreckliche
Fehler machen. Und er ist bereit zu verzeihen. Es wäre schrecklich, ihm weitere Prüfungen aufzuerlegen.«

»Weiß er, dass Martin nicht sein Vater ist?«

»Ja, aber er betet Martin an. Martin ist oft hingefahren, um
sicherzustellen, dass es ihm gut geht. Und es ging ihm nicht gut.
Er war unterernährt und seine Zähne waren in schrecklichem
Zustand. Er ist nicht misshandelt worden, er wurde nur wegen
der Umstände vernachlässigt.«

»Ähnelt er Robert ein wenig?«

»Da ist viel von Robert in ihm, doch er hat meinen Teint.
Ich glaube, wenn er zum Mann reift, wird er sehr stark wie sein
Vater aussehen.«

»Ich verstehe«, sagte Faith. »Ich verstehe. Danke, dass du
dich mit mir getroffen hast.« Sie wollte aufstehen, doch sie
blieb für etwas sitzen, was noch gesagt werden musste. »Du bist
eine außergewöhnliche Frau. Ich möchte dir danken und dich
um Verzeihung bitten für das Durcheinander, das ich am Ende
verursacht habe. Papa war wild entschlossen, dich mit Robert
zu verheiraten. Er und Mama waren von der Idee begeistert.

Ich hatte gerade erst Roberts Interesse geweckt, obwohl das womöglich nur in meinem Kopf so war. Doch Papa traf die Entscheidung, ihn dir zu geben. Seine Gleichgültigkeit machte mich wütend. Nebenbei, Papa weiß, dass du nicht diejenige warst, die ihn betrogen hat. Er verfolgt alles, was du tust. Er liebt dich wie eine Tochter. Wir sind Schwestern, Hope Lee. Wir sind Schwestern bis zum Ende.«

Hope sah ihre Freundin lange Zeit an und versuchte, sich an das Mädchen zu erinnern, das sie einmal war. »Du hattest allen Grund, wütend zu sein. Es war eine schreckliche Fehlinterpretation aufseiten deines Vaters, und ich war völlig selbstvergessen. Ich hätte ihm sagen sollen, dass du Robert für dich gewollt hast.«

Faith sagte nichts weiter. Sie stand auf und verließ das Restaurant. Zurück im Auto schluchzte sie hemmungslos, und Trevor, der sie kannte, seit sie auf die Welt gekommen war, griff nach hinten und hielt ihre Hand.

Kapitel 64

Als der Packard vom Highway auf die Piping Rock Road bog, fühlte sich Hopes Herz an, als würde es stehen bleiben. Tränen liefen ihr über die Wangen und Martin griff über Williams Schoß und legte seine Hand auf ihre. »Es wird alles gut werden«, sagte er. »Du hast Schlimmeres als das erlebt.«

Die Entscheidung über einen Besuch hatte seit dem Essen mit Faith an ihr genagt. Schon davor hatte sie mit dem Gedanken gespielt. Robert Trent hatte ein Recht darauf, von seinem Sohn zu erfahren. Er hatte nichts Falsches getan. Er hatte sie ehrlich geliebt und es war ihre Entscheidung gewesen, ihm die Schwangerschaft vorzuenthalten – aus Stolz, aber hauptsächlich aus Angst. Sie führte ein langes Gespräch mit William und zu ihrer Überraschung nahm er alle Informationen locker auf.

»Ich wusste, dass es jemand Nettes sein muss«, sagte er, »und ich würde gern meinen Vater kennenlernen, solange es Martin nicht stört.«

Jetzt war der Augenblick gekommen, und sie bereitete sich auf die Anklagen vor, die womöglich kamen. Robert hatte ein Recht gehabt, es zu wissen, und sie hatte es verleugnet. Es gab keine Entschuldigung für den Schmerz, den er gewiss empfand.

Faith sagte Robert, dass er sich mit Hope und William allein treffen sollte. Das war eine Angelegenheit zwischen ihnen dreien, und sie sollten ungestört sein, damit sie sagen konnten, was in ihnen vorging, ohne Furcht, ihre Partner zu verletzen. Sie nahm Martin, den sie nie zuvor getroffen hatte, für einen Spaziergang zum Strandpavillon mit. Mrs Coombs hatte einen Tisch mit Eistee, Limonade, Brötchen und Butter hergerichtet. Martin nahm Faiths Arm, während sie über den unebenen Boden gingen.

»Halten Sie sich an mir fest«, sagte er umgänglich, und Faith, erleichtert über sein Wohlwollen, schob ihren Arm unter seinen.

»Ich bin so froh, dass Sie gekommen sind«, sagte sie. »Ich habe Hopes Ehemann schon lange kennenlernen wollen. Ich wollte Ihnen auch dafür danken, dass Sie mein Unternehmen gerettet haben. Man kann es nicht anders ausdrücken. Sie haben mir einen großen Gefallen getan, und wir haben uns nie kennengelernt.«

»Es ist gut ausgegangen«, sagte er. »Das ist alles, was zählt.« Sie gingen weiter Arm in Arm zum Pavillon und als sie oben ankamen, setzten sie sich schweigend und hingen ihren Gedanken nach, während sie über das Wasser zu den Ufern von Connecticut und darüber hinaus blickten.

Was Hope betraf, so hatte sie wenig zu sagen oder zu tun während des Treffens in der abgeschiedenen und einschüchternden Bibliothek von Seawatch.

»In diesem Raum bin ich Faith zum ersten Mal begegnet«, erzählte sie ihnen. William nickte, doch er war begierig darauf, seinen Vater kennenzulernen. Er näherte sich Robert mit ausgestreckter Hand. Robert nahm sie und es wurde schnell zu einer festen Umarmung. Robert Trent hielt seinen Jungen, und Hope konnte sehen, wie sich sein Gesicht verzog und ihm Tränen über die Wangen liefen.

Die beiden schienen wesentlich besser als Hope zu wissen, was sie brauchten. Nach einem Moment glitt sie leise aus dem Zimmer. Ließ sie selbst über den weiteren Verlauf entscheiden. Sie waren die Hauptbeteiligten, und alles, was sie hinzufügen konnte, war überflüssig. Sie vertraute William. Sie vertraute Robert. Was gab es noch zu tun? Lass den Jungen bei seinem Vater sein, und lass sie entscheiden, was sie für einander sind. Als sie in den Flur ging, folgte sie der vertrauten Biegung nach rechts zu Asas Büro. Sie musste es noch einmal sehen. In ihrem Kopf war es der aufregendste Ort ihrer jungen Mädchenzeit geblieben. Die Tür stand offen und Asa saß hinter seinem Schreibtisch.

Er stand auf und kam auf sie zu. Er nahm ihre Hand und hielt sie in seiner. »Mein liebes, liebes Mädchen.« Seine Augen waren voll Tränen. »Wie kann ich …«

»Still«, sagte sie. »Ich bin so froh, dich zu sehen. Da gibt es nichts zu sagen. Wir waren damals Partner. Wir sind jetzt Partner. Du bist mein Mr Asa. Du bist mein Mr Asa.«

* * *

Die Becks blieben fast bis zum Abend in Seawatch. Sie unterhielten sich ein wenig über die Wirtschaft und den Zustand des Landes, doch hauptsächlich ergingen sie sich in Erinnerungen an Tommy und Joe Stokes und Emma Rowland und Chester und Billy. Selbst an Alice. Sie nahmen es als einen normalen Familienbesuch, bei dem alle Verwandten einander prüfend betrachten und zufrieden sind, dass alles gut ist. Alles war gut.

NACHWORT

Im Dezember 1932 besuchten Hope und Martin das Music Box Theatre, um sich das Musical *Of Thee I Sing* anzusehen. Die weibliche Hauptrolle kam Hope nach Aussehen und Stimme bekannt vor. Ihr Tonfall klang einzigartig und ging ihr immer wieder durch den Kopf. Die Fotografie der Schauspielerin hing in der Theaterlobby und während der Pause betrachtete Hope lange das Bild. Ihr Name war Grace Malraux. Sie kannte niemanden namens Grace Malraux.

Auch am nächsten Tag ließen die Stimme und das Bild sie nicht los, und so ging sie zum Theater und wartete am Bühnenausgang. Die Schauspieler kamen zu zweit und zu dritt heraus, doch keiner von ihnen wirkte vertraut, und sie fragte sich, ob sie Grace Malraux verpasst hatte. Dann sah sie sie. Sie erkannte das Gesicht und rief ohne nachzudenken: »Gloria? Ist das Gloria?«

Die Frau drehte sich sofort um. »Wer ist das? Wer nennt mich Gloria?« Sie entdeckte Hope und ging auf sie zu. »Diese Haare würde ich überall erkennen. Heilige Mutter Gottes, es ist die kleine Hope. Du hast überlebt. Du warst doch so klein. Ich kann es kaum glauben. Sieh uns nur an. Wir haben es geschafft. Wir haben es geschafft.«

Hope hatte oft die Gesichter auf den Straßen ihres alten Viertels abgesucht und gehofft, Gloria noch einmal zu sehen. Zweimal war sie so sicher gewesen, dass sie fast völlig Fremde umarmt hätte. Endlich stand die liebe Gloria vor ihr.

»All die Jahre habe ich gehofft, dich wiederzusehen, und da bist du jetzt.«

Nach diesem Treffen erkannte Hope, dass es noch ein fehlendes Teil gab, das ihr noch immer Kopfzerbrechen bereitete und sie verfolgte. Sie hatte so viele Jahre an seiner Seite verbracht, die meiste Zeit in seinen Armen. Sie hatte seine Gesichtszüge gekannt, seine Berührung, den Geruch seines frisch gewaschenen Hemdes. Er hatte sie geliebt. Er musste sie geliebt haben, doch alle diese Jahre kam kein Wort. Wie konnte das sein? Hope besuchte ihre alte Vermieterin, die noch immer an derselben Adresse wohnte. »Sagen Sie mir«, fragte sie, als sie sich gesetzt hatten und eine Tasse Tee tranken, »gab es irgendwelche Briefe aus China, nachdem meine Mutter starb? Briefe von meinem Vater?«

»Es sind viele Briefe gekommen. Ich wusste nicht, ob ich dich je wiedersehen würde, also habe ich sie zurück zur Post geschickt. Du solltest mal hingehen. Sie haben ein Büro für unzustellbare Briefe. Vielleicht sind sie noch da.«

Sie ging zum Hauptpostamt auf der Thirty-Fourth Street und fragte nach. Der Mann nahm ihr Formular entgegen und war ungefähr zwanzig Minuten weg. Als er zurückkehrte, trug er einen kleinen Leinensack bei sich.

»Dies sind alle«, sagte er. »An den Daten sehen Sie, dass sie eine Zeit lang regelmäßig kamen. Da sind auch ein paar kleine Päckchen drin. Viel länger hätten wir sie nicht mehr aufbewahrt. Es ist gut, dass Sie gekommen sind.«

Die Briefe waren auf Englisch, geschrieben mit schöner Handschrift und mit kleinen Zeichnungen illustriert. Sie handelten von Reue, enthielten Liebeserklärungen und eine Bitte um eine Fotografie. Die zwei Päckchen enthielten Puppen, kleine Stoffpuppen mit orientalischen Gesichtern und mit leuchtend kupferfarbenem Haar. An ihre Seidenkleidchen war eine Notiz geheftet: *Von deinem Papa.*

Sie las jeden einzelnen Brief und räumte sie dann alle zusammen weg. Die Erkenntnis, dass ihr Vater sie nicht vergessen hatte, war für Hope wie ein Geschenk, das ihr Erleichterung brachte. Sie gab den letzten Rest ihres Schutzschildes auf und spürte, wie sie weicher wurde. Ihr Herz öffnete sich ganz.

Später in diesem Jahr fand sie heraus, dass sie schwanger war, und im folgenden Frühling gebar sie ein kleines Mädchen. Martin war außer sich vor Freude. Hope ließ von einem Fotografen ein offizielles Porträt von ihnen zu viert anfertigen und schickte es Sen.

> *Lieber Papa,*
> *ich habe alle deine Briefe erhalten. In jedem von ihnen fragst du, ob ich bei guter Gesundheit bin und ob es mir gut geht. Es geht mir gut, Papa. Leider ist Mama gestorben, doch sie hatte vor ihrem Tod viel Schönes erlebt. Sie wollte immer ein eigenes Restaurant und das hat sie auch bekommen. Es war ein großer Erfolg, es stand sogar in der Zeitung. Du wärst stolz gewesen, wenn du gesehen hättest, wie sie all die Kochkenntnisse genutzt hat, die du ihr beigebracht hast.*
> *Ich koche überhaupt nicht, Papa, doch ich bin im Aktiengeschäft, in das du mich vor so vielen Jahren eingeführt hast. Ich erinnere mich an alles und nutze es erfolgreich. Auch wenn du uns verlassen hast und Bedauern in deinen Briefen ausdrückst, so hast du Mama und mir*

etwas Wertvolles gegeben. Du hast Mama gezeigt,
wie man kocht, und du hast mich dazu gebracht,
dass ich mich in das Aktiengeschäft verliebe. Wir
brauchten deine Hilfe, um die Arbeit zu tun, die
wir lieben.

Ich schicke dir ein Bild von meiner Familie.
Der Mann ist Martin, mein Ehemann. Der
Junge heißt William und ist elf. Das Mädchen,
das wie du und Mama aussieht, haben wir
Agatha Sen Beck getauft. Wir werden dich nie
vergessen und bitte vergiss uns auch nicht.

Deine Tochter
Hope Lee Beck

Zeitfracht Medien GmbH
Ferdinand-Jühlke-Straße 7
99095 Erfurt, Deutschland
produktsicherheit@kolibri360.de

Druck:
CPI Druckdienstleistungen GmbH
im Auftrag der
Zeitfracht Medien GmbH
Ein Unternehmen der Zeitfracht - Gruppe
Ferdinand-Jühlke-Str. 7
99095 Erfurt